SÍNDROME DA BOA GAROTA

Elle Kennedy

SÍNDROME DA BOA GAROTA

Tradução
ALEXANDRE BOIDE

paralela

A Editora Paralela é uma divisão da Editora Schwarcz S.A.

Grafia atualizada segundo o Acordo Ortográfico da Língua Portuguesa de 1990, que entrou em vigor no Brasil em 2009.

TÍTULO ORIGINAL Good Girl Complex
CAPA E ILUSTRAÇÃO DE CAPA Vi-An Nguyen
PREPARAÇÃO Ariadne Martins
REVISÃO Marise Leal e Thiago Passos

Dados Internacionais de Catalogação na Publicação (CIP)
(Câmara Brasileira do Livro, SP, Brasil)

Kennedy, Elle
Síndrome da boa garota / Elle Kennedy ; tradução Alexandre Boide. — 1ª ed. — São Paulo : Paralela, 2022.

Título original: Good Girl Complex.
ISBN 978-85-8439-284-1

1. Ficção canadense I. Título.

22-128810 CDD-C813

Índice para catálogo sistemático:
1. Ficção : Literatura canadense C813

Cibele Maria Dias — Bibliotecária — CRB-8/9427

[2022]

EDITORA SCHWARCZ S.A.
Rua Bandeira Paulista, 702, cj. 32
04532-002 — São Paulo — SP
Telefone: (11) 3707-3500
editoraparalela.com.br
atendimentoaoleitor@editoraparalela.com.br
facebook.com/editoraparalela
instagram.com/editoraparalela
twitter.com/editoraparalela

SÍNDROME DA BOA GAROTA

1

COOPER

Não aguento mais nem ouvir falar de Jägerbomb. Ontem fiquei o tempo todo no liquidificador, preparando piñas coladas e daiquiris de morango como um condenado. Hoje, são as vodcas com Red Bull e os Fireballs. Sem esquecer do vinho rosé, claro. Esses cretinos e seu vinho rosé. Estão todos aglomerados no balcão, preenchendo o espaço de parede a parede com camisas em tom pastel e cortes de cabelo de trezentos dólares, gritando pedidos para mim. Está calor demais para aguentar uma merda dessas.

Em Avalon Bay, as estações do ano são marcadas por um ciclo incessante de invasões e debandadas. É como a maré virando no meio de uma tempestade: o verão acaba e a turbulência começa. Os turistas, queimados de sol, enfiam no carro suas bagagens e crianças entupidas de açúcar e voltam do litoral para seus bairros residenciais e escritórios. No lugar deles, vem a tradicional onda de estudantes com o mesmo tom de bronzeamento artificial — o exército dos clones voltando para o Garnet College. Os herdeiros dos milionários com palácios à beira-mar que bloqueiam a vista do restante de nós, que precisa viver dos trocados que caem dos bolsos deles.

"Ei, brother, desce seis doses de tequila!", um clone berra, batendo com o cartão de crédito na madeira molhada e grudenta do balcão, como se isso fosse me deixar muito impressionado. Na verdade, é só mais um babaca típico do Garnet, que parece saído diretamente de um catálogo da Sperry.

"Me lembra mais uma vez por que eu faço isso", digo para Steph enquanto encho uma fileira de copos de Jack Daniel's com coca-cola para ela servir.

Ela enfia a mão no sutiã e puxa os peitos para cima, para ficarem maiores e mais empinados por baixo da blusinha regata do Joe's Frontbeach Bar. "As gorjetas, Coop."

Pois é. Não existe nada mais fácil do que gastar o dinheiro dos outros. Riquinhos torrando uma grana para mostrar que são melhores uns que os outros, colocando tudo na fatura do cartão de crédito do papai.

Os fins de semana no calçadão da praia são como o Mardi Gras em Nova Orleans. Hoje é a última sexta-feira antes do início do semestre letivo no Garnet — ou seja, três dias de farra que vão até a segunda de manhã, com os bares lotados até dizer chega. Isto aqui vira praticamente a casa da moeda. Mas não é que eu queira fazer isso para sempre. Trabalho aqui à noite nos fins de semana para poder ganhar uma grana extra e conseguir parar de trabalhar para os outros e virar meu próprio patrão. Quando eu juntar o suficiente, vou sair de trás desse balcão para nunca mais voltar.

"Se cuida", aviso Steph enquanto ela põe os copos na bandeja. "Se precisar que eu pegue o taco de beisebol, é só avisar."

Não seria a primeira vez que eu daria um jeito em alguém que não consegue ouvir um "não" como resposta.

Em noites como esta, a energia fica diferente. O tempo está tão úmido que dá para esfregar o ar salgado na pele como se fosse protetor solar. Corpos muito próximos, inibições deixadas de lado, testosterona misturada com tequila e muitas más intenções na cabeça.

Mas Steph é uma garota durona, ainda bem. "Eu me viro." Com uma piscadinha, ela pega a bandeja com as bebidas, abre um sorriso e vira as costas para mim, balançando seu rabo de cavalo.

Não sei como Steph aguenta todos esses caras e suas mãos-bobas. Não que as garotas também não façam o mesmo comigo. Algumas são bem abusadas, atiradas até demais. Mas, nesse caso, é só abrir um sorriso e oferecer uma dose por conta da casa que elas dão uma risadinha e me deixam em paz. Já com esses caras não é tão simples. A turminha dos cuzões das fraternidades. Vira e mexe Steph é agarrada e apalpada, ou então escuta todo tipo de vulgaridades despejadas em seus ouvidos por cima do ruído da música no último volume. E quase nunca mete a mão na cara de um deles, o que é um testemunho e tanto de sua paciência.

É um trabalho sem fim. Servir os parasitas sazonais, essa espécie invasora que usa e abusa dos locais e no fim não deixa nada além de um rastro de lixo.

Por outro lado, a cidade não seria nada sem eles.

"Ei! E as minhas doses?", o clone berra de novo.

Eu balanço a cabeça, como quem diz *É pra já*, mas o que isso realmente significa é *Sim, eu estou ignorando você de propósito*. Nesse momento, um assobio do outro lado do balcão chama minha atenção.

Os locais são servidos primeiro. Para essa regra, não existe exceção. Em seguida, vêm os frequentadores regulares que dão boas gorjetas, as pessoas educadas, as mulheres bonitas, as senhorinhas simpáticas e só então esses babacas mimados. Na outra ponta do balcão, sirvo uma dose de Bourbon para Heidi e uma para mim. Viramos nossas bebidas, e eu encho de novo o copo dela.

"Está fazendo o que aqui?", eu pergunto, porque nenhum local que se preze vem ao calçadão da praia em um dia como hoje. O excesso de clones acaba com o clima.

"Vim trazer a chave da Steph. Precisei passar na casa dela." Heidi era a menina mais bonita da classe no primeiro ano da escola, e isso não mudou muito desde então. Mesmo usando um short com a barra desfiada e uma regatinha azul lisa, deixa no chinelo qualquer garota neste bar. "Hoje você fica até fechar?"

"Vou, e não devo sair daqui antes das três, aliás."

"Quer passar lá em casa depois?" Heidi fica na ponta dos pés e se debruça no balcão.

"Não dá, vou emendar dois turnos amanhã. Preciso dormir."

Ela faz beicinho. De brincadeira, no começo, e depois mais a sério, quando percebe que não estou a fim de nada hoje à noite. Nós até ficamos algumas vezes no início do verão, mas exagerar na frequência com uma das melhores amigas pode acabar virando uma coisa parecida demais com um relacionamento, e não é disso que estou a fim. Espero que ela perceba e pare com esses convites.

"Ei. Ei!" O carinha impaciente de cabelo loiro do outro lado do balcão tenta chamar minha atenção. "Puta que pariu, eu juro para você que deixo uma nota de cem dólares em cima do balcão em troca da porra de uma dose."

"É melhor você voltar ao trabalho", Heidi diz com um sorrisinho sarcástico, me jogando um beijo.

Eu vou até ele sem a menor pressa. Parece recém-saído da linha de montagem dos clones: um boneco Ken padrão, com o cabelo repartido de lado e um sorriso cuidado pelos melhores profissionais que um plano dental premium pode pagar. Ao lado dele tem outros dois originais de fábrica que só devem fazer algum trabalho manual quando limpam a bunda.

"Quero ver", eu o desafio.

O clone põe a nota no balcão. Todo cheio de si. Sirvo uma única dose de uísque, porque não lembro o que ele pediu, e deslizo a bebida para o outro lado. Ele larga a nota e pega o copo. Eu enfio o dinheiro no bolso.

"Eu pedi seis shots", ele diz, em um tom presunçoso.

"Joga mais cinco dessas que eu sirvo."

Imagino que ele vai começar a reclamar, dar chilique. Em vez disso, só dá risada e balança o dedo na minha direção. Para esse cara, eu não passo de um toque do sabor local que eles procuram quando vêm para cá. Esses riquinhos adoram ser sacaneados.

Para minha total descrença, o imbecil saca mais cinco notas de cem de um maço e joga no balcão. "Me serve o melhor que você tiver."

As melhores bebidas que este bar tem no estoque são uísque Johnnie Walker Blue Label e uma tequila com um nome que não sei pronunciar. E o preço da garrafa de nenhuma das duas chega a quinhentos dólares no varejo. Então finjo que estou impressionado, subo no banquinho e pego a garrafa empoeirada de tequila na prateleira lá do alto, porque na verdade lembrava o que ele pediu, e sirvo as doses superfaturadas.

Com isso, o riquinho se dá por satisfeito e se manda para uma mesa.

Meu colega de bar Lenny olha torto para mim. Eu sei que não deveria incentivar esse tipo de comportamento. Isso só reforça a ideia de que somos um bando de mortos de fome, e que eles podem fazer o que quiserem na nossa cidade. Mas que se dane, não vou passar a vida toda servindo bebidas. Tenho outros planos.

“Que horas você sai daqui?”, uma voz feminina pergunta à minha esquerda.

Eu me viro devagar, esperando pelo complemento. Em geral, depois dessa pergunta vem uma das seguintes opções:

“Porque essa vai ser a hora de você sair *comigo*”.

Ou: “Porque eu quero saber a hora que posso sair com *você*”.

E o que vem a seguir é um indicativo de uma mulher que só pensa nela ou de uma que faz de tudo para agradar.

Nenhuma das duas falas é muito original, mas a originalidade nunca foi o ponto forte dos clones que invadem Avalon Bay todos os anos.

“E então?”, a loirinha insiste, e percebo que dessa vez não vai vir nenhuma cantada barata.

“O bar fecha às duas”, eu respondo, simpático.

“Vem falar com a gente depois que você sair.” Ela e a amiga têm os mesmos cabelos cheios de brilho, os mesmos corpos perfeitos e a pele reluzente de quem passou o dia todo sob o sol. São gatinhas, mas hoje eu não estou a fim do que elas têm para oferecer.

“Sinto muito. Eu não posso”, respondo. “Mas fica de olho que você ainda pode encontrar alguém igualzinho a mim. O meu irmão gêmeo está por aqui em algum lugar.” Estendo a mão para o amontoado de corpos que lotam o bar como sardinhas espremidas dentro da lata. “Com certeza ele adoraria conhecer vocês.”

Eu digo isso simplesmente porque sei que vai deixar Evan puto. Por outro lado, pode ser que ele me agradeça. Por mais que sinta desprezo pelos clones, ele não costuma se incomodar com a presença das princesinhas, desde que estejam peladas. O cara parece estar tentando bater algum tipo de recorde de quem dorme com mais gente na cidade. Ele diz que está “entediado”. Eu finjo que acredito.

“Aimeudeus, tem dois de você?” Quase de imediato, os olhos das garotas começam a brilhar.

Pego um copo e jogo uns cubos de gelo dentro. “É. O nome dele é Evan”, acrescento, todo solícito. “Avisa que foi o Cooper que mandou vocês procurarem por ele.”

Quando elas finalmente vão embora, com os coquetéis de fruta na mão, solto um suspiro de alívio.

Ser barman é um puta trabalho de merda.

Entrego o uísque com gelo para o magrelo que pediu e pego o dinheiro dele. Passo a mão no cabelo e respiro fundo antes de atender o próximo cliente. Na maior parte da noite, os bêbados estão conseguindo se manter na linha. Daryl, o segurança da porta, põe para fora qualquer um que ele sinta que possa começar a vomitar, e Lenny e eu damos um jeito nos idiotas que tentam se debruçar para o nosso lado do balcão para meter a mão nas bebidas.

Fico de olho em Steph e nas outras garçonetes, que circulam pelo meio da aglomeração. Steph está atendendo uma mesa cheia de carinhas do Garnet, todos babando em cima dela. Está sorrindo, mas eu conheço aquele olhar. Quando ela tenta se afastar, um deles a segura pela cintura.

Eu estreito os olhos. É o mesmo cara das seis notas de cem.

Estou quase pulando por cima do balcão quando ela se vira para mim. Como se soubesse o que está prestes a acontecer, balança a cabeça. Então se desvencilha do imbecil da mão-boba com um movimento habilidoso e vem pegar os pedidos.

"Quer que eu ponha pra fora?", pergunto.

"Não, eu me viro com eles."

"Eu sei que sim. Mas não precisa. Já arranquei seiscentos paus desses trouxas. Eu divido com você. Me deixa dar um pé na bunda deles."

"Está tudo certo. Só me arruma três Coronas e duas Jäg..."

"Nem me fala essa palavra." Meu corpo todo se encolhe ao ouvir isso. Se eu nunca mais sentir o cheiro daquele chorume preto, mesmo assim vai ser pouco. "Espera aí que eu preciso tapar o nariz."

"Isso parece até estresse pós-traumático", ela comenta aos risos, me observando enquanto eu sirvo as bebidas.

"Eu devia receber um adicional de insalubridade por isso." Assim que termino, empurro os copos na direção dela. "Mas é sério, se esses caras não se controlarem, eu vou até lá resolver isso."

"Está tudo bem. Mas bem que seria melhor se eles fossem embora. Não sei qual deles é o pior hoje à noite: o sr. Mão-Boba ou o formando lá no pátio que está choramingando porque o papai não vai cumprir a promessa de dar um iate de presente de formatura para ele."

Dou uma risadinha.

Steph se afasta com um suspiro e uma bandeja cheia de drinques.

Durante quase uma hora, continuo trabalhando de cabeça baixa. O lugar está tão lotado que os rostos se misturam em um borrão, e só o que eu faço é servir bebidas e passar cartões de crédito até entrar em uma espécie de transe, mal prestando atenção no que estou fazendo.

Quando olho de novo para Steph, o riquinho está tentando convencê-la a dançar com ele. Ela está parecendo uma boxeadora, se esquivando de um lado para o outro para se desvencilhar do cara. Não consigo ouvir o que está dizendo, mas é fácil adivinhar — *Estou trabalhando, por favor, eu preciso atender outras pessoas. Não posso dançar agora, estou trabalhando.*

Ela está tentando manter a educação, mas seus olhos faiscantes me dizem que já está de saco cheio.

"Len", eu grito, apontando com o queixo para lá. "Me dá licença um minutinho."

Ele assente com a cabeça. Nós fazemos questão de cuidar uns dos outros.

Vou até lá, sabendo que devo parecer ameaçador. Tenho quase um metro e noventa, não faço a barba há alguns dias, e meu cabelo está precisando de um corte. Tomara que isso seja suficiente para convencer esses almofadinhas de que é melhor não tentar fazer nenhuma graça.

"Está tudo bem aqui?", pergunto quando chego até eles. Meu tom de voz deixa bem claro que não, e que é melhor pararem com aquilo, se não quiserem ir para a rua.

"Cai fora, pé-rapado", um deles diz, aos risos.

O insulto não me atinge. Já estou acostumado com isso.

Eu levanto uma sobrancelha. "Eu caio fora quando a minha colega aqui me disser." Olho bem para a mão do riquinho, que está segurando o braço de Steph. "Ela não está aqui para ser apalpada por um bando de playboyzinhos."

O sujeito tem o bom senso de tirar a mão. Steph aproveita a chance para vir ficar do meu lado.

"Pronto. Está tudo certo." Ele dá uma risadinha para mim. "Não tem nenhuma donzela em perigo precisando ser salva."

"É bom que continue assim." Complemento meu aviso com uma risadinha também. "Trata de controlar essa mão-boba."

Quando eu e Steph estamos quase voltando para o balcão, um copo se quebra.

Não importa se o lugar está lotado, barulhento e abafado até não poder mais — assim que um copo se estilhaça no chão, no momento seguinte dá para ouvir até o som de grilos a quilômetros de distância.

Todas as cabeças se viram na nossa direção. Um dos amiguinhos do riquinho, o que derrubou o copo, faz uma cara de inocente quando me viro para ele.

"Ops", ele diz.

Os risos e aplausos quebram o silêncio. As conversas são retomadas, e a atenção coletiva do bar se volta para as distrações embriagadas de antes.

"Puta que pariu", Steph murmura baixinho. "Volta lá pro balcão, Coop. Eu cuido disso."

Ela sai andando com a cara fechada, e os babacas dispensam a gente de sua preciosa presença e voltam a conversar alto e a rir só entre eles.

"Está tudo bem?", Lenny pergunta quando eu volto.

"Não sei, não."

Olho de novo para o grupinho, e franzo a testa quando vejo que o líder não está mais entre eles. Para onde é que esse cara foi?

"Não", eu digo. "Não acho que está tudo bem, não. Só mais um minuto."

De novo, deixo Lenny sozinho para atender todo mundo enquanto saio para procurar Steph. Vou para os fundos do bar, imaginando que ela foi atrás de uma vassoura para varrer o vidro quebrado.

Nesse momento, eu escuto: "Me *solta*!".

Saio em disparada, cerrando os dentes quando vejo a camiseta polo em tom pastel do riquinho. Ele encurralou Steph no corredor curto e estreito onde fica o armário de produtos de limpeza. Quando ela tenta passar, ele se aproxima ainda mais, agarrando-a pela cintura. Com a outra mão, tenta apertar a bunda dela.

Ah, não, nem fodendo.

Eu avanço e o agarro pelo colarinho. Um segundo depois, ele está caído no chão imundo.

"Fora daqui", eu rosno.

"Cooper." Steph me segura, apesar do brilho de gratidão visível em seus olhos. Sei que ela precisava de ajuda naquele momento.

Eu me desvencilho dela, porque já estou de saco cheio. "Levanta daí e se manda", digo para o vagabundo, que está todo assustado.

Enquanto levanta, ele começa a gritar palavrões para mim.

Como os banheiros ficam no fim do corredor, a poucos passos de distância, não demora muito para os gritos atraírem uma plateia. Um grupo de meninas escandalosas da sororidade aparece correndo, seguida de outros curiosos.

De repente, começo a ouvir outras vozes no corredor.

"Pres! Tudo bem aí, brother?"

Dois amigos dele abrem caminho na aglomeração e estufam o peito ao lado dele, porque sabem que, se forem expulsos daqui na frente de todo mundo, vão ter que passar um longo ano bebendo em casa sozinhos.

"Você está louco, cara?", o mão-boba grita, lançando um olhar raivoso para mim.

"Eu não", respondo, cruzando os braços. "Só estou pondo o lixo pra fora."

"Está sentindo esse cheiro, Preston?", o amigo dele diz para o riquinho com um sorriso presunçoso. "Tem alguma coisa podre aqui."

"Será que está vindo da lixeira lá de fora ou do seu trailer?", o outro provoca.

"Certo, quero ver você vir até aqui e repetir isso na minha cara", eu desafio, porque estou de saco cheio, e esses caras estão pedindo para levar uma surra.

Eu avalio as minhas chances. São três contra um, e os caras não são exatamente magrelos — e todos têm quase a minha altura. Deve ser metade de uma equipe de polo patrocinada pela Brooks Brothers. Mas a diferença é que eu trabalho para viver, e uso os meus músculos para outras coisas além de ficar me olhando no espelho. Então acho que tenho uma boa chance.

"Coop, para." Steph me puxa para o lado e se coloca entre nós dois. "Esquece isso. Pode deixar que eu resolvo. Volta lá para o balcão."

"É, *Coop*", Preston provoca. Em seguida, fala para os amigos: "Uma jeca como essa não vale a dor de cabeça".

Olho para Steph e encolho os ombros. O riquinho babaca devia ter caído fora quando teve a chance.

Enquanto ele ainda está rindo, se sentindo todo superior, eu estendo a mão, agarro aquela camiseta Ralph Lauren e enfio a mão bem no meio da cara dele.

Ele cambaleia para trás e cai em cima dos amigos, que o empurram de volta na minha direção. Todo ensanguentado, o cara vem para cima de mim parecendo uma criatura de filme de terror, agitando os braços e respingando sangue para todo lado. Vamos parar no meio das garotas escandalosas da sororidade, e então atingimos a parede. O orelhão velho que não funciona há quinze anos se crava nas minhas costas, o que dá a Preston a chance de, num golpe de sorte, me acertar um soco no queixo. Logo em seguida me viro e o prenso contra o revestimento de drywall da parede. Estou prestes a arrebentar a cara dele quando Joe, o dono, Daryl e Lenny me seguram e me arrastam para longe.

"Seu pé-rapado de merda", ele gorgoleja na minha direção. "Você nem imagina o quanto está ferrado!"

"Já chega!", grita Joe. O veterano grisalho da Guerra do Vietnã com uma barba de hippie e rabo de cavalo aponta um dedo gordo para Preston. "Fora daqui. Eu não aceito brigas no meu bar."

"Esse psicopata precisa ser demitido", Preston ordena.

"Vai à merda."

"Coop, para com isso", Joe me diz. Ele pede para Lenny e Daryl me soltarem. "Isso vai ser descontado do seu pagamento."

"Não foi culpa do Coop", Steph argumenta com nosso chefe. "O cara estava me agarrando. Ele me seguiu até o armário de produtos de limpeza e me encurralou no corredor. Cooper estava tentando expulsar ele daqui."

"Você sabe quem é o meu pai?", Preston berra, apertando o nariz sangrando. "O banco dele é proprietário de metade dos imóveis desta bosta de calçadão. Basta um telefonema meu pra acabar com a sua vida."

Joe franze os lábios.

"Seu funcionário me agrediu", Preston continua a falar, furioso. "Não sei como você gerencia essa espelunca, mas, se isso acontecesse em qualquer outro lugar, alguém que atacasse um cliente seria demitido na mesma hora." O sorrisinho presunçoso no rosto dele faz meus punhos latejarem. Quero estrangular esse cara com as minhas próprias mãos. "Então, ou você toma uma providência, ou eu ligo para o meu pai e deixo ele resolver isso. Já está tarde, mas ele está acordado, pode acreditar. Ele costuma varar a madrugada." O sorrisinho arrogante se alarga. "Foi assim que ele ganhou todos aqueles bilhões."

Há um longo silêncio.

Em seguida, Joe solta um suspiro e se vira para mim.

"Você não pode estar falando sério", eu digo, perplexo.

Joe e eu temos um longo histórico. Meu irmão e eu trabalhávamos no estoque e na manutenção do bar nos tempos de colégio. Ajudamos na reconstrução depois da passagem de dois furacões. Eu levei a filha dele em um dos bailes de início de ano da escola, porra.

Parecendo resignado, ele passou a mão na barba.

"Joe. Fala sério, cara. Você vai deixar que eles digam como cuidar do seu bar?"

"Eu sinto muito", Joe responde por fim, balançando a cabeça. "Preciso pensar no meu negócio. Na minha família. Você foi longe demais desta vez, Coop. Pode pegar o que eu te devo por esta noite na registradora. O seu cheque você pode vir buscar de manhã."

Todo satisfeito consigo mesmo, o riquinho dá uma risadinha para mim. "Está vendo, pé-rapado? É assim que o mundo real funciona." Ele joga um maço de notas ensanguentadas na direção de Steph e cospe no chão uma gosma espessa de sangue e muco. "Toma aí. Agora limpa essa sujeira, queridinha."

"Esse assunto não está encerrado", eu aviso Preston enquanto ele e seus amigos vão embora.

"Está encerrado desde antes de começar", ele responde por cima do ombro, todo sarcástico. "Só você não percebeu isso."

Quando encaro Joe, vejo o sentimento de derrota estampado em seus olhos. Ele não tem mais força nem disposição para encarar esse tipo de batalha. É assim que eles acabam com a gente. Pouco a pouco. Pressionando cada vez mais até a gente se cansar e não aguentar mais lutar. Então eles tomam nossa cidade, nossos negócios e nossa dignidade.

"Quer saber?", eu digo para Joe, pegando o dinheiro e colocando na mão dele. "Toda vez que um de nós cede para um deles, só facilita as coisas para foderem a gente da próxima vez."

Só que... não. Da "próxima vez", o caralho. Comigo não vai ter próxima vez.

2

MACKENZIE

Desde que saí da casa dos meus pais em Charleston hoje de manhã, estou sentindo um arrepio incômodo na nuca, que só piora, e fica me dizendo para dar meia-volta. Correr. Fugir. Me juntar ao circo e me *revoltar* contra o fim do meu ano sabático.

Enquanto atravesso num táxi o caminho ladeado pelas sombras dos carvalhos que leva ao Tally Hall, no campus do Garnet College, um pânico absoluto se instala.

Isso está acontecendo mesmo.

Do outro lado do gramado verdejante e das fileiras de carros, uma multidão de calouros acompanhados dos pais leva suas caixas para dentro do prédio de tijolos que se eleva quatro andares na direção do céu azul. As molduras brancas adornam as fileiras de janelas e os telhados, uma característica distintiva de uma das cinco construções originais do histórico campus.

"Eu já volto para buscar as caixas", aviso o motorista. Coloco minha bolsa de lona no ombro e ponho a mala de rodinhas no chão. "Só quero saber se estou no lugar certo."

"Sem problemas. Pode ir sem pressa." Ele não está nem um pouco preocupado, provavelmente porque meus pais pagaram uma bela quantia fixa para que bancasse o meu chofer por um dia.

Enquanto passo por baixo do enorme lampião de ferro pendurado na viga acima da porta da frente, me sinto como uma prisioneira voltando para a cadeia depois de passar um ano foragida. Foi bom enquanto durou. Como eu vou conseguir voltar para essa vida de trabalhos de casa e provas surpresa? Ter minha vida ditada por professores assistentes e currículos de estudos depois de ser minha própria chefe por doze meses?

Uma mãe me para na escadaria para me perguntar se sou a monitora do alojamento estudantil. Inacreditável. Estou me sentindo uma velha aqui. A vontade de virar as costas e sumir volta a fervilhar no estômago, mas eu me obrigo a ignorar.

Vou me arrastando até o quarto andar, onde os quartos são um pouco maiores e mais bacanas, bancados por pais cuja fortuna equivale ao PIB de um país pequeno. De acordo com o e-mail que recebi no celular, meu quarto é o 402.

Do lado de dentro, uma pequena sala de estar e uma copa servem como área de separação entre os dois dormitórios. O da esquerda tem uma cama vazia com uma escrivaninha de madeira e uma cômoda combinando. À direita, pela porta aberta, uma loira usando um short com a barra desfiada e nada da cintura para cima anda de um lado para o outro, pendurando roupas nos cabides.

"Hã, olá?", eu digo, tentando chamar sua atenção. Deixo as malas no chão. "Oi?"

Mesmo assim, ela não me ouve. Com cautela, me aproximo e toco em seu ombro. Ela dá um salto e leva a mão à boca para abafar o grito.

"Ai, menina, que susto!", ela diz com um sotaque sulista carregado. Com a respiração pesada, tira os fones de ouvido sem fio das orelhas e enfia no bolso. "Quase mijei na calça."

Mesmo com os peitos expostos em toda sua glória, ela não faz a menor menção de se cobrir. Tento olhá-la só nos olhos, mas me sinto estranha fazendo isso, e viro para a janela.

"Desculpa ir entrando assim. Eu não esperava..." *encontrar minha colega de quarto fazendo a primeira cena de um filme pornô amador.*

Ela dá de ombros com um sorriso. "Ah, nem esquenta."

"Eu posso, hã, voltar outra hora se você..."

"Não, tudo bem", ela garante.

É inevitável não olhar para ela, com as mãos na cintura, apontando suas armas para mim. "Será que eu cliquei na opção nudista do formulário de requisição de moradia sem querer?"

Ela dá risada, e enfim veste um top. "Eu gosto de limpar a energia do lugar. E a gente só se sente em casa em um lugar se pode ficar pelada nele, né?"

"As persianas estão abertas", eu argumento.

"Não gosto de marquinhas de sol", ela responde com uma piscadinha. "Meu nome é Bonnie May Beauchamp. Acho que nós somos colegas de quarto."

"Mackenzie Cabot."

Ela me esmaga com um abraço apertado. Em geral, considero isso uma invasão grave do meu espaço pessoal. Mas, por alguma razão, não fico nem um pouco desconcertada no caso dela. Vai ver ela é uma bruxa, que está me hipnotizando com seus peitos mágicos. Mesmo assim, sinto uma energia boa emanando da garota.

Ela tem feições suaves e arredondadas e olhos castanhos enormes. E um sorrisão que consegue parecer ao mesmo tempo amigável para as mulheres e convidativo para os homens. É como uma irmã mais nova. Só que peituda.

"Cadê as suas coisas?", ela pergunta depois de me soltar.

"Meu namorado chega mais tarde com a maior parte delas. Mas tem algumas coisas no carro lá embaixo. O motorista está me esperando."

"Eu ajudo você a trazer."

Não é muita coisa, só algumas caixas, mas me sinto grata pela oferta de ajuda e pela companhia. Pegamos as caixas e deixamos no quarto. Em seguida, circulamos pelos corredores por um tempo, para conhecer os arredores.

"Você é da Carolina do Sul?", Bonnie pergunta.

"Charleston. E você?"

"Da Georgia. Meu pai queria que eu estudasse na Georgia State, mas a minha mãe estudou no Garnet, então eles fizeram uma aposta em cima do resultado de um jogo de futebol americano, e aqui estou eu."

No terceiro andar, tem um carinha andando com um cooler com alças nas costas cheio de frosé, oferecendo um copo para cada uma em troca do número de telefone. Está com os braços, o peito e as costas cobertos de rabiscos feitos com canetas permanentes, com números que em sua maioria estão faltando um dígito ou dois. Com certeza são todos falsos.

Recusamos a oferta e trocamos um sorriso quando passamos por ele.

"Você veio transferida de algum lugar?", Bonnie pergunta enquanto passeamos por aquele bazar de microcomunidades. "Quer dizer, não me leva a mal nem nada, mas você não parece ser caloura."

Eu sabia que isso iria acontecer. Estou me sentindo a monitora do campus. Dois anos mais velha que os demais, por causa do meu ano sabático e por ter começado mais tarde na pré-escola, porque meus pais decidiram estender uma viagem de barco pelo Mediterrâneo em vez de voltar para casa a tempo de me matricular.

"Eu tirei um ano sabático. Fiz um acordo com os meus pais, eu estudaria onde eles quisessem se antes pudesse trabalhar no meu negócio." Se dependesse de mim, eu teria inclusive pulado este capítulo da história da minha juventude.

"Você já tem seu próprio negócio?", Bonnie questiona, com os olhos arregalados. "Eu passei as férias de verão vendo reprises de *Vanderpump* e curtindo o lago."

"Eu fiz um site e um aplicativo", conto. "Quer dizer, não é nada muito grande. Não sou a fundadora de um lance como a Tesla nem nada assim."

"Que tipo de aplicativo?"

"É um site onde as pessoas podem postar as histórias mais vergonhosas envolvendo namorados. Tudo começou com uma brincadeira com as minhas amigas de colégio, mas aí a coisa decolou. No ano passado, montei outro site para as gafes com namoradas."

O que começou comigo e com meu blog cresceu no ano passado até ser preciso contratar alguém para cuidar dos anúncios, moderadores para o conteúdo do site e uma equipe de marketing. Tenho uma folha de pagamento para honrar e um saldo de sete dígitos na conta corrente. E, além de tudo isso, ainda preciso me preocupar com trabalhos e provas semestrais? Foi o combinado, e eu cumpro minha palavra, mas esse lance de faculdade me parece totalmente inútil.

"Ai, meu Deus, eu conheço esse site." Bonnie dá um tapa no meu braço, toda empolgada. Essa garota tem dedos de aço. "O PiorNamorado.com! Puta merda. Acho que as minhas amigas e eu passamos mais tempo lendo isso no último ano de colégio do que estudando. Como é aquela história mesmo? Sobre o namorado que teve intoxicação alimentar depois de um encontro e o pai da menina estava levando os dois para casa e o carinha teve uma diarreia violenta no banco de trás!"

Ela se contorce de tanto rir. Eu abro um sorriso, porque lembro bem dessa postagem. Teve trezentos mil cliques, milhares de comentários e rendeu o dobro em anúncios do que qualquer outra história naquele mês.

"Uau", ela comenta depois de recobrar a compostura. "Sério mesmo que você ganha dinheiro com isso?"

"Sim, com os anúncios. Eles pagam bem." Eu encolho os ombros em uma tentativa de ser modesta.

"Que máximo." Bonnie faz um beicinho. "Agora fiquei com inveja. Não tenho a menor ideia do que vim fazer aqui, Mac. Posso te chamar de Mac ou você prefere Mackenzie? É que fica *tão* formal."

"Pode me chamar de Mac, sim", eu respondo, segurando o riso.

"Depois de terminar o colégio, a gente tem que vir pra faculdade, né? Só que eu ainda nem sei no que quero me formar nem o que fazer quando for adulta."

"Dizem que é na faculdade que a gente se encontra."

"Pensei que fosse no Caribe."

Dou uma risadinha. Eu realmente gostei dessa garota.

Mais ou menos uma hora depois, meu namorado aparece com o restante das caixas. Faz semanas que não nos vemos. Eu estava atolada de coisas para fazer antes de passar os negócios para a mão da minha nova equipe de profissionais de tempo integral, então não tive tempo de ver Preston. É o maior tempo que passamos separados desde que a família dele foi passar férias no lago de Como.

Eu dei a ideia de alugar um apartamento fora do campus, mas Preston se recusou terminantemente. Por que se contentar com um lugar simplesinho se ele tem piscina, chef de cozinha e serviço de limpeza em casa? Não consegui encontrar uma resposta que não soasse condescendente. Se a independência dos nossos pais não serve como motivação para irmos morar juntos, então não sei o que dizer.

A independência é o que me motiva desde os tempos do ensino médio. Morar com a minha família é como andar num poço de areia movediça — que teria me engolido inteira se eu não tivesse arrancado os meus cabelos para improvisar uma corda e me arrastar para fora. Não nasci pra ser mantida por ninguém. Talvez seja por isso que, quando meu namorado que não vejo há mais de um mês entra no quarto com a primeira leva de caixas, não sou arrebatada por uma onda de empolgação repentina para matar toda a saudade acumulada depois de tanto tempo longe.

Não que eu não tenha sentido falta dele, nem que não esteja feliz por vê-lo aqui. É que... lembro de crushes que tive na época do ensino fundamental, quando ficar da hora do almoço até a sexta aula sem ver os meninos parecia uma eternidade, que causava uma gastura tremenda no meu coraçãozinho adolescente. Eu amadureci, ao que parece. Preston e eu temos um relacionamento confortável. Estável. Como dois velhinhos casados há anos.

"Oi, linda." Um pouco suado depois de quatro lances de escadas, Pres me envolve em um abraço apertado e me dá um beijo na testa. "Que saudade. Você está ótima."

"Você também." Atração física certamente não é um problema em relação a Preston — beleza, ele tem de sobra. É alto e magro, mas atlético também. Olhos azuis deslumbrantes que ganham um brilho inacreditável sob a luz do sol. O clássico rosto anguloso que chama atenção onde quer que ele apareça. Desde a última vez que nos vimos, ele cortou o cabelo, deixando os fios loiros mais compridos em cima, mas bem rentes nas laterais.

Quando ele vira um pouco a cabeça é que percebo os hematomas ao redor do nariz e do olho direito.

"O que aconteceu?", pergunto, alarmada.

"Ah, é." Ele leva a mão ao olho e dá de ombros. "Eu estava jogando basquete com os caras e acabei tomando uma bolada na cara. Não é nada de mais."

"Tem certeza? Parece estar bem machucado." Está horrível, na verdade, como um ovo frito queimado escorrendo pela lateral do rosto dele.

"Está tudo bem. Ah, antes que eu me esqueça. Comprei uma coisa para você."

Ele enfia a mão no bolso de trás da calça cáqui e saca um cartão de plástico com as palavras BIG JAVA escritas em letras garrafais.

Eu aceito o cartão de presente. "Ah, obrigada, lindo. É a cafeteria do campus?"

Ele assente com um gesto vigoroso. "Achei que era o melhor presente de 'boas-vindas' à faculdade para uma viciada em café que nem você. Tem uns dois mil de crédito aí, então você está tranquila."

Bonnie, que estava na copa, só ouvindo, solta um suspiro de susto. "*Dois mil?*", ela repete, com a voz estridente.

Eu sei que dois mil dólares para gastar em café é uma coisa meio exagerada, mas uma das coisas que mais adoro em Pres é o fato de ele ser tão atencioso. Dirigiu três horas até a casa dos meus pais e depois de volta para o campus, mas faz isso com um sorriso no rosto. Nunca reclama nem faz por obrigação. É simplesmente uma gentileza.

E gentileza é uma coisa importante.

Olho para a minha colega de quarto. "Bonnie, esse é o meu namorado, Preston. Pres, essa é a Bonnie."

"Prazer em conhecer", ele diz, abrindo um sorriso sincero. "Depois que terminar de subir as caixas da Mac, que tal eu levar vocês duas para almoçar?"

"Eu topo", Bonnie responde. "Tô morrendo de fome."

"Seria ótimo", eu digo. "Obrigada."

Quando ele sai, Bonnie abre um sorrisinho de menina e levanta os dois polegares para mim. "Muito bem. Faz quanto tempo que vocês estão juntos?"

"Quatro anos." Vou junto com ela para o banheiro que estamos prestes a dividir, para nos arrumarmos para sair. "Estudamos na mesma escola preparatória. Ele se formou quando eu estava no segundo ano."

Conheço Preston desde criança, mas fomos só amigos quando éramos mais novos, por causa da diferença de idade. Eu o via no clube de campo quando meus pais me obrigavam a ir junto, nas reuniões de fim de ano, nos eventos beneficentes e coisas do tipo. Quando entrei na Spencer Hill, ele foi legal o suficiente para mostrar que me conhecia quando nos encontrávamos nos corredores e ia me cumprimentar nas festas — me ajudou a conquistar a reputação necessária para sobreviver e me manter no ambiente tóxico de uma escola particular caríssima.

"Você deve estar aliviada por finalmente poder vir para a faculdade com ele. Eu no seu lugar ia enlouquecer pensando no que ele podia estar aprontando aqui sozinho."

"Com a gente as coisas não são assim", respondo enquanto penteio o cabelo. "Preston não é do tipo que apronta. Ele é apegado à família e aos planos, sabe?"

"Planos?"

Isso nunca soou esquisito antes, pelo menos não até Bonnie me olhar no espelho com as sobrancelhas erguidas.

"Bom, os nossos pais são amigos há muitos anos, então quando o namoro engrenou meio que ficou claro que a gente ia casar depois de se formar e tudo mais. Sabe como é, planos."

Ela fica me olhando com o rosto franzido. "E você... concordou com esses planos?"

"Por que não concordaria?"

É quase exatamente a mesma história do relacionamento dos meus pais. E dos pais deles também. Sei que é uma coisa que soa meio parecida com os casamentos arranjados de antigamente e, para ser sincera, acho que Preston precisou ser persuadido a me chamar para sair da primeira vez. Ele era um veterano na escola. Eu era a menina esquisita do segundo ano que ainda nem tinha aprendido a usar chapinha. Mas, se foi ou não uma sugestão dos pais do Pres, nenhum de nós dois nunca sentiu que era um namoro forçado. Nós gostamos de verdade da companhia um do outro, e isso continua valendo até hoje.

"Se fosse comigo, não ia gostar de saber que a minha vida toda foi planejada antes mesmo de pisar na faculdade. Isso é como ouvir spoilers sobre o filme na fila da pipoca." Bonnie encolhe os ombros, enquanto aplica um pouco de brilho labial. "Mas, enfim, se você está feliz assim, tudo bem, né?"

3

COOPER

Desde que éramos um bando de garotos idiotas correndo para cima e para baixo nas dunas, aprontando nas águas diante das mansões de milhões de dólares e fugindo da polícia, nós — os jovens desajustados e desocupados de Avalon Bay — temos uma tradição. O último domingo de verão termina com uma grande fogueira.

A única regra: só os locais participam.

Hoje, meu irmão e eu estamos dando a festa na nossa casa. A casa de praia de dois andares no estilo chalé que está na nossa família há três gerações — e não esconde nem um pouco sua idade. Está em mau estado, precisando de várias reformas, mas compensa a fachada dilapidada exibindo charme de sobra. Assim como seus moradores, imagino eu. Mas acho que Evan nesse quesito ganha de mim. Às vezes eu acabo virando um puta de um ranzinza.

No deque dos fundos, Heidi vem ficar ao meu lado, colocando um cantil de metal no gradil de madeira.

"Tem bebida lá embaixo. Um monte", eu aviso.

"A questão não é essa."

Ela se escora, de costas para o gradil, apoiada sobre os cotovelos. O lance de Heidi é que ela nunca está satisfeita com nada neste mundo, seu interesse vai além de tudo e de todos. Quando éramos mais novos, foi uma das primeiras coisas que me atraiu nela. Heidi estava sempre buscando algo mais. Eu queria ser capaz de ver o que ela via.

"Então qual é o lance?", eu pergunto.

"O toque de mistério. O cantil é segredo."

Ela me olha com um sorriso malicioso nos lábios. Se arrumou toda para esta noite, pelo menos para os padrões do pessoal daqui. Cachos nos cabelos. Batom bem vermelho. Está vestindo uma camiseta velha minha do Rancid, que cortou para transformar em um top que agora expõe um sutiã preto de renda. Ela fez um esforço para se produzir, mas isso não tem o menor efeito sobre mim.

"Não está muito no clima, né?", ela pergunta quando percebe que não mordi a isca.

Eu encolho os ombros. Porque, realmente, não estou no clima para uma festa.

"A gente pode cair fora daqui." Heidi fica de pé de novo e aponta com o queixo para *longe*. "Pegar o carro e sair por aí. Como a gente fazia quando você roubava a chave da sua mãe, lembra? Indo parar no Tennessee ou algum lugar do tipo, dormindo na caçamba da picape."

"Sendo expulso de um parque nacional por um guarda florestal furioso às quatro da manhã."

Ela dá risada e cutuca o meu braço. "Sinto falta das nossas aventuras."

Dou um gole no cantil dela. "Meio que perde a graça quando você tem seu próprio carro e idade pra beber."

"Eu garanto pra você que a gente ainda pode arrumar vários tipos de encrencas."

Esse brilho de entusiasmo nos olhos dela me deixa triste. Porque nós dois nos divertíamos juntos, e agora a coisa ficou meio tensa. Esquisita.

"Coop!" Lá embaixo no quintal, meu irmão grita para mim. "É uma festa, cara. Desce aqui."

A telepatia entre os gêmeos ainda funciona. Deixo Heidi no deque, desço a escada e pego uma cerveja a caminho da praia, onde encontro Evan ao lado da fogueira com alguns amigos nossos. Vou bebendo enquanto eles passam a hora seguinte repetindo as mesmas histórias que contamos há dez anos. Então Wyatt organiza um jogo de futebol à luz do luar, e a maioria das pessoas vai jogar ou assistir à partida, deixando apenas alguns de nós ao redor do fogo. Evan está na cadeira Adirondack do lado da minha, rindo de alguma coisa que nossa amiga Alana acabou de falar, mas não estou conseguindo me divertir hoje. É como se um inseto tivesse entrado debaixo da minha pele. E estivesse cavoucando lá dentro.

Abrindo buracos na minha carne e botando ovos cheios de raiva e ressentimento.

"Cara." Evan dá um chute no meu pé. "Sai dessa."

"Eu tô bem."

"Ah, sim", ele responde, sarcástico, "dá pra ver." Ele pega a garrafa vazia que eu estava segurando, distraído, e me joga uma cheia que tira do cooler. "Você está mal-humorado pra caralho já faz dois dias. Até entendo que esteja puto, mas já deu. Vai encher a cara, fumar um baseado. Heidi está por aí em algum lugar. Ela pode ficar com você de novo, se souber pedir com jeitinho."

Eu solto um grunhido abafado. Não existem segredos aqui. Quando Heidi e eu dormimos juntos pela primeira vez, mal tínhamos terminado de lavar o rosto na manhã seguinte e todo mundo já sabia. O que é mais uma prova de que não foi uma boa ideia. Transar com amigas é dor de cabeça na certa.

"Vai à merda, seu cuzão." Heidi joga um punhado de areia nele do outro lado da fogueira e mostra o dedo do meio.

"Ops", ele diz, sabendo que ela estava lá o tempo todo. "Foi mal."

"Isso é impressionante, sabe", Heidi comenta com um tom seco que é um aviso de que ela está prestes a pegar pesado. "Vocês são gêmeos idênticos, e ainda assim eu não chegaria nem perto do seu pau, Evan, mesmo sendo a cara do Cooper."

"Toma essa", Alana grita, caindo na risada ao lado de Heidi e Steph. As três são o tormento de todo garoto da baía desde que estávamos na terceira série. Uma trindade profana de gostosura e terror.

Evan faz um gesto obsceno em resposta, porque discutir não é o forte dele. Em seguida, se vira para mim. "Eu ainda acho que a gente devia esperar o clone sair de casa e acabar com a raça dele. As notícias voam por aqui, Coop. Se as pessoas ouvirem dizer que você deixou quieto um negócio desses, vão pensar que podem se meter com a gente quando der na telha."

"O Cooper teve foi sorte que aquele bostinha não chamou a polícia", Steph argumenta. "Mas, se vocês transformarem isso numa guerra, o cara pode mudar de ideia."

Ela tem razão. Eu só não passei os dois últimos dias na cadeia porque o tal do Preston se contentou em me humilhar. Apesar de jamais admitir minha derrota, ainda estou revoltado por ter sido demitido. Evan tem razão — um Hartley não pode deixar isso barato. Quando as pessoas pressentem uma fraqueza, começam a ter ideias. Mesmo quando você não tem quase nada, sempre aparece alguém querendo levar o pouco que ainda resta.

"Quem é esse cara, aliás?", Heidi pergunta.

"Preston Kincaid", Steph responde. "A família dele é dona daquela propriedade enorme perto da praia onde derrubaram os carvalhos de duzentos anos no ano passado pra construir uma terceira quadra de tênis."

"Argh, eu sei quem é", Alana diz, com seus cabelos ruivos de um tom intenso brilhando à luz do fogo. "Maddy estava com a lancha de parasail do pai dela umas semanas atrás, e levou esse cara e uma garota para um passeio. Ele ficou dando em cima da Maddy bem na frente da menina. Chamou ela pra sair. Ela deu uma desculpa qualquer, porque ainda queria ver se arrumava uma gorjeta, e ele sugeriu um ménage no meio do barco. A Maddy disse que quase jogou o cara na água."

Steph faz uma careta. "Que puta cara escroto."

"Pois é." Evan abre outra cerveja e dá um gole. "Ele está merecendo. Vai ser um serviço comunitário baixar a bola desse cara."

Olho para o meu irmão, intrigado.

"É hora da vingança, cara. Ele tirou uma coisa de você. A gente tira duas coisas dele."

Sou obrigado a admitir que estou louco por uma revanche. Há dois dias, tenho o estômago revirado pela raiva. O bar não era a minha única fonte de renda, mas eu precisava dessa grana. Todos os meus planos ficaram bem mais distantes depois que esse babaca me fez perder o emprego.

Reflito um pouco. "Não posso quebrar a cara dele, porque não quero ir parar na cadeia. Não tenho como fazer ele perder o emprego porque, enfim, o cara não trabalha. Nasceu com a bunda colada num berço de ouro. E então, sobra o quê?"

"Ai, coitada dessa menina, que tonta", Alana diz de repente, vindo para o nosso lado da fogueira com o celular na mão. "Acabei de ver as redes sociais dele. O cara tem namorada."

Eu estreito os olhos para a tela. Interessante. Kincaid postou um story hoje sobre a mudança da namorada para o alojamento estudantil do Garnet. Com emojis de coraçõezinhos e aquela melação toda que é sempre sinal de um pilantra tentando limpar a barra.

"Porra", Evan comenta, pegando o telefone e passando pelas fotos dos dois no iate idiota do Kincaid. "E a mina é gata, inclusive."

É mesmo. A foto em que Evan dá um zoom mostra uma garota alta de olhos verdes, cabelo escuro e pele bronzeada. Está usando uma camiseta cortada caindo por cima do ombro, revelando a alça azul do biquíni por baixo e, por algum motivo, essa única tira de tecido é mais excitante do que qualquer imagem pornográfica que eu já vi. É uma provocação. Um convite.

Uma ideia terrível se forma na parte mais podre da minha mente.

"Fica com ela", Evan sugere. Afinal, apesar de todas as diferenças entre nós, pensamos igual.

Os olhos de Alana se iluminam. "Isso mesmo."

"Como assim, roubar a namorada do cara?", Heidi questiona, incrédula. "Ela não é um objeto. Isso é..."

"Uma ótima ideia", Evan interrompe. "Pega a garota clone, esfrega isso na cara dele e depois dá um belo pé na bunda dela."

"Que horror, Evan." Heidi levanta e pega o telefone de Alana da mão dele. "Ela é um ser humano, sabia?"

"Não, é um clone."

"Você quer que ela dê um pé na bunda do Kincaid, certo? Então por que não arma um flagrante de traição e manda as fotos pra ela? No fim, dá no mesmo", Heidi propõe.

"Não dá no mesmo", meu irmão argumenta.

"Por que não?"

"Porque não." Evan aponta o gargalo da garrafa para Heidi. "Não basta o Kincaid sair perdendo. Ele precisa saber pra quem perdeu. Precisa doer."

"A menina não precisa se apaixonar pelo Cooper", Alana explica. "Só precisa rolar uma sedução suficiente pra ela querer dar um pé no namorado. Eles só precisam sair algumas vezes, no máximo."

"Sedução? Ele vai trepar com ela, então", Heidi rebate, revelando o verdadeiro motivo de não ter gostado do plano. "De novo, que horror."

Em qualquer outro dia, eu poderia ter concordado com ela. Mas não hoje. Esta noite, estou irritado e amargurado e querendo ver sangue. Além disso, é um favor que eu faço para essa garota, livrá-la de um cara como Kincaid. Ela vai ser poupada de uma vida de sofrimento com um mulherengo de merda que só vai tratá-la bem até fazer 2,5 filhos nela e então passar a dedicar toda a atenção para as amantes dele.

Conheci sujeitos como Preston Kincaid durante a vida toda. Uma das minhas primeiras lembranças é de estar sentado no píer com o meu pai e o meu irmão, sem entender por que aquelas pessoas arrumadinhas falavam com o meu velho como se ele fosse um tolete de merda que grudou na sola dos seus docksides. Porra, a namorada do Kincaid pode ser até pior que ele.

Steph levanta um possível porém. "Mas, se ele já está traindo a menina, quem garante que está preocupado em perdê-la? Pode ser que nem se abale se levar um pé na bunda."

Eu olho para Evan.

"Isso é verdade."

"Não sei..." Com um ar contemplativo, Alana estende a mão por cima do ombro de Heidi para ver o celular. "Vendo essas fotos, parece que eles já estão juntos há alguns anos. Aposto que é aí que ele quer amarrar o burro."

Quanto mais penso a respeito da ideia, mais interessado fico. Principalmente para ver o olhar na cara do Kincaid quando perceber que foi passado para trás por mim. Mas também porque, mesmo se não fosse namorada do cara, eu iria querer sair com ela.

"Vamos tentar deixar a coisa mais interessante", Steph sugere, trocando um olhar com Alana para explorar potenciais possibilidades. "Você não pode mentir. Não pode fingir que está apaixonado e nem transar, a não ser que ela tome a iniciativa. Beijar pode. E você não pode pedir pra ela terminar o namoro. Tem que ser ideia dela. Senão qual é a graça? Seria melhor usar o plano da Heidi."

"Combinado." Isso vai ser tão fácil que chega até a ser injusto.

"Omissão também conta como mentira." Heidi fica de pé, bufando. "E o que faz você achar que ela vai sair do mundinho deles por sua causa, aliás?" Ela não espera pela resposta. Simplesmente volta pisando duro para dentro da casa.

"Esquece ela", diz Alana. "Eu adorei esse plano."

Evan, por sua vez, me dá uma encarada e aponta com o queixo para a direção em que Heidi foi. "Você precisa se resolver com ela."

Pois é, pode ser que sim. Depois de algumas noites juntos, Heidi e eu voltamos a ter um lance platônico e ficamos numa boa o verão inteiro. Mas então, em algum momento, a maré virou e de repente ela voltou a se mostrar interessada na maior parte do tempo, e pelo jeito a culpa é minha.

"Ela já é bem crescidinha", eu respondo.

Talvez Heidi esteja querendo proteger seu território, mas isso passa. Somos amigos desde o primeiro ano de escola. Ela não vai ficar brava comigo para sempre.

"Enfim, qual é a decisão sobre a garota clone?", Evan pergunta, com um olhar cheio de expectativa.

Levo a garrafa de cerveja à boca e dou um gole rápido. Em seguida, encolho os ombros e digo: "Eu topo".

4

MACKENZIE

No sábado à noite, no fim da nossa primeira semana de calouras, Bonnie me arrasta para a cidade. *Para sentir o clima do lugar*, nas palavras dela.

Por enquanto, estamos nos dando muito bem morando juntas. Melhor do que eu esperava, na verdade. Sou filha única e nunca morei em nenhum outro lugar além da casa dos meus pais, então estava um pouco preocupada com esse arranjo de dividir o quarto com uma total desconhecida. Mas Bonnie é uma pessoa fácil de conviver. Sempre limpa a própria bagunça e me faz rir com seu jeitinho sulista. É como a irmã mais nova que eu sempre quis.

Faz meia hora que saímos do campus, e ela só comprovou minha teoria de que é uma espécie de bruxa. Essa garota tem poderes com os quais uma simples mortal só seria capaz de sonhar. Assim que chegamos ao balcão da espelunca com calcinhas penduradas nas vigas do telhado e placas de carros nas paredes, três caras praticamente abriram caminho aos empurrões no meio da multidão para pegar nossas bebidas. Tudo para conseguirem agradar Bonnie. Desde então, eu já a vi hipnotizar um cara após o outro sem o menor esforço. Ela simplesmente lança seu olhar, dá uma risadinha, joga os cabelos, e eles parecem dispostos a vender até a própria mãe, se for preciso.

"Vocês são novas na cidade?", um sujeito com tipo de atleta, usando uma camiseta bem justa e que exagerou no bronzeamento artificial, grita no meu ouvido por cima da música no último volume. Apesar de estar falando comigo, seus olhos estão voltados para Bonnie, que conversa animadamente. Não sei se alguém está escutando alguma coisa, mas isso não parece fazer diferença.

"Somos", eu respondo, com o rosto voltado para a tela do celular enquanto troco mensagens com Pres. Ele foi jogar pôquer na casa de um amigo.

Enquanto dispenso o mínimo de atenção necessária a esse cara, cuja função é entreter "a amiga", dois colegas dele puxam Bonnie pela mão até a pista de dança. De vez em quando, levanto os olhos da tela e balanço a cabeça diante de suas persistentes tentativas de manter uma conversa, o que nós dois sabemos ser inviável com a banda tocando no último volume.

Quarenta minutos depois de ele finalmente desistir, sinto um braço se agarrando ao meu. "Estou entediada. Vamos nos livrar logo desses caras", Bonnie fala no meu ouvido.

"Sim." Assinto de forma enfática. "Por favor."

Ela inventa uma desculpa para os dois caras que a seguem como patinhos atrás da mãe, e levamos nossos drinques escada acima. No segundo andar, que dá para o palco onde está a banda, encontramos uma mesa com um pouco mais de espaço. Aqui em cima está mais silencioso. O suficiente para ter uma conversa sem gritar ou recorrer a sinais rudimentares.

"Não curtiu?", eu pergunto, me referindo a suas mais recentes vítimas.

"Desse tipo de idiota tem de monte na minha cidade. Não dá pra jogar uma pedra pra cima por lá sem acertar a cabeça de um jogador de futebol americano."

Abro um sorriso por cima da borda do meu copo. Coquetel de frutas não é exatamente a minha praia, mas foi o que Bonnie pediu para os caras comprarem para nós. "Então qual é o seu tipo?"

"Tatuados. Altos, sinistros e revoltados. Quanto mais inacessíveis emocionalmente, melhor." Ela abre um sorriso. "Se tiver uma passagem pelo reformatório juvenil e uma moto, é comigo mesmo."

Eu quase engasgo de tanto rir. É fascinante. Ela não parece esse tipo de garota. "De repente nós podemos ir para um bar com mais Harleys do lado de fora. Não sei se você vai encontrar o que quer aqui."

Pelo que estou vendo, as opções são poucas. Na maior parte, estudantes do Garnet, que estão mais para garotos de clube de campo ou irmãos de fraternidade, além de alguns ratos de praia locais com camiseta regata. Nenhum deles chega nem perto dos devaneios de Bonnie, ninguém com roupas de couro com tachinhas.

"Ah, mas eu fiz as minhas pesquisas", ela diz, com orgulho. "Segundo os boatos, Avalon Bay tem exatamente o que eu quero. Os Hartley, dois irmãos gêmeos."

Eu levanto uma sobrancelha. "Gêmeos, é?"

"São locais", ela responde, assentindo. "Mas eu não sou gananciosa. Um só para mim já basta. Acho que tenho mais chances agindo em duas frentes.

"E esses irmãos Hartley cumprem todos os seus requisitos para bad boys?"

"Ah, sim. Umas garotas lá do campus me contaram sobre os feitos deles." Ela lambe os lábios. "E hoje à noite eu quero entrar para essa lista."

Contenho mais uma gargalhada. Essa menina... "Você nem conhece esses caras. E se eles forem um horror?"

"Não são, não. O nome deles não estaria na boca de todo mundo se fossem." Ela solta um suspiro de animação. "E aquela garota do quarto em frente ao nosso... Nina? Dina? Sei lá qual é o nome. Ela me mostrou uma foto deles, então não esquenta, srta. Mac, eles são *ótimos*."

Não consigo mais segurar o riso. "Tudo bem. Já entendi. Vou ficar de olho para ver se encontro uma dupla de clones bad boys."

"Obrigada. Mas e você?"

"Eu?"

"É, você."

"Eu não estou disponível, não." A tela do meu celular se acende de novo, com uma mensagem do Preston me dizendo que a próxima rodada de pôquer está para começar.

Outra coisa que aprecio nele é a rotina, a previsibilidade. Prefiro que as coisas sigam determinados parâmetros. Gosto de planejar. De organizar. Um namorado que está cada hora num lugar não serviria para a minha vida. Por outro lado, Bonnie não parece interessada num investimento de longo prazo. Talvez só numa transação rápida e imediata.

"Só estou dizendo." Ela dá uma piscadinha. "Aqui estamos entre amigas de confiança. Eu jamais deduraria uma colega de quarto se ela quisesse uma diversãozinha extra."

"Eu agradeço, mas dispenso. Pres e eu somos fiéis um ao outro." Eu não toparia manter um namoro a distância se não estivesse convicta da fidelidade dele. Agora que estamos os dois no Garnet, uma traição faria ainda menos sentido.

Ela me olha meio torto e abre um sorriso meio condescendente, apesar de eu saber que não é de propósito. "Então você leva bem a sério esse negócio de relacionamento?"

"Pois é." Até hoje só tive Preston, mas, mesmo se fosse outro, a monogamia é o meu lance. "Não entendo a lógica por trás de uma traição. Se você quiser sair com outros caras, é só ficar solteira. Não precisa colocar outra pessoa no meio."

"Então tá, um brinde a você, que sabe o que quer e vai atrás." Bonnie ergue seu copo. Brindamos, depois viramos nossos drinques. "Vamos embora daqui. Nós temos uns gêmeos para caçar."

E essa história toda é séria mesmo. Nas duas horas seguintes, eu vou seguindo Bonnie como se estivesse levando um cão farejador de pau na coleira. Ela me arrasta de bar em bar em busca dos tais gêmeos, deixando incontáveis vítimas enfeitiçadas em seu rastro. Um pobre-coitado atrás do outro vão se jogando aos seus pés, fulminados por suas covinhas. Eu nunca tive problemas em atrair a atenção masculina, mas, ao lado de Bonnie May Beauchamp, é como se eu fosse uma banqueta quebrada. Ainda bem que tenho namorado, ou ia acabar ficando complexada.

Por mais que eu queira ajudar Bonnie em sua cruzada para localizar e atacar seu bad boy local, essa coisa de acompanhante logo fica tediosa à medida que a noite avança. Se ela não se cansar em breve, posso acabar tendo que dar uma paulada na cabeça dela e arrastá-la de volta para o alojamento.

"Agora é o último", eu aviso quando entramos em mais um bar do calçadão. O nome desse é Rip Tide. "Se os gêmeos não estiverem aqui, você vai ter que se contentar com outro bad boy."

"Certo, o último", ela promete. Em seguida lança um olhar todo meigo para mim e, como todos os caras que cruzaram nosso caminho hoje à noite, sinto a minha determinação se esvair. É impossível ficar irritada com essa garota.

Ela me pega pelo braço e me puxa para dentro do Rip Tide. “Vamos lá, amiga. Estou com um bom pressentimento.”

5

COOPER

Ela está aqui.

O destino deve ter aprovado o meu plano, porque minha ideia era só sair com uns amigos no sábado à noite para ver a banda de um conhecido tocar no Rip Tide, e dou de cara com *ela*. Está sozinha em uma mesa alta com banquinhos, bem na minha frente, como se tivesse sido colocada ali por uma força maior.

Seu rosto é inconfundível. E, puta merda, se ela já era bonita nas fotos, pessoalmente é outra conversa. O tipo de garota que se destaca no meio da multidão. Muito gata, com cabelos escuros compridos e olhos penetrantes que brilham sob as luzes do palco. Mesmo à distância, dá para ver que tem uma postura despreocupada, uma aura de confiança. Com uma camiseta branca amarrada com um nó na cintura e calça jeans, chama atenção por não se esforçar demais para ficar bonita.

Tudo isso já bastaria para chamar minha atenção, mesmo se o corpo dela não fosse lá essas coisas. Só que não é esse o caso — pernas compridas, peitos grandes, bunda redondinha. É o tipo de garota com que costumo ter minhas fantasias.

"É ela?" Alana chega mais perto para seguir meu olhar até onde a namorada de Preston Kincaid está sentada. "É ainda mais bonita pessoalmente."

Nem me fale.

"Que tal uma saidinha pra fumar antes que a banda comece a tocar?", sugere nosso amigo Tate, levantando da mesa e passando a mão pelos cabelos bagunçados.

"Não, nós vamos ficar por aqui mesmo", Alana responde por nós.

Ele levanta a sobrancelha para mim. "Coop?"

Mais uma vez, Alana é quem fala no meu lugar. "Ele está indo mais devagar na rota do câncer." Ela faz um aceno com a mão. "Podem ir vocês."

Dando de ombros, Tate se afasta, seguido por Wyatt e a namorada, Ren. Assim que eles não estão mais lá, Alana se volta para mim.

"Vamos lá, quero ouvir", ela manda.

"Ouvir o quê?"

"O que você vai falar. Manda umas cantadas pra eu ouvir." Ela joga o cabelo de lado e apoia o queixo nas mãos, me lançando um olhar sarcástico.

"Me deixa em paz." Eu não preciso de instruções para isso.

"Você precisa ter um plano", ela insiste. O problema de Alana é que, quando ela se envolve em alguma coisa, acaba tomando conta do negócio. "Você não pode só chegar lá e pôr o pau pra fora."

"Ah, valeu por avisar." Termino minha cerveja e me levanto da mesa.

Alana me segura, abaixa as mangas da minha camiseta Henley preta e ajeita o meu cabelo.

"Pra que isso?", eu reclamo.

"A primeira impressão é a que fica", ela explica. "Só para o caso de ela ser muito certinha. Meninas boazinhas não curtem tatuagens." Ela se inclina para trás e faz uma última avaliação antes de me dispensar com um gesto com a mão. "Pronto. Vai lá e arrasa."

Esse é o problema de ter amigas mulheres.

Antes de me aproximar da mesa onde está o meu alvo, olho ao redor para ver se Kincaid não está por perto. Não que eu não queira uma vingança. Mas outra briga de bar não faz parte do plano. A coisa vai funcionar melhor se eu puder agir na surdina até ser tarde demais para ele conseguir interferir. Ganhar a parada antes mesmo que ele perceba que o inimigo está atacando.

Satisfeito por constatar que ela está em voo solo esta noite, me aproximo de sua mesa. Com os olhos grudados no celular, ela só nota a minha presença quando eu a cutuco no braço.

"Oi", eu digo, inclinando a cabeça para perto para que ela possa me ouvir por cima da música alta. "Você está usando esse banquinho?"

“Não.” Ela mantém a atenção voltada para a tela. “Fica à vontade.” Quando eu me sento, ela levanta a cabeça. “Ah. Pensei que você fosse levar o banquinho para outra mesa. Mas tudo bem.”

“Me ajuda a esclarecer uma aposta”, eu continuo, me inclinando para mais perto. Ela tem um cheiro bom, tipo de baunilha com alguma coisa cítrica. Tão bom que quase esqueço por que estou aqui. O fato de ela não ter se afastado nem jogado uma bebida na minha cara já é um bom começo.

“Hã... que tipo de aposta?” Percebo um brilho de hostilidade em seus olhos, mas então sua expressão se atenua. Quando ela me encara, percebo que está intrigada.

“E se eu dissesse que, daqui a uma hora, você vai embora deste bar comigo?”

“Eu diria que admiro a sua iniciativa, mas que é melhor queimar esse seu cartucho com outro alvo.”

“Então a aposta está feita.” Olhando bem para ela, eu estendo a mão. Para mim, a melhor maneira de conhecer uma pessoa é colocando um pouquinho de pressão, para ver como ela reage. Dar corda para ver o que acontece.

“Eu tenho namorado”, ela responde em um tom seco, ignorando a minha mão. “É uma aposta perdida.”

Olho bem nos olhos dela. De um jeito bem insolente. “Eu não perguntei se você tem namorado.”

Por um momento, ela fica perplexa. Claro que sim, porque não está acostumada a ser tratada assim por ninguém. Muito menos pelo seu namorado idiota. Garotas assim têm pais que satisfazem todas as suas vontades, e empregados que só faltam rastejar aos seus pés. E, quando ela percebe qual é a minha, vejo que concluiu que sou mais interessante do que a pessoa com quem estava trocando mensagens no celular.

Ela desliga a tela e põe o aparelho na mesa.

Previsível demais. Toda riquinha de boa família quer saber como seria estar com um cara que nasceu fora da bolha dourada na qual vive. É a coisa mais próxima de emoção verdadeira que elas podem ter na vida.

“Você está de brincadeira?” Ela olha ao redor. “Foi a Bonnie que te mandou vir falar comigo?”

"Eu não conheço nenhuma Bonnie. Meu nome é Cooper."

"Mackenzie", ela responde com a testa franzida, ainda tentando entender o que está acontecendo. "Mas é sério, eu tenho namorado."

"Isso você já falou."

Eu me aproximo um pouco mais, e ela não recua. O espaço entre nós se resume a poucos centímetros, e o ar está começando a ficar carregado.

"Na maior parte do mundo civilizado, isso é uma coisa importante", ela responde.

"E, apesar de já ter olhado ao redor várias vezes, eu não estou vendo esse cara de quem você tanto fala."

A expressão dela é de incredulidade, e talvez um pouco de divertimento. Isso mostra exatamente o quanto está acostumada a ter caras no seu pé. Mas percebo uma certa inquietação. Eu a peguei desprevenida. Isso me diz que ela está pensando a respeito. Já conheci inúmeras garotas assim, e inclusive dormi com algumas, então sei que no momento tem um monte de fantasias inesperadas e dúvidas passando por essa cabecinha bonita.

"Eu saí com a minha colega de quarto hoje." A voz dela ainda demonstra resistência, uma determinação em continuar firme, ou pelo menos parecer que sim. Trata-se de alguém que nunca se comporta como um alvo fácil. "É uma noite das garotas."

"Ah, sim, você parece estar se divertindo de montão mesmo", retruco, apontando para o seu copo d'água. "Alguém aqui tem a síndrome da boa garota, então?"

"Eu queria saber por que você acha que me insultando vai conseguir ganhar sua aposta."

"É só você pagar pra ver."

Ela gira o canudo no copo. "Hoje eu estou mais preocupada com a minha colega de quarto."

"E se eu tiver achado que você estava parecendo meio solitária aqui?"

Ela inclina a cabeça, estreitando os olhos. Consigo até ver os mecanismos de sua mente funcionando, tentando me analisar. "E por que isso?"

"Vamos parar com o papo-furado."

Ela assente com um sorrisinho. "Pois é, vamos."

"Você é uma mulher bonita e desacompanhada num bar lotado, mas com a cara grudada no celular porque preferia estar em outro lugar. E, onde quer que seja esse lugar, tem alguém se divertindo sem você, que está aqui usando seu tédio como uma prova de lealdade, com essa ideia equivocada de que não estar contente mostra como é uma ótima pessoa. Então, sim, acho que está rolando uma solidão. E que você estava tão ansiosa para se divertir um pouco que na verdade ficou feliz por eu ter aparecido, apesar de não admitir. No fundo, no fundo, você quer ter um pretexto para sair do seu script."

Mackenzie não responde. Na eletricidade que se acumula no pouco espaço entre nós, vejo a indecisão surgir em seus olhos. Ela reflete sobre tudo o que eu disse, mexendo o canudo no copo d'água.

Se ela me mandar cair fora, é o fim. Depois de ser desafiada desse jeito, qualquer coisa que não seja uma rejeição imediata é uma admissão de que pelo menos um pouco de razão eu tinha. Mas, se ela não se fechar para mim, o que vem pela frente se torna incerto. Não existem regras, e trata-se de um território perigoso para alguém cujo mundo é todo mapeado desde o berço. Ter dinheiro significa nunca precisar pensar com a própria cabeça.

Se ela decidir entrar na minha, a situação se torna ainda mais imprevisível.

"Certo", ela diz por fim. "Eu aceito a aposta." Percebo que ela ainda está cética sobre as minhas motivações, mas intrigada também. "Mas, se está pensando que isso vai terminar com a gente na cama, é melhor aceitar a derrota agora mesmo."

"Tudo bem. Eu é que não iria propor uma ideia dessas, tipo se divertir, pra você."

Ela revira os olhos, tentando em vão esconder um sorriso.

"Na verdade, dava pra sentir seu desânimo lá de longe", eu complemento, apontando com o queixo para a mesa em que Alana e nossos amigos estão, tentando fingir que não estão nos olhando — e falhando feio. "Sinceramente, o que eu estou fazendo é um protocolo de redução de danos. Se a sua postura não melhorar, vamos ter que pedir pra você ir embora, antes que o desânimo se espalhe."

"Ah", ela diz, com uma expressão de seriedade fingida. "Se é uma emergência médica, então claro, por favor."

Ela é bem-humorada, pelo menos. Estava com medo de que fosse outra patricinha que não soubesse falar de outra coisa além de roupas e futilidades. Pensei que ia ter que lidar com uma atitude típica de clone de reclamar de tudo e achar que tem todos os direitos do mundo, mas essa garota parece normal, não tem aquela pretensão afetada.

"Então, *o que* trouxe você pra cá hoje à noite?", eu pergunto. Quanto mais ela falar de si mesma, mais suas barreiras vão cair. E assim ela pode se sentir no controle.

"Minha colega de quarto está caçando uma dupla de gêmeos", ela me informa.

Ah, não me diga. "Por esporte ou pela carne?"

"Um pouco de cada coisa." O olhar dela perambula pelo bar, procurando a colega de quarto no meio da multidão. "Ela tem uma queda por garotos socialmente improdutivos que estampam a personalidade na pele, e enfiou na cabeça que esses gêmeos são bons candidatos. Para mim, uma selfie no Instagram no dia seguinte não vale um herpes, mas quem sou eu para falar, né?"

Preciso me esforçar para não rir. Isso é perfeito. Quase me sinto mal fazendo isso com ela, mas não chega a tanto. Afinal, ela disse que eu tenho herpes.

"Você conhece esses gêmeos?", questiono, fingindo um tom inocente.

"Não, mas a fama deles é tão grande no campus que chegou aos ouvidos de uma caloura na primeira semana de aula, então deve ter histórias de sobra." Ela faz uma cara de nojo. Se eu não estivesse me divertindo tanto, poderia até ficar ofendido. "Qualquer um que roda tanto por aí deve ser capaz de encher uma placa de Petri com todos os tipos de infecções genitais."

"Claramente", eu digo, bem sério. "Você sabe o nome desses pacientes zero?"

"Irmãos Hartley. Eles são locais." Nesse momento, o rosto dela se ilumina. "Você conhece? Quer dizer, a Bonnie ficaria toda contente só de conseguir uma pista, mas se eles forem amigos seus ou coisa do tipo..."

Eu mal consigo me segurar a essa altura.

"Não, esquece esses caras." Estou segurando o sorriso com todas as forças. "Esses dois não valem nada."

"Mac! Só vou pegar outra bebida e depois a gente... Ah." Uma loira baixinha se aproxima e então detém o passo, olhando bem pra mim. Ela fica com o rosto todo vermelho quando seus olhos grandes se voltam para Mackenzie.

Alguns segundos marcados por um malabarismo mental pesado se passam entre as duas até que Mackenzie segura meu pulso e levanta uma das mangas da minha camiseta, revelando as minhas tatuagens.

"Ah, vai se foder", ela me diz, cuspindo fogo pelas ventas. "Ah, não. Você só pode estar brincado. Não é justo." Ela se senta no banquinho de novo e cruza os braços em uma postura desafiadora. "Você sabia que eu estava falando de vocês e mesmo assim me deixou continuar."

"Eu não sou de recusar entretenimento gratuito", respondo, enfim liberando o sorriso.

A colega de quarto se acomoda no banquinho ao lado de Mackenzie, sem tirar os olhos de nós. De repente percebo que a presença dela pode complicar as coisas. Essa menina pode arruinar meu plano, dizendo que quer ficar comigo e tirando Mackenzie de cena antes mesmo que eu tenha uma chance, ou então pode ser o ás na minha manga. Se conseguir atraí-la para o meu lado, vou ter acesso livre ao meu objetivo final. Por sorte, tenho um estepe para oferecer a ela.

"Você me enganou." Com um tom enfático, Mackenzie comunica: "Uma tentativa deliberada de logro. Isso não é permitido. Na verdade, toda essa interação que rolou até foi invalidada. Nós nunca fomos apresentados. Eu não te conheço".

"Uau." Eu me afasto um pouco da mesa, segurando o riso. "Agora você me deu o que pensar. Vou precisar de uma bebida para ajudar a digerir isso. Que tal mais uma rodada?" Dessa vez, direciono a pergunta para a colega de quarto, cujo olhar permanente de espanto ainda não se desfez.

"Sim, por favor", ela responde. Mackenzie faz menção de protestar, mas a colega de quarto lança um olhar para silenciá-la. "Obrigada."

Vou até o balcão e lanço um olhar para Alana, que levanta da mesa onde estão nossos amigos para vir atrás de mim. Ela faz o caminho mais longo, passando devagar por Mackenzie e por sua colega de quarto enquanto eu peço três cervejas.

"Parece que as coisas estão indo bem", Alana comenta quando finalmente chega até mim. A banda que está tocando termina a apresentação, e há um breve período de silêncio antes de começarem a pôr para tocar umas músicas genéricas enquanto a próxima banda se prepara para subir no palco.

"Ela é de boa", respondo, dando de ombros. "Meio bocuda, mas desde quando isso é problema pra mim?"

"Certo. Bom, vê se não vai se apegar demais." Alana pede uma dose de destilado.

"Acabei de conhecer a garota. Relaxa." Além disso, apego nunca foi problema para mim. Do jeito como fui criado, não demorei a aprender que tudo é temporário. Não vale a pena me envolver demais. Assim é mais fácil. Mais honesto. E poupa todo mundo de vários tipos de dramas.

"Eu ouvi as duas conversando." Alana vira o copo e faz uma careta ao sentir a bebida descer queimando. "A loirinha disse: 'Pode ficar com ele se quiser', mas a nossa garota respondeu 'Não, vai em frente você'. Então..." Ela se vira e se encosta no balcão, olhando para a mesa das duas. "Você ainda tem muito trabalho pela frente."

"É uma longa história, mas Evan pode entrar na jogada pra ficar com a loira."

"Nossa, coitado", Alana comenta, revirando os olhos para mim.

A colega de quarto é bem gata, verdade, mas na verdade não faz o meu tipo. E aliás tem metade da minha altura, e eu detesto forçar a coluna me abaixando para beijar uma garota.

As nossas bebidas chegam, e eu volto para onde estão as garotas, ouvindo Alana gritar algo como *Vai nessa, tigrão* às minhas costas. Subestimei totalmente o quanto podia ser irritante transformar a minha vida sexual em uma espécie de atração esportiva.

Coloco as bebidas na mesa e me sento. Quando Mackenzie afasta a água para pegar a cerveja, fico com a certeza de que ela está interessada. Se fosse para se assustar e dar no pé, ela faria isso antes de eu voltar.

"Cooper Hartley." Estendo a mão para a colega de quarto, que está me observando de um jeito nada discreto.

Ela segura a minha mão, deixando os dedos pequenos por lá durante mais tempo que o normal. "Bonnie May Beauchamp", ela responde com um sotaque sulista bem forte. "Acho que o seu irmão não está por aqui, né?"

"Não, ele deve ter ido procurar encrenca em outro lugar." Na verdade, tá arrancando um pouco da herança de uns riquinhos em um salão de sinuca aqui perto. É praticamente uma fonte de renda fixa dele. "Não dá pra levar esse moleque pra lugar nenhum."

"Que pena." Bonnie faz beicinho, brincando.

Está na cara que essa tal de Bonnie é bem saidinha. Exala uma energia sexual explosiva por todos os poros.

"A gente estava torcendo pra que você soubesse onde ia ser o after, né, Mac? Num lugar... mais íntimo."

Mackenzie lança um olhar incomodado para a colega. Eu me esforço para não sorrir. Agora, se ela se recusar a ir, vai melar o esquema da amiga. *Que dureza, Mac.* Eu e a colega dela estamos virando bons aliados. Isso vai ser mais fácil do que eu esperava.

"Mais íntimo, é?", pergunto.

Mackenzie olha feio para mim, se dando conta de que nunca teve a menor chance de sair vencedora do nosso joguinho. Eu até me sentiria mal, caso não estivesse nem aí. A menina é gata, e não parece ser das piores, mas eu não me esqueci do motivo por que estou aqui. Ela ainda é só um meio para atingir um fim.

"Eu conheço um lugar." Ainda é cedo demais para convidá-las para a minha casa. Isso seria uma jogada ousada, e instintivamente sei que não seria uma boa estratégia para usar com essa garota. Ela exige uma abordagem mais comedida. Criar uma base. Uma amizade. Eu sei ser paciente quando preciso. A missão é fazê-la terminar com Kincaid. Para que isso aconteça, nosso envolvimento precisa ser mais forte.

"Isso não parece nem um pouco suspeito", Mackenzie comenta com uma boa dose de ironia.

"Vou mandar uma mensagem pro meu irmão, pra ver se ele topa se meter numa encrenca com a gente, em vez do que está aprontando agora. Que tal?"

"Eu tô dentro." Bonnie olha para Mackenzie como uma menininha que pede um pônei para o papai.

"Não sei, não." Em dúvida, ela olha no celular. "É quase uma da manhã. Meu namorado já deve estar em casa, esperando a minha ligação."

"Ele vai sobreviver", insiste Bonnie. O tom do apelo dela se torna mais urgente. "Por favor?"

"É, princesinha. Curte um pouco a vida."

Mackenzie avalia a situação e, por uma fração de segundo, chego a duvidar. Talvez eu tenha entendido tudo errado e ela não seja uma garota rica entediada que precisa se soltar um pouco. É bem capaz de se levantar, ir embora e nunca mais olhar na minha cara.

"Tudo bem", ela cede. "Uma hora, no máximo."

Não, eu ainda sei como funciona esse jogo.

6

MACKENZIE

Nem sei direito como viemos parar aqui. Estou com Bonnie, Cooper e o irmão gêmeo idêntico dele, Evan, ao redor de uma fogueira na praia, com o som das ondas quebrando afogado pelos barulhos do calçadão. Minúsculas faíscas e brasas estalam e são levadas pela brisa quente do mar. As luzes que piscam atrás das dunas se refletem na água.

Claramente, eu fiquei maluca. É como se alguém tivesse sequestrado o meu cérebro a partir do momento em que deixei esse desconhecido nos arrastar para um lugar escuro. Agora, com Bonnie se entrosando cada vez mais com seu bad boy, uma inquietação vai crescendo dentro de mim. E vem da silhueta no formato de Cooper do outro lado das chamas.

"Que papo-furado, esse seu", Bonnie acusa. Está sentada de pernas cruzadas ao meu lado, aos risos, mas sem acreditar.

"É sério." Evan ergue as mãos para afirmar sua inocência. "Coop estava sentado com uma cabra no banco de trás da viatura, e o bicho estava com medo, se debatendo. Deu um coice bem no meio da testa dele, e começou a jorrar sangue por todo lado. Ele tentou acalmar a cabra, mas estava tudo ensanguentado lá atrás. Tinha sangue em cima dele e do bicho, e nas janelas. E eu dirigindo um carro de polícia roubado, com as sirenes ligadas, as luzes piscando e tudo mais."

Eu dou risada do jeito que ele tem de contar essa história maluca, gesticulando sem parar. Evan passa a impressão de ser mais brincalhão que Cooper, que parece ser do tipo mais intenso. O rosto dos dois é idêntico, mas é fácil diferenciar um do outro. Os cabelos escuros de Evan são mais curtos, e ele não tem tatuagens nos braços.

"E nisso a gente ouvindo tudo pelo rádio", Cooper comenta, com seu rosto atraente até demais envolvido pela dança de luz e sombra do fogo entre nós. "Eles dizendo: 'Uns moleques idiotas roubaram uma cabra e uma viatura. Cerquem o perímetro. Interditem a ponte'. E a gente pensando, porra, e agora, o que a gente vai fazer com esse negócio?"

Não consigo desviar o olhar da boca dele. Das mãos. Dos braços musculosos. Estou tentando distinguir os contornos das tatuagens enquanto ele gesticula. É uma tortura psicológica. Estou amarrada numa cadeira, com os olhos forçados a ficar abertos, enlouquecendo com seus olhos escuros e sorriso torto. E, embora o rosto de Evan seja literalmente o mesmo, por algum motivo ele não me desperta *nenhuma* reação. Nem de longe. Só Cooper.

"Com treze anos, a gente foi alvo de uma perseguição policial", continua Evan, "tudo porque a Steph tinha visto uma cabra amarrada no quintal de alguém e, quando pulou a cerca pra soltar, o dono apareceu com uma espingarda. E o Coop e eu pensamos: ah, não, ela vai levar bala por causa de uma cabra."

"A gente pulou a cerca atrás dela, e eu fui estourar o cadeado com o martelo pra..."

"Vocês estavam com um martelo?" Até eu estranho a minha voz. Estou ofegante, porque meu coração está aceleradíssimo, apesar de estar sentada já faz um bom tempo. Totalmente imóvel. Enfeitiçada por ele.

"Ah, sim." Ele me olha como se a minha pergunta fosse a coisa mais estranha do mundo. "Era um cadeado vagabundo. Com umas boas marteladas na lateral, todas as peças de dentro arrebentam. Enfim, o Evan pegou a cabra, e os tiros de espingarda voando por todo lado, porque o dono estava bêbado e não conseguia mirar em porra nenhuma."

"Mas de onde veio o carro da polícia?", Bonnie questiona.

"A gente estava correndo com o bicho na coleira e um policial parou a gente, né?" Evan fica mais empolgado, gesticulando com a garrafa de cerveja que trouxe para a praia na mão. "Ele sacou a arma de eletrochoque, mas a gente estava em três e mais a cabra, então ele não sabia em quem mirar. Como deixou a porta aberta, eu pensei: foda-se, vou cair pra dentro."

"Evan e eu entramos no carro", Cooper complementa, "e a Steph saiu correndo pra distrair o polícia. Enfim, nessa hora a cabra me deu um puta coice, e eu estava zonzo no banco de trás, quase desmaiando, e aí o Evan disse: 'Mano, vamos pegar esse carro e sumir daqui'."

"E o que aconteceu com a cabra?", eu pergunto, sinceramente preocupada com o destino do pobre animal, mas morrendo de medo de que alguém perceba o quanto estou arrebatada. Olhando para ele sem parar.

"Evan entrou numa trilha que atravessa o parque estadual, que os bombeiros usam pra apagar incêndio, e de algum jeito conseguiu tirar o bicho do banco de trás e soltar na floresta. Ele me deixou desmaiado no chão do lado do carro, porque aí quando a polícia chegasse e me visse apagado e coberto de sangue, parecendo morto, todo mundo ia surtar. Eles chamaram uma ambulância, e eu acordei no hospital. No meio da confusão, consegui sair de fininho e encontrei o Evan em casa como se nada tivesse acontecido."

"Eles não pegaram vocês?" Bonnie cai na risada.

"Mas nem ferrando", Evan responde. "A gente saiu ileso."

"Então vocês largaram uma cabra sozinha no meio do mato?" Dou uma encarada neles, achando graça, mas ao mesmo tempo horrorizada.

"O que a gente podia fazer com o bicho?", Cooper rebate.

"Outra coisa que não isso! Ai, meu Deus. Coitadinha da cabra. Eu vou ter pesadelos com o bichinho aos berros numa floresta escura. Sendo perseguida por linces ou sei lá o quê."

"Está vendo?" Evan dá um soco no braço do irmão. "É por isso que a gente nunca deve bancar o herói por causa de uma garota. Elas nunca ficam satisfeitas."

Eu dou risada, apesar de tudo. Pensar nesses dois atravessando a cidade, mal conseguindo olhar por cima do volante, com uma cabra apavorada se debatendo e dando coice no banco de trás, é hilariante.

Por mais um tempo, ficamos contando histórias engraçadas. De quando Bonnie e sua equipe de animadoras de torcida transformaram a escadaria de um hotel em um tobogã durante uma competição na Flórida. Ou de quando uma amiga e eu conhecemos uns caras quando fomos acampar com a família dela e quase botamos fogo nas barracas soltando fogos de artifício.

E então finalmente chega o momento que Bonnie vinha aguardando ansiosamente a noite toda.

Evan pega o cobertor que trouxe do carro e pergunta se ela quer ir dar uma volta. Os dois estavam trocando olhares desde o momento em que chegamos. Antes de ir, ela olha para mim para se certificar de que vou ficar bem sozinha, e eu assinto com a cabeça.

Porque, apesar de me sentir apavorada pela ideia de ficar a sós com Cooper, é exatamente isso o que quero.

"Muito bem, meu trabalho aqui já está feito", eu digo, tentando agir normalmente.

Ele atiça o fogo com um graveto, movendo os pedaços de lenha. "Não esquenta, ela está segura com ele. Apesar de falar como um bandidinho, Evan não é um tarado nem nada do tipo."

"Eu não estou preocupada." Fico de pé e me ajeito no lugar onde Evan estava sentado na areia, ao lado de Cooper. Eu não deveria, mas estou louca para arrumar dor de cabeça. E não sei se é por causa dele ou por causa do cheiro intoxicante da madeira, mas estou me sentindo bêbada, mesmo só tendo tomado uma cerveja. "Na verdade, nenhum de vocês dois é o que eu esperava. E digo isso no bom sentido."

Ô-ou. Percebo que posso ter passado a impressão errada. Sinto meu rosto esquentar, e fico torcendo para que ele não encare esse comentário como uma manifestação de interesse.

"Pois é", ele responde, balançando a cabeça. "Ainda meio que tô esperando um pedido de desculpas por você ter falado que eu tenho herpes."

"Vou exercitar o meu direito de permanecer calada nesse caso." Eu seguro o riso, dando uma espiada nele de canto de olho.

"Ah, então é assim?" Ele levanta uma sobrancelha, se fingindo de indignado.

Eu dou de ombros. "Não sei do que você está falando."

"Tudo bem. Já entendi. Mas não se esqueça disso, Mac. Você teve a chance de sair por cima."

"Ah", eu provoco. "Então agora é guerra, é? Somos inimigos jurados de morte?"

"Eu não começo as brigas, só termino." Ele faz de brincadeira uma cara de durão e joga areia em cima dos meus pés.

"Ah, quanta maturidade."

"Agora, sobre a nossa aposta, princesinha."

Isso atrai minha atenção. Ao ouvir esse apelido engraçadinho, eu finalmente assumo o que se tornou inevitável, por mais assustador que seja.

Cooper é um gato.

Gatíssimo.

Atraente não só por causa do rosto de feições fortes e angulosas, e dos olhos escuros que parecem remeter a antepassados remotos. Ele também tem uma aura de *estou pouco me fodendo pra tudo* que apela para o que existe de mais volúvel e impressionável dentro de mim. Sob a luz do fogo, ele chega a parecer quase perigoso. Como uma faca quando reflete a luz na lâmina. Mesmo assim, seu magnetismo é inegável.

Não me lembro da última vez que senti uma atração tão visceral por um cara. Nem se um dia isso já aconteceu.

E não estou gostando disso. Não só porque tenho namorado, mas também porque minha pulsação está disparada e meu rosto está quente, e detesto a sensação de não estar no controle do meu próprio corpo.

"Nós nunca dissemos o que estávamos apostando", ele comenta.

"E o que você vai querer?" O que é justo é justo. E eu sou uma mulher de palavra.

"Quer dar uns beijos?"

Eu tento não me abalar, mas minha pulsação dispara ainda mais. "Que outra coisa você sugere?"

"Bom, eu achei que uma chupada não rolaria de jeito nenhum, mas se é pra negociar..."

Contra a minha própria vontade, eu abro um sorriso. "Seu descarado."

De alguma forma, ele consegue aliviar a tensão do momento, diminuindo o constrangimento até eu não me sentir mais de cabelo em pé.

"Tudo bem", ele diz, abrindo um sorriso sexy. "Você é dura na queda mesmo. Eu chupo você primeiro."

"Bom, acho que a gente não vai conseguir chegar a um acordo dessa vez."

"É mesmo?" Ele me encara com os olhos pesados. É impossível não notar que está me despindo em sua mente. "Tudo bem. Mas eu vou anotar o placar. E você já está me devendo uma."

* * *

Em determinado momento, sinto meu celular vibrar no bolso. A essa altura, Cooper e eu estamos mais do que envolvidos em uma discussão sobre as implicações sociopolíticas da confeitaria. Verifico o telefone para ver se não é Bonnie pedindo socorro, mas é só Preston avisando que chegou em casa depois do jogo de pôquer.

"De jeito nenhum", argumenta Cooper. "Confeitaria é coisa de rico. Você não vê ninguém que ganha um salário mínimo andando por aí com caixas cheias de croissants, caralho. A gente come donuts, tortinhas congeladas ou talvez um biscoito que vem em lata, mas nada dessa porra de scones."

"Donut é um produto de confeitaria. E o lugar onde vende também pode ser considerado uma."

"Nem fodendo. Tem cinco confeitarias aqui na cidade, e três só abrem nas férias do verão. Como você explica isso?"

"A população cresce durante a alta temporada, e estabelecimentos sazonais aparecem para suprir a demanda. Isso não diz nada sobre o perfil das pessoas da cidade."

Ele solta um risinho de deboche, jogando um graveto na fogueira. "Agora você falou bobagem."

Apesar de parecer uma briga, o leve sorriso que se insinua no canto de sua boca me diz que o espírito da conversa é de diversão. Na minha casa, debater as coisas é quase um passatempo, então sou versada no quesito. Não sei onde foi que Cooper aprendeu a argumentar tão bem, mas ele com certeza está exigindo o máximo de mim. E nenhum dos dois está disposto a admitir a derrota.

"Você é o clone mais irritante que eu já conheci", ele diz logo depois.

Bonnie e Evan ainda não voltaram. O calçadão atrás de nós está quase em silêncio a esta hora da noite, mas mesmo assim não estou com sono. Inclusive, estou me sentido energizada.

"Clone?", repito, com um olhar desconfiado. Essa é nova para mim.

"É como nós chamamos os ricos por aqui. Porque vocês são todos iguais." Os olhos dele brilham sob o luar. "Mas pode ser que você não seja exatamente como o resto."

“Não sei se isso foi um elogio ofensivo ou uma ofensa elogiosa.” É a minha vez de jogar areia em cima dos pés dele.

“Só estou dizendo que você não é o que eu esperava. É tranquila. Autêntica.” Ele continua a me observar, deixando de lado as brincadeiras e a pose. Só vejo a sinceridade estampada em seu rosto. O verdadeiro Cooper. “Não é que nem esses babacas que não calam a boca porque são apaixonados pelo som da própria voz.”

Tem alguma coisa por trás disso, e não é só uma irritação generalizada em relação a turistas yuppies e cretinos endinheirados. Parece haver um sofrimento de verdade ali.

Eu o cutuco de leve com o cotovelo para amenizar o clima. “Eu sei como é. Fui criada no meio dessas pessoas. Gostaria de dizer que chega um momento em que a gente nem repara mais, só que não é desse jeito que funciona. Mas eles não são tão maus assim.”

“E esse seu namorado? Qual é a dele?”

“Preston”, eu respondo. “Ele é daqui da região, inclusive — a família dele mora perto do litoral. Estuda no Garnet, claro. Vai ser formar em administração.”

“Não me diga.” Cooper me lança um olhar sarcástico.

“Ele não é tão ruim. Acho que nunca jogou uma partida de squash na vida”, digo em tom brincalhão, mas a piada não cola. “É um cara legal. Não é do tipo que trata mal os garçons nem nada assim.”

Cooper dá uma risadinha. “Você não acha revelador que a sua resposta é basicamente que ele trata bem a criadagem?”

Eu solto um suspiro. Não sei se deveria falar sobre o meu namorado com um cara que acabei de conhecer. Principalmente considerando a hostilidade de Cooper em relação a pessoas que foram criadas como nós.

“Pode parecer absurdo, mas, se der uma chance para ele, vocês dois podem até se dar bem. Nem todos nós somos babacas”, eu rebato.

“Sem chance.” Um brilho de divertimento parece voltar aos olhos dele, o que eu tomo como um bom sinal. “Você com certeza é a única exceção que já conheci, e moro aqui desde que nasci.”

“Então eu ficaria feliz de mostrar que o meu pessoal também tem boas qualidades.”

Ele sorri, dando de ombros. “Isso é o que nós vamos ver.”

“Ah, é? Isso está perigosamente parecido com um convite. Mas você ia preferir morrer a fazer amizade com” — respiro fundo para dar um efeito dramático — “com um clone, né?”

“De jeito nenhum. Podemos dizer que é um experimento. E você seria a minha cobaia.”

“E qual é a hipótese a ser testada?”

“Se um clone pode ser desprogramado e virar uma pessoa de verdade.”

Não consigo segurar o riso. Estou rindo bastante esta noite. Cooper pode ter esse ar de bad boy marrento, só que é mais divertido do que eu esperava. Gostei dele.

“Então a gente vai fazer isso mesmo?”, pergunto.

Ele passa a língua no lábio inferior de um jeito inegavelmente lascivo. “Um chupar o outro. Lógico. Vamos nessa.”

Mais risadas da minha parte. “Ser amigos! Estou perguntando se vamos ser amigos! Minha nossa, Hartley, você é obcecado por sexo oral, já te disseram isso?”

“Pra começo de conversa, você já se olhou no espelho? Minha nossa...” Ele se interrompe e me encara. “Qual é o seu sobrenome?”

“Cabot”, eu respondo, solícita.

“Minha nossa, Cabot”, ele me imita. “Como eu posso não pensar em sexo oral se estou aqui sentado com a mulher mais gata do planeta?”

Sinto meu rosto esquentar. Droga. Essa sinceridade brutal é uma coisa bem sexy.

Engolindo em seco, forço meu corpo a não reagir a esse jeito grosseiro dele, e nem ao elogio. *Você tem namorado, Mackenzie.* Eu soletro a palavra, inclusive, mentalmente. N-A-M-O-R-A-D-O.

Será que é um mau sinal eu precisar ter lembrado a mim mesma disso tantas vezes?

“Além disso”, Cooper continua, “tem certeza mesmo de que não vai rolar nada entre nós?”

“Absoluta.”

Ele revira os olhos para mim. “Certo. Então, em terceiro lugar... tudo bem, nós podemos ser amigos.”

“Quanta gentileza sua.”

"Né?"

"Ai, meu Deus. Já estou começando a pensar duas vezes. Estou vendo que você vai ser o tipo de amigo que dá trabalho."

"Nem fodendo", ele responde. "Vou ser o melhor amigo que você já teve na vida. Vou superar as suas expectativas. Eu já fiz até coisas como libertar cabras pelas minhas amigas. Você pode dizer o mesmo?"

Eu dou risada. "Cabras, no plural? Então teve mais de uma?"

"Não, foi só uma. Mas uma vez eu roubei um peixinho dourado pra minha amiga Alana."

"Que máximo. Agora sou amiga de um ladrão." Dou outro cutucão nas costelas dele. "Vou querer ouvir essa história do peixe."

Ele dá uma piscadinha. "Ah, essa é muito boa."

Nós conversamos por tanto tempo em volta do fogo cada vez mais fraco que só percebo que o negrume da noite se converteu em cinza no início da manhã quando Evan e Bonnie voltam até nós, parecendo bem satisfeitos consigo mesmos. Então me dou conta de que tem dezenas de mensagens de Preston perguntando que diabos está acontecendo comigo. Ops.

"Anota o meu telefone", Cooper diz com um tom de voz áspero. "Me escreve quando estiver no campus, pra eu saber que você chegou bem."

Apesar dos alertas que ressoam na minha cabeça, eu digito o número dele no meu celular.

Não é nada de mais, eu garanto ao meu lado desaprovador. Vai ser só uma mensagenzinha quando chegar, e depois eu apago o número. Porque, apesar de ter sido divertido falar a respeito de uma futura amizade em tom de brincadeira, sei que não é uma boa ideia. Se eu aprendi alguma coisa com as comédias românticas, foi que não se deve ter amizade com pessoas por quem nos sentimos atraídos. A atração em si é inofensiva. Somos seres humanos, e a nossa vida dura anos e anos. É inevitável sentir atração física por alguém que não seja nossa cara-metade. Mas a pessoa se colocar diretamente no caminho da tentação é pedir para arrumar dor de cabeça.

Então, quando Bonnie e eu descemos do Uber e subimos para o quarto, estou decidida a apagar Cooper Hartley do meu celular. Mando uma mensagem curtinha: *Cheguei bem!* Em seguida clico no número dele e levo o dedo ao comando de apagar.

Mas, antes que eu faça isso, chega uma mensagem dele.

COOPER: *Foi divertido. Quer repetir a dose um dia desses?*

Eu mordo o lábio, olhando para aquele convite. A lembrança daqueles olhos escuros brilhando diante da fogueira, sem contar os ombros largos e os braços musculosos, desperta meu cérebro exausto e provoca um leve formigamento naquele lugarzinho no meio das minhas pernas.

Apaga isso, uma voz bem séria me ordena.

Em vez disso, eu abro a mensagem. Talvez essa amizade seja uma péssima ideia, mas não consigo me segurar. Acabo cedendo.

EU: *Os donuts são por minha conta.*

7

MACKENZIE

O semestre só começou faz duas semanas, e eu já estou de saco cheio. Não seria tão ruim se eu pudesse estudar sobre administração e finanças. Marketing e legislação sobre comunicação social. Até um curso básico de programação para web. Em vez disso, estou num auditório, olhando para uma ilustração de um primata humanoide peludo que, sinceramente, não é muito diferente de seu equivalente contemporâneo sentado a três fileiras de mim.

Esse programa de formação geral para calouros é uma piada. Até coisas como psicologia ou sociologia poderiam ter alguma utilidade para o meu trabalho, mas esses cursos estavam todos lotados. Então acabei tendo que fazer antropologia, que hoje se resumiu a dez minutos no escuro vendo slides de proto-humanos e quarenta e cinco minutos de discussão sobre a teoria da evolução. E isso não beneficia em nada a minha conta bancária. Vim para a faculdade forçada pelos meus pais, mas pensei em pelo menos fazer alguma coisa produtiva enquanto estivesse aqui. Otimizar o PiorNamorado.com e seu site derivado, depurar palavras-chaves, analisar impressões de anúncios. Em vez disso, estou fazendo anotações só porque o professor é um daqueles cuzões que dizem que *nota A é perfeição, e ninguém é perfeito*. Se eu sou obrigada a perder tempo com essa chatice, o mínimo que posso fazer é não sair daqui com um C.

Só quando saio para o sol escaldante percebo que não estou conseguindo sentir a ponta dos dedos. O auditório estava gelado. Vou até o centro acadêmico tomar um café e sentar em um banco quente de cimento debaixo de uma magnólia para descongelar. Fiquei de encontrar Preston em meia hora, então ainda tenho tempo.

Bebo meu café e vejo alguns e-mails de trabalho, me obrigando a ignorar o fato de que ainda não recebi nenhum sinal de vida de Cooper hoje.

E, se eu digo *ainda*, é porque ele vem me mandando mensagens todos os dias desde sábado à noite. Então eu sei que vou ter notícias dele em algum momento, é só questão de tempo. Na primeira vez em que ele escreveu, fiquei hesitante em abrir a mensagem, com medo de que uma foto de pau pudesse aparecer na minha tela. Ou será que estava torcendo para isso? Nunca fui fã desse tipo de coisa, mas...

Mas nada!, uma voz estridente grita dentro da minha cabeça.

Certo. Não tem essa de *mas*. Eu não quero ver nada da intimidade de Cooper Hartley. Ponto-final, fim de papo. Quer dizer, por que eu ia querer ver o pau do bad boy tatuado e gatíssimo com quem passei a noite toda conversando? Que ideia mais ridícula.

Ai, socorro, não estou mais com frio. Estou fervendo.

Preciso de uma distração. E depressa.

Quando o número da minha mãe aparece na tela, penso em ignorar a chamada, porque de jeito nenhum é o tipo de distração que eu queria. Mas a experiência me diz que não atender só vai fazê-la mandar um monte de mensagens exigindo uma resposta. O que depois vai gerar telefonemas para o FBI garantindo que eu fui sequestrada.

"Oi, mãe", eu atendo, torcendo para ela notar a falta de entusiasmo na minha voz.

"Alô, Mackenzie, querida."

Há uma longa pausa, durante a qual não consigo concluir ao certo se ela está chateada ou esperando que eu diga alguma coisa. *Foi você que ligou, mãe.*

"E aí?", eu pergunto, para a conversa não morrer.

"Só queria saber como estão as coisas. Você disse que ia ligar depois que estivesse instalada, mas não recebemos nenhuma notícia sua."

Afe! Ela sempre faz isso. Transforma tudo em motivo para manipulação pela culpa. "Liguei para casa na semana passada, mas a Stacey falou que você estava fora, ou ocupada com alguma coisa, sei lá."

Eu passo mais tempo ao telefone com a assistente pessoal da minha mãe do que com qualquer um da minha família.

"Bom, eu estou mesmo envolvida com um monte de coisas no momento. A sociedade histórica está patrocinando uma nova exposição no Palácio do Governo Estadual, e já estamos planejando o evento beneficente de outono para o hospital infantil. Mas a persistência é tudo, Mackenzie. Você sabe disso. Deveria ter ligado de novo."

Claro. Minha mãe tem pessoas contratadas para cuidar da sua agenda, mas não pode telefonar de volta quando a única filha deixa um recado, e a culpa ainda é minha. Mas tudo bem. Eu já aprendi a aceitar isso. Annabeth Cabot simplesmente está sempre certa. É uma característica que eu herdei, pelo menos no que diz respeito a discussões inúteis sobre donuts e afins. Nesses casos, eu não sei perder mesmo. Mas, ao contrário da minha mãe, sei muito bem admitir quando cometo um erro.

"Como vão as aulas?", ela quer saber. "Está gostando dos professores? As aulas são estimulantes?"

"Está tudo ótimo."

Que mentira.

"Os professores são cativantes, e o conteúdo até agora está sendo interessantíssimo."

Mais mentiras.

"Estou adorando."

Outra mentira.

Mas falar a verdade não vai levar a nada. De que adianta dizer que metade dos professores parecem achar que lecionar para calouros é uma espécie de castigo, e que a outra metade só aparece para entregar pen drives com slides na mão dos assistentes e vão embora? Que o meu tempo seria mais bem gasto em outro lugar, principalmente com o meu negócio em pleno crescimento? Não é isso o que ela quer ouvir.

A verdade é que os meus pais nunca se interessaram em me ouvir, a não ser que fosse alguma ideia deles que eu era obrigada a repetir. No caso do meu pai, o meu roteiro de filha costuma ser declamado em eventos públicos, em geral acompanhado de sorrisos escancarados e falsos para os eleitores dele.

"Eu quero que você se empenhe, Mackenzie. Uma dama precisa ser cosmopolita e ter uma boa formação."

Para manter as aparências, é a parte que ela não diz. Não para nenhum propósito prático, apenas para saber como conduzir uma conversa em um coquetel.

"E não se esqueça de se divertir. A época de faculdade é fundamental para a vida de uma jovem. É quando você conhece as pessoas que vão fazer parte da sua rede de contatos ao longo dos anos. É importante consolidar essas relações agora.

No que depender da minha mãe, eu preciso seguir os passos dela. Virar basicamente uma dona de casa que, em vez do serviço doméstico, faz parte de associações beneficentes prestigiadas e organiza festas para promover a carreira do marido. Já desisti de discutir sobre isso com ela, mas não é a vida que quero para mim, e com o tempo espero avançar com as minhas coisas a ponto de ninguém ter como me obrigar a voltar atrás.

Enquanto isso, eu entro no jogo.

"Eu sei disso, mãe."

"E a sua colega de quarto? Qual é o nome dela?"

"Bonnie. Ela é da Georgia."

"E o sobrenome? A família dela faz o quê?"

Porque no fim tudo se resume a isto: eles são *importantes*?

"Beauchamp. Eles têm uma rede de concessionárias."

"Ah." Mais uma longa pausa de decepção. "Pelo menos devem ganhar algum dinheiro com isso."

Ou seja, se têm como colocar a filha no mesmo alojamento que eu, não devem ser um bando de mortos de fome.

Eu tenho que me segurar para não bufar. "Preciso desligar, mãe. Minha próxima aula começa daqui a pouco", minto.

"Tudo bem. Até breve, querida."

Eu desligo e solto o suspiro que estava segurando. Minha mãe é demais para a minha cabeça às vezes. Vive criando expectativas e se projetando em mim, desde que eu era pequena. Sim, nós temos nossas semelhanças — a aparência física, a impaciência, a determinação que ela demonstra no seu trabalho beneficente e que eu aplico ao meu negócio e aos estudos. Mas, apesar de sermos parecidas, ainda somos pessoas diferentes, com prioridades totalmente distintas. É uma percepção que ela ainda não teve, a de que não vai ser capaz de me moldar à sua imagem.

"Ei, minha linda." Preston aparece com um sorriso, parecendo recuperado do machucado que ganhou jogando basquete e trazendo um buquê de flores cor-de-rosa que desconfio que foram arrancadas de algum canteiro do campus.

"Alguém está de bom humor hoje", eu provoco quando ele me faz levantar do banco e me puxa para mais perto.

Preston me beija e me envolve em seus braços. "Estou gostando dessa história de te ver mais, agora que você está aqui."

Seus lábios baixam até o meu pescoço, onde ele me beija de leve antes de dar uma mordidinha na minha orelha.

Tento esconder minha surpresa, porque em geral ele não gosta de fazer nada disso em público. Na maior parte do tempo, no máximo consigo fazê-lo andar de mãos dadas. Mas ele nunca foi um namorado tão apegado ao contato físico, e eu aprendi a aceitar isso. Na verdade, essa ausência de demonstrações públicas de afeto pode até ser considerada um ponto positivo nele, principalmente quando nossas famílias estão por perto. Aprendi desde cedo que esconder as emoções e reprimir eventuais explosões de temperamento eram ferramentas necessárias para conviver no nosso mundo.

"Está pronta?", ele pergunta.

"Vamos lá."

Está um dia bonito, apesar de meio quente, e Pres me leva para conhecer o campus. A primeira parada, claro, é o Kincaid Hall, onde fica a escola de administração. O legado da família de Preston no Garnet College remonta a gerações.

Pres entrelaça os dedos nos meus e nós saímos de novo. Enquanto seguimos por um caminho arborizado que leva à escola de artes, eu admiro a paisagem. O campus é realmente lindo. Uma torre enorme com relógio na biblioteca. Gramados espaçosos e verdinhos e carvalhos gigantescos e majestáticos. Posso não estar muito empolgada com a vida na faculdade, mas pelo menos tudo por aqui é bonito.

"O que está achando das aulas?"

Com Preston eu posso ser sincera, então solto um suspiro. "Estou morrendo de tédio."

Ele dá uma risadinha. "Eu estava assim no meu semestre de calouro, lembra? Nos dois primeiros anos, até você poder começar os cursos avançados, a coisa é bem tediosa."

"Pelo menos você tem um motivo para estar aqui." Passamos pelo departamento de teatro, onde os alunos estão no estacionamento, pintando o que parece ser um cenário urbano antigo. "Você precisa de uma formação específica pra trabalhar no banco do seu pai. Existem expectativas e exigências. Mas eu já tenho o meu próprio negócio. Sou minha própria chefe, e não preciso de um diploma, nem tenho que provar nada pra ninguém."

Com um sorriso, Pres segura com mais força a minha mão. "É isso o que eu adoro em você, linda. Você não pede permissão. Não quer esperar até ser adulta para virar uma figurona dos negócios."

"Está vendo", eu digo, sorrindo também. "Você me entende."

"Mas olha só, se quiser mesmo continuar trabalhando no seu lancezinho de tecnologia enquanto estiver estudando, pensa no Garnet como uma espécie de incubadora. Você vai ter um monte de oportunidades pra fazer a sua marca crescer aqui dentro."

Hã, eu ainda não tinha pensado por esse ângulo. Apesar de não ter gostado de ouvir a coisa nesses termos — *meu lancezinho de tecnologia?* —, percebo que ele está certo.

"Nisso você tem razão, sr. Kincaid." Fico na ponta dos pés e dou um beijo no rosto barbeado dele antes de seguir adiante.

Está aí outro motivo por que Pres e eu nos damos bem: nós dois temos uma mentalidade pragmática. Nenhum dos dois tem aquele idealismo de artista, nem se perde em sonhos românticos de viajar de mochilão pela Europa ou escalar os Andes até Machu Picchu. Somos frutos da criação que recebemos, e nosso sangue frio é azul. Somos dois futuros chefes de impérios corporativos.

A compatibilidade é uma coisa muito importante.

Depois que exploramos a escola de artes e o pequeno museu onde os trabalhos dos estudantes são exibidos, perambulamos entre as esculturas do jardim botânico e andamos pela trilha que passa pelas estufas e pela horta, Preston me leva até seu carro.

"Vamos lá, tem outra coisa que eu quero te mostrar." Ele abre a porta para mim, e eu me acomodo no assento de couro do passageiro enquanto ele abaixa a capota do Porsche antes de sairmos.

Depois de um trajeto curto contornando a parte dos fundos do campus, passando pelo complexo esportivo e subindo um morro, enfim chegamos a uma estrutura circular com um domo no alto. O telescópio do departamento de astronomia. Preston me conduz até a lateral da construção, onde a porta está mantida entreaberta com um bloco de madeira.

"Nós podemos entrar aqui?", pergunto enquanto atravessamos um corredor estreito que percorre toda a circunferência do prédio.

"Eu conheço um cara." Em seguida, porém, Preston leva o indicador aos lábios. "Não. Na verdade, não."

Seguimos pelo corredor até alcançarmos uma escada de metal. No segundo pavimento, entramos em uma sala cheia de computadores enfileirados junto à parede e um telescópio imenso no meio, apontando para o céu através de uma abertura estreita no teto.

"Ah, que máximo", eu comento, andando na direção do telescópio.

Preston me segura. "Não foi isso que a gente veio ver."

Ele então me conduz a uma porta, e a uma escada que leva ao terraço. Nós saímos para uma plataforma. Daqui, é possível ver todo o campus. Colinas verdejantes e prédios com telhados brancos. Praticamente a cidade toda, até o horizonte azul de Avalon Bay. É uma vista espetacular.

"Que incrível", comento, sorrindo ao pensar em como ele foi engenhoso e atencioso para me proporcionar isso.

"*Não seria um passeio* VIP sem uma vista panorâmica." Preston se posiciona atrás de mim e me abraça pela cintura. Ele me dá um beijo na bochecha, e apreciamos juntos a paisagem. "Estou muito feliz por ter você aqui", ele fala baixinho.

"Eu também."

Admito que as coisas andaram tensas entre nós nos últimos anos, enquanto ele estava na faculdade, e eu, ainda no colégio. Esse lance de namoro a distância, apesar de nos vermos nos fins de semana, foi estressante. Tirou boa parte da diversão do relacionamento. Mas hoje estou me lembrando de como as coisas eram no começo do namoro. Como eu fiquei caidinha por ele, me sentindo como se tivesse ganhado um prêmio por ser escolhida por alguém da elite da elite.

Mas, enquanto Pres me abraça e se aninha em meu pescoço, um pensamento desponta no fundo da minha mente.

Um pensamento bem traiçoeiro.

A imagem do queixo de contornos marcantes de Cooper e seus olhos insondáveis. A lembrança da minha pulsação acelerando quando ele se sentou ao meu lado e abriu aquele sorriso arrogante. Não sinto palpitações quando encontro Preston. Nem formigamento na pele quando ele me toca. Minhas coxas não se comprimem, e minha boca não fica seca.

Por outro lado, talvez sejam reações exageradas. O excesso de hormônios pode prejudicar o bom senso da pessoa. É só ver as estatísticas, quanta gente acaba em relacionamentos disfuncionais porque são baseados apenas em sexo, e não em compatibilidade. Pres e eu somos a companhia certa um para o outro. Nossos pais já aprovaram a relação, e está todo mundo feliz. Eu poderia me envolver com uma dezena de caras como Cooper e acabar saindo magoada todas as vezes. Por que me submeteria a isso?

É importante saber reconhecer quando tem uma coisa boa acontecendo na sua vida.

"Obrigada", digo a Pres, me virando entre seus braços para beijá-lo. "O dia de hoje foi perfeito."

Mais tarde naquela noite, porém, estou vendo Netflix no meu quarto sem prestar muita atenção enquanto termino a leitura para a aula de literatura inglesa, e quando o nome de Cooper aparece na tela do meu celular sinto uma onda de euforia percorrer meu corpo. Em seguida digo a mim mesma para me acalmar, caramba.

COOPER: *Quer sair pra jantar?*

EU: *Já jantei.*

COOPER: *Eu também.*

EU: *Então por que o convite?*

COOPER: *Só pra ver o que você ia responder.*

EU: *Que sorrateiro.*

COOPER: *O que você está fazendo?*

EU: *Vendo Netflix e fazendo um trabalho da faculdade.*

COOPER: *Isso é uma linguagem codificada pra alguma outra coisa?*

EU: *Agora você me pegou.*

COOPER: *Não consigo nem imaginar que tipo de pornografia gente rica vê.*

As palavras na tela fazem as minhas coxas se contraírem e enchem minha cabeça de ideias terríveis — que imediatamente eu ponho em uma prateleira com o rótulo *nem pense nisso*.

EU: *É basicamente pessoas comendo scones em cima das páginas do* Wall Street Journal.
COOPER: *Vocês são uns pervertidos mesmo.*

Deixo escapar uma gargalhada e imediatamente tapo a boca, antes que Bonnie me ouça e venha ver do que estou achando tanta graça. Ela é uma querida, mas não tem muita noção de privacidade.

EU: *E você, está fazendo o quê?*
COOPER: *Flertando com uma garota que acabei de conhecer.*

Eu mordo a isca direitinho.

EU: *Ainda tenho namorado, sabia?*
COOPER: *Por enquanto.*
EU: *Boa noite, plebeu.*
COOPER: *Boa noite, princesa.*

Sei que ele só está me provocando. O lance do Cooper, estou começando a perceber, é tentar provocar uma resposta mais exaltada da minha parte. Não vou dizer que estou detestando. É interessante ter um amigo que entende essa parte da minha personalidade. E, tudo bem, tecnicamente é um flerte, o que tecnicamente é condenável, mas é só por diversão.

E, por mais que Cooper me desperte algumas reações viscerais, eu é que não vou trocar Pres pelo primeiro bad boy tatuado que conheci na faculdade.

8

MACKENZIE

Na tarde seguinte, decido sair pela cidade sozinha, já que estou com a agenda livre. Preston me inspirou a tentar aproveitar meu tempo no Garnet, em vez de encarar isso como uma sentença de prisão. Com esse pensamento em mente, ponho um vestido florido e chamo um táxi.

Avalon Bay é uma cidade litorânea paradoxalmente habitada por pescadores rústicos e frequentada por multimilionários dos grandes centros urbanos. De um lado da rua principal estão butiques caríssimas que vendem sabonetes artesanais. Do outro, lojas de penhores e estúdios de tatuagem. O calçadão está vazio nesta tarde de dia de semana. A maioria dos bares tem como escassa clientela apenas os locais, sempre suados, que assistem à ESPN com os amigos debruçados sobre o balcão.

Vou mais longe do que da última vez que estive aqui e chego a uma parte que ainda mostra sinais da devastação do furacão que atingiu a cidade algumas semanas atrás. Várias construções estão em reforma. Um pouco adiante, operários trabalham na restauração de um restaurante, com andaimes erguidos em seu exterior. Outros estabelecimentos foram cercados com fita de isolamento e tapumes. Pelo jeito, não foram nem tocados desde que a tempestade levou embora seus telhados e os deixou inundados.

Detenho o passo quando vejo um hotel em um estilo peculiar do fim do período vitoriano. É branco, com molduras verdes, e toda a parte dos fundos do prédio foi destruída pelo furacão. As paredes foram arrancadas, expondo suas entranhas. A mobília antiga e os carpetes enrugados ainda aguardam por hóspedes que não vão aparecer. A placa desgastada na fachada com o nome *The Beacon Hotel* em letras douradas está quebrada em dois lugares.

O que será que aconteceu com os donos, para não terem feito a reforma? E como ninguém apareceu para adquirir a propriedade e restituí-la à sua antiga glória? É uma localização privilegiada.

Meu celular vibra algumas vezes sinalizando a chegada de e-mails, então paro em uma sorveteria e compro uma casquinha de baunilha. Em seguida me sento em um banco e abro a caixa de entrada com uma das mãos.

O primeiro e-mail é de uma das moderadoras do site, me avisando que precisou bloquear vários usuários que estavam trolando todas as postagens do PiorNamorada.com, deixando comentários racistas e sexistas. Abro as capturas de tela anexadas. Fico de queixo caído com o nível de absurdo que vejo nos comentários.

Imediatamente respondo à mensagem: *Você fez bem em bloquear.*

O e-mail seguinte é um pedido de ajuda do cara que contratei para supervisionar o PiorNamorado.com. Ao que parece, um usuário está ameaçando entrar na Justiça por difamação por causa de uma das postagens do site. Clico no post em questão. A autora saiu com um cara chamado "Ted", que não avisou de antemão que tinha um micropênis e a enganou durante a primeira interação sexual dos dois.

Volto à caixa de entrada para ver a carta que Alan, meu administrador, recebeu de um escritório de advocacia de Washington com um papel timbrado dos mais ameaçadores. Acho que a usuária — butterflykisses44 — usou um pseudônimo parecido demais com o nome do namorado para se referir a ele. Ted na verdade se chama Tad, que está se sentindo indignado e humilhado, e exige que o PiorNamorado.com não só remova a postagem, mas também pague uma indenização por danos morais pelo desgaste emocional causado.

Como o site é uma plataforma de publicação, e não um produtor de conteúdo, não podemos ser processados pelas postagens feitas pelos usuários, mas aviso a Alan para enviar a carta para minha consultoria jurídica, só por precaução. Então guardo o telefone e tomo o restante do sorvete quase derretido. É só mais um dia na rotina da CEO Mackenzie Cabot.

Só que, sendo bem sincera, ultimamente eu ando ansiosa por... algo *mais*. Adoro os meus aplicativos, mas a esta altura não me resta muito a fazer além de dizer "sim" ou "não". Assinatura aqui, rubrica ali. E-mails a serem lidos, anúncios a serem aprovados. Nada da empolgação do começo, quando eu sentava com as minhas amigas para pensar em novas funções para os apps. As reuniões com o pessoal de desenvolvimento de produto e programação para fazer essas ideias ganharem vida. A criação das campanhas de marketing para atrair usuários. Os lançamentos.

Tudo isso era desafiador e estimulante. Foi a coisa mais divertida que eu já fiz na vida. Foi *essa* a parte que curti de verdade, me dou conta agora. A da criação, não a da administração. Não que eu deteste os meus sites e queira vendê-los. Nada disso. Eles ainda são meus. Uma parte do meu império incipiente. Mas talvez seja a hora de pensar em outras ideias de negócios.

Enquanto o sol se põe, vou até a praia e me sento na areia, ouvindo as ondas e olhando as gaivotas planarem no ar. Atrás de mim, uma equipe de operários de construção está encerrando o dia de trabalho. O ruído das ferramentas elétricas cessou.

Perdida nos meus pensamentos, só percebo que alguém veio até mim quando se senta do meu lado.

"E aí, princesa?"

Com um sobressalto, olho para Cooper, que está tirando a camisa e as luvas de trabalho.

O efeito dele sobre mim é tão poderoso quanto naquela noite na fogueira, e meus olhos se fixam nele. O cabelo e a calça jeans estão cobertos de serragem e poeira. O abdômen e os peitorais musculosos estão brilhando de suor. É a primeira vez que vejo melhor suas tatuagens, que sobem pelos braços e se espalham pelo peito. Passo a língua nos lábios, e então repreendo mentalmente a pessoa em que me transformo quando ele está por perto. Lasciva. Irracional. Afasto esses pensamentos e os guardo em uma prateleira com o rótulo *nem chegue perto disso*.

"Você deu pra me seguir agora?", questiono.

"Foi você que apareceu no meu local de trabalho, e usando..." — ele me olha de cima a baixo — "... esse vestido cheio de florzinhas e fru-frus, com as pernas à mostra, e com esse ar de 'Ai, me ignorem, pessoal, eu *detesto* chamar atenção'."

"Ah, claro, é exatamente assim que eu falo", retruco, revirando os olhos. "E qual é o problema com o meu vestido?" Passo as mãos na bainha da peça de estampa florida.

"É cheio de florzinhas. Isso não faz seu estilo, Mac."

"Não me chama de Mac."

"Por que não?"

"Porque é um apelido exclusivo pra amigos."

"Mas nós somos amigos. Melhores amigos." Ele abre um sorriso torto. "E você não negou que as florzinhas não fazem seu estilo."

Ele tem razão. Em geral eu não uso essas estampas, nem esses vestidos com babados. Meu estilo está mais para camiseta branca e calça jeans gasta, ou uma blusinha com short com a barra cortada quando está calor. Mas, de vez em quando, gosto dessas coisas de menininha. Quem não gostar, que se dane. E aliás ele não tem nenhum direito de fazer comentários presunçosos sobre as minhas roupas, então respondo só de pirraça.

"Na verdade, eu adoro flores. Principalmente em estampas. Quanto mais chamativas, melhor."

Cooper revira os olhos, como quem diz que sabe que estou mentindo. "Você não precisa se esforçar tanto, sabe." Ele cruza os braços e cola os joelhos ao peito. "Eu sou bem facinho."

"Como é? Quem está se esforçando pra quê? É você que está enchendo o meu celular com mensagens falando de scones e pornografia."

"Você gosta de fetiches", ele diz, encolhendo os ombros. "Já entendi tudo. Não é muito a minha, mas eu topo qualquer parada."

Rá. Se ele soubesse...

Preston e eu temos uma vida sexual ativa, mas não sei nem se tem tempero suficiente para ser considerada mediana. No começo, eu achava que talvez o sexo fosse isso mesmo: um lance funcional, rapidinho e até meio tedioso. Tinha dezesseis anos quando perdi a virgindade com Pres, e era mais do que ingênua sobre essas coisas. Foi só quando comecei a falar com as minhas amigas sobre seus encontros desastrados que percebi que o sexo deveria ser — imagina só — *divertido*.

Quando toquei no assunto com Pres, morrendo de vergonha, ele confessou que não quis me assustar sendo "empolgado demais". Falei que ele podia ficar à vontade, e as coisas entre nós no quarto se tornaram mais animadas depois disso. Mas, sendo bem sincera, já faz quatro anos, e essa empolgação que ele mencionou ainda não deu as caras.

“Não quero nem pensar no que se passa nessa sua mente poluída”, comento.

“Se você está querendo me levar pra cama, é só pedir.” Cooper cutuca o meu braço com o cotovelo. Ele tem esse ar de confiança inabalável. Arrogante, mas charmoso. Totalmente seguro de si, mas sem ser agressivo. É quase uma pena que esteja desperdiçando seus talentos naturais trabalhando como operário de construção. Ele seria um CEO e tanto se tivesse tino para os negócios.

“Essa psicologia reversa meia-boca não vai funcionar comigo”, eu aviso. Porque eu não teria ganhado meu primeiro milhão se me deixasse manipular assim tão facilmente. “Eu não vou acabar na cama com um desconhecido só porque ele me desafiou a fazer isso.”

Mas isso não significa que seu sorriso brincalhão e seus olhos maliciosos não tenham efeito sobre mim. Não sou imune a esses ombros largos e a essa barriga tanquinho. Além disso, ele é meio que um mistério. Quanto mais o conheço, mais me pergunto se essa fachada — as tatuagens, a atitude — não é só uma camuflagem. Mas para esconder o quê? Meu cérebro adora um enigma.

“Eu é que não ia querer ser pego dormindo com um clone do Garnet. Tenho uma reputação a zelar.”

“Ah, é claro. Você não ia querer ser confundido com um homem de bom gosto.”

Ele contém um sorriso e, em seu olhar, percebo todo tipo de segundas intenções. Noites nebulosas e grandes arrependimentos. Respirações ofegantes. Isso basta para fazer minha pulsação disparar e os dedos dos meus pés formigarem.

Esse cara é perigoso.

“Coop!”, alguém chama do canteiro de obras. “Você não vai lá pro bar?”

Ele olha por cima do ombro. “Podem ir sem mim.”

Ouço risadinhas às nossas costas. Ainda bem que os colegas de trabalho de Cooper não estão vendo o meu rosto, porque sei que estou vermelha.

“Por que você fez isso?”, reclamo.

"O quê? Falar que não vou lá pro bar?"

"É. Agora eles vão pensar que você ficou aqui pra me comer na praia ou alguma coisa do tipo."

Ele solta uma risadinha grave. "Garanto pra você que eles não estão pensando nisso. Mas agora *eu* estou. Quer trepar aqui mesmo ou prefere embaixo do píer?"

"Vai lá pro bar com seus amiguinhos, *Coop*. Você tem mais chance de transar lá do que aqui."

"Não, eu estou bem onde estou." Ele levanta uma das mãos e passa os dedos pelos cabelos escuros. Não consigo deixar de olhar para seus bíceps se flexionando.

"Então vocês estão reformando esse restaurante?" Eu me obrigo a parar de ficar babando nesses músculos deliciosos. "Parece que vai dar um trabalhão."

"Vai mesmo. E, quando a gente terminar esse, ainda vai faltar, hã, mais meia dúzia precisando de reforma." Ele aponta com o braço musculoso para o calçadão, realçando a destruição deixada pela tempestade.

"Você gosta desse trabalho de construção?"

Ele assente com a cabeça com um gesto lento. "Gosto, sim. Evan e eu trabalhamos pra empreiteira do meu tio, então não precisamos lidar com chefes babacas que arrancam nosso couro, nem com empresas que fazem um trabalho de merda pra cortar custos e lucrar mais. Levi é um cara legal, um homem justo. E eu sempre fui habilidoso com as mãos."

Eu engulo em seco. Não parece haver nenhum duplo sentido por trás do que ele falou, mas mesmo assim meu olhar se volta para suas mãos. São fortes, grandes, com dedos compridos e palmas calejadas. E sem sujeira debaixo das unhas, mesmo depois de um dia inteiro de trabalho braçal.

"E você, princesa?" Ele inclina a cabeça, curioso.

"O que tem eu?"

"É a segunda vez que falo com você e vejo esse mesmo olhar no seu rosto."

"Que olhar?" Pelo jeito, eu só sou capaz de repetir o que ele diz agora. A intensidade dos olhos dele faz uma onda de ansiedade se espalhar pelo meu corpo.

“Um olhar que diz que você quer mais.”

“Que eu quero mais... Quero mais do quê?”

Ele continua me observando. “Não sei. *Mais*. Parece... uma mistura de tédio, insatisfação, frustração e desejo.”

“É coisa demais pra um olhar só”, digo brincando, mas meu coração está acelerado, porque ele meio que resumiu tudo. É esse o meu estado de espírito desde que cheguei à faculdade. Não, desde antes ainda — a minha vida toda, talvez.

“E eu estou errado?”, ele pergunta com um tom brusco.

Nossos olhares se encontram. O impulso de querer confiar nele é tão grande que preciso morder a língua para me segurar.

De repente, em meio à arrebentação das ondas e aos gritos das gaivotas, escuto um ganido distante.

“Você ouviu isso?” Olho ao redor à procura da fonte daquele ruído dolorido e desesperado.

Cooper dá uma risadinha. “Nem vem tentar me distrair.”

“Não é nada disso. Sério que você não está ouvindo?”

“Ouvindo o quê? Eu não...”

“Shh!”, eu ordeno.

Fico com o ouvido à espreita, em busca de mais alguma pista. Está escurecendo, e as luzes do calçadão começam a invadir o entardecer. Escuto mais um ganido, desta vez mais alto.

Fico de pé num pulo.

“Não é nada”, Cooper me diz, mas eu o ignoro e vou seguindo o barulho na direção do píer. Ele vem correndo atrás de mim, com um tom de cansaço, me garantindo que estou imaginando coisas.

“Não estou imaginando nada”, insisto.

E então vejo de onde vêm os ganidos. Do outro lado do píer, no quebra-mar, vejo uma figura presa nas rochas em meio à maré que sobe.

Com o coração na boca, eu me viro para Cooper. “É um cachorro!”

9

COOPER

Quando vou ver, Mackenzie já está sem vestido.

Tipo, a garota está ficando pelada.

Não, não exatamente, eu percebo, porque ela não tira o sutiã e a calcinha. Minha decepção com o final prematuro do striptease é amenizada pelo fato de que ela fica uma beleza de calcinha e sutiã.

Mas, quando entra na maré alta e logo é encoberta pela água até o pescoço, a parte racional do meu cérebro entra em ação.

"Mac!", eu grito atrás dela. "Volta aqui, porra!"

Ela já começou a nadar.

Que maravilha. Ela vai tentar trazer aquela porra de vira-lata de volta para a praia.

Resmungando baixinho, tiro minha calça jeans e meus sapatos e vou atrás de Mackenzie, que já está nas pedras, escalando na direção do bicho. Vou nadando com força contra a corrente, com as ondas tentando me jogar contra as colunas do píer ou fazer com que eu me arrebente contra as rochas. Finalmente, me agarro a uma pedra e consigo sair da água.

"Você é louca, sabia?", eu digo com um grunhido.

Ela está tentando confortar o bichinho, que está tremendo de medo. "A gente precisa ajudar ela", Mackenzie me diz.

Merda. Essa coisinha imunda é só um filhote, mas sem chance que Mackenzie vai conseguir voltar nadando com a cachorrinha de volta para a praia. Eu mesmo sofri para atravessar a correnteza, e devo ter no mínimo o dobro do peso de Mac.

"Passa ela pra cá", digo com um suspiro. Quando estendo os braços, a cachorra se esconde atrás de Mac e quase cai na água tentando fugir de mim. "Vai logo, porra. Sou eu ou nada."

"Está tudo bem, pequenina, ele não é tão assustador quanto parece", Mac diz num tom suave para a vira-lata. Enquanto isso, continuo ali parado, olhando feio para as duas.

A cachorra ainda está hesitante, então Mac enfim resolve pegá-la e colocar a bola de pelos molhada e descontente nas minhas mãos. Quase de imediato, o animal assustado começa a se debater para escapar. Essa porra vai ser um pesadelo.

Mackenzie acaricia a pelagem ensopada da cachorra em uma tentativa inútil de acalmá-la. "Tem certeza?", ela questiona. "Eu posso tentar..."

Sem chance. A cachorra ia ser arrancada das mãos dela pelas ondas e morrer afogada enquanto eu arrastasse Mac de volta para a praia. Não vai rolar.

"Vai logo", eu digo. "Estou logo atrás de você."

Com um aceno, ela mergulha e toma o rumo da praia.

Ainda em cima das pedras, converso um pouco com a cachorrinha. "Estou tentando te ajudar, entendeu? Vê se não vai morder a minha cara. Vamos conviver numa boa só pelos próximos minutos. Beleza?"

O bichinho começa a gemer e choramingar, e acho que isso é o máximo que vou conseguir.

Com o maior cuidado possível, entro na água e vou segurando a cachorra como se fosse uma bola de futebol americano enquanto sigo nadando com um braço só. O tempo todo, ela fica surtada, pensando que vou matá-la ou coisa do tipo. Fica latindo e arranhando. E algumas vezes chega a se debater para fugir. A cada movimento, mais pedaços da minha pele são arrancados do meu corpo. Assim que chegamos à areia, eu solto a cachorra, que sai correndo na direção de Mac e só falta se jogar nos braços dela. *De nada, sua traidora.*

"Você está bem?", Mac grita.

"Estou, sim."

Estamos os dois ofegantes por causa do esforço de atravessar a arrebentação. Já anoiteceu a essa altura, e a única iluminação é a que vem do calçadão. Mackenzie é pouco mais que um vulto indistinto na minha frente.

Minha irritação borbulha dentro de mim, e transborda quando chego até ela. "Que *porra* foi essa?"

Mackenzie põe uma das mãos na cintura descoberta, enquanto segura a cachorra com um gesto protetor. "Sério mesmo?", ela retruca. "Você está bravo porque eu quis salvar um animal indefeso? Ela poderia ter morrido!"

"*Você* poderia ter morrido! Não sentiu a correnteza, *queridinha*? Essa porra poderia ter arrastado você para o meio do mar. Todo ano tem gente morrendo aqui por ser imbecil e não tomar cuidado."

"Nem pense em me chamar de *queridinha*", ela esbraveja. "E sério mesmo que você me chamou de imbecil?"

"Se você quer dar uma de imbecil, então vai ser chamada de imbecil." Com raiva, eu chacoalho o cabelo para tirar a água. E percebo que a cachorra está fazendo a mesma coisa. Somos dois animais selvagens, pelo jeito.

Mackenzie aperta com mais força seu novo bichinho de estimação. "Eu é que *não* vou ficar me justificando por ter coração. Não acredito que você ia deixar esse cachorrinho morrer. Ai, meu Deus. Eu sou amiga de um assassino de filhotes."

Eu fico boquiaberto.

Minha nossa, essa garota está se revelando um pé no saco. Nunca precisei me esforçar tanto para seduzir alguém. E, apesar de quase ter morrido por ela — e de ter sido acusado de tentar matar um animal —, a minha raiva se dissolve em um acesso de riso. Eu me curvo sobre o meu corpo, derrubando água salgada na areia enquanto gargalho.

"Qual é a graça?", ela questiona.

"Você me chamou de assassino de filhotes", consigo dizer entre uma risada e outra. "Só pode ser maluca."

Logo em seguida, ela começa a rir também. A cachorra fica olhando para um e depois para o outro — rindo como dois idiotas, encharcados e seminus.

"Tá bom", ela diz depois que enfim para de rir. "Acho que exagerei. Você só estava preocupado comigo. E obrigada por ter nadado até lá pra me ajudar. Obrigada mesmo."

"De nada." Eu me debato para pôr a calça jeans. Minha cueca boxer está colada na virilha, o que torna difícil fechar o zíper. "Vamos, pega as suas coisas e vamos pra minha casa. Eu preciso me trocar. Você pode se enxugar lá, e depois eu te dou uma carona."

Ela não diz nada, só fica me olhando.

"Tudo bem", eu digo com um suspiro. "Pode levar a cachorra."

A casa está escura quando chegamos. Nem a moto nem o jipe de Evan estão na entrada da garagem, e a porta da frente está trancada quando Mac e eu entramos na varanda que dá a volta no imóvel. Por sorte, o lugar não está uma bagunça completa. Como nossos amigos usam a nossa casa como local de festas e ponto de parada entre um bar e outro, as coisas tendem a ficar bem zoneadas. Mas Evan e eu, apesar da nossa falta generalizada de traquejo social, sempre tentamos manter tudo limpo. Não somos selvagens, afinal de contas.

"Pode ir tomar banho", digo a Mac, apontando para o meu quarto no térreo depois de acender a luz e pegar uma cerveja na geladeira. Eu mereço uma bebida depois do meu esforço heroico de salvamento. "Vou procurar uma roupa pra você vestir."

"Obrigada." Ela leva a cachorra junto, toda aninhada e sonolenta em seus braços. Eu avisei na picape que, se quiser deixá-la aqui, eu posso levá-la para o abrigo de animais amanhã cedo. Só não sei como vou tirar o bichinho das mãos dela.

Enquanto Mac está no banheiro da minha suíte, encontro uma camiseta limpa e uma calça jeans que Heidi deixou aqui um tempão atrás. Ou talvez seja da Steph.

As garotas vivem largando coisas aqui depois de uma festa ou de um dia de praia, e desisti de ficar tentando devolver tudo.

Deixo as roupas alinhadas na cama, tiro as minhas e visto uma camiseta e uma calça de moletom. O vapor que sai por baixo da porta do banheiro é absurdamente tentador. Fico imaginando como Mac reagiria se eu entrasse no box, me colocasse atrás dela e segurasse seus peitos com as duas mãos.

Um grunhido escapa da minha garganta. Ela provavelmente ia arrancar as minhas bolas na unha, mas ia valer a pena.

"Ô de casa", meu irmão grita da porta da frente.

"Eu tô aqui", respondo enquanto vou para a cozinha.

Evan larga a chave sobre o tampo de madeira lascada da ilha da cozinha. Em seguida pega uma cerveja e se recosta na geladeira. "Que cheiro é esse?"

"Mackenzie e eu resgatamos uma cachorrinha de rua lá no quebra-mar." A coitadinha meio que estava fedendo mesmo. Acho que agora eu também estou. Que maravilha.

"Ela está aqui?" Um sorriso malicioso se insinua em seu rosto quando ele olha ao redor.

"No banho."

"Pô, essa foi fácil. Estou quase decepcionado por não ter tido tempo de me divertir mais com isso."

"Não é o que você está pensando", eu esbravejo. "A cachorra ficou presa nas pedras, e a gente precisou entrar no mar pra salvar o bicho. Eu falei pra Mackenzie vir se limpar aqui, e que depois eu dava uma carona pra ela."

"Que carona? Cara. Essa é a sua chance. Acaba logo com isso." Ele balança a cabeça, impaciente. "Você ajudou a resgatar uma cachorrinha, pô. Ela está no ponto."

"Para de ser babaca." Alguma coisa no jeito dele de falar me incomodou. O que estou fazendo não é exatamente ético, mas a coisa também não precisa ser tão descarada assim.

"Que foi?" Evan não consegue esconder a alegria ao constatar que o plano está dando certo. "Eu só estou falando."

"Sei..." Eu dou um gole na minha cerveja. "Então é melhor ficar quieto."

"Oi", diz a voz hesitante de Mac.

Quando ela aparece — vestindo a minha camiseta e com os cabelos molhados penteados para trás —, todo tipo de pensamento me vem à cabeça. Ela não vestiu a calça, então está com as pernas de fora, bronzeadas e infinitamente compridas.

Puta que pariu.

Eu quero essas pernas ao redor da minha cintura.

"Evan", ela diz para o meu irmão, levantando o queixo para ele como se de alguma forma soubesse que suas intenções não são das melhores. Como era de esperar, ainda está com a cachorrinha sonolenta no colo.

"Certo." Evan dá um sorriso de despedida enquanto pega a cerveja e se afasta da geladeira. "Eu vou nessa. Vocês se divirtam."

Meu irmão não tem a menor noção de sutileza.

"Foi alguma coisa que eu falei?", ela pergunta em um tom seco.

"Não. Ele acha que a gente vai transar, só isso." Quando levanto a mão para passar a mão no cabelo molhado, ela arregala os olhos, alarmada.

Eu franzo a testa. "Que foi?"

"Cooper. Você está machucado."

Eu olho para baixo, quase esquecendo que aquela adorada cachorrinha quase me fatiou vivo menos de uma hora atrás. Os meus dois braços estão cobertos de arranhões, e tem um corte meio feio na clavícula.

"Hã, está tudo bem", eu garanto. Estou acostumado com cortes e arranhões, e esses não são nem de longe os piores que já tive.

"Não está, não. A gente precisa limpar isso."

Então ela vai até o banheiro e, apesar dos meus protestos, me obriga a sentar sobre a tampa fechada da privada. A cachorrinha é colocada na minha banheira com pés em forma de garra, onde se aninha e dorme enquanto Mackenzie fuça nos armários em busca do kit de primeiros socorros.

"Eu posso fazer isso sozinho", digo quando ela separa o frasco de álcool e os cotonetes.

"Você vai dificultar as coisas mesmo?" Ela me encara com uma sobrancelha erguida. A convicção no rosto dela é tão bonitinha, um lance meio *cala essa boca e toma o seu remédio logo.*

"Tá bom."

"Certo. Agora tira a camisa."

Eu abro um sorriso. "Era esse o seu plano desde o começo? Me deixar pelado?"

"Era, Cooper. Eu invadi o abrigo de animais, roubei uma filhotinha, coloquei ela em perigo, fui nadando até lá sozinha — pra não levantar suspeitas de que na verdade fui eu que larguei ela no quebra-mar — e aí por telepatia mandei a cachorra te arranhar todo. Tudo isso só pra poder ver esses peitorais perfeitos." Ela solta um risinho de deboche no final.

"Um plano arriscado", eu concordo. "Mas dá pra entender. Os meus peitorais são perfeitos mesmo. Transcendentes."

"Assim como o seu ego."

Faço questão de tirar a camisa bem devagar. Apesar da ironia, ver meu peito exposto desperta uma reação nela. Sua respiração se acelera, mas em seguida ela desvia o olhar, fingindo estar concentrada em abrir o frasco de álcool.

Eu seguro o sorriso e me recosto enquanto ela começa a limpar as feridas do meu braço.

"Só vocês dois moram aqui?", ela pergunta, curiosa.

"É. Evan e eu crescemos nesta casa. Foram os meus bisavós que construíram, logo depois que casaram. E os meus avós também moraram aqui, e assim por diante."

"É uma casa bonita."

Já foi. Agora está caindo aos pedaços. O telhado precisa ser trocado. A fundação está rachando, por causa da erosão na praia. O revestimento externo já foi mais do que castigado pelas tempestades, e as tábuas do piso estão gastas e empenadas. Nada que eu não pudesse consertar se tivesse tempo e dinheiro, mas não é sempre assim?

A cidade está cheia de gente dizendo *se eu tivesse isso e aquilo...*

Então eu me lembro do motivo por que estou aqui, deixando que a namorada de um clone fique passando a mão em mim.

"Pronto", ela fala, pondo a mão no meu braço. "Agora está melhor."

"Obrigado." Minha voz sai um tanto rouca.

"Por nada." A dela sai meio sussurrada.

Eu me vejo arrebatado por aqueles olhos verdes radiantes por um momento. Atiçado pelas breves visões do seu corpo quase nu quando a bainha da minha camiseta sobe pelas suas coxas. Sentindo sua mão quente na minha pele. E a pulsação no seu pescoço me diz que ela também não está indiferente à minha presença.

Daria para fazer acontecer agora mesmo. Segurá-la pelos quadris, chamá-la para montar em cima de mim. Enfiar a mão nos seus cabelos e colar sua boca na minha em um beijo arrebatador. Não posso fazer nada a não ser que a iniciativa seja dela, mas, se a química entre nós for indicativa de alguma coisa, imagino que o meu beijo não vai ser recusado. E vai ser um beijo que vai acabar na cama, comigo dentro dela até as bolas. Ela vai dar um pé na bunda do Kincaid em um piscar de olhos. Fim de jogo. Missão cumprida.

Mas qual seria a graça?

“Certo”, eu digo, “sobre a sua amiga.”

Mackenzie pisca algumas vezes, como se estivesse saindo do mesmo tipo de estupor de luxúria em que eu mergulhei.

Nós preparamos um banho morno para a cachorrinha e a colocamos na banheira. De repente, ela vira um animal totalmente diferente. A vira-latinha afogada se revela uma pequena golden retriever, espalhando água pelo chão e brincando com um frasco de xampu que cai na banheira. A coitadinha está só pele e osso, foi perdida ou abandonada pela mãe, e estava sem coleira quando a encontramos. Vão ter que verificar no abrigo se ela é chipada ou não.

Depois que demos banho e enxugamos a cachorra, ponho uma tigela com água na cozinha e dou uma salsicha de peito de peru picada para ela comer. Não é o ideal, mas é o possível, diante das circunstâncias. Enquanto ela come, deixo a porta aberta e saio para o deque dos fundos. A temperatura caiu, e uma brisa sopra do mar. No horizonte, a luz de proa de um barco pisca à medida que a embarcação segue viagem.

“Sabe de uma coisa...” Mac aparece do meu lado.

Meu corpo registra sua presença, e todos os meus sentidos se voltam para sua direção. A garota mal olhou para mim, e meu pau já fica quase todo duro. Que coisa irritante.

“Eu não deveria estar aqui”, ela conclui.

“E por quê?”

“Acho que você sabe por quê.” Ela fala com uma voz suave, comedida. Está me testando, e também a si mesma.

“Você não parece ser o tipo de garota que faz alguma coisa que não está a fim.” Eu me viro para encará-la. Pelo pouco que notei, Mackenzie é teimosa. Não é do tipo que aceita ser manipulada. Não vou me iludir pensando que a trouxe até aqui porque sou o espertão.

“Mal sabe você”, ela responde, amargurada.

“Então me conta.”

Ela me observa. Hesitante. Questionando se o meu interesse é mesmo sincero.

Eu levanto uma sobrancelha. "Nós somos amigos, não?"

"Eu gostaria de poder dizer que sim", ela responde, cautelosa.

"Então conversa comigo. Deixa eu te conhecer melhor."

Ela continua me observando. Minha nossa. Quando ela me olha assim, parece que está me desvendando, ligando todos os pontos. Nunca me senti tão exposto diante de alguém. Por alguma razão, isso não me incomoda tanto quanto deveria.

"Eu sempre achei que ser livre era ser autossuficiente", ela confessa por fim. "E estou descobrindo que não é bem assim. Sei que isso pode parecer ridículo vindo de alguém como eu, mas me sinto presa. Pelas expectativas, pelas promessas. Tentando deixar os outros felizes. Eu queria saber ser egoísta, pelo menos uma vez. Fazer o que quiser, quando quiser, como quiser."

"Então por que não faz?"

"Não é assim tão fácil."

"Claro que é." Os ricos vivem dizendo que o dinheiro é um fardo. Mas é só porque eles não sabem como usar. Ficam tão envolvidos com os próprios dramas que esquecem que na verdade não precisam de seus amigos idiotas e seus clubes de campo ridículos. "É só desencanar de todo mundo. Tem alguém te fazendo mal? Tem alguém atrasando seu lado? Desencana e parte pra outra."

Ela crava os dentes no lábio inferior. "Eu não posso."

"Então você não quer de verdade."

"Isso não é justo."

"Claro que não. O que nesta vida é justo? As pessoas passam a vida toda reclamando de coisas que não tomam nenhuma atitude pra mudar. Então chega uma hora em que você precisa criar coragem, ou então cala a boca."

Ela solta uma risada. "Você está me mandando calar a boca?"

"Não, estou dizendo que a vida e as circunstâncias estão sempre dando um jeito de conspirar pra jogar a gente pra baixo. E o mínimo que a pessoa tem que fazer é não atrasar o próprio lado."

"E você?" Ela se vira para mim, rebatendo a pergunta. "O que você gostaria de fazer, mas não pode?"

"Beijar você."

Ela estreita os olhos na minha direção.

Eu deveria me arrepender de ter dito isso, mas não consigo. O que me impede de querer beijá-la, ou de dizer isso para ela? Em algum momento eu preciso fazer alguma coisa, não? Ela claramente mordeu a isca. Se eu não vou levar o plano até o fim, por que perder meu tempo? Fico olhando para ela, tentando captar uma reação por trás da fachada de frieza e indiferença. Essa garota é implacável. Mas, por uma fração de segundo, percebo um brilho em seu olhar enquanto ela pensa a respeito.

Avalia a situação. Vê uma ação levar à outra, um efeito dominó de consequências.

Ela passa a língua nos lábios.

Eu chego mais perto. Só um pouquinho. Para aumentar a tentação. A vontade de tocá-la é quase insuportável.

"Mas nesse caso eu estragaria uma ótima amizade", eu digo, porque perdi totalmente o controle das coisas que saem da porcaria da minha boca. "Então eu me comporto. Não deixa de ser uma escolha."

Que diabos eu estou fazendo? Não sei o que me deu, mas acabei proporcionando uma saída fácil para ela, quando o que deveria fazer era o *contrário*.

Mac se vira de novo para a água, apoiando os braços no gradil. "Eu admiro a sua sinceridade."

A frustração borbulha dentro de mim enquanto observo seu perfil com o canto do olho. Essa garota maravilhosa está aqui, vestindo a minha camiseta e nada mais, e em vez de puxá-la para junto de mim e beijá-la loucamente, eu mesmo me compliquei com esse papo de amigo.

Pela primeira vez desde que esse plano foi concebido, estou começando a me perguntar se não estou metendo os pés pelas mãos.

10

MACKENZIE

Acordo de manhã com uma mensagem de texto de Cooper. Só posso imaginar que foi Evan que deve ter tirado a foto, porque nela estão Cooper dormindo na cama com a cachorrinha aninhada no peito, o focinho dela enterrado sob seu queixo. Quanta fofura, meu Deus. Na noite passada, pensei que os dois não tinham se dado bem, mas ao que parece eles resolveram suas diferenças.

Espero que ele e Evan resolvam ficar com ela. Sei que a coisa certa é levá-la ao abrigo de animais — eu não tenho como criá-la —, mas a ideia de nunca mais vê-la me provoca um aperto no coração.

Mando uma mensagem para Cooper e, quando saio da minha segunda aula do dia, ainda não tive resposta. Ele deve estar trabalhando. Digo para mim mesma que só estou decepcionada por causa da minha preocupação com a cachorrinha. Mas quem estou tentando enganar? Não dá para ignorar o que aconteceu no deque da casa dele ontem à noite. A tensão sexual transbordante, a admissão dele de que queria me beijar. Se ele não tivesse recuado, eu poderia ter cedido, em um momento de fraqueza.

Eu subestimei o apelo de Cooper. E a culpa é só minha — eu não deveria me deixar seduzir por caras bonitos e seminus que correm em minha ajuda salvando animais em perigo. Preciso ser mais cautelosa daqui em diante, sem nunca esquecer que somos só amigos. É isso. Nada de distorcer as coisas.

Quando meu celular vibra, eu o arranco do bolso no mesmo instante, mas é uma mensagem de Preston. Não de Cooper.

Afasto a segunda onda de decepção da minha cabeça e uso a digital para desbloquear a tela.

PRESTON: *Estou esperando você no estacionamento.*

É mesmo. Nós vamos almoçar fora do campus hoje. Ainda bem que ele me lembrou, porque eu estava a cinco minutos de comprar um wrap de frango na lanchonete perto da escola de administração.

Entro no conversível de Preston, e nós falamos sobre as aulas enquanto ele dirige até Avalon Bay. Preston encontra um lugar para estacionar perto do calçadão. Minha pulsação se acelera, e eu me forço para não olhar na direção do restaurante que Cooper e o tio dele estão reformando.

Consigo resistir por três segundos e meio antes de ceder. Mas o canteiro de obras está vazio. Acho que o pessoal está no horário do almoço. Ou trabalhando em outro lugar hoje.

Mais uma vez, finjo que não estou decepcionada.

"Você não contou o que acabou indo fazer ontem." Pres segura minha mão enquanto tomamos a direção do bar temático esportivo, onde vamos encontrar alguns amigos seus. "Veio para a cidade ou não, no fim das contas?"

"Ah, vim, sim. Andei pelo calçadão até o píer, e vi o pôr do sol na praia. Foi bem legal."

Tomo a decisão de última hora de omitir a história da cachorrinha. Não que Pres seja ciumento, mas não quero motivo para discussão, principalmente porque acabei de chegar ao Garnet e nós estamos nos dando tão bem. A oportunidade para mencionar a amizade com Cooper vai surgir. Em algum momento. Quando for a hora certa.

"Como foi seu jogo de pôquer? Você também não escreveu depois, na verdade." Eu também não sou ciumenta. Depois de tanto tempo de namoro a distância, estamos acostumados com uma ou outra mensagem não respondida e uma ou outra ligação não atendida. Se fôssemos ficar incomodados cada vez que um de nós só dá sinal de vida no dia seguinte, nossa relação já teria acabado faz tempo. É uma questão de confiança.

"Como foi o jogo de pôquer?", repete Benji Stanton, que escuta minha pergunta quando Pres e eu nos aproximamos do grupo de amigos. Ele dá uma risadinha. "É melhor você ficar de olho no seu namorado. Esse cara joga muito mal, e não sabe quando é hora de parar."

"Então... não foi muito bom?", pergunto, lançando um sorriso provocador para Pres.

"Não foi nada bom", Benji confirma. Ele vai se formar em administração, assim como Pres. Eles se conheceram nas aulas que fizeram juntos no ano passado.

A família de Benji tem propriedades em Hilton Head, e o pai dele administra um fundo de investimentos de alto risco. Todos os amigos de Pres têm um histórico parecido. Ou seja, são podres de ricos. Finanças, mercado imobiliário, política — os pais deles são todos membros do clube dos bilionários. Até agora, todos se mostraram simpáticos e receptivos comigo. No começo fiquei com medo de não ser tão bem-aceita porque sou caloura, mas só recebi boas energias da turma de Preston no Garnet.

"Não dá ouvido pra ele, linda." Pres dá um beijo na minha cabeça. "Eu estou pensando no que vou ganhar lá na frente."

Alguns minutos depois, estamos subindo a escada. O Sharkey's Sports Bar tem dois andares, e o de cima tem mesas com vista para o mar. No térreo, ficam as mesas de jogos, uma infinidade de aparelhos de TV e o balcão. Enquanto nos acomodamos em uma mesa alta perto do gradil, os caras continuam provocando Preston por causa de seu péssimo desempenho no jogo.

"É melhor você esconder suas joias, Mac", Seb Marlow me avisa. Ele é da Flórida, onde sua família tem um contrato polpudo com o Departamento de Defesa do governo federal. Negócios seríssimos e ultrassecretos. *Eu teria que matar você se contasse*, essas coisas. Pelo menos é isso o que ele diz nas festas. "Ele quase empenhou o Rolex pra poder continuar no jogo."

Segurando o riso, eu me viro para Pres. "Por favor, me diz que ele não está falando sério."

Pres dá de ombros, porque dinheiro nunca foi problema em sua vida, e ele tem tantos relógios que nem sabe o que fazer com tudo aquilo. "Que tal me desafiarem na mesa de sinuca?", ele fala para os amigos em tom de deboche. "Isso, sim, é um jogo de cavalheiros."

Benji olha para Seb e dá uma risadinha. "Valendo o dobro ou nada?"

Como nunca recusa um desafio, Preston topa sem pensar duas vezes. "Fechou."

Os caras saem da mesa, e Preston me dá um beijo no rosto.

"Uma partidinha", ele avisa. "Volto daqui a pouco."

"Vê se não perde o seu carro", eu aviso. "Preciso de uma carona de volta pro campus."

"Não esquenta", Benji fala por cima do ombro. "Eu te levo."

Pres revira os olhos e vai atrás dos amigos. Outra coisa que admiro nele é esse espírito esportivo. Nunca o vi perder a cabeça por causa de algum jogo idiota, mesmo quando sua carteira termina a noite vazia. Claro que é mais fácil não se importar com as perdas quando se tem um fluxo aparentemente infinito de dinheiro para apostar.

"Agora que os meninos não estão mais aqui..." Melissa, a namorada de Benji, afasta os copos d'água para se inclinar por cima da mesa e falar comigo e com Chrissy, a namorada de Seb.

Não sei nada sobre Melissa, a não ser que ela gosta de velejar, e menos ainda sobre Chrissy. Gostaria de ter outras coisas em comum com essas garotas que não fosse o tamanho da conta bancária dos nossos pais.

Para ser bem sincera, não tenho muitas amigas. E as últimas semanas confirmaram que eu ainda sou péssima em estabelecer conexões com mulheres. Adoro Bonnie, mas para mim ela é mais como uma irmã mais nova do que uma amiga. Tive as minhas colegas na época de colégio, mas ninguém com quem eu tivesse mais intimidade. A pessoa que chega mais perto de ser minha "melhor amiga" é Sara, minha antiga companheira de acampamento de férias, com quem eu tocava o terror durante o verão até completar dezoito anos. Ainda trocamos mensagens de vez em quando, mas ela mora no Oregon, e já faz uns dois anos que não nos vemos.

Meu convívio social se resume a minha colega de quarto, meu namorado e o grupo de amigos e amigas dele. E elas não perdem tempo e já começam a fofocar.

"Então, o que você descobriu sobre a tal menina do Snapchat?", pergunta Melissa.

Chrissy respira fundo como se estivesse prestes a mergulhar em uma piscina para recuperar um par de sapatos Jimmy Choo. "Era uma segundanista do Garnet, uma bolsista. Eu encontrei a melhor amiga da colega de quarto dela no Instagram e mandei uma DM. Ela disse que a amiga dela contou que a colega de quarto disse que eles se conheceram numa festa num barco e ficaram."

"Então foram só uns beijos?", Melissa questiona, como se estivesse decepcionada com a resposta.

Chrissy dá de ombros. "Parece que alguém no barco viu alguém recebendo um boquete. Pode ter sido o Seb ou não. Mas isso não importa."

Se eu tivesse conhecido a minha mãe na época da faculdade, imagino que seria bem parecida com Chrissy. Toda certinha, contida e inabalável. Sem nem um fio de cabelo ou cílio fora do lugar. Então o fato de aceitar uma coisa suja como uma traição me parece bem estranha.

"Espera um pouco", eu interrompo, "seu namorado está te traindo e você não está nem aí?"

As duas me olham como se eu não soubesse nada da vida.

"Dois ex-presidentes dos Estados Unidos e o príncipe da Arábia Saudita estavam na festa de aniversário do pai dele nas Seychelles no ano passado", Chrissy responde, sem se alterar. "Você não termina uma relação com alguém como Sebastian por uma bobagem como uma infidelidade. Ele é pra casar."

Eu franzo a testa. "Você se casaria com alguém que sabe que te trai?"

Ela não responde, só fica me olhando com uma expressão confusa. A noção de monogamia por acaso virou uma coisa banal e ultrapassada? Eu pensava que fosse uma pessoa de cabeça aberta, mas pelo jeito as minhas crenças sobre o amor e o romance são ridículas.

"Não dá nem pra considerar traição", Melissa minimiza, fazendo um gesto com a mão. "Seb beijou uma bolsista? E daí? Se fosse alguém pra casar, aí a história era outra. Aí, sim, seria motivo de preocupação."

"Pra casar?", eu repito.

Chrissy me lança um olhar condescendente. "Pra caras como Seb, Benji e Preston, existem dois tipos de mulher. A que é pra casar e a que é pra usar e jogar fora. As namoradas e as que são só transas."

E não dá pra transar com a namorada? Ou casar com quem transa? Eu engulo meus questionamentos. Afinal, de que adianta?

"Não esquenta", diz Melissa. Ela estende a mão por cima da mesa e segura a minha, em um gesto que deve imaginar ser reconfortante. "Você com certeza é pra casar. Preston sabe disso. Você só precisa se concentrar em consolidar a relação até ganhar a aliança. Todo o resto é...” Ela olha para Chrissy em busca da palavra certa. “Atividade extracurricular.”

É o conselho mais deprimente que já ouvi na vida. Essas garotas têm famílias ricas, donas de pequenos impérios — não precisam de um casamento por conveniência. Então por que se contentar com relações sem amor?

Quando eu me casar com Preston algum dia, não vai ser por dinheiro ou conexões familiares. Nossos votos não vão ter uma cláusula dizendo que a traição é tolerada desde que os investimentos continuem rendendo como o esperado.

“Eu é que não iria querer viver assim”, digo para elas. “Se o relacionamento não for baseado em amor e respeito, então que sentido tem?”

Melissa inclina a cabeça, me lança um olhar condescendente e faz um beicinho. “Ah, querida, no início todo mundo pensa assim. Mas com o tempo a gente precisa começar a ser mais realista.”

Chrissy não diz nada, mas sua expressão fria e impassível provoca uma sensação dentro de mim. É uma coisa um tanto indefinida, mas que perturba o meu estômago.

Só sei que nunca quero chegar a esse ponto de ver a infidelidade como “atividade extracurricular”.

Mais tarde, quando Preston está me levando de volta para o Tally Hall, eu toco no assunto. Como Melissa e Chrissy não me pediram para guardar segredo, não me sinto mal por perguntar. “Você sabia que Melissa e Chrissy acham que o Seb a está traindo?”

Ele não esboça reação, só continua trocando as marchas enquanto nos conduz pelas estradas sinuosas perto do campus. “Eu desconfiava.”

Preciso me segurar para não franzir a testa. “É verdade?”

“Eu não perguntei”, ele responde. E então, alguns segundos depois: “Eu não ficaria surpreso”.

Se Preston estava na festa ou sabe a respeito, é irrelevante. Ele não queimaria o amigo se não acreditasse que a história é plausível. Isso me diz tudo o que eu preciso saber.

"Ela não ficou nem irritada." Eu balanço a cabeça, sem acreditar. "Nenhuma das duas, na verdade. É o custo colateral dos negócios, na opinião delas."

"Eu imagino." Pres para no estacionamento diante do meu alojamento. Ele tira os óculos escuros e me olha bem nos olhos. "Estão rolando boatos há semanas. Seb e Chrissy preferiram ignorar, pelo que eu sei. Sinceramente, não é uma coisa incomum."

"A traição não é uma coisa incomum?" Para mim, é um absurdo, um insulto. É como dizer: eu não tenho amor suficiente por você para ser fiel, nem respeito o bastante para terminar a relação de vez. É o pior dos tipos de armadilha.

Ele encolhe os ombros. "Pra algumas pessoas."

"Nós não podemos ser esse tipo de pessoas", eu imploro.

"Nós não somos." Preston se inclina por cima do console central. Ele segura o meu rosto e me dá um beijo carinhoso. Quando se afasta, seus olhos azul-claros exalam confiança. "Seria muita idiotice minha pôr nosso relacionamento em perigo, linda. Eu sei reconhecer uma mulher que é pra casar quando vejo uma."

Imagino que seja um elogio, mas o fato de ele usar o mesmo termo de Melissa faz meu estômago se embrulhar. Se eu sou pra casar, então ele tem outra que é só para transar? Ou várias?

A frustração sobe pela minha garganta. Fico furiosa por Melissa e Chrissy terem plantado essa semente horrorosa de desconfiança na minha cabeça.

"Eu sou pra casar, é?", provoco, tentando disfarçar meu desconforto. "E por quê?"

"Hã, bom..." Os lábios dele deslizam pelo meu rosto até a minha orelha, onde ele dá uma mordidinha no lóbulo. "Porque você é gostosa. E inteligente. E sensata. Gostosa, claro. E fiel. E gostosa. Às vezes é teimosa, o que é irritante..."

"Ei", eu protesto.

"... mas nunca cria caso com as coisas que importam de verdade", ele complementa. "Nós temos objetivos de vida parecidos. Ah, e eu já disse que você é gostosa?"

Os lábios dele encontram os meus de novo. Eu retribuo o beijo, apesar de estar um pouco abalada. As coisas que ele falou foram bem fofas. Tanto que sinto um nó de culpa na garganta, porque ao que parece *eu* estou sendo a cretina aqui, com esse lance do Cooper.

Amizade não é traição, mas, se existe uma atração pela outra parte, não é quase a mesma coisa?

Não. Claro que não. Trocar mensagens não é adultério. Nós não estamos trocando nudes nem revelando nossas fantasias sexuais um para o outro. E, depois de ontem à noite, Cooper e eu já estabelecemos claramente nosso limite. E, mais do que nunca, eu sei que não posso ir além disso.

E, falando no diabo, estou voltando para o meu alojamento quando chega uma mensagem do próprio. Vem acompanhada de uma foto de Evan brincando com a cachorrinha na praia.

COOPER: *Mudança de planos. Ela vai ficar com a gente.*

11

COOPER

“Quem é a menina mais linda do mundo? É você? Porque eu acho que é! Olha só você, que coisinha mais linda. Dá até vontade de morder, de tão fofa que você é.”

O falatório com voz de bebê do meu irmão gêmeo já adulto é uma coisa vergonhosa.

E o objeto de sua adoração é totalmente *sem-vergonha*. A mais nova moradora da casa dos Hartley desfila pela cozinha como se tivesse acabado de ser eleita a líder suprema do bando. O que na prática é mesmo o que aconteceu. Ela tem Evan na palma de sua patinha. Mas eu é que não vou me apaixonar pelo primeiro rostinho bonito que aparecer na minha frente.

“Cara”, eu aviso. “Pega mais leve aí. Você está passando vergonha.”

“Nada disso. Olha só como ela está linda.” Ele pega a cachorrinha do chão e empurra para mim. “Faz um carinho nela. Sente como está macia e sedosa.”

Eu de fato acaricio a pelagem dourada que, pelas cinquenta pratas que cobraram pelo banho e tosa ontem, tinha mais é que estar macia mesmo. Então pego a cachorra das mãos dele e a coloco de volta no chão.

Onde ela imediatamente faz xixi.

“Filha da puta”, eu reclamo.

Evan imediatamente assume o papel de mãe coruja, pegando toalhas de papel e falando mole com seu novo amor enquanto limpa a sujeira. “Não tem problema, lindinha. Acidentes acontecem.”

Ainda estamos trabalhando na questão do adestramento, aprendendo em blogs de veterinários e sites sobre pets à medida que os problemas aparecem. Só o que eu sei é que nos últimos sete dias limpei mais mijo do que pretendia limpar na minha vida toda. Sorte dela ser uma coisinha tão fofa. Na semana passada, depois que o veterinário do abrigo confirmou que a cachorra não era chipada e que devia ter sido largada na rua fazia algum tempo, não tive coragem de deixá-la em uma gaiola nem de abandoná-la sozinha. Eu posso até ser um desgraçado, mas ainda tenho coração. O veterinário passou uma comida especial para ela ganhar peso e desejou boa sorte, então agora temos uma cachorra.

E um dia cheio de coisas para fazer pela frente, se Evan parar de ficar babando em cima de sua menina linda.

Hoje de manhã, acordei com vontade de dar um jeito nas coisas. Evan e eu estamos de folga, e me dei conta de que nunca vai chegar o momento ideal para darmos uma boa arrumada na casa. É o único legado da nossa família, pô. Então tirei Evan da cama bem cedo, e vamos até a loja de material de construção para ver do que vamos precisar.

O primeiro trabalho na lista de reparos: trocar o telhado. Isso não vai sair barato. Vai comprometer uma parte das minhas economias, mas, com um pouco de convencimento, Evan topou pagar a metade. Como vamos fazer tudo nós mesmos, isso vai poupar uma boa grana em mão de obra.

"Anda logo, precisamos começar", apresso o meu irmão. A ideia é passarmos o resto do dia arrancando o telhado antigo, e amanhã instalar o novo. Não deve demorar mais que dois dias, trabalhando depressa.

"Eu vou dar uma voltinha primeiro, rapidinho. Pra ela ficar cansada e dormir enquanto a gente trabalha."

Sem esperar pela minha resposta, ele pega a cachorrinha e vai para a porta dos fundos, onde está a coleira dela, pendurada num gancho.

"Juro por Deus que, se você não voltar em dez minutos, a cachorra volta pro abrigo."

"Nem fodendo. Ela veio pra ficar."

Com um suspiro, vejo o meu irmão e a cachorra descerem a escada do deque até a areia. A entrega da loja de construção ainda não foi feita, mas já podíamos estar trabalhando em alguma coisa útil, já mexendo no telhado. Infelizmente, Evan não leva o trabalho tão a sério quanto eu. Está sempre procurando uma desculpa para procrastinar.

Descanso os braços no gradil do deque e abro um sorriso quando vejo a golden retriever correndo em zigue-zague para a água. Lá se vai a maciez recém-descoberta do pelo. Bem-feito para Evan.

Enquanto espero, pego o celular e mando uma mensagem para Mac.

EU: *Que tal Batata?*

A resposta dela é quase imediata. Isso faz meu ego inflar um pouco, saber que a minha mensagem tem prioridade de resposta.

MACKENZIE: *De jeito nenhum.*
EU: *Sra. Patinhas?*
MACKENZIE: *É melhor. Mas prefiro Daisy.*
EU: *Dá pra ser mais genérico?*
MACKENZIE: *Você é genérico.*
EU: *Nada disso, queridinha, eu sou o primeiro e único.*
MACKENZIE: *Não me chama assim.*
EU: *O que você tá fazendo agora?*
MACKENZIE: *Estou na aula.*

Ela manda em seguida dois emojis, um de uma arma e o outro de uma cabeça feminina. Eu dou uma risadinha.

EU: *Está tão ruim assim?*
MACKENZIE: *Pior. Eu fiz a besteira de escolher biologia para cumprir os meus créditos de ciências. Por que o nome de todas as espécies é em latim?! E eu tinha esquecido o quanto detesto citologia! Você sabia que a célula é a coisa mais básica da vida?*
EU: *Pensei que fosse o sexo.*

Mackenzie manda um emoji com uma carinha revirando os olhos, depois diz que precisa parar de falar porque o professor está começando a fazer perguntas para a sala. Não sinto a menor inveja dela.

O Garnet College oferece uma boa quantidade de bolsas para a comunidade local, mas eu nunca quis fazer faculdade. Não vejo motivo para isso. Tudo o que preciso saber sobre construção e marcenaria posso aprender com o meu tio, na internet ou nos livros da biblioteca. No ano passado, fiz umas aulas de contabilidade no centro comunitário da cidade para aprender a administrar melhor as nossas finanças (por mais que seja uma mixaria), mas isso só me custou cem pratas. Por que diabos eu pagaria vinte e cinco mil por *semestre* só para me dizerem que as células são importantes e que nós evoluímos a partir dos macacos?

Uma buzina na frente da casa chama a minha atenção. Nosso material chegou.

Vou até lá e cumprimento Billy e Jay West, tocamos nossos punhos fechados e trocamos tapinhas nas costas. Eles são das antigas, criados em Avalon Bay. Mas não os vemos muito ultimamente.

"Aqui deve ter tudo o que você precisa", Billy avisa, abrindo a tampa da caçamba da picape. Precisamos comprar e pegar emprestadas algumas ferramentas, além de um compressor de ar e outras coisas. Na carretinha, ele trouxe os paletes com as telhas novas.

"Parece estar tudo certo", eu digo, ajudando a descarregar a picape.

"Meu pai falou que não vai cobrar nada pelo compressor se você devolver na segunda. E está repassando a lona impermeabilizante e as calhas a preço de custo."

"Pô, valeu, B", eu digo, apertando a mão dele.

Em Avalon Bay, nós somos solidários uns com os outros. Temos o nosso esquema de auxílio mútuo — *hoje você me faz um favor, amanhã sou eu que ajudo você*. É a única maneira que encontramos de sobreviver às tempestades dos últimos anos. Precisamos poder contar com nossos vizinhos e nos unir, dar apoio uns aos outros; caso contrário, a cidade toda vai para o buraco.

Billy, Jay e eu descarregamos a carretinha sob o sol escaldante, já ensopados de suor quando levantamos o primeiro palete. Quando estamos colocando o troço no chão, o telefone de Billy toca, e ele se afasta para atender.

"Ei, Coop." Jay limpa a testa com a manga curta da camiseta. "Você tem um minutinho?"

"Claro. Vamos lá pegar uma água." Nós andamos até o cooler na varanda da frente e pegamos duas garrafinhas. Está um calor infernal. O verão se recusa a ir embora. "O que foi?"

Os pés imensos de Jay estão inquietos. Ele é o mais grandalhão entre os irmãos West — um metro e noventa e cinco, mais de cem quilos de puro músculo. Steph diz que ele é um "gigante gentil", o que é uma descrição apropriada. Jay é um cara legal, o primeiro a se oferecer para ajudar quando alguém precisa. Não tem um pingo de maldade na mente.

"Eu queria te perguntar uma coisa." O rosto dele está ficando vermelho, e não é por causa do calor. "Você e a Heidi..."

Eu franzo a testa. Definitivamente, não é o que eu esperava ouvir.

"Eu ouvi uns boatos de vocês nesse verão e, hã..." Ele encolhe os ombros. "Queria saber se está rolando alguma coisa ou não."

"Não está, não."

"Ah. Certo. Beleza." Ele vira metade da garrafa antes de voltar a falar. "Eu encontrei ela no Joe's uma noite dessas."

Tento não rir da timidez dele. Agora já sei aonde a conversa vai chegar, mas ele continua cheio de rodeios.

"E como foi?", eu pergunto. Faz vários dias que não vejo Heidi nem as outras garotas.

"Divertido. Foi divertido." Ele bebe mais água. "Tudo bem se eu chamar ela pra sair, né? Já que não está rolando nada entre vocês?"

Jay West é a imagem do rapaz bonzinho, e Heidi acabaria com ele. Isso se desse uma chance para o sujeito, para começo de conversa, o que eu duvido, porque tenho quase certeza de que sou o único local com quem ela já se envolveu. Ela namorou um carinha durante um ano na época do colégio, mas ele não morava em Avalon Bay. Heidi está sempre com um pé fora daqui. Não sei como ainda não foi embora da cidade, aliás.

Não tenho coragem de dizer para Jay que ele provavelmente vai ouvir um "não", então dou um tapa no seu ombro e respondo: "Claro. Heidi é uma ótima garota — vê se cuida bem dela".

"Palavra de escoteiro", ele promete, fazendo o sinal característico. Claro que ele foi escoteiro. Deve ter ganhado todos os emblemas, inclusive. Já Evan e eu fomos expulsos porque tentamos pôr fogo no equipamento do líder da tropa.

"Ei, não sabia que vocês já tinham chegado." Evan aparece com a cachorrinha na coleira, olhando para todo o material que já descarregamos — sem qualquer ajuda dele. "Eu teria ajudado também."

Solto um risinho de deboche. Até parece.

"Desde quando você tem cachorro?", Jay pergunta, encantado. Ele imediatamente fica de joelhos e começa a brincar com a cachorrinha, que tenta morder seus dedos.

"Qual é o nome dele?"

"Dela", eu corrijo. "E a gente ainda não sabe."

"Eu pensei em Kitty, mas o Coop não sabe apreciar a ironia", Evan responde.

"Ainda estamos decidindo", eu explico.

Billy termina de falar ao telefone e vem até nós. Ele faz um aceno de cabeça para Evan, que retribui o gesto e diz: "Billy. Como é que estão as coisas?".

"Tudo certo."

Os dois trocam um olhar meio torto, e eu também fico bem desconfortável. Jay, o gigante gentil, ignora a tensão no ar, ocupado com a cachorrinha. É por isso que não vemos mais Billy e seus irmãos. A situação é constrangedora demais.

Mas Evan não consegue se segurar. Sempre precisa piorar ainda mais as coisas. "E a Gen, como está?"

"Bem", Billy responde com um grunhido curto e grosso, e trata de fechar a carretinha o mais rápido que pode. Ele e Jay saem praticamente fugidos do nosso jardim.

"Que diabo foi isso?", eu reclamo com Evan.

"Isso o quê?", ele pergunta, como se eu não soubesse exatamente o que ele está pensando.

"Pensei que você não quisesse mais saber da Genevieve."

"E não mesmo." Ele passa por mim e vai até a varanda pegar uma água.

"Ela foi embora da cidade sem nem avisar ninguém", eu lembro a ele. "Pode acreditar, aquela garota não perde um minuto do dia dela pensando em você."

"Eu já falei que não estou nem aí", Evan garante. "Só estava puxando assunto."

"Com os irmãos dela? Eu acho que o Billy pensa até que foi por sua culpa que ela fugiu para Charleston. Até onde eu sei, ele está louco pra te encher de porrada."

A ex-namorada de Evan era a pessoa mais problemática do nosso grupo de amigos. Todo mundo usou uma ou outra substância ilegal, infringiu algumas leis, mas Gen era outro nível. Mesmo se fosse uma coisa estúpida e com risco de morte, ela topava sem pensar duas vezes e ainda queria mais. E Evan sempre lá, do lado dela. Pelo que disseram, ela foi embora para dar um jeito na vida. Casa nova, vida nova. Mas vai saber se é verdade... Se alguma das garotas ainda fala com ela, ninguém toca no assunto. O que é só mais uma prova de que Genevieve West está cagando e andando por ter partido o coração do Evan.

"Você ainda é apaixonado por ela?", eu questiono.

Ele tira a camisa para limpar o suor do rosto. Depois me olha bem nos olhos. "Eu nem penso mais nela."

Até parece. Eu conheço essa cara. Era a mesma que eu fazia todos os dias quando o nosso pai sumia. Ou toda vez que nossa mãe ficava sem aparecer por semanas e até meses. Às vezes Evan esquece que eu sou a única pessoa no mundo para quem ele não pode mentir.

Meu celular vibra, me distraindo por um instante da balela do meu irmão. Olho para a tela e vejo uma mensagem de Mac.

MACKENZIE: *Meu prof de bio acabou de contar pra sala que tem uma cachorra chamada Sra. Pocinhas. Está aí um ótimo nome pra roubar.*

Não consigo segurar o riso, e Evan me lança um olhar por cima da garrafa d'água.

"E você?", ele pergunta com um tom sarcástico.

"O que tem eu?"

"Toda hora que eu olho, você está trocando mensagens com o clone. Vocês dois estão cheios de gracinha."

"É essa a ideia, gênio. Ela não vai largar o namorado por causa de um babaca qualquer que mal conhece."

"Sobre o que vocês conversam?", ele questiona.

"Nada de importante." Isso não é mentira. Na maior parte do tempo, sobre nomes e como treinar *nossa* cachorra. Mac concedeu a si mesma a custódia parcial e dias de visitação. Eu respondo que aceito de bom grado a contribuição dela para comprar tapetes higiênicos e ração. Ela fica me cobrando mais fotos.

"Aham, sei." Ele estreita os olhos para mim. "Você não está começando a gostar da vadiazinha rica, né?"

"Ei." Ele pode falar o que quiser para mim, mas Mac não tem nada a ver com isso. "Ela não fez nada pra você. Na verdade, só te tratou bem. Então é melhor tomar cuidado com o que você fala."

"E desde quando você se importa?" Ele se aproxima de mim para me encarar. "Ela é um deles, esqueceu? Um clone. E aquele playboyzinho metido a besta do namorado dela fez você ser demitido. Não vai esquecer de que lado está."

"Eu estou do seu lado", lembro a ele. "Sempre."

Não existe vínculo mais forte para mim no mundo do que o que tenho com o meu irmão. Ponto-final. Garota nenhuma mudaria isso. Evan só tem o pé atrás com qualquer um que frequenta o Garnet College. Para ele, o pessoal de lá é o inimigo. Essa é uma postura bem comum entre as pessoas que passaram a vida toda aqui, e dá para entender por quê. Desde que me conheço por gente, só o que os clones fazem é usar e abusar da gente.

No fim das contas, Mac é produto do lugar de onde ela vem, e o mesmo vale para mim. Isso não quer dizer que, se as coisas fossem diferentes — se tivéssemos uma história e uma vida parecidas —, eu não poderia gostar dela. Mac é inteligente, divertida e sexy até não poder mais. Eu seria um imbecil se negasse isso.

Mas as coisas não são diferentes, e a vida que levamos é essa mesmo. Em Avalon Bay, cada um deve aceitar a realidade que tem.

12

MACKENZIE

Depois de uns vinte minutos da minha aula de biologia de quarta-feira, eu me dou conta de que é sexta e que na verdade estou no curso sobre cultura midiática. Agora esses trechos da *The Real Housewives* que estão passando no projetor fazem bem mais sentido. Pensei que fosse alguma alucinação nervosa da minha parte.

A verdade é que eu não ando muito bem nos últimos dias. As aulas são entediantes, e a insatisfação com os meus negócios só aumenta. É frustrante ter tão pouco trabalho a fazer com os aplicativos, agora que deleguei a maior parte das tarefas para outras pessoas. Preciso de um novo projeto, alguma coisa grande e desafiadora.

E, para piorar as coisas, estou me sentindo em perigo constante. Andando no fio da navalha. Toda vez que meu telefone vibra, tenho uma injeção de endorfina seguida de uma carga de adrenalina, culpa e de um embrulho no estômago. Sou como uma viciada em busca da próxima dose, apesar de saber que isso está me matando.

COOPER: *Que tal Moxie Mordedora?*
EU: *Eu gosto de Doc Mordens.*
COOPER: *Ela é fêmea!*
EU: *Ainda acho que ela tem cara de Daisy.*
COOPER: *Tequila Gold.*

É uma espécie de preliminar sexual bizarra. Discutir nomes de cachorro é uma espécie de flerte, e cada disputa uma peça de roupa que estamos nos arriscando a remover em um jogo metafórico de strip pôquer.

A coisa foi longe demais. Só que eu não consigo me conter. Toda vez que ele me escreve, eu digo que vai ser a última, então respiro fundo, digito a resposta e fico esperando a próxima dose.

Por que eu faço isso comigo mesma?

COOPER: *O que você está aprontando agora?*

EU: *Estou na aula.*

COOPER: *Vem pra cá depois? Vamos dar uma volta na praia com a Moon Zappa.*

Por que eu faço isso? Porque Cooper faz as minhas entranhas se revirarem, deixa minha cabeça atordoada. Eu acordo suando frio por causa dos sonhos descarados com seu corpo bem definido e seu olhar profundo. Por mais que eu queira negar, estou começando a gostar dele. O que me torna uma péssima pessoa. Uma namorada podre e horrível. Mas ainda não fiz nada. Tenho meu autocontrole. A mente domina a matéria, essas coisas.

EU: *Chego aí em uma hora.*

Pela nossa cachorra, digo a mim mesma. *Para saber se ela está sendo bem cuidada.*

Aham.

Autocontrole, uma ova.

Uma hora mais tarde, estou na porta da casa dele, e a situação é bem constrangedora. Não sei se por minha causa, por causa dele ou ambas as coisas, mas por sorte a cachorrinha serve como uma distração mais do que necessária para o momento. Ela pula nos meus joelhos, e passo alguns minutos totalmente concentrada em lhe dar carinho, coçando atrás das suas orelhas e beijando seu narizinho lindo.

Só quando estamos na praia perto da casa dele Cooper me cutuca no braço.

Eu olho para ele. "Hã, o que foi?"

“Tem alguma coisa errada?”, ele pergunta. A praia está vazia, então Cooper solta a cachorra da coleira e joga um graveto para ela ir pegar.

Isso não é justo. Ele tirou a camisa, e agora sou obrigada a vê-lo andar por aí com o peito todo exposto, só com uma calça jeans bem baixinha nos quadris. Por mais que eu tente desviar os olhos, eles voltam para o V delicioso que desaparece na altura da calça. Fico inclusive salivando, como um dos cachorros idiotas do Pavlov.

“Desculpa”, respondo. Pego o graveto que a cachorrinha traz de volta e arremesso de novo. “Estou preocupada com umas coisas da faculdade.”

Não demora muito para ela se cansar e nós voltarmos para a casa de Cooper. Ele veste de novo a camiseta surrada da Billabong, de um tecido tão fino que se molda a cada músculo do seu peitoral perfeito. Está ficando cada vez mais difícil não ceder a pensamentos que não têm nada a ver com amizade. O que significa que está na hora de me mandar daqui.

Quando ele pergunta se quero uma carona de volta para o alojamento, encontro um jeito de recusar, mas sem dizer exatamente não. Em vez disso, acabamos na oficina dele, uma garagem independente ao lado da casa com serras de mesa, máquinas e muitas outras ferramentas, além de prateleiras de tábuas rústicas nas paredes. O chão está coberto de serragem. No fundo do espaço, vejo vários móveis de madeira inacabados.

“Foi você que fez isso?” Passo as mãos por uma mesinha de centro, uma cadeira e uma estante de livros estreita. Também há cômodas e um par de mesinhas de canto. Tudo feito com vários tipos de acabamento, mas seguindo a mesma estética moderna da Costa Leste. Um design clean e simples. Elegante.

“É meio que um trabalhinho extra que eu faço”, ele responde, com um orgulho evidente. “Só uso madeira reaproveitada. Coisa que encontro por aí. Desmonto tudo até só sobrarem as formas básicas e depois refaço, deixo do jeito que deveria ser.”

“Impressionante.”

Ele dá de ombros, encarando meu elogio como uma mera manifestação de boas maneiras.

“Não, é sério, Cooper. Você tem talento de verdade. E pode ganhar uma boa grana com isso. Conheço pelo menos uma dúzia de amigas da minha mãe que iriam saquear esse lugar como se fosse uma liquidação da Saks, e gastando uma fortuna."

"Enfim." Ele esconde o rosto de mim enquanto guarda as ferramentas e arruma a bancada, como se precisasse manter as mãos ocupadas por algum motivo. "Sem o capital necessário pra largar o meu emprego, não tenho como fabricar o volume que preciso pra manter um negócio estável. Eu vendo umas coisas de vez em quando. Ganho um dinheirinho a mais pra gente investir na reforma da casa. É só um hobby."

Eu ponho uma das mãos na cintura. "Você precisa vender alguma coisa pra mim."

Antes que eu possa piscar, ele vem correndo e joga uma lona em cima dos móveis. E nem me olha nos olhos quando avisa: "Não faz isso".

"Isso o quê?", eu pergunto, perplexa.

"Isso. Assim que você passar a me encarar como um projeto seu, isso" — ele faz um gesto para nós dois — "não tem mais como dar certo. Não preciso da sua ajuda. Nem te mostrei as coisas pra arrancar dinheiro de você."

"Eu sei." Seguro o braço dele e o obrigo a me encarar. "Não é um ato de caridade. Você não precisa disso, Cooper. Seria um investimento num talento ainda não revelado."

Ele solta um risinho de deboche.

"É sério. Quando você explodir, vou contar pra todo mundo que já te conhecia antes disso. Garotas ricas adoram lançar tendências."

Ele olha bem para mim, me examinando com seus olhos escuros. Cooper tem uma intensidade, uma aura natural que é ao mesmo tempo magnética e perigosa. Quanto mais eu digo a mim mesma para manter distância, mais me vejo atraída.

Por fim, um sorriso relutante aparece. "Puta que pariu, esses clones."

"Ótimo. Pense em um preço justo pra mesinha de centro e pras cadeiras. Os móveis do alojamento são um horror. Bonnie e eu já íamos comprar umas coisas diferentes, mas os estudos não deixam tempo pra isso."

Eu me sento sobre a bancada mais próxima, sacudindo os pés. Sei que preciso ir embora, só que gosto demais da companhia desse cara.

Isso está virando um problema sério.

Cooper ainda está me encarando, com uma expressão indecifrável. O olhar dele só se desvia quando recebe uma mensagem de texto. Ele pega o celular, e o que lê na tela o faz rir sozinho.

"O que tem aí de tão engraçado?"

"Nada. Minha amiga Steph mandou uma coisa engraçada no nosso grupo. Olha aqui." Ele vem até onde eu estou na bancada, sem fazer nenhum esforço para impulsionar seu corpaço e se sentar ao meu lado.

Eu me inclino para olhar seu telefone, tentando com todas as forças não me distrair com seu cheiro gostoso. Uma combinação de especiarias, serragem e mar — o que não é uma fragrância facilmente associável a afrodisíacos e feromônios, mas mesmo assim me deixa toda mole e arrepiada.

E, por coincidência, o que eu vejo no celular dele é uma captura de tela do meu próprio site. É uma postagem do PiorNamorada.com, uma história sobre uma garota que vai para a casa de um cara tarde da noite depois de um encontro num bar. Eles vão para a cama, mas, depois que ele pega no sono, ela percebe que ficou menstruada e está sem absorventes. Então sai revirando o apartamento para ver se encontra alguma coisa parecida em algum dos banheiros. O primeiro em que procura não tem nada do tipo, portanto ela não tem escolha a não ser entrar no outro quarto e dar uma espiada no banheiro da suíte, onde encontra uma caixa de absorventes internos debaixo da pia, mas nesse exato momento alguém aparece. É a mãe do cara, segurando uma lanterna como arma, porque acha que está sendo assaltada. Ela começa a gritar loucamente, querendo saber por que uma garota seminua, vestindo só uma camiseta e uma calcinha, está remexendo em seu banheiro às quatro da manhã.

"Dá pra imaginar?" Cooper abre um sorriso. "É até bom que a minha mãe não esteja mais aqui."

Eu provavelmente deveria contar que sou a criadora do site que o está fazendo rir tanto. Mas fico sem coragem. *Pois é, eu sou a dona desse site. Ganhei meu primeiro milhão com ele enquanto ainda estava no ensino médio. Mas me conta mais sobre a marcenaria que você não tem grana pra abrir*. Isso me faria parecer uma babaca total.

Eu não fico me gabando do meu sucesso em condições normais, e dizer alguma coisa a respeito agora seria ainda mais desagradável. Então prefiro me ater ao comentário dele sobre a mãe, perguntando: "Onde ela está?".

"Não faço ideia." Sinto um tom diferente na voz dele. De mágoa e raiva.

Percebo que toquei em uma questão sensível, e fico pensando em como mudar de assunto, mas logo em seguida ele solta um suspiro tenso e continua a conversa.

"Ela quase não ficava por perto quando a gente era criança, eu e o Evan. Sumia e reaparecia com um cara diferente a cada poucos meses. Ia embora do nada, depois voltava sem avisar, pedindo dinheiro." Ele encolhe os ombros. "Shelley Hartley nunca foi nada parecido com uma mãe."

O fardo que ele carregou — e ainda carrega — fica evidente pela maneira como seus ombros despencam, e pela ruga que surge em sua testa quando ele começa a puxar os fiapos nos rasgos da calça jeans.

"Eu sinto muito", digo com toda a sinceridade. "E o seu pai?"

"Morreu. Estava dirigindo bêbado e sofreu um acidente quando a gente tinha doze anos, mas não sem antes acumular uma montanha de dívidas de cartões de crédito que por algum motivo viraram um problema pros filhos resolverem." Cooper pega um cinzel, remexe entre os dedos por um momento e então começa a arranhar a superfície de compensado das bancadas. "As únicas coisas que os dois deixaram pra gente foram prejuízos." Então, com uma ferocidade repentina, ele crava o cinzel na madeira. "Mas nem fodendo que eu vou terminar que nem eles. Prefiro me jogar de uma ponte."

Eu engulo em seco. Ele é meio assustador às vezes. Não exatamente ameaçador. Imprevisível, com um potencial para a violência ativado pelos demônios que atormentam sua mente. Cooper Hartley é sinistro e perigoso sob a superfície, e o meu lado imprudente — os impulsos que tento manter soterrados — está ansioso para explorá-lo.

É só mais um motivo para eu continuar mergulhando de cabeça.

Eu ponho a mão sobre a dele. "Na minha opinião", digo, porque nesse momento ele precisa de uma amiga compreensiva, "eu não acho que você seja nada parecido com eles. Você é trabalhador, talentoso, inteligente. Tem ambição. Olha, acredita em mim, a maioria das pessoas não pode dizer o mesmo. Um cara com um pouco de sorte e bastante iniciativa pode fazer o que quiser da vida."

"Pra você é fácil falar. Quantos pôneis ganhou dos seus pais de aniversário?" Eu sei que ele só lançou essa alfinetada sarcástica para cima de mim porque sou o único alvo disponível aqui.

Abro um sorriso de desânimo. "Eu tenho sorte se conseguir falar com a minha mãe quando ligo, e não com a assistente dela. Os meus cartões de aniversário foram todos assinados por funcionários. Assim como os meus boletins do colégio e as autorizações pras excursões escolares."

"É uma troca justa pra quem sempre teve tudo o que quis num estalar de dedos."

"É isso mesmo o que você acha?" Eu balanço a cabeça. "Pois é, eu tenho muita sorte de ter nascido numa família rica. Mas o dinheiro acaba virando uma desculpa pra tudo. Cria uma barreira entre as pessoas. Porque numa coisa você tem razão: nós somos *mesmo* clones. Desde o dia em que nasci, os meus pais vêm me programando pra ser igual a eles. Não me veem como uma pessoa com as próprias ideias e opiniões. Eu sou só um bibelô. Às vezes me pergunto se não nasci só por causa das ambições políticas do meu pai."

Cooper me olha com uma expressão de interrogação.

"Meu pai é deputado federal", eu explico. "E todo mundo sabe que os eleitores preferem candidatos que tenham família. Pelo menos é o que as pesquisas dizem. Então, *puf*, aqui estou eu. Nascida e criada pra aparecer em fotos de campanha. Treinada pra abrir um sorriso bonito pra câmera e dizer coisas bonitas sobre o meu pai em eventos de arrecadação de fundos. E eu fiz isso, tudo isso, sem nunca questionar nem reclamar. Porque esperava algum dia conquistar o amor deles." Uma risada amarga escapa da minha garganta. "Mas, pra ser bem sincera, acho que eles nem perceberiam se eu fosse trocada por outra garota completamente diferente. Se rolasse uma mudança de elenco na minha própria vida. Eles não estão nem um pouco interessados em mim como pessoa."

É a primeira vez que eu digo tudo isso em voz alta. A primeira vez que revelo essa parte de mim para alguém. Quer dizer, já desabafei para Preston várias vezes, mas não assim sem filtro. Nós dois viemos dos mesmos círculos. É uma coisa normal para ele, que não tem muito o que reclamar da vida. E por que teria? Ele é homem. Vai comandar o império da família algum dia. E eu? É melhor manter minhas aspirações bem escondidas, para os meus pais não perceberem que não tenho a menor intenção de ser uma dona de casa à sombra de alguém quando finalmente desencanar das minhas "bobagens de adolescente".

Eles acham que os meus sites são uma total perda de tempo. "Uma loucura passageira", como a minha mãe se refere ao ano sabático que precisei lutar com unhas e dentes para conseguir. Quando anunciei orgulhosamente para o meu pai que o meu saldo bancário tinha chegado aos sete dígitos, ele me ironizou. Disse que um milhão de dólares era só uma gota d'água em um oceano. Perto das centenas de milhões que a empresa dele fatura a cada trimestre, os meus ganhos devem parecer risíveis. Mas ele poderia pelo menos fingir que estava orgulhoso de mim.

Cooper me observa em silêncio por um bom tempo. E então, como se um devaneio tivesse se desfeito em sua mente, seus olhos intensos voltam a se concentrar em mim. "Certo. Eu admito que pais emocionalmente ausentes não são muito melhores do que os fisicamente ausentes."

Eu dou risada. "Então como fica a pontuação do concurso de traumas de infância?"

"Ah, eu ainda estou liderando com folga, mas você pelo menos aparece no placar."

"É justo."

Nós trocamos sorrisos, cientes da inutilidade de uma discussão como essa. Não era a minha intenção transformar a conversa em uma competição — e eu jamais menosprezaria o sofrimento por que Cooper passou —, mas acho que sentia mais frustração do que imaginava. A coisa meio que transbordou.

"Ei, você tem planos pra hoje à noite?", ele pergunta, voltando a ficar de pé.

Eu fico hesitante. Preciso falar com Preston, para saber se ele marcou alguma coisa com o pessoal.

Em vez disso, respondo: "Não".

Porque, quando Cooper está por perto, o meu bom senso vai para o espaço.

O olhar dele se fixa em mim de um jeito que me provoca calor. "Que bom. Eu vou levar você pra sair."

13

COOPER

"Eu sempre quis ir num desses", Mac me diz, me segurando pelo braço e me puxando na direção de uma monstruosidade que fica girando a uns trinta metros do chão.

Essa garota está falando sério? Eu reviro os olhos para ela. "Se eu quiser ficar tonto e engasgar com o meu próprio vômito, posso fazer isso do chão mesmo."

Ela se vira para mim, com os olhos arregalados, que refletem as luzes multicoloridas. "Você não é cagão a esse ponto, né, Hartley?"

"De jeito nenhum", respondo, porque ser incapaz de recusar um desafio é um dos grandes defeitos da minha personalidade.

"Então prova que não é um cagão."

"Você vai se arrepender", eu aviso, fazendo um gesto para ela ir na frente.

O festival anual organizado no calçadão é um ponto alto da temporada de outono em Avalon Bay. Existe para comemorar o aniversário da fundação da cidade ou coisa do tipo, mas virou só uma desculpa para uma boa farra. Os restaurantes locais trazem food trucks ou montam barracas, os bares vendem seus drinques mais populares em carrinhos e as atrações e os brinquedos de parques de diversões lotam todo o espaço.

Evan e eu costumávamos fumar uns com nossos amigos, encher a cara e ir passando de brinquedo em brinquedo para ver quem vomitava o almoço primeiro. Mas nos últimos anos eu meio que me cansei disso.

Só que, por alguma razão, hoje senti vontade de apresentar o festival para Mac.

O calçadão está lotado. As músicas do parque de diversões competem com o som das bandas tocando ao vivo em três palcos espalhados pela Cidade Velha. O cheiro de salsicha empanada frita e algodão-doce, bolo de funil e coxas de peru é levado pela brisa. Depois de passar por brinquedos como o Onda Maluca e Tiro para a Lua, descemos o tobogã Avalanche, de quinze metros, e encaramos o Poço da Gravidade. Durante todo o tempo, Mac continua toda saltitante, com um sorrisão no rosto. Sem nem um pingo de medo. É uma destemida, essa aí. Gostei disso.

"E agora?", ela pergunta enquanto ainda estamos nos recuperando da última sequência de brinquedos. Eu não me definiria como um bundão, mas o aventureiro que vive dentro de mim está sendo testado até o limite.

"A gente não pode fazer alguma coisa mais tranquila?", eu resmungo. "Me dá um tempinho pra me readaptar à lei da gravidade."

Ela sorri. "Alguma coisa mais tranquila? Poxa, vovô, tipo o quê? Um passeio tranquilo na roda-gigante ou naquele trenzinho que atravessa o Túnel do Amor?"

"Se você vai no Túnel do Amor com o seu avô, então tem vários outros problemas que eu acho que a gente devia discutir."

Ela me mostra o dedo do meio. "Que tal uma pausa pra um algodão-doce, então?"

"Claro." Enquanto nos dirigimos a uma das barracas, eu falo com um tom de voz bem natural. "Eu já ganhei um boquete uma vez naquele túnel, sabe."

Em vez de uma reação de nojo, vejo os olhos verdes dela se iluminarem. "Sério? Me conta tudo."

Entramos na fila atrás de uma mulher que está tentando domar três crianças de menos de cinco anos. Os pequenos são como uma matilha de cachorrinhos, incapazes de ficarem parados, energizados pelo excesso de açúcar que com certeza consumiram.

Passo a língua pelo lábio inferior e dou uma piscadinha para Mac. "Eu conto mais tarde. Em particular."

"Que sem graça."

Chegamos ao balcão, onde compro dois algodões-doces. Mac pega um com gestos ávidos, arranca um pedação enorme e enfia aquela coisa macia e cor-de-rosa na boca.

"Muuuito bom." As palavras saem meio enroladas, por causa da boca cheia.

Imagens proibidas para menores se instalam em meu cérebro quando a vejo chupar e lamber os dedos enquanto come o doce.

Meu pau incha e roça no zíper, tornando difícil prestar atenção no que ela está tagarelando.

"Sabia que o algodão-doce foi inventado por um dentista?"

Eu pisco algumas vezes, voltando à realidade. "Sério? Isso é que é uma forma proativa de garantir a clientela."

"Genial", ela concorda.

Eu pego um pedaço do meu também. O algodão-doce derrete assim que encosta na minha língua, e o sabor açucarado lança uma dose de nostalgia na minha corrente sanguínea. É como se eu fosse um garotinho de novo. Na época em que os meus pais estavam presentes e ainda meio que se amavam. Traziam a gente para o calçadão, liberavam os doces e as porcarias e deixavam que eu e Evan brincássemos até a gente se acabar. A volta para casa no carro era marcada por risos e pela sensação de ser uma família de verdade.

Quando nós fizemos seis anos, a relação dos dois azedou. Meu pai começou a beber mais. Minha mãe foi buscar atenção e elevar sua autoestima com outros caras. Eles se separaram, e meu irmão e eu ficamos em segundo plano, porque a bebida e o sexo vinham em primeiro lugar.

"Não", Mac ordena.

Eu pisco mais algumas vezes. "Não o quê?"

"Você está com aquela cara de novo. Está deprê."

"Eu não estou deprê."

"Está, sim. Tá estampado na sua cara: *Eu estou perdido nos meus pensamentos deprimentes, porque sou um bad boy MUITO sofrido.*" Ela olha feio para mim. "Sai dessa, Hartley. A gente está tendo uma conversa muito séria aqui."

"A gente está falando sobre algodão-doce", eu retruco, sarcástico.

"E daí? Isso pode ser importante também." Ela ergue uma sobrancelha, toda presunçosa. "Sabia que os cientistas estão usando algodão-doce pra criar vasos sanguíneos artificiais?"

"Porra, é a pior besteira que já ouvi", respondo, bem-humorado.

"Não é, não. Eu li sobre isso uma vez", ela insiste. "As fibras do algodão-doce são, tipo, superpequenas. Do mesmo tamanho dos nossos vasos sanguíneos. Não lembro como era exatamente o processo, mas a premissa era a seguinte: o algodão-doce equivale a uma revolução na ciência médica."

"Ciência médica da pior espécie."

"Eu juro pra você."

"Então me diz a fonte."

"Eu vi numa revista aí."

"Ah, sim, claro! Uma revista aí... não tem fonte mais confiável que essa."

Ela olha feio para mim. "Por que você não pode simplesmente admitir que eu estou certa?"

"Por que você não pode admitir que talvez não esteja certa?"

"Eu estou sempre certa."

Eu começo a rir, o que faz com que ela me encare de forma ainda mais hostil. "Tenho certeza de que você está discutindo só pelo prazer de discutir", digo a ela.

"Nada disso."

Eu gargalho ainda mais. "Está vendo? Você é teimosa demais."

"Que absurdo!"

Uma loira alta, de mão dada com um garotinho, franze a testa quando passa por nós. O protesto de Mac faz uma expressão de preocupação surgir em seus olhos.

"Está tudo certo", Mac garante para ela. "Nós somos melhores amigos."

"E grandes rivais", eu corrijo. "Ela vive gritando comigo, moça. Me ajuda a sair dessa relação tóxica, por favor."

A mulher lança um olhar como quem diz *vocês não têm jeito mesmo*, que é bem típico de qualquer um com mais de quarenta anos quando é obrigado a lidar com crianças imaturas. Mas ela está muito enganada. Nós dois já temos mais de vinte.

Continuamos andando pelo calçadão, parando para ver um namorado bobalhão jogando dardos em uma parede cheia de bexigas para ganhar um bicho de pelúcia para a namorada. Quarenta pratas depois, ainda não conseguiu garantir o panda, e a garota está mais preocupada em olhar para mim do que em dar seu incentivo a ele.

"Dá pra acreditar naquela menina?", Mac comenta quando nos afastamos. "Ela devia estar imaginando você sem roupa enquanto o coitado do namorado gastava uma nota só pra tentar agradar a infeliz."

"Está com ciúme?", pergunto com um sorriso.

"Não. Só impressionada mesmo. Você é disputado, Hartley. Acho que não passamos por nenhuma garota que não tenha ficado babando em você."

"Fazer o quê? As mulheres gostam de mim." Não estou falando por arrogância. É um simples fato. Meu irmão e eu somos bonitões, e caras como nós são populares entre as garotas. Quem negar isso está sendo ingênuo. Quando o assunto são os instintos animais elementares, como a atração sexual, a aparência importa.

"Por que você não tem namorada?", Mac questiona.

"Porque não quero."

"Ah, entendi. Tem medo de compromisso."

"Não é isso." Eu encolho os ombros. "É que não é isso o que eu estou procurando no momento. As minhas prioridades são outras."

"Interessante."

Nossos olhares se cruzam por um breve e intenso momento. Fico a poucos segundos de reavaliar minhas prioridades, mas então Mac engole em seco e muda de assunto.

"Certo, hora do próximo brinquedo", ela anuncia. "Já perdemos muito tempo."

"Por favor, pega leve comigo", eu imploro.

Ela se limita a um risinho de deboche e parte em busca de nossa aventura potencialmente fatal.

Fico olhando para ela, com um ar de divertimento. E um toque de perplexidade. Essa garota é surpreendente. Não é como os outros clones do Garnet College, que exalam tédio por todos os poros. Ela não está nem aí para a aparência — pode ficar descabelada, com a maquiagem borrada. É espontânea e livre, o que torna ainda mais intrigante o motivo para estar com um babaca como Kincaid. Que diabos esse cara tem para ser considerado tão bom assim?

"Me explica uma coisa", eu digo, enquanto nos aproximamos de um negócio que é um elástico enorme que arremessa a sessenta metros no ar um cesto para dois lugares ocupado por pessoas sempre aos berros.

"Se está tentando me enrolar, não vai dar certo." Ela vai sem hesitação até o operador do brinquedo e entrega os ingressos.

"O seu namorado", eu começo, passando na frente dela para entrar no cesto primeiro.

O operador afivela o meu cinto e começa seu discurso, que se resume a algo como: *Mantenha as mãos e os pés dentro do veículo e, se você morrer, a responsabilidade não é nossa.*

Pela primeira vez na noite, Mac parece apreensiva quando se acomoda ao meu lado. "O que tem ele?"

Escolho as palavras com cuidado. "É que eu escuto coisas por aí. E nenhuma delas é boa. Para uma garota que diz que não quer ser a princesinha da mamãe e do papai, é difícil entender por que você cumpriria essa expectativa de se juntar com um clone do Garnet."

O feixe de cordas elásticas grossas, que daqui a pouco vai nos arremessar para o céu noturno, sobe até os braços do brinquedo para formar um ângulo obtuso acima de nós.

"Isso na verdade não é da sua conta." Ela fecha a cara e assume um tom de antagonismo. Eu toquei em um ponto sensível.

"Qual é. Se vocês se dão absurdamente bem na cama ou alguma coisa desse tipo, pode me dizer. Isso eu entendo. Todo mundo precisa disso, né? É uma coisa que eu respeito."

Ela se limita a olhar para a frente, como se houvesse alguma chance de conseguir me ignorar dentro desta lata de sardinha. "Eu me recuso a ter essa conversa com você."

"Sei que não é por causa do dinheiro", eu continuo. "E você não querer falar dele mostra que a sua convicção não é das maiores."

"Você está falando do que não sabe." Mac se vira para mim, erguendo o queixo em desafio. Ela está mais do que disposta a comprar essa briga. "Sendo bem sincera, você está passando vergonha."

"Ah, é mesmo, princesa?" Não consigo me segurar. Despertar essa reação nela meio que está me deixando com tesão. "Qual foi a última vez que você se pegou pensando nele?"

“Vai se foder.” Ela fica vermelha. Percebo que está mordendo a bochecha quando revira os olhos.

“Então diz que eu estou errado. Que ele deixa você com tesão e toda desconcertada só de aparecer na sua frente.”

A pulsação acelerada é visível no pescoço dela. Mac se ajeita no assento, cruzando os tornozelos. Quando seu olhar se volta para mim, ela passa a língua nos lábios, e tenho certeza de que está pensando o mesmo que eu.

“Existem coisas mais importantes do que a química”, ela responde, e percebo a incerteza em seu tom de voz.

“Aposto que é nisso que você vem tentando acreditar há um tempão.” Eu inclino a cabeça. “Só que pode não ter mais tanta certeza quanto antes.”

“E por que você acha isso?”

“Certo, segurem firme”, o operador avisa. “Vou fazer a contagem regressiva. Estão prontos?”

Ai, caralho.

“Eu não esqueci do nosso placar”, aviso a ela.

“Do quê?”

“*Oito. Sete.*” O operador já está fazendo a contagem.

“Da aposta que a gente fez, lembra? Naquela primeira noite. Bom, você ficou me devendo uma, e eu já sei o que vou querer.”

“*Seis. Cinco.*”

“Cooper...”

“*Quatro. Três.*”

“Quero um beijo seu”, eu falo com um tom de voz rouco. “Ou então me diz logo que você não quer nada comigo.”

“*Dois.*”

“E então, o que vai ser, Mackenzie?”

“*Um.*”

14

COOPER

Somos arremessados pelos ares e, nesse momento que faz o estômago se revirar e o coração ir parar na boca, ficamos meio que congelados no tempo. Esmagados pela força da gravidade à medida que o chão se afasta dos nossos pés. Um instante fugaz e espetacular de ausência total de peso nos levanta do assento, e então a tensão nas cordas elásticas se alivia um pouco enquanto quicamos, uma vez, duas vezes, voltando para o ponto mais alto. Eu viro a cabeça, e nesse momento os lábios de Mac encontram os meus.

É como um choque elétrico, uma onda de calor que desce da boca dela diretamente para a minha virilha.

Ela me agarra, puxando meu cabelo e me beijando loucamente. Tem gosto de açúcar e longas noites de verão. Estou sedento pelas duas coisas, e minha língua desliza sobre a dela enquanto voamos tão alto que parece que nunca mais vamos descer.

A respiração dela esquenta os meus lábios.

Eu torno o beijo ainda mais profundo, e ela geme de leve na minha boca.

O cesto quica de novo, descendo lentamente em nosso retorno para a terra. Nos separamos apenas para respirar, e me obrigo a lembrar onde estamos, para não começar a arrancar a roupa dela. Estou de pau duro e louco para entrar em ação.

"A gente não deveria ter feito isso." Mac ajeita as alças da blusinha regata e limpa a boca borrada de batom.

"Eu é que não me arrependo", digo a ela. Porque é a mais pura verdade. Eu já estava com vontade de fazer isso havia semanas. E agora está tudo às claras. Nós deixamos de lado qualquer fingimento, e agora temos que encarar os fatos.

Mac fica em silêncio quando saímos do brinquedo. Talvez eu tenha exagerado no ímpeto. Ela pode ter se assustado.

Quando percebo que ela está indo na direção da saída, sou obrigado a segurar um suspiro.

Pois é.

Ela com certeza ficou assustada.

"Posso te levar pra casa, se você quiser", ofereço enquanto a sigo até o local onde estacionamos a picape.

"Quero dar boa-noite pra Daisy primeiro."

Eu nem me dou ao trabalho de corrigi-la desta vez. Acho que essa batalha ela já ganhou.

"Eu pego um táxi lá da sua casa", ela acrescenta.

Durante todo o trajeto para a minha casa, fico com a convicção de que nunca mais vou vê-la de novo e que arruinei o meu plano. Minha cabeça está a mil, tentando pensar em alguma coisa para dizer, para amenizar o climão. Mas só o que me vem à mente são as mil e uma coisas que quero fazer com ela para deixá-la maluquinha de tesão. O que não está ajudando em nada.

"Ele é meu ponto de apoio."

Essa afirmação em voz baixa me faz virar para ela, surpreso. "Quê?"

"Preston. Eu estou com ele por vários motivos, mas esse é um muito importante. Ele mantém meus pés no chão." De canto de olho, vejo que ela está contorcendo os dedos. "Me lembra que eu preciso ser mais contida."

"E por que você precisa ser mais contida?", pergunto em um tom áspero.

"Em primeiro lugar, porque o meu pai é uma pessoa pública."

"E daí? Isso foi uma escolha dele. Você não precisa virar uma bonequinha de plástico por causa do que ele decidiu fazer da vida", retruco, franzindo a testa. "E não precisa suportar um namorado que põe você na coleira."

Os olhos dela se acendem. "Eu não estou na coleira."

"O que você acha que significa ser 'contida'?", eu rebato, sarcástico.

"Eu disse que ele me *ajuda* a ser mais contida. Ele não me obriga a nada. Enfim. Você não entende mesmo." Contraindo os lábios, ela vira a cabeça para a janela do passageiro.

"Você tem razão, eu não entendo mesmo. Acabei de passar duas horas vendo você querer ir em todos os brinquedos mais radicais do festival. Você curte adrenalina. Curte a vida. Tem uma chama forte queimando dentro de você, Mac."

"Uma chama", ela repete, como quem duvida.

"Isso mesmo. Fogo. E você prefere ficar com alguém que quer restringir isso? Que bobagem. Você precisa de um cara que coloque mais lenha nessa fogueira."

"Ah, e esse cara por acaso é você?", ela questiona, com um tom um tanto ácido.

"Não foi isso que eu disse. Só estou dizendo que esse babaca não é nem de longe a pessoa certa."

A casa está com as luzes apagadas quando chegamos. Evan falou que ia receber nossos amigos aqui, mas talvez eles tenham mudado de ideia e ido para o festival, no fim das contas.

De novo em silêncio, Mac e eu entramos.

Eu acendo a luz. "Olha só", começo. "Eu não me arrependo do beijo. Não era só eu que queria, e você sabe disso. Mas se a nossa amizade ficar estranha agora pra você por causa disso..."

Quando olho para ela, vejo que está colada à porta, deliciosíssima. Mac não diz nada, só me puxa pela camiseta para junto dela. Em um piscar de olhos, ela fica na ponta dos pés e me beija.

"Caralho", eu sussurro junto à sua boca faminta.

Em resposta, ela envolve o meu quadril com a perna e morde meu lábio.

Meu cérebro trava por um instante, mas então eu desperto do transe e entro na onda. Seguro sua coxa, me esfrego no meio de suas pernas e a beijo com vontade. Os dedos dela sobem por baixo da minha camisa.

"Nossa, esses músculos. Eu não consigo nem..." As palmas das mãos dela passeiam pelo meu peito, e depois pelas minhas costas, onde suas unhas se arrastam seguindo a linha da minha coluna.

Esse toque cheio de avidez faz todo o meu fluxo sanguíneo descer para a região da virilha. Agora não tem mais volta. Estou de pau duro. Arfando. Meu desejo por ela é tão grande que mal consigo respirar. Uma fantasia detalhada com ela curvada sobre a minha cama começa a surgir por trás das minhas pálpebras fechadas. Estou prestes a pegá-la no colo e jogá-la no meu ombro quando escuto a porta deslizante de vidro da cozinha ser batida com força.

Nossas bocas se separam.

"Ai, desculpa, eu não queria interromper." Heidi está parada na porta da cozinha, olhando para nós dois com um sorriso sarcástico. "Não sabia que você já tinha voltado."

Ainda estou ofegante, tentando reencontrar a minha voz.

Ela vai até a geladeira e enche as mãos de cervejas. "Fiquem à vontade, por favor. Eu não vou atrapalhar."

Heidi dá uma piscadinha para mim antes de sair calada como chegou.

Que ótimo.

"Eu preciso ir." Imediatamente, Mac começa a se desvencilhar de mim, impondo uma distância entre nós. A cachorra não veio correndo até nós, o que significa que Evan está com ela na praia, com Heidi e o restante do pessoal.

"Aquela era a minha amiga Heidi", eu me apresso em explicar, porque não quero que Mac vá embora. "Desculpa por isso. Eu não sabia que tinha gente aqui."

"Tudo bem. Eu preciso mesmo ir."

"Não vai. Eles devem estar lá na praia. Vou buscar a Daisy pra você."

"Não, tudo bem. Vou chamar um táxi."

"Eu te levo", insisto.

Ela já está na porta, se esgueirando para fora antes que eu possa impedi-la.

Droga. "Pelo menos me deixa esperar com você."

Com isso ela concorda, mas o clima acabou. Mais uma vez, existe um imenso abismo entre nós, enquanto aguardamos em silêncio, e não recebo nada além de um aceno de despedida quando o táxi vai embora.

Passo a mão nos cabelos e entro em casa. Puta que pariu. Um passo adiante, dois para trás.

É a história da minha vida.

Na cozinha, pego uma long neck, abro e dou um belo gole antes de sair para o deque. Heidi está lá, já sem nenhuma cerveja nas mãos, então deve ter entregado para o pessoal na praia e voltado para me esperar.

"Oi", eu digo com um tom áspero.

"Oi." Ela está encostada no gradil, com uma das mãos repuxando a bainha desfiada da saia. "Então você já se arranjou com o clone."

"Parece que sim." Dou um gole na cerveja, às pressas. Para falar a verdade, o plano, a aposta, as regras... isso nem passou pela minha mente naquela hora. Meu mundo inteiro tinha se reduzido a Mackenzie e à sensação de ter o corpo dela colado no meu.

"Parece? A menina estava olhando pra você com coraçõezinhos nos olhos. Está totalmente a fim."

Em vez de fazer algum comentário, mudo de assunto e digo: "Por falar em pessoas que estão a fim de outras... o Jay West andou perguntando de você".

Ela estreita os olhos. "Quando?"

"Uns dias atrás. Disse que te encontrou num bar ou coisa do tipo."

"Ah, é. A gente encontrou ele e Kellan lá no Joe's."

Eu levanto uma sobrancelha. "Ele vai te chamar pra sair."

Ela não diz nada. Só fica me encarando com uma expressão desconfiada.

"Você vai topar?"

"Você acha que eu devo?"

Um suspiro se aloja na minha garganta. Sei que ela quer que eu tome uma atitude, que me jogue aos seus pés e implore para que não saia com ninguém além de mim. Mas isso não vai rolar. Eu avisei que não queria nada sério quando ficamos juntos pela primeira vez. Pensei que fosse ser um lance de uma única noite, só para matar a vontade dos dois, e que depois íamos voltar a ser amigos. Mas me compliquei. Uma noite levou a outras, e agora nossa amizade está tensa como nunca.

"Você pode fazer o que quiser, Heidi", eu digo por fim.

"Certo. Valeu pelo conselho, Coop." Suas palavras saem encharcadas de sarcasmo. E então, balançando a cabeça de tanta frustração, ela desce os degraus pisando duro.

Eu solto a respiração que ficou presa nos pulmões. Viro o resto da cerveja. Ainda sinto o gosto de Mackenzie na língua. Açúcar e sexo, uma mistura viciante. Entro para pegar outra garrafa, torcendo para que o álcool ajude a eliminar o sabor da garota que estou louco para beijar de novo.

Vou ficar com o resto do pessoal na praia. Fico aliviado — e depois com vergonha do meu alívio — quando vejo Heidi a uns dez passos de distância, na beira da água, digitando no celular. Talvez falando com Jay? Duvido. Ela nunca se interessou pelos bonzinhos. Só pelos canalhas como eu.

Em volta da fogueira, Steph e Alana estão atormentando Evan por causa de uma garota com quem ele ficou ontem, depois de brigar com o namorado dela. É a primeira vez que escuto falar das duas coisas, mas Evan não é muito de falar das besteiras que faz. Pelo que entendi, ele saiu na porrada com uns clones do Garnet que se recusaram a pagar a aposta depois de perderem para ele na sinuca.

"Ela apareceu ontem com um brilho nos olhos, perguntando onde encontrar você", Alana diz para ele.

Evan fica pálido. "Você não passou meu telefone pra ela, né?"

Alana o deixa sofrer mais um pouco antes de começar a rir, junto com Steph. "Claro que não. Isso seria contra o código de amizade."

"Por falar no código, tem alguma coisa lá sobre obrigar suas amigas a verem suas sessões de pegação de camarote?", Steph entra na conversa, apontando para a pessoa em questão.

Do outro lado da fogueira, nosso amigo Tate está esparramado em uma das nossas espreguiçadeiras velhas com uma garota de cabelos escuros e cheia de curvas grudada em cima dele como se fosse um cobertor. Ele está com as mãos nos cabelos dela e a língua enfiada em sua boca, enquanto ela se esfrega no corpo dele como uma gata no cio. Os dois ignoram nossa presença.

"Olha a falta de vergonha", Evan grita para o casal, com uma indignação fingida. Em seguida abre um sorriso, porque meu irmão também é um exibicionista.

Tate dá um tapinha de brincadeira na bunda da garota e eles ficam de pé, vermelhos e com os lábios inchados. "Coop", ele diz. "Tudo bem se a gente entrar pra ver um pouco de tevê?"

Eu reviro os olhos. "Claro. Mas no meu quarto não tem tevê, então não quero saber de vocês lá." Eu adoro os meus amigos, mas não a ponto de deixar que transem na minha cama. Além disso, eu troquei os lençóis hoje.

Depois que Tate e sua gata de cabelos escuros desaparecem, Alana e Steph se aproximam e começam a cochichar.

"Vão ficar de segredinhos?", Evan provoca, apontando para as duas.

Com um olhar malicioso de alegria, Steph aponta para Alana com o polegar e diz: "Essa safadinha aqui dormiu com o Tate na semana passada".

Eu levanto uma sobrancelha. "Ah, é?"

Evan dá de ombros, sem se deixar impressionar. "Então você finalmente fez seu passeio de estreia no Tatemóvel? Só não sei por que demorou tanto."

Meu irmão tem razão. Quando a família de Tate se mudou para a Avalon Bay, quando ainda estávamos terminando o ensino fundamental, todas as meninas da cidade ficaram louquinhas por ele. Basta um sorriso convencido de Tate e elas se derretem todas.

A expressão de Alana não revela nem um pingo de vergonha ou arrependimento, e ela encolhe os ombros também. "Seria melhor ter rolado antes mesmo. Foi uma boa foda. E ele beija bem também."

"Ele não é nada mau mesmo", Evan concorda, e eu não me contenho e caio na gargalhada.

"Puta merda", eu digo, sem fôlego. "Eu sempre esqueço daquela noite que vocês se pegaram."

Ele revira os olhos. "Foi só um beijo."

"Cara, durou tipo uns três minutos." Minha mente é invadida por imagens vívidas de Evan e Tate se agarrando em uma festa na casa da Alana quando tínhamos dezesseis anos. As meninas aplaudindo, os caras tirando sarro. Foi uma noite esquisita.

"Em defesa do Ev, eles só fizeram isso pra ver Genevieve e eu de topless..." Alana interrompe de forma repentina.

Ora, ora. Então ela fez isso mesmo. Tocou no nome de Genevieve, que no nosso grupo de amigos era como o do Voldemort. Sou obrigado a supor que as garotas continuam em contato. Steph, Alana, Heidi e Gen eram um quarteto mais do que unido.

Evan e eu temos o hábito de ler os pensamentos um do outro, mas, se por um lado eu ainda tenho algum autocontrole, ele não faz nem ideia do que seja isso. Então ele pergunta: "Vocês ainda se falam?".

Alana fica hesitante.

Steph abre a boca para falar, mas é interrompida pela reaproximação de Heidi.

"O que está acontecendo?", ela pergunta, lançando olhares cautelosos ao redor. "Ah. O Cooper contou pra vocês."

Genevieve é esquecida imediatamente, e todos os olhares se voltam para mim. "Contou o quê?", Steph quer saber.

Eu encolho os ombros. E Heidi, óbvio, não hesita nem por um segundo ao contar que me pegou agarrado com Mackenzie na porta da frente.

"Sou obrigada a admitir uma coisa, Coop. Não pensei que você fosse conseguir chegar tão longe", Alana comenta, levantando a cerveja em sinal de cumprimento. "Estou impressionada."

"Eu mudei de ideia, aliás." Heidi me encara através das chamas. "Sou totalmente a favor do plano agora. Mal posso esperar pra ver a cara dessa garota quando descobrir o que você fez."

"Como é que você vai fazer isso?", Steph pergunta, toda animada.

É a coisa mais divertida que essas garotas estão fazendo desde que detonaram o carro de um clone depois que ele fugiu com a parte de cima do biquíni da Alana enquanto ela estava tomando sol na praia.

"Pois é, a gente precisa decidir como isso vai terminar", Evan comenta. "Seria uma pena desperdiçar uma oportunidade dessas."

"Pois é", Heidi concorda. "Agora é juntar ela e o Kincaid no mesmo lugar, deixar ele ver vocês dois juntos e dar um pé na bunda dela em público. Fazer uma coisa bem dramática." Heidi está com um mau humor terrível hoje. Sei que é culpa minha, mas não tenho ideia de como fazer as coisas entre nós voltarem ao normal. "De repente a gente pode dar uma festa."

Steph até derruba cerveja no fogo, de tão empolgada. "Não, isso é convencional demais. Precisa ser no território deles. Só vai ser divertido se o Kincaid for humilhado na frente dos outros clones."

"Eu sei onde arrumar uns baldes de sangue de porco", diz Alana, o que faz o restante do pessoal cair na gargalhada.

Eu dou risada também, entro na brincadeira. Porque, poucas semanas atrás, eu não daria a mínima para o que iria acontecer com a namorada clone aleatória de um riquinho vagabundo que me deixou puto.

Só que agora eu conheço Mac melhor e... gosto dela de verdade. Ela não merece ser zoada só porque se envolveu com um babaca como Kincaid. E, depois daquele beijo, sei que tem uma coisa séria rolando entre nós, apesar do medo dela de admitir isso. Só que não posso contar para o pessoal que estou mudando de ideia. Eles acabariam comigo.

Agora que eles sentiram cheiro de sangue na água, não vão ficar satisfeitos enquanto não rolar uma carnificina.

15

MACKENZIE

“Por três dias seguidos o garoto deixou a porta bater na minha cara quando vou entrar pra comprar a minha vitamina. E sem nem pedir desculpas. Estou começando a achar que é de propósito. Eu sou uma pessoa à moda antiga, sabe? Valorizo as boas maneiras. Você tem que abrir a porta pra uma dama, né? Então, no quarto dia, eu vi quando ele chegou. Estava pronta pra isso. Do lado de dentro, e segurei a porta antes que ele conseguisse abrir. E passei o trinco. A casa de sucos inteira virou refém, porque eu não ia deixar esse cara entrar. Só se fosse por cima do meu cadáver.”

É segunda de manhã, e Bonnie e eu estamos enrolando até não poder mais. Ela está gritando do banheiro enquanto passa maquiagem. Eu preparo o café na copa. Não estou prestando muita atenção no que faço, e acabo derramando leite na blusa.

“Quanto tempo isso durou?”, grito do meu quarto enquanto troco de blusa. Fiquei de ir encontrar Preston na casa dele na hora do almoço mais tarde, então preciso estar com uma roupa decente. Não por causa do Pres, mas por causa da mãe dele. Ela gosta de mim — quer dizer, eu acho —, mas é bem... exigente. Uma blusinha regata e uma calça jeans não são aceitáveis para Coraline Kincaid.

“O suficiente pro gerente aparecer e me mandar deixar as pessoas saírem. E eu falei, tipo, sem problemas, mas só quando esse cara pedir desculpas e cair fora. Bom, no fim ele deve ter percebido que eu não estava brincando, e se mandou. No dia seguinte, me trancou pra fora da lanchonete e só me deixou entrar depois que eu topei sair com ele. Então ele vai passar aqui pra me pegar na sexta à noite.”

“Que ótimo”, eu grito, mas então me viro e percebo que Bonnie está bem atrás de mim, com nossos cafés já preparados em copos para viagem. "Desculpa."

"Você parece meio tensa." Ela me dá uma encarada. "Você está escondendo um segredo."

"Não estou, não."

Os olhos dela se arregalam, virando dois pires azuis. "Você beijou um menino."

Uma bruxa, só pode ser.

"Quem é?", ela exige saber.

Não adianta tentar negar. Estou mais do que convencida dos poderes sobrenaturais de Bonnie. Ela não vai parar de me atormentar até ouvir o que quer.

"Um cara daqui", respondo. Tecnicamente, é verdade. Ela só não precisa saber que o local em questão é Cooper.

Afe. Só de pensar nesse nome meu coração já dispara.

Que *diabos* eu fui fazer? O beijo no festival? Isso eu posso atribuir ao excesso de açúcar. Mas a pegação pesada na casa dele depois?

Isso não tem desculpa.

Eu sou uma péssima pessoa. Uma namorada terrível e egoísta, que não merece um cara sério e confiável como Preston.

Não tenho como voltar atrás no que fiz na sexta à noite. Eu sei disso. Mas, apesar do turbilhão de culpa que está espumando em meu estômago no momento, também tem uma borboletinha idiota batendo as asinhas dentro de mim e trazendo à tona lembranças dos lábios sedentos e dos olhos faiscantes de Cooper.

Da língua dele na minha boca.

Dos meus dedos acariciando os músculos bem definidos daquele peitoral inacreditavelmente rasgado.

E não é só a lembrança do contato físico que fica voltando à minha mente. É tudo o que aconteceu antes também. A conversa sobre as nossas famílias na oficina, nós dois correndo pelo calçadão como duas crianças bagunceiras. Quando estou com ele, não preciso me preocupar com as aparências. Não preciso fingir que sou a mocinha obediente e bem-comportada que esperam que eu seja. Quando estou com Cooper, me sinto eu mesma. E... isso me assusta.

"Só isso?" A voz de Bonnie interrompe os meus pensamentos perturbadores. "Nada disso, de jeito nenhum. Eu preciso de mais detalhes."

Eu encolho os ombros, sem jeito. "Não tem muito o que contar. Meio que simplesmente aconteceu."

"E meio que vai simplesmente acontecer de novo?" A expressão dela me diz que Bonnie está na torcida para que a resposta seja sim.

"Não. Não mesmo. Eu estou me sentindo péssima. O Preston..."

"Não precisa saber", Bonnie complementa para mim. "Contar pra ele não vai trazer nada de bom. Se foi um erro, e mesmo se não tiver sido... uma garota tem direito a guardar seus segredos. Confia em mim."

Sei que as intenções dela são boas, mas já escondi coisas demais. Essa coisa com Cooper já passou dos limites. Eu não costumo mentir, e nunca imaginei que fosse capaz de beijar outra pessoa que não fosse o meu namorado. É uma experiência que ensina muita coisa, descobrir que você não é tão virtuosa quanto pensava.

Bonnie está enganada. Preston precisa saber do que eu fiz com a nossa relação.

A coisa certa agora é dizer a verdade e aceitar as consequências.

Mais tarde naquele dia, Pres me busca depois da aula para irmos almoçar. Passei o tempo todo ensaiando o que ia dizer. Como eu ia contar. Mas, quando ele me beija no rosto e me abraça pela cintura, perco a coragem e fico calada.

"Você está ótima", ele comenta, assentindo em aprovação.

Um alívio toma conta do meu corpo. Graças a Deus. Experimentei três looks antes de escolher uma camisa de seda e uma calça chino azul-marinho. Nem minha própria mãe me causa tanta ansiedade.

"Freddie está preparando um pernil de cordeiro", Preston avisa. "Então é bom você estar com fome."

"Morrendo", eu minto.

Ele entra com o Porsche no estacionamento do estádio de futebol americano do Garnet e estaciona. Como um bom cavalheiro, salta para fora do conversível e corre para o meu lado para abrir a porta. Em seguida estende a mão, que eu aceito, e então vamos para o helicóptero.

Isso mesmo. O helicóptero dele.

Na maior parte dos dias, é como ele vem à aula. Sua família mandou instalar o heliponto atrás do campo de futebol no seu ano de calouro. É uma coisa meio ridícula, mesmo para o nosso círculo social, mas a visão daquela aeronave branca e reluzente me faz pensar no que Cooper diria se visse...

Não. Nada disso. Não vou entrar nessa. Hoje é dia de colocar tudo em pratos limpos.

Em pouco tempo, estamos sobrevoando a propriedade dos Kincaid, com seu terreno imenso de frente para o mar. Gramados enormes e bosques de carvalhos se estendem por milhares de metros quadrados, separados da praia por uma mansão luxuosíssima toda branca. Há uma piscina, quadras de tênis, quadra de basquete e um jardim florido. Tudo isso mantido por no mínimo uma dúzia de empregados a qualquer hora do dia ou da noite.

No quintal dos fundos, a mãe dele vem nos cumprimentar. Como sempre, está vestida de forma impecável. De Prada da cabeça aos pés. Não sei por que isso, já que na maior parte dos dias não tem sequer um motivo para sair de casa. Assim como a minha mãe, Coraline não trabalha, e tem uma equipe à disposição para cuidar de todas as coisas da casa e gerenciar sua vida pessoal.

"E aí, mãe." Preston dá um beijo no rosto dela.

"Oi, querido." Com um sorriso, ela se volta para mim. "Mackenzie, querida." Ela me abraça, mas com o toque leve de alguém que poderia se desconjuntar inteira se fosse apertada com muita força. É uma mulher magrinha. Frágil, mas não inofensiva. É bom não irritá-la. "Você está uma graça."

"Obrigada, sra. Kincaid. Suas rosas novas ao redor do gazebo estão lindas."

Aprendi há muito tempo que a melhor maneira de mantê-la feliz é encontrar uma coisa nova para elogiar a cada visita. Caso contrário, ela fica o tempo todo falando sobre as pontas duplas dos meus cabelos ou os meus poros abertos.

"Ah, obrigada, querida. Raúl plantou esta semana mesmo. Ele é um artista."

"Você vai almoçar conosco?", pergunto. *Por favor, diga que não, por favor, diga que não...*

"Infelizmente, não. Tenho uma reunião com meu arquiteto daqui a pouco. Ele já deve estar chegando. Preston contou que vamos construir uma edícula nova para a piscina?"

"Não contou, não. Que ótimo." Na verdade, a única coisa ótima nisso tudo é que ela não vai almoçar com a gente.

E ainda bem, porque o almoço acaba sendo bem desconfortável. Não que Preston perceba. Na sala de jantar formal da casa, entre porcelanas finas e o pernil de cordeiro, ele fica o tempo todo falando de um professor que, ele insiste, está pegando no seu pé, enquanto eu remexo no meu prato e crio coragem para confessar meus pecados.

"Eu poderia procurar o reitor e resolver isso rapidinho, claro. Ele perderia o emprego na hora. Mas aí eu pensei: ah, e qual seria a graça, né? Vou inventar alguma coisa mais criativa. Esse é o problema dessa gente. Você mostra um pouco de respeito e de repente ninguém lembra mais qual é o seu devido lugar. É nosso dever lembrar isso o tempo todo. Pode me servir de novo, Martha", ele diz para a empregada. "Obrigado."

No fim, acabo não aguentando mais o buraco que se abriu no meu estômago.

"Eu preciso te contar uma coisa", vou logo dizendo.

Ele abaixa o garfo e afasta o prato para Martha levar embora. "Está tudo bem?"

Não. Nem um pouco. Só agora percebi o quanto gosto de Preston. E não porque estamos há tanto tempo juntos. Nem por causa do meu senso de lealdade.

Cooper pode fazer aflorar o meu "verdadeiro eu", o que quer que isso signifique, mas Preston é exatamente o que eu disse naquela noite: meu ponto de apoio. Uma presença estável na minha vida. Ele conhece o nosso mundo, sabe como lidar com os nossos pais, o que é importante para manter a nossa sanidade. Perto dele, eu não fico toda ansiosa e temerosa.

E o que fiz com ele não é nada justo.

Espero Martha sair da sala de jantar e solto um suspiro trêmulo.

É agora ou nunca.

"Eu beijei outra pessoa. Um cara."

Ele fica à espera, me observando, como se eu fosse dizer mais.

E eu deveria. E vou. Essa só pareceu a melhor forma de começar. Só que agora estou arrependida de não ter esperado até estarmos num lugar com mais privacidade. Se a mãe dele resolvesse aparecer agora, eu correria o risco de não sair viva da propriedade.

"E o que mais?", Preston questiona.

"Nada. Quer dizer, a gente só se beijou, se é isso o que você quer saber." Eu mordo o lábio. Com força. "Mas eu traí você."

Ele se levanta da cadeira na ponta da mesa e vem se sentar ao meu lado. "Eu conheço o cara?"

"Não. É um local que eu conheci num bar quando saí com a Bonnie. Foi uma bobagem. A gente tinha bebido, e eu perdi a noção e..." Acabo não resistindo à tentação de amenizar o golpe com mais uma mentira. Eu estava disposta a contar tudo. Só que agora, olhando nos olhos dele, não consigo magoá-lo desse jeito. Mas ele está aceitando tudo melhor do que eu esperava. "Eu sinto muito, Pres. Muito mesmo. Você não merece isso. Eu estou errada, e não existe desculpa para o que eu fiz."

"Linda", ele diz, apertando a minha mão e abrindo um sorriso, quase se divertindo com a situação. "Eu não estou bravo."

Eu pisco algumas vezes, confusa. "Ah, não?"

"Claro que não. Você bebeu demais e beijou um jeca qualquer. Bem-vinda à vida de universitária. Acho que você aprendeu uma boa lição sobre essa coisa de encher a cara."

Com uma risadinha, ele dá um beijo na minha cabeça e estende a mão para me ajudar a levantar da mesa.

"Como você consegue aceitar isso tão bem?" Estou absolutamente perplexa. Imaginei todo tipo de reações, mas essa não era uma delas.

Ele me leva até a varanda dos fundos para se sentar no balanço, onde a empregada já deixou dois copos de chá gelado. "É simples. Eu consigo entender o panorama mais amplo das coisas. Você e eu temos um futuro juntos, Mackenzie. Não estou disposto a jogar isso fora por causa de um deslize qualquer. Você está?"

"De jeito nenhum." Mas pensei que pelo menos chateado ele fosse ficar.

"Estou contente por você ter me contado a verdade. Não estou nada feliz com o que aconteceu, mas eu entendo, e te perdoo. São águas passadas." Ele entrega um chá gelado para mim. "Com pouco açúcar, do jeito que você gosta."

Então tá.

Durante o restante da tarde, fico esperando que Preston se afaste. Que se mostre frio, contrariado, apesar de dizer que está tudo bem.

Mas não é isso o que acontece, de forma nenhuma. Na verdade, ele está se mostrando mais carinhoso. Esse imbróglio todo só nos uniu ainda mais, o que de certa forma faz com que eu me sinta ainda pior. Não sei exatamente como eu teria reagido se a situação fosse inversa, mas tenho quase certeza de que não teria dado de ombros e dito que eram "águas passadas". Acho que Preston é uma pessoa mais magnânima que eu.

E eu preciso seguir esse exemplo. Evoluir. Me concentrar mais no nosso relacionamento. No panorama mais amplo das coisas, como ele disse.

Então à noite, quando Cooper me escreve, estou pronta para fazer justamente isso. Passei o dia esperando, e a tarde também, pelo contato dele. Sabia que viria, e agora sei o que fazer.

COOPER: *A gente precisa conversar.*

EU: *Não temos nada sobre o que falar.*

COOPER: *Eu vou aí te buscar.*

EU: *Não. Eu contei para o Preston sobre o beijo.*

COOPER: *E?*

EU: *Ele me perdoou. A gente não pode mais se ver.*

Há uma longa pausa, de quase cinco minutos, antes da mensagem seguinte de Cooper. A essa altura, meu coração está na boca, quase pulando para fora.

COOPER: *É isso mesmo o que você quer?*

Fico só olhando para a tela, me sentindo infeliz, com um nó na garganta. Mas me forço a digitar.

EU: *É, sim. Adeus, Cooper.*

Uma parte de mim fica muito incomodada por cortar relações com ele de forma tão abrupta. Mas eu não sou confiável quando estou perto dele, e essa é uma decisão que eu já deveria ter tomado há muito tempo. Eu fui burra. Pensei que poderia manter uma amizade com ele. Pensei que não precisasse escolher um lado. Mas agora estou escolhendo.

E a minha escolha é Preston.

16

COOPER

Num sábado à tarde, estou na garagem quando meu tio me liga avisando que vai passar aqui. Toda vez que o telefone vibra no meu bolso, por um segundo ou dois penso que pode ser Mackenzie. Então olho para a tela e lembro que estraguei tudo. Entendi errado os sinais.

Adeus, Cooper.

Pois é. Deve ter sido divertido para ela ter se envolvido com a escória local e sentido que vivia perigosamente. Mas, assim que a coisa ficou séria, ela deu no pé. E eu fui idiota o suficiente para acreditar que a coisa poderia ser de outro jeito.

Só que, puta merda, eu não consigo tirar o gosto dela da minha boca. Na última semana, acordei toda manhã de pau duro imaginando as pernas dela me envolvendo. Não consigo nem bater uma sem que imagens de Mac surjam na minha mente. Essa garota é um veneno de ação prolongada. E só o que eu consigo fazer é querer mais.

Hoje, graças ao Evan, preciso fazer uma nova mesinha de centro. A que "vendi" para Mackenzie ainda está coberta com um pano, porque não parece certo repassar essa, caso ela decida vir buscá-la. Digo a mim mesmo que é pelo dinheiro, e fica por isso. Enfim, a que estou fazendo vai ser feita às pressas e sem muito acabamento. O cuzão do Evan. Ontem à noite, durante uma festa improvisada que rolou aqui em casa, ele brigou com um cara que estudou com a gente no colégio. Não sei como começou, só sei que terminou com um jogando o outro em cima da mesinha, deixando um rastro de sangue saindo pela porta dos fundos. Evan garante que está bem, mas estou começando a ficar preocupado. Ultimamente, ele vive arrumando desculpas para brigar. Está sempre indignado. Bebendo mais. Essa besteira toda está me cansando.

Quando Levi aparece, me entrega um copo de café que comprou no caminho, e eu espano a poeira de dois banquinhos para nos sentarmos.

Levi é o irmão do nosso pai. Alto, durão, com uma barba castanha curta e o rosto quadrado. Apesar da semelhança com o meu pai, os dois não podiam ser mais diferentes. Enquanto meu pai nunca perdia a chance de estragar tudo e deixar suas cagadas pra gente consertar, Levi tem a cabeça no lugar e a vida em ordem.

"O seu irmão está aí?", ele quer saber.

"Acabou de sair." Provavelmente foi curar a ressaca comendo alguma coisa gordurosa na lanchonete. "Certo. O que está pegando?"

"Nada." Ele encolhe os ombros. "Eu só passei aqui pra dar um oi. Faz meses que não apareço, então queria ver se está tudo bem." Levi dá uma olhada na mesa que estou fazendo. "Está trabalhando numa peça nova?"

"Não é nada de importante."

"Quando você vai começar a levar esse trabalho a sério, Coop? Lembro que você falou em tentar viver disso um tempo atrás."

"Ah, sim, mas acho que esse projeto meio que acabou ficando em segundo plano."

"Mas não deveria. Você é bom. Por mais que eu goste da sua ajuda na obra, você pode ir bem mais longe."

Levi foi o primeiro a nos oferecer empregos fixos quando terminamos o colégio. Ele é bem estabelecido no ramo. Não que esteja nadando em dinheiro, mas está sempre com bastante trabalho. Assim como aconteceu com muita gente, as tempestades trouxeram mais serviços do que ele pode dar conta.

Encolhendo os ombros, dou um gole no meu café. "Tenho umas peças em consignação em lojas de móveis de praia nos três condados. E uns dez mil guardados, mas isso não chega nem perto do que eu precisaria pra começar um negócio a sério."

"Se eu tivesse dinheiro, eu te daria", ele responde, e sei que é verdade. Ele sempre cuidou de nós, desde a morte do nosso pai. Quando nossa mãe estava mal ou desaparecida, quando a geladeira estava vazia, quando nossos trabalhos de escola estavam todos atrasados. "Tudo o que eu tenho está investido na empreiteira. É bom ter bastante trabalho, mas manter a demanda custa caro."

"Não esquenta. Eu nem aceitaria o seu dinheiro, aliás. Você já fez muita coisa por mim e pelo Evan." Nunca na vida pedi nada de mão beijada para ninguém, e não é agora que vou fazer isso. Ganho um bom dinheiro trabalhando com Levi. Se eu continuar no emprego e economizar, vou conseguir o que preciso. Com o tempo.

"E um empréstimo bancário?", ele sugere.

Eu sempre resisti a essa ideia. Tive que lidar com bancos depois que o nosso pai morreu — e em todos eles encontrei o mesmo bando de parasitas engravatados que preferem moer a nossa carne para dar aos cachorros do que nos ajudar a ter sucesso na vida.

"Não sei, não", respondo por fim. "Não gosto da ideia de me endividar de novo. Ou ter que dar a casa como garantia." Sei que estou parecendo um menininho resmungão. Em algum momento, preciso me decidir. Ou começo a trabalhar a sério para montar o meu negócio ou paro de reclamar de tudo.

"Bom, uma coisa é verdade. É preciso gastar dinheiro pra ganhar. Mas pensa a respeito. Se você quer mesmo montar um negócio nesse ramo, eu posso te ajudar. Entrar como avalista no empréstimo."

É uma oferta generosa, que eu aprecio muito. Apesar de não me sentir seduzido por essa ideia no momento, não vou ser ingrato, então assinto com um gesto lento. "Obrigado, tio. Eu vou pensar melhor."

Levi fica só mais alguns minutos e vai embora. Depois que terminamos o café, ele sai para encontrar um cliente para um novo trabalho, e eu volto a fazer a medição de uma tábua de cedro. Só que minha mente está longe daqui. Nunca é uma boa ideia operar ferramentas de corte se não estiver concentrado no que está fazendo, então eu interrompo o trabalho e saio da oficina. Que se dane. Evan pode comer no chão hoje à noite junto com a Daisy, sua preciosa garotinha.

Por falar em Daisy, ela começa a mordiscar meus calcanhares assim que entro em casa. Por dez minutos, praticamos um pouco de adestramento, para ela aprender a sentar quando mandamos, mas não estou com cabeça pra isso também.

Adeus, Cooper.

Estou me sentindo... pesado. É como se estivesse sendo puxado para o fundo do mar com uma âncora de cinquenta quilos enrolada no pescoço. Não é uma sensação inédita para mim. Durante a vida toda, eu me senti sendo arrastado para baixo. Pelas dívidas dos meus pais, pelas cagadas do meu irmão, a ponto de me sentir aprisionado dentro da própria cabeça.

"Desculpa, garota, eu preciso sair daqui", digo para a cachorra, agachando para fazer um carinho atrás de sua orelha macia. "Volto em um minutinho. Eu prometo."

É mentira. O que estou com vontade de fazer não vai demorar só um minutinho. Mas Daisy vai ficar bem. Vai ter todo o amor e a atenção do Evan quando ele chegar em casa. Assim como Mackenzie fazia toda vez que via essa cachorra. Às vezes me pergunto se ela vai voltar a visitar Daisy.

Duvido. Provavelmente já esqueceu de nós dois.

Sou obrigado a admitir que não esperava essa frieza toda. Acho que no fim das contas ela é igual a todos os clones do Garnet College. Com o sangue frio até a medula.

Sinceramente, bem-feito para mim. Eu entrei nessa mal-intencionado, usando Mackenzie como uma forma de conseguir minha vingança contra Kincaid.

O carma é foda.

Eu me esforço para afastar esses pensamentos da cabeça. Dez minutos depois, estou estacionando a picape no calçadão. O estúdio de tatuagem está vazio quando chego, a não ser por Wyatt desenhando em um bloco de papel no balcão com a cara amarrada.

"Fala aí", ele me cumprimenta, e sua expressão se ilumina.

"Fala. Está com tempo pra um trampo sem hora marcada?"

Wyatt faz as minhas tatuagens desde que eu era um moleque punk de dezesseis anos que apareceu pedindo uma lápide no bíceps esquerdo. Mas ele só era um ano mais velho que eu na época, usando uma pistola de tatuar que tinha comprado na loja de penhores, então não ficou exatamente uma obra-prima. Se eu tiver filhos, a primeira coisa que vou dizer é para nunca deixarem seus amigos adolescentes idiotas encostarem uma agulha em sua pele. Só que no fim deu tudo certo, ainda bem. Wyatt foi refinando suas habilidades, e hoje é sócio do estúdio junto com outro tatuador, e minha lápide toda errada foi muito bem escondida no meio de um desenho de braço inteiro retratando um cemitério aquático no meio do mar turbulento de Avalon Bay.

"Depende", Wyatt responde. "Como é a arte?"

"Simples, pequena. Quero fazer uma âncora." Eu esfrego os dedos na nuca. "Bem aqui."

"Que tipo de âncora? Patente? Almirantado?"

Eu não manjo nada de barcos, então reviro os olhos. "Porra, como é que eu vou saber? Uma âncora de barco de pesca... você sabe do que eu estou falando."

Ele dá uma risadinha. "Almirantado, então. Vamos lá pro fundo. Vai levar menos de uma hora."

Em poucos minutos, eu já estou sentado com o peito contra o encosto da cadeira, enquanto Wyatt está preparando sua estação de trabalho. É assim que as coisas funcionam por aqui. Se você cuida bem dos seus amigos, eles cuidam bem de você. Wyatt provavelmente nem vai me cobrar nada pelo serviço, por mais que eu insista em pagar. Em vez disso, vai aparecer lá em casa em alguns meses ou um ano pedindo algum favor, que vou fazer de bom grado.

"Então, por que estava com aquela cara quando eu cheguei?", pergunto.

Ele solta um grunhido de frustração. "Ah, é. Eu estava tentando fazer um desenho tão sexy que Ren não vai ter escolha a não ser me aceitar de volta."

Eu seguro o riso. "Ela te deu o pé na bunda de novo?"

"Pra variar, né?"

Ele tem razão. Wyatt e Lauren, mais conhecida como Ren, terminam pelo menos a cada dois meses, geralmente pelos motivos mais idiotas que se pode imaginar. Por outro lado, eles são uma ótima fonte de entretenimento também.

"O que foi que aconteceu dessa vez?"

"Se inclina mais pra frente", ele manda, apontando com o queixo para eu me curvar na cadeira, deixando a nuca à sua mercê.

No instante seguinte, sinto um spray frio na pele. Wyatt limpa toda a região com um pano macio e então pega o barbeador.

"Então", ele diz, começando a raspar os pelos da minha nuca. "Eu preciso que você imagine uma situação, certo?"

Eu abafo a risada com o antebraço. "Certo. Vai em frente."

"Você está numa ilha."

"Deserta ou tipo um lugar pra passar férias?"

"Deserta. Você sofreu um acidente aéreo. Ou o seu barco naufragou. Não faz diferença."

"Como não faz diferença?", eu retruco. "Se eu estivesse num barco, provavelmente ia conhecer melhor as ilhas e o padrão das marés e essa porra toda, e ia ter mais chance de sobreviver."

"Meu Deus. Não é essa a questão", ele resmunga. "Pra que complicar as coisas, Hartley? Você está numa ilha deserta. Ponto-final."

"Bela história, irmão."

"Você sabe que eu estou com uma lâmina bem no seu pescoço, né?"

Eu seguro a risada outra vez. "Tudo bem. Eu estou numa ilha deserta. E o que mais?"

"Você quer que eu faça um estêncil ou pode ser à mão livre?"

"À mão livre. Eu confio em você." Além disso, se ficar uma merda, pelo menos fica num lugar que eu não consigo ver.

Wyatt continua falando enquanto prepara a tinta. Só um tom de preto e mais nada. Não gosto de nada muito elaborado. "Então, você está preso lá. A sua vida se resume a isso, essa ilha. Mas... Boas notícias! Logo você arruma uma companhia. Dois barcos aparecem..."

"Legal, então eu vou ser resgatado?"

"Não!" Ele parece irritado. "Eu acabei de falar que você está preso lá pra sempre."

"Mas se tem os barcos..."

"Os barcos explodem cinco minutos depois, beleza? Não tem barco nenhum. Meu Deus do céu."

Nesse momento eu percebo que não é uma boa ideia ficar afrontando o cara que está segurando as agulhas. Mas, porra, é bem divertido irritar o Wyatt.

"No primeiro barco está sua namorada, ou companheira, o que seja.

Mas só ela e mais nada. E o segundo está sem ninguém, mas cheio de coisas de que você precisa pra sobreviver na ilha. Fósforos e lenha, material de construção, comida, armas, tudo *mesmo*."

Eu contorço os lábios. "Foi a Ren que sugeriu esse exercício pra você?"

"Foi", ele responde com um tom desanimado.

Eu viro a cabeça para olhar para ele. "Seu idiota. Você escolheu o barco com os suprimentos em vez dela?"

"Como se você não fosse fazer isso", ele rebate.

A gargalhada reverbera no meu peito.

"É uma questão de vida ou morte, Coop. Eu ia precisar de comida e abrigo. Ia ser ótimo ter a Ren por lá, claro, mas a gente ia morrer rapidinho sem essas coisas pra sobreviver. E além disso, com tudo isso na mão, eu podia montar uma jangada e voltar pra ela. É uma questão de bom senso."

"Ela te deu um pé na bunda por causa disso?"

"Quê? Não. Nada a ver. Foi porque eu cheguei uma hora atrasado no jantar de aniversário da irmã dela. Estava com o Tate, contando pra ele sobre esse exercício idiota, e perdi a noção do tempo."

Eu fico só olhando para ele. Sério mesmo que esses são os meus amigos?

Por outro lado, estou ganhando uma tatuagem grátis aqui, e esse papo maluco dele está me ajudando a esquecer o lance com Mackenzie.

Adeus, Cooper.

Ou não.

17

MACKENZIE

Eu estou me comportando. Não falo com Cooper há umas duas semanas. Mantive distância do calçadão. Achei que, se for para cruzar com ele sem querer, o mais provável é que seja lá, então é melhor me afastar da tentação. Mas meu comportamento contido não eliminou os sonhos. Nem as lembranças impróprias que invadem a mente quando estou na faculdade.

Eu me pego revivendo o nosso beijo no meio da aula de literatura inglesa.

Relembrando as mãos dele me agarrando com força junto à porta durante a aula de biologia.

Na de história europeia, penso naquele peitoral rígido sob as mãos, e de repente fico vermelha e ofegante, me perguntando se alguém reparou.

O lado bom é que Preston e eu continuamos firmes, e enfim fiz uma amizade no Garnet além de Bonnie. O nome dela é Kate e, apesar de ser a irmã mais nova da Melissa, as duas não são nada parecidas. Kate é divertidíssima, sarcástica e odeia velejar — o que para mim são pontos positivos. Nós nos conhecemos num jantar da Kappa Nu a que Preston insistiu que eu fosse, porque acha que eu preciso me esforçar mais para me aproximar de Melissa, Chrissy e das amigas de sororidade delas. Em vez disso, passei boa parte da noite num canto com Kate debatendo o mérito artístico do *The Bachelor*.

Então, quando ela me manda uma mensagem na quinta à noite perguntando se estou a fim de beber alguma coisa com ela e um pessoal na cidade, eu topo na hora. Existe o risco de acabar encontrando Cooper, mas não posso recusar o primeiro convite que recebo de uma pessoa que não seja Bonnie.

"Quer ir também?", pergunto à minha colega de quarto enquanto faço uma trança no cabelo dentro do nosso banheiro compartilhado.

A cabeça de Bonnie aparece no espelho atrás de mim. "Eu até iria, mas vou encontrar Todd hoje à noite."

Abro um sorriso para ela. "De novo? Parece que as coisas entre vocês estão ficando sérias..." Ela anda saindo bastante com o tal cara da lanchonete. Pelo jeito, o fetiche por bad boys já era. Eu vi Todd uma vez, e não havia nem piercing nem tatuagem à vista.

"Sério? Pff." Ela faz um gesto de desdém com a mão. "Ele é só mais um no meu rodízio, Mac. Amanhã vou sair com Harry, e no sábado vou jantar com aquele garoto que eu contei pra você... o Jason, sabe? Aquele que parece o Edward?"

"Edward?", eu repito, sem entender.

"Da série *Crepúsculo*!" Ela estremece de leve. "Ah, ele é *tããão* gato que eu nem ligo se for um vampiro de verdade. Que loucura, né? E isso porque eu tenho a maior aflição de sangue."

Solto uma risadinha de deboche. "Com certeza ele não é um vampiro." Mas ainda não descartei a possibilidade de que Bonnie seja uma bruxa.

Desejo boa sorte para ela em seu encontro, então saio do alojamento para o estacionamento, onde o Uber já está à minha espera. Vou encontrar Kate e o pessoal dela no Rip Tide. Quando o carro se aproxima do estabelecimento à beira-mar, lembranças da última vez em que estive aqui surgem na mente, e meu coração acelera. Foi na noite em que conheci Cooper. Quando Bonnie ficou com o irmão dele, enquanto Cooper e eu passamos a noite toda conversando sobre tudo e nada ao mesmo tempo.

Já chega, ordena uma voz severa. *Esquece esse cara.*

Eu realmente preciso fazer isso. Estou comprometida com Preston. Pensar em Cooper não é bom para o meu relacionamento.

Agradeço ao motorista e desço do carro. Ajeito a trança sobre o ombro, e meu olhar se volta para o hotel caindo aos pedaços que vi pela primeira vez mais de um mês atrás. Ainda está de pé. E abandonado, ao que parece. Sinto uma sensação estranha no estômago ao observar aquela construção imensa, com sua fachada branca desgastada reluzindo sob a luz solitária de um poste.

Preciso fazer um esforço surpreendente para desviar o olhar. Que maravilha. Primeiro o meu cérebro fica obcecado por Cooper, e agora por um hotel abandonado? Eu claramente tenho algum problema.

Dentro do bar, encontro Kate sentada à mesa na lateral do palco. Está com outras três meninas, e duas delas eu não reconheço. A terceira é Melissa. Seguro o meu suspiro de decepção, porque não sabia que Melissa também viria. Não tenho nada contra ela, mas seu jeito de fofoqueira me deixa na defensiva.

"E aí, amiga", Kate me cumprimenta.

Como a irmã, ela tem cabelos claros e olhos grandes e acinzentados, mas seu estilo é totalmente diferente. Kate está usando um vestidinho azul que mal cobre as coxas, chinelo e pulseiras cobrindo os dois pulsos. Melissa, por sua vez, está com um vestido rosa abotoado até o pescoço, com dois diamantes enormes reluzindo nas orelhas.

"Oi." Lanço um olhar constrangido para a mesa. "Oi, Melissa."

Kate me apresenta a suas duas amigas, Alisha e Sutton. Decidimos pedir daiquiris, por insistência de Melissa, mas, quando Kate e eu vamos até o balcão pegar as bebidas, ela dá uma piscadinha para mim e pede dois shots de vodca também.

"Não conta pra minha irmã", ela pede, e nós trocamos sorrisos conspiratórios.

De volta à mesa, a primeira rodada de daiquiris vai embora em um piscar de olhos, então logo em seguida pedimos mais. Na terceira rodada, o tema da conversa muda das aulas e dos planos para o futuro para histórias embaraçosas e homens. Kate conta sobre o professor assistente que é gamado nela e demonstra seu amor grampeando uma flor seca na última página de todo trabalho que ela entrega.

Eu caio na risada. "Não! Ele não faz isso."

"Ah, faz, sim. E, se você acha que essa chama do amor eterno me garante notas melhores, está muito enganada. Ele me deu um C- na minha última produção escrita." Ela parece indignada. "Dane-se a sua petúnia perfeitamente preservada, Christopher. Eu quero um A."

Alisha supera essa história contando sobre um professor que sem querer mandou para ela um e-mail apaixonado que deveria ter ido para a esposa, de quem estava separado.

"O nome dela era Alice, então acho que ele só digitou 'Al' e usou o autopreenchimento do e-mail." Ela gira o daiquiri com o canudo e dá uma risadinha. "O e-mail tinha uma lista de motivos pra não formalizar o divórcio. Basicamente explicando por que ele era tão incrível."

Melissa fica de queixo caído. "Ai, meu Deus. E quais eram os motivos?"

"Eu não me lembro de tudo, mas a primeira era... esperem só pra ouvir..." Alisha faz uma pausa, para efeito dramático. "Um amante adequado."

A mesa inteira cai na risada.

"Adequado?", Kate diz entre risos. "Ai, coitada dessa mulher."

Eu termino de beber meu drinque. Percebo que não tinha uma noite só de meninas desde os tempos de colégio, o que me leva a lembrar que fiz um péssimo trabalho de manter vivo o contato com as minhas amigas de Spencer Hill. É verdade que elas também não me procuraram, então acho que isso diz muito sobre a nossa amizade. Prometo a mim mesma fazer melhor com as minhas amigas da faculdade.

Nossa conversa avança ainda mais, quando Sutton sugere um jogo. Bom, não é bem um jogo, é mais um "vamos dar uma nota pra cada cara sem namorada que passar na frente da nossa mesa".

"Ah, e que tal ele?", Alisha pergunta com um suspiro alto.

Nós todas analisamos o surfista cabeludo de regata vermelha e bermuda laranja. "Nota dois em termos de estilo", Melissa decreta, levantando o nariz. "Vermelho e laranja? Qual é? Que tal um pouco de respeito próprio, amigo?"

Não consigo segurar o riso. Melissa bêbada continua esnobe, mas é também mais ácida, o que estou adorando.

"E a bunda? Nota nove", Kate determina. "É uma bela bunda."

"Aposto que é bem firme e durinha", Alisha concorda.

Sim, nós estamos tratando esses caras como objetos. Garotas embriagadas não têm pudores nem escrúpulos.

"Sete, na média", Sutton conclui.

"Três", Melissa corrige, erguendo o queixo. "Eu não consigo superar essa combinação de vermelho com laranja. Simplesmente não dá."

"Hã, pessoal?", Alisha sussurra, se inclinando para a frente. "Lá no fim do balcão... encontrei um dez em todos os quesitos."

Todas nós nos voltamos para lá. Eu quase engasgo com a minha própria língua.

O dez em todos os quesitos de Alisha é Cooper Hartley.

Kate solta um assobio baixinho. "Ah, sim. Gostei."

"Eu *adorei*", Alisha corrige, com o rosto assumindo um ar sonhador.

Eu entendo o que estão dizendo. Cooper está um gato hoje. Com a camiseta surrada que eu adoro, com o logo da Billabong se estendendo pelos ombros largos e acentuando aquele peitoral bem definido. Acrescentando a isso os cabelos bagunçados, os braços cobertos de tatuagens, a calça cargo exibindo uma bunda ainda mais firme que a do surfista, e o que se tem é um belíssimo espécime do sexo masculino.

Como se pressentisse toda aquela atenção feminina, Cooper vira a cabeça com um gesto repentino. Um instante depois, já está olhando para nossa mesa. Meu rosto todo esquenta quando nossos olhares se encontram. Merda. Será que eu fiquei vermelha? Espero que não.

Ele estreita os olhos ao me ver. E franze os lábios por um instante antes de contorcê-los em um leve sorriso.

Ao meu lado, Alisha solta um suspiro de susto. "Ele está encarando você", ela me diz. "Você conhece ele?"

"Eu... hã..." Minha mente busca às pressas um motivo plausível para esse contato visual prolongado.

"Mackenzie?" O olhar atento de Melissa só falta abrir um buraco na lateral do meu rosto. "Você conhece esse cara?"

Minha garganta está completamente seca. Faço um esforço para tirar os olhos de Cooper e pego minha bebida. Um gole prolongado me dá alguns segundos a mais para pensar em uma desculpa, já em pânico. Melissa não é só intrometida — é esperta também. Se eu admitir que conheço Cooper, ainda que só como amigo, isso com certeza vai atiçar seu lado fofoqueiro. Ela vai fazer mais perguntas e, se uma única resposta minha gerar alguma desconfiança, pode contar para Benji, que por sua vez vai comentar com Preston, que literalmente acabou de me perdoar por beijar outro cara.

Então, sem chance. De jeito nenhum vou admitir que conheço Cooper, como amigo ou qualquer outra coisa.

"Evan", eu digo.

Melissa franze a testa. "Quê?"

Eu coloco meu copo plástico de daiquiri sobre a mesa. O alívio e a satisfação percorrem o meu corpo depois desse toque de genialidade. "Esse é o Evan Hartley. Minha colega de quarto ficou com ele no começo do semestre."

Ela relaxa um pouco, e seus dedos de unhas bem-feitas começam a mexer em um dos brincos de diamante na orelha. "Sério? A Bonnie conseguiu pegar aquele ali?"

"Ah, sim." Eu forço uma risada e torço para ninguém perceber a tensão por trás do gesto. "Ela me abandonou no meio da noite e sumiu na praia com ele."

Perfeito. Agora, se Melissa tentar tirar a história a limpo, Bonnie pode confirmar tranquilamente. Desde que Cooper não saia de onde está e...

Venha até nós.

O filho da puta está vindo para cá.

Meu coração está mais acelerado que a dance music genérica que sai das caixas de som. O que ele está fazendo? Eu falei que não podia mais vê-lo. Deixei isso bem claro, poxa. Ele não pode vir até a minha mesa como se nada tivesse acontecido e...

"Evan!", eu exclamo com um tom de voz estridente e um sorriso exagerado.

Cooper vacila por um instante. Mas em seguida suas pernas compridas continuam avançando com passadas largas, até ele chegar bem à minha frente. Ele enfia as mãos nos bolsos, fazendo uma pose despreocupada quando diz: "Mackenzie".

"Evan, oi. Tudo bem?", pergunto, toda simpática e relaxada, como se não tivesse acontecido nada entre nós, como se eu nunca tivesse sentido o volume de sua ereção pulsando contra a minha barriga. "Eu não vejo você desde aquela noite em que você seduziu e roubou a minha colega de quarto."

Kate dá uma risadinha.

Continuo concentrada em Cooper, torcendo para que os meus olhos estejam comunicando tudo o que não posso dizer em voz alta. *Por favor, entra no jogo. Essas garotas não podem sair por aí fofocando sobre a gente e fazer a conversa chegar aos ouvidos do Pres. Entra no jogo, por favor.*

O fato de eu não reconhecer sua verdadeira identidade me provoca uma pontada de culpa, mas isso não se compara com o que sinto por ter traído Preston. Beijar Cooper foi um erro. Mas eu coloquei tudo em pratos limpos com meu namorado, estou com a consciência limpa, e agora quero seguir em frente. Só que isso não vai ser possível se Melissa decidir que existe um bom material para fofoca aqui. Então eu imploro em silêncio para Cooper, que não me dá a menor pista do que vai fazer.

Seu sorriso se alarga, e seus olhos escuros brilham por causa de algo que não consigo decifrar.

Quando ele enfim se manifesta, estou uma pilha de nervos, suando por baixo da minha regatinha.

"Eu não ouvi Bonnie reclamar de nada naquela noite", ele diz com uma piscadinha.

Quase desmaio de alívio. Espero que ninguém perceba que a minha mão está tremendo quando pego a bebida. "Bom, não foi ela que precisou voltar de Uber sozinha pro campus às duas da manhã." Dou um gole apressado no meu drinque antes de fazer as apresentações. "Alisha, Sutton, Kate, Melissa, esse é o Evan."

O engraçado é que nunca me dei conta de como Cooper e seu irmão gêmeo são diferentes até este momento, quando ele assume a identidade de Evan. Seus olhos normalmente intensos e cheios de sentimentos ganham um brilho malicioso. Ele passa a língua de leve no lábio inferior antes de abrir um sorriso presunçoso para as minhas amigas.

"Então?" Até sua voz parece diferente. Mais animada e brincalhona. "Qual das amigas da Mackenzie eu vou seduzir hoje?"

Seria de esperar que uma conversa tão indecente provocasse grunhidos de protesto. Mas, em vez disso, as garotas estão todas babando por ele. Até Melissa. Ela fica vermelha, e seus lábios se afastam um pouco.

Dá para entender. Esse cara é a encarnação do sexo. Não importa se está em sua versão mais depressiva ou fingindo ser seu irmão mulherengo, ele exala energia sexual.

"Trata de se controlar, *Evan*." Era para ser uma brincadeira, mas o meu tom de voz soa como um alerta.

O sorriso dele se alarga ainda mais.

"Tudo bem." Sutton solta um suspiro exagerado e se levanta do banquinho. "Acho que vou fazer esse sacrifício." A expressão no rosto dela demonstra que já está transando com Cooper em pensamento. "Que tal dançar um pouco primeiro, antes de chegar à parte da sedução?"

Todos os músculos do meu corpo se enrijecem. Eu aperto o copo com mais força. Fico com medo de esmagá-lo. Ainda bem que é de plástico, caso contrário eu iria espalhar cacos de vidro por toda parte.

Os olhos zombeteiros de Cooper registram a minha reação. Ele continua me observando mesmo quando respondo para Sutton. "Uma dança seria ótimo. Vai em frente, gata."

Três segundos depois, ele está engalfinhado com Sutton na pista de dança diante do palco. Os braços dela envolvem seu pescoço, e o corpo esguio dela se esfrega na silhueta forte e robusta dele. As mãos de Cooper passeiam pelas costas dela, sobre a blusinha de renda, com uma das palmas baixando ainda mais e repousando na curvatura da bunda. A outra vai subindo pela coluna e se enfia no rabo de cavalo escuro antes de segurá-la pela nuca.

Sinto a bile subir até a garganta. Pego meu daiquiri na esperança de me livrar desse gosto horrendo, mas o copo está vazio.

"Afe, essa garota é inacreditável", Alisha reclama.

Ela? Quem é inacreditável é *ele*. O que está fazendo ali, dançando desse jeito com uma desconhecida?

Kate dá um tapinha no braço de Alisha. "Não esquenta, querida. Da próxima vez, você só precisa ser mais rápida."

"Nossa, ele é gostoso *mesmo*", Melissa comenta, com a atenção voltada para Cooper e Sutton. "Se não fosse o Benji, eu até pensaria em me rebaixar a passar uma noite com um local."

Eu levanto uma sobrancelha. "Hã, as atividades extracurriculares não são perfeitamente aceitáveis?"

Ela dá risada. "Não. Pra gente, não, querida. Pelo menos não até dizer o *sim* no altar. Depois disso, você pode se divertir à vontade com o limpador de piscina e o jardineiro."

Kate revira os olhos para a irmã mais velha. "Quanta classe, Mel."

Melissa dá de ombros. "Que foi? É assim que as coisas funcionam."

Eu deixo de prestar atenção nelas, distraída com a exibição sexual que está ocorrendo a poucos passos da nossa mesa. Sutton está na ponta dos pés, sussurrando no ouvido de Cooper.

Ele dá uma risadinha, e eu fico tensa. Do que eles estão rindo?

E ele precisa *muito* tirar a mão da bunda dela. Tipo, agora mesmo. Ele está fazendo isso por minha causa, mas eu não vou aceitar a provocação. Mordo a bochecha por dentro da boca. Com força.

"Eu devia ter partido pra cima assim que ele apareceu", Alisha reclama. Ela também está observando obsessivamente a pista de dança.

"Quem só chora não mama", Kate comenta com um tom solene.

"Credo. Para com isso." Alisha bate o copo na mesa e fecha a cara. "Ela só fala e não faz nada, aliás. Sutton não sai transando por aí desse jeito. Não vai pra cama com um cara que ela nem..." Alisha se interrompe de repente, boquiaberta.

Acompanhando seu olhar, vejo Cooper e Sutton saindo juntos do bar.

18

MACKENZIE

Na manhã seguinte, minha aula de cultura midiática é cancelada. O professor mandou um e-mail para a turma toda que desafia a noção de decoro, avisando que suas entranhas reagiram com violência ao bolo de carne que sua esposa fez para o jantar na noite anterior.

Eu entendo a sua dor, amigo. Meu estômago está revirado desde que vi Cooper saindo do Rip Tide abraçado com Sutton.

Será que eles transaram? Fico enjoada só de pensar. E meio irritada também. Como ele pode ter ido para a cama com uma garota que conheceu minutos antes? Mas talvez não tenha rolado sexo. Pode ter sido só uma chupada.

Uma névoa vermelha invade meu campo de visão ao imaginar Sutton fazendo sexo oral em Cooper. Fico com vontade de cortar o pau dele fora só por ter deixado aquela garota chegar perto dele.

Hã. Certo.

Acho que estou um pouco mais do que "meio" irritada.

Mas não tenho o direito de me sentir assim. Cooper não é meu namorado, e sim Preston. Nem tenho o direito de opinar sobre com quem Cooper fica ou deixa de ficar, e muito menos de pegar o celular, abrir nossa conversa e...

EU: *Não precisava ter feito isso por minha causa. E, sim, estou falando da Sutton.*

Droga. Qual é o meu problema? Me arrependo de ter mandado a mensagem assim que aperto o botão de enviar. Fico batendo loucamente na tela em busca do botão de cancelar o envio, mas não é assim que o aplicativo funciona.

E Cooper já está digitando uma resposta.

Com o coração na boca, me sento na cama e fico me xingando pela minha falta de autocontrole.

COOPER: *Ah, a gente voltou a conversar então?*
EU: *Não. Nada disso.*
COOPER: *Beleza. Até mais.*

Fico olhando para o celular, frustrada. Só que mais comigo mesma do que com ele. Eu literalmente escrevi "Adeus, Cooper". Ontem à noite falei com ele como se fosse Evan e tudo mais, e praticamente ofereci minhas amigas solteiras para o cara, para Melissa não desconfiar de nada e comentar com Benji. A culpa é minha. Claro que Cooper não quer falar comigo.

Mas os meus dedos idiotas têm vontade própria.

EU: *Só quis agradecer por ter entrado no jogo quando te chamei de Evan, mas não precisava encarnar o personagem desse jeito.*
COOPER: *Ei, princesa? Que tal se preocupar mais com o pau do seu namorado e menos com o meu?*

Sinto vontade de gritar. Gostaria de nunca ter conhecido Cooper Hartley. Assim eu não estaria me sentindo desse jeito. Com o estômago todo revirado. Isso sem contar com o ciúme que está corroendo minha garganta como ácido sulfúrico depois dessa resposta. Isso quer dizer que o pau dele foi *mesmo* um fator preponderante ontem à noite?

Estou prestes a ligar para Kate e pedir o telefone da Sutton para confirmar *exatamente* o que aconteceu ontem à noite quando o bom senso enfim se estabelece. Se o meu objetivo era não causar desconfiança em Melissa, partir para cima de Sutton com um interrogatório não me ajudaria em nada.

Me valendo de cada fragmento de força de vontade que ainda me resta, largo o celular e pego o notebook. Menos aulas significa mais tempo para o trabalho, que é sempre uma ótima distração.

Abro o e-mail, mas não tem nada urgente a ser resolvido. A questão de Tad e seu micropênis já foi resolvida, graças a Deus. E meus moderadores e administradores reportam que setembro foi nosso melhor mês em termos de arrecadação. É o tipo de notícia que qualquer empresária adoraria ouvir e, não me entenda mal, eu *estou* empolgada. Mas, depois de passar as duas horas seguintes fazendo tarefas básicas de casa, a frustração volta a se instalar e a subir pela minha garganta. Sinto uma necessidade repentina de sair do campus para dar uma volta. Já estou enjoada de ver sempre os mesmos lugares. E de alimentar pensamentos obsessivos em relação a Cooper.

Dez minutos depois, estou num táxi a caminho de Avalon Bay. Preciso de ar fresco, de sol. O carro me deixa perto do píer, e vou andando pelo calçadão, com as mãos nos bolsos do short de bainha desfiada. Não consigo acreditar que o clima ainda está tão quente no meio do outono, mas eu é que não vou reclamar. A brisa quente batendo no rosto é como um bálsamo.

Quando meus pés me conduzem para o hotel, de repente me dou conta do que me motivou a vir até aqui hoje. A mesma sensação de grandes possibilidades se espalha pelo meu corpo quando vejo que o lugar ainda está vazio. À espera.

É uma loucura, mas, ao olhar para aquela construção em ruínas, meu corpo começa a vibrar. Até meus dedos começam a coçar, como se houvesse uma necessidade metafórica de pôr as mãos à obra. Será esse o desafio que estou procurando? Esse hotel abandonado que não sai das minhas fantasias?

O lugar não está nem à venda, penso comigo mesma. Mas isso não parece fazer diferença. A vibração se recusa a ir embora.

Uma ideia se forma na minha cabeça enquanto ando pela cidade até parar em um café para beber alguma coisa. Quando a mulher atrás do balcão me entrega o meu spritzer com suco, fico meio hesitante. Avalon Bay é uma cidade pequena. Se for como as que eu vi em séries como *Gilmore Girls*, então todo mundo sempre sabe de tudo.

Por isso resolvo arriscar e perguntar: "Você sabe alguma coisa sobre aquele hotel abandonado no calçadão? O Beacon? O que os proprietários pretendem fazer com ele?".

"Pode perguntar você mesma para ela."

Eu pisco algumas vezes, confusa. "Como assim?"

Ela aponta com o queixo para uma mesa perto da janela. "Aquela é a proprietária."

Sigo o olhar da atendente e vejo uma mulher mais velha de chapéu de brim de aba larga e óculos escuros enormes que escondem a maior parte do rosto. Está vestida mais como uma vendedora de beira de praia do que como uma empresária do ramo hoteleiro.

Qual era a chance de isso acontecer? A vibração dentro de mim se torna mais intensa, até meu corpo inteiro parecer ser invadido por uma onda de eletricidade. Isso não pode ter sido obra do acaso.

Levando meu suco na mão, me aproximo lentamente da mesa perto da janela. "Com licença, desculpa incomodar. Eu queria saber se poderia falar com você sobre o hotel. Posso me sentar?"

A mulher não desvia os olhos do bolo e da xícara de chá. "Estamos fechados."

"Pois é, eu sei." Eu respiro fundo. "E estava pensando em mudar isso."

Ela mexe no bolo com os dedos ressecados. Arranca pequenas migalhas, que põe cuidadosamente na boca.

"Senhora? O seu hotel. Posso fazer umas perguntas a respeito?"

"Estamos fechados."

Não sei se ela está só me esnobando ou se na verdade não está sequer presente ali no momento. Não quero ser mal-educada nem perturbá-la, então decido que minha próxima tentativa vai ser a última.

"Eu gostaria de comprar o seu hotel. Isso seria do seu interesse?"

Por fim, ela levanta a cabeça para me olhar. Não consigo ver seus olhos por causa dos óculos escuros, mas a maneira como ela contorce os lábios confirma que consegui atrair seu interesse. Ela dá um bom gole no chá. Depois, baixando a xícara, empurra uma cadeira para mim com o pé.

Eu me sento, mas torcendo para não parecer ansiosa demais. "Meu nome é Mackenzie. Cabot. Sou estudante no Garnet College, mas meio que sou empresária também. Estou realmente interessada em conversar sobre o hotel."

"Lydia Tanner." Depois de uma longa pausa, ela tira os óculos escuros e os coloca sobre a mesa. Um par de olhos surpreendentemente astutos encaram os meus. "O que você quer saber?"

"Tudo", respondo com um sorriso.

Por mais de uma hora, conversamos sobre a história do hotel. Foi construído por ela e o marido no pós-guerra. E praticamente destruído e reconstruído três vezes desde então, antes de o marido morrer, dois anos atrás. Depois da última tempestade, ela estava idosa e cansada demais para encarar outra reconstrução. Não tinha mais ânimo, e seus filhos não demonstraram interesse em resgatar a propriedade.

"Eu já tive ofertas", ela me conta com um tom de voz confiante e firme. Não é a senhorinha tímida que parecia ser a princípio. "Algumas generosas. Outras, não. Tem gente que quer demolir e construir um arranha-céu horroroso no lugar. Tem gente tentando acabar com esse calçadão de madeira há anos, para transformar isso aqui num lugar como Miami ou coisa parecida. Com tudo feito de concreto e vidro."

Seu tom de voz cheio de desprezo revela exatamente seus sentimentos a respeito. "Essa cidade nunca vai ser como Miami. Tem charme demais para isso", garanto a ela.

"Os empresários de construção não estão nem aí para o charme. Só pensam em cifrões." Lydia pega sua xícara de chá. "Minha única condição é que quem compre o hotel preserve a intenção original. A personalidade do lugar. Quero ir morar mais perto dos meus netos, passar o tempo que ainda me resta com a família." Ela solta um suspiro. "Mas não conseguiria ir embora sem saber que o Beacon está em boas mãos."

"Isso eu posso prometer", digo com sinceridade. "Foi o charme do lugar que fez com que eu me apaixonasse por ele. Posso me comprometer a restaurar tudo como era originalmente, na medida do possível. Modernizar a fiação e o encanamento. Reforçar a estrutura. Garantir que vai ficar tudo de pé pelos próximos cinquenta anos."

Lydia fica me olhando, perguntando se pode me levar a sério ou se sou apenas uma universitária sem-noção que está tomando seu tempo.

Vários segundos se passam, e então ela assente de leve. "Muito bem, então, mocinha, escreva para mim a sua proposta."

Uma proposta? Eu não sei nada sobre o mercado imobiliário, então estou agindo totalmente às cegas quando anoto um número no bloco de notas do meu celular. É a minha estimativa de quanto uma propriedade como aquela pode custar, mas também um valor suficiente para zerar a minha conta corrente.

Passo o telefone para ela. Lydia observa a tela, levantando uma sobrancelha, como se estivesse surpresa com o fato de eu ter mesmo dinheiro a oferecer.

Durante dez minutos, nós negociamos. Tento pechinchar um pouco, mas por outro lado aquelas fotos todas dos netinhos podem ter me levado a pagar mais do que deveria, mas no fim chegamos a um acordo.

E, do nada, estou prestes a me tornar a feliz proprietária do meu próprio hotel no calçadão.

Me sinto nas nuvens depois de fechar minha primeira grande transação comercial, com uma empolgação tremenda correndo pelas veias. É uma emoção *imensa*. E ao mesmo tempo uma loucura. Tenho vinte anos e acabei de comprar um hotel. Apesar de parecer uma insanidade, sinto que era a coisa certa a fazer. Minha mente está a mil, pensando nos próximos passos. Em um piscar de olhos vejo meu futuro, meu império tomando forma. Prometi para os meus pais que iria me concentrar nos estudos, e ainda pretendo fazer isso — só que vou me dedicar ao meu novo papel como empresária do ramo da hotelaria ao mesmo tempo. Dá para levar as duas coisas.

Talvez.

Com sorte.

Mesmo depois que Lydia e eu batemos o martelo e ligo para o escritório de advocacia para dar entrada na papelada, a coisa só parece real quando convido Preston para visitar a propriedade no dia seguinte.

Mas, em vez de demonstrar a mesma empolgação que eu, ele joga um balde de água fria no meu entusiasmo.

"O que é isso?" Ele faz uma careta ao ver o hotel vazio, com as paredes caindo aos pedaços e a mobília toda estragada pela água.

"Meu novo hotel."

Estreitando os olhos, Preston inclina a cabeça, como quem diz: *Explique-se.*

"Sei que agora não parece grande coisa. Você precisa pensar em como vai ficar depois de uma reforma completa." Fico com vergonha do tom de desespero na minha voz. "Vou restaurar tudinho. Em estilo vintage. Um hotel de luxo no estilo pós-guerra. Um resort cinco estrelas."

"Você não pode estar falando sério." Seu tom de voz é bem sério. Ele contorce a boca em uma linha reta. Não é exatamente a reação que eu esperava.

"Certo, eu admito que não sei nada sobre como administrar um hotel. Mas vou aprender. Eu não sabia nada sobre como fazer um site nem tocar um negócio também. Mas isso não me impediu de fazer isso, né? Talvez eu possa me formar em hotelaria ou alguma coisa do tipo."

Ele não responde.

A cada segundo de silêncio, a minha alegria se esvai mais um pouco.

"Preston. Qual é o problema?", pergunto baixinho.

Ele balança a cabeça e joga as mãos para o alto. "Não estou entendendo nada, Mackenzie. Essa deve ter sido a coisa mais irresponsável e imatura que você já fez na vida."

"Como é?"

"Você ouviu o que eu disse."

Ele está parecendo meu pai falando, o que não me agrada nem um pouco. Eu não pensei muito antes de fechar o negócio, é verdade, mas sou assim mesmo, tendo a agir mais por instinto. Só pensei que ele fosse ficar pelo menos um pouquinho feliz por mim.

"Estou bem decepcionado com você, na verdade. Pensei que depois da nossa conversa, depois do seu deslize, a gente estivesse na mesma sintonia. Sobre os nossos planos. O nosso futuro."

"Preston, isso não é justo." Jogar a questão do beijo na minha cara desse jeito é golpe baixo. Uma coisa não tem nada a ver com a outra.

Ele me ignora e complementa: "Um hotel não estava nos planos". Seus lábios se contorcem em uma careta de desaprovação.

"Você não consegue ver o potencial que esse lugar tem? Sério mesmo?", eu pergunto, desanimada.

"Potencial. Olha só pra isso. Está detonado. Só serve pra demolição, no máximo. De repente o terreno tem algum valor, mas uma reforma? Você está louca. Não tem a menor ideia de como nada disso funciona. Você pensou pelo menos por um minuto antes de arriscar o seu fundo de herança nessa idiotice?"

A indignação toma conta de mim. "Eu não sou tão incompetente quanto você imagina. E não usei o meu fundo de herança. Tenho dinheiro na mão, caso você não saiba."

"Como?", ele questiona.

Eu levanto o queixo. "Ganhei com os meus sites."

Pres parece perplexo. "Com o seu lancezinho de tecnologia?"

Agora estou irritada de verdade. Sinto o calor subir pelo rosto quando cravo as unhas nas palmas das mãos. "Pois é, o meu lancezinho de tecnologia", repito, incomodada.

Nunca contei a ele quanto dinheiro os meus sites geram, e ele nunca pareceu interessado em falar sobre isso, a não ser para tirar sarro. Eu tinha achado que era coisa de homem. Uma provocaçãozinha boba. Às vezes ele aparecia quando eu estava trabalhando no PiorNamorado.com e comentava que meu rosto ficava uma gracinha daquele jeito, todo concentrado. Depois sorria e me chamava de "empresária sexy". Pensei que estivesse orgulhoso de mim, de todo o empenho que dediquei ao meu negócio.

Só agora percebo que o sorriso não era de orgulho. E que ele nunca me considerou uma empresária.

Ele estava rindo da minha cara.

"Era pra ser só um hobby", ele diz, bem sério. "Se eu soubesse que você estava faturando com isso, teria..."

"Teria o quê?", eu o desafio a dizer. "Me obrigado a parar?"

"Orientado você como deveria", ele corrige, com uma condescendência que faz o meu sangue ferver. "Nós já conversamos sobre isso antes. Várias vezes. Sobre fazer faculdade juntos. E sobre você manter os seus hobbies enquanto estuda. Eu ia me formar primeiro, assumir o banco do meu pai. Depois seria a sua vez, e com o diploma na mão ia entrar na diretoria das fundações de que a sua mãe participa." Preston balança a cabeça para mim. "Você concordou que eu ia ser o provedor, enquanto você cuidava do trabalho beneficente e da família."

Eu fico boquiaberta. Ai, meu Deus. Ele sempre dizia isso com um tom brincalhão. Como se fosse uma piada.

Mas então era *sério*?

"Você vai desfazer esse negócio." A convicção com que ele emite essa ordem me deixa abalada. "Sorte sua que eu estou aqui para impedir isso antes que os seus pais descubram. Não sei o que deu em você ultimamente, Mackenzie, mas você precisa cair na real."

Fico só olhando para ele. Perplexa. Nunca imaginei que ele fosse detestar tanto a minha ideia. No *mínimo*, pensei que fosse apoiar a minha decisão. E o fato de ele não ter feito isso me deixa atordoada.

Se eu me equivoquei a esse ponto, sobre o que mais posso ter me enganado a respeito dele?

19

COOPER

“Acabou a bebida.”

Eu reviro os olhos para Evan, que está esparramado no sofá com o braço para fora. A mesinha de centro que fiz no fim de semana passado já está manchada de cerveja e coberta de bitucas de cigarro. Alguém deve ter derrubado o cinzeiro ontem à noite, durante mais uma das festas de última hora do meu irmão.

“É hora do almoço, e domingo”, digo a ele. “Você não precisa de mais bebida. É só tomar água, caralho.”

“Não estou falando que quero beber agora. Mas é melhor alguém ir comprar umas cervejas. Tem aquele jogo de pôquer aqui amanhã à noite.”

Esse “alguém” sou claramente eu, porque logo em seguida ele fecha os olhos e complementa: “Leva a Daisy também. Ela curte passear na picape”.

Deixo Evan em seu sonho de beleza e assobio para chamar a cachorra. Normalmente não deixo meu irmão me dar ordens desse jeito, mas a verdade é que estou pirando.

Não participei da bebedeira de ontem à noite. Em vez disso, passei a maior parte da noite na oficina, fui dormir antes da meia-noite e estava mais que desperto às sete da manhã, depois de acordar de um sonho proibido para menores com Mackenzie. A gente estava na cama, comigo metendo bem fundo enquanto ela gemia com a boca colada à minha. Então eu levantei a cabeça e o rosto da Mac virou o daquela tal de Sutton, o que me fez acordar na hora.

Juro por Deus, essa garota bagunçou a minha cabeça. Não importa se estou dormindo ou acordado — os pensamentos envolvendo Mackenzie Cabot envenenam a minha consciência e despertam sentimentos intensos que eu preferiria não ter.

De raiva, por ela ter escolhido Kincaid, e não eu.

De frustração, porque eu sei que o lance entre nós era real.

De culpa, porque a minha intenção inicial era mais do que desonesta.

E nos últimos dias? De desgosto, porque, para impedir que as amigas dela desconfiassem que a gente se conhece, fingi que era meu irmão gêmeo — e ela ainda teve a cara de pau de reclamar que eu fiquei com outra garota. Não que tenha rolado alguma coisa com Sutton. Nós demos uma volta juntos e depois eu coloquei a garota num táxi. Mas, mesmo assim, Mackenzie não tem o menor direito de se irritar comigo. Foi ela que me beijou, ou praticamente me atacou, e depois me mandou à merda.

"Vem cá", eu chamo Daisy. "Vamos lá comprar cerveja pro seu namorado."

Quando me vê pegando a coleira, a golden retriever começa a rodear os meus pés, toda contente. Vamos para a minha picape, e eu abro a porta do passageiro para Daisy entrar. Não faz muito tempo que ela aprendeu a fazer isso. Antes, era muito pequena, só que agora tem pernas finas e compridas de adolescente, e assim pode pular mais alto. Está crescendo depressa demais.

"Pena que a Mac não pode ver você", comento com a cachorra, cujo olhar curioso e empolgado está voltado para a janela. Cada vez que o vento bate em seu focinho, ela solta um latidinho curto e alto. Consegue extrair alegria dos menores prazeres.

Na cidade, compro alguns engradados de cerveja, além de uma garrafa de tequila e uns tira-gostos. Enquanto guardo as coisas na cabine, alguém chama meu nome.

Quando me viro, vejo Tate andando pela calçada na minha direção. Está com os óculos escuros de aviador em uma das mãos e as chaves e o celular na outra.

"E aí", eu cumprimento. "Como estão as coisas?"

"Tudo certo. Vou encontrar o Wyatt no Sharkey's pra almoçar. Quer ir junto?"

"Quero, sim." O que menos quero agora é voltar para casa e limpar a bagunça que Evan deixou. "Vou só buscar a Daisy."

"Ah, sim", Tate diz quando vê a cabeça da cachorra aparecendo na janela. "Não esquece desse ímã de garotas."

A maior parte dos bares e restaurantes em Avalon Bay aceita a presença de animais — principalmente o Sharkey's, que oferece tigelas com água e petiscos para os visitantes caninos. Quando Tate e eu subimos a escada bamba de madeira para o segundo andar, Daisy é tratada como a rainha que pensa ser.

"Ai, minha nossa!", a garçonete exclama, com o deleite estampado nos olhos. "Olha só que belezinha! Como é o nome dela?"

"Daisy", Tate responde por mim, tomando a coleira da minha mão para se apossar da cachorrinha. "E você?"

"Jessica", responde a garçonete. Agora está toda encantada, porque repara também em Tate. O cara tem uma capacidade infalível de atrair a atenção de toda mulher que cruza seu caminho.

Isso não quer dizer que eu também não receba uma boa dose de atenção feminina. Só é um tipo diferente de atenção.

Quando olham para Tate, o pensamento que vem à cabeça delas envolve casamento e bebês.

Em mim, elas veem sexo selvagem. Azar o delas, aliás. Tate é o maior galinha da região. Jessica deve ser nova na cidade, caso contrário já saberia disso.

"Vou levar vocês até sua mesa", Jessica diz, e então ela, Tate e a minha cachorra se afastam.

Com um sorriso, vou atrás deles, apostando comigo mesmo que Tate vai conseguir o telefone dela antes mesmo de abrirmos os cardápios.

Eu perco a aposta. O número só vem quando ela traz a água.

"Bom trabalho, parceirinha", Tate diz para Daisy, que está sentada aos pés dele, com um olhar todo amoroso.

Wyatt aparece uns dez minutos depois. Como Ren não veio junto, suponho que os dois ainda estão brigados.

"E a Ren?" Tate franze a testa. "Ela ainda não aceitou você de volta?"

"Não." Depois de cumprimentar Daisy com um carinho na cabeça, Wyatt se acomoda no banquinho à minha frente e pega o cardápio, que abandona logo em seguida, sem ler. "Pra que fingir? Todo mundo sabe que eu vou querer o sanduíche de peixe."

"Por que Ren está demorando tanto pra te perdoar?", Tate questiona com um sorriso. "As reconciliações épicas de vocês costumam vir bem mais rápido."

"Ela está se fazendo de difícil dessa vez", Wyatt reclama. "Saiu com um trouxa da academia dela ontem à noite e me mandou uma selfie dos dois vendo *The Bachelorette* juntos, só porque sabia que eu ia ficar puto."

Eu levanto uma sobrancelha. "E por que isso ia te deixar puto?"

"Porque é o nosso programa favorito, cabeção. Ela tá vendo o nosso programa com um cara que usa camiseta regata de redinha."

Tate dá uma risadinha. "Você tá mais incomodado porque ela está vendo um reality show idiota com outro ou porque pode estar dando pra um marombeiro?"

Wyatt faz um gesto de desdém com a mão. "Ela não está dando pro cara. É só uma vingancinha. Do mesmo que eu saí com aquela garota da escola de surfe depois que Ren jogou fora todas as minhas camisetas de banda sem me consultar."

"Você não comeu aquela garota da escola de surfe, no fim das contas?", Tate pergunta, confuso.

Wyatt dá uma encarada nele. "Quem comeu ela foi você, imbecil."

Depois de alguns instantes de recordação, Tate assente com a cabeça. "Ah, é. Verdade." Ele abre um sorriso. "Aquela mina era muito louca. Me convenceu a tomar um Viagra pela primeira vez. Foi uma noite bem longa."

Uma gargalhada escapa da minha garganta.

"Você tomou Viagra sem mim, cara?", Wyatt reclama.

Eu gargalho ainda mais alto. "Desde quando isso é uma atividade coletiva?", pergunto para Wyatt.

Jessica aparece com a nossa comida e começa a flertar descaradamente com Tate. "Essa gracinha gosta de passear?"

Ele dá uma piscadinha. "Essa gracinha *adora* passear."

"Estou falando da cachorra."

"Eu também", ele responde, se fingindo de inocente.

"Eu saio em uma hora. Por que você e a Daisy não me encontram na praia depois que terminarem de comer e eu encerrar o meu turno?"

Antes que eu possa lembrar Tate de que Daisy é minha, ele abre seu sorriso com covinhas para a garçonete e responde: "Combinado".

Jessica se afasta, e eu reviro os olhos. "Sério mesmo que você está usando a minha cachorrinha pra transar?"

"Lógico. Eu falei que ela era um ímã de garotas." Ele afasta o cabelo da testa. "Só estou pedindo pra você me deixar com ela por umas horas, cara. Você sabe que eu sei cuidar bem de cachorros. Tenho três em casa."

"Beleza. Mas eu não vou ficar de bobeira pela cidade por sua causa. Leva ela de volta pra minha casa mais tarde. Ela come às cinco horas. Vê se não atrasa, cuzão."

Tate abre um sorriso. "Tá bom, pai."

"Será que, se a Daisy estiver comigo quando for ver a Ren, eu tenho mais chances de ser aceito de volta?", Wyatt pergunta, pensativo.

"Com certeza", Tate responde.

Wyatt se vira para mim. "Posso ficar com ela amanhã?"

Os meus amigos são uns idiotas.

Mas eu também sou. Porque, quando meu telefone vibra e o nome da Mac aparece na tela, eu não tomo a atitude mais inteligente, que seria ignorar a chamada.

Eu atendo.

20

MACKENZIE

Nas férias de verão depois de me formar no colégio, fiz uma viagem sozinha pela Europa. Foi um presente dos meus pais. Eu tinha acabado de voltar a pé do Vaticano para o Coliseu quando, em um gesto impulsivo, passei direto pelo meu hotel e fui para a estação de trem. Não sabia para onde queria ir. Simplesmente comprei uma passagem de primeira classe no primeiro trem, que por acaso estava indo para Florença. De lá, parti para Bolonha. E depois Milão. Então, para a Suíça, a França e a Espanha. Dois dias depois de ir embora da Itália, liguei para o hotel e pedi para enviarem minha bagagem para Barcelona.

Até hoje, não sei o que deu em mim. Uma necessidade súbita e urgente de fugir, de me perder por aí. De interromper minha vidinha planejada e provar para mim mesma que estava viva e no controle do meu próprio destino. Tudo isso para dizer que não lembro de ter decidido ligar para Cooper, só que, um dia depois de Preston acabar com a minha fantasia sobre o hotel, e duas semanas após ter pedido para Cooper nunca mais entrar em contato comigo, e quinze minutos depois de desligarmos o telefone, ele está diante de mim no calçadão olhando para a fachada decadente do Beacon Hotel.

"Você disse que... acabou de comprar?" Parecendo meio perplexo, Cooper passa a mão pelos cabelos.

Fico momentaneamente distraída com a visão de seu antebraço bronzeado, seu bíceps bem definido. Ele está de camiseta preta. Calça jeans de cintura baixa. Parece que estou vendo esse homem de novo pela primeira vez. Não tinha esquecido o efeito que ele provoca em mim, só que está mais poderoso depois de um tempo sem vê-lo. Meu coração bate mais forte que o normal; minhas mãos estão mais suadas e minha boca, mais seca.

"Bom, ainda falta a papelada e a burocracia toda. Mas se tudo der certo..."

Estou mais nervosa do que quando fiz a proposta para Lydia. Do que quando contei para Preston. Por algum motivo, preciso que Cooper fique feliz por mim, e não sabia o quanto até agora.

"A gente pode ir dar uma olhada?"

Ele não demonstra nada. Nem tédio, nem desaprovação. Nem empolgação. Mal nos cumprimentamos e não dissemos uma palavra sobre o nosso beijo e o afastamento que se seguiu a ele. Só um: *Oi, então, hã, eu estou comprando um hotel. O que você acha?* Não sei nem por que ele resolveu vir me encontrar aqui.

"Claro", respondo. "O fiscal de obras disse que o andar térreo está estável. Mas não podemos subir."

Juntos, nós passeamos pelo imóvel, desviando da mobília destruída pela tempestade e pulando os tapetes mofados. Alguns cômodos estão em condições quase perfeitas, enquanto os que têm vista para o mar são pouco mais que carcaças vazias expostas às intempéries, com paredes desabadas e levadas pela maré há muito tempo. A cozinha parece pronta para funcionar amanhã mesmo. O salão de baile parece mais um navio fantasma de um filme de terror. Por fora, a parte do hotel voltada para a rua esconde o estrago provocado lá dentro: está quase intacta, a não ser por algumas telhas e pelo excesso de mato em volta.

"O que você pretende fazer com o prédio?", ele questiona enquanto espiamos atrás do balcão. Um livro de hóspedes antiquado, com as palavras *The Beacon Hotel* gravadas na capa com letras douradas, ainda está na prateleira onde fica o claviculário. Algumas chaves estão espalhadas pelo chão, mas outras permanecem nos ganchos.

"A antiga dona só tinha uma condição: não demolir pra construir um arranha-céu horroroso."

"Eu vinha aqui o tempo todo quando era criança. Evan e eu usávamos a piscina, ou as tendas na praia, quando éramos colocados pra fora. Steph trabalhou aqui em algumas temporadas de verão, na época de colégio. Eu lembro do piso de madeira nobre, das maçanetas de bronze."

"Eu quero restaurar tudo", explico a ele. "Salvar o máximo possível. E encontrar antiguidades pra repor todo o resto."

Ele solta um assobio baixo. "Isso ia sair uma nota. Estamos falando de móveis de cerejeira que precisariam ser fabricados sob medida no mesmo estilo. Lustres feitos à mão. E tem lajotas e balcões de pedra que não são mais fabricados, a não ser em pequenos lotes."

Eu balanço a cabeça. "E eu já sei que a fiação não seria aprovada segundo o código de construção atual. E que o drywall tem que ser trocado por inteiro."

"Mas eu entendo." Ele passeia pelo saguão na direção da escadaria e passa a mão pelo corrimão com entalhes intrincados. "Com o toque certo, e um bom dinheiro, o lugar tem potencial."

"É mesmo?"

"Ah, sim. Potencial de sobra."

"Eu sei que parece bobagem", eu digo, me sentando no pé da escada, "mas, quando bati o olho neste lugar, uma imagem me veio à mente. Os hóspedes sentados na varanda em cadeiras de balanço, bebendo vinho, observando o movimento das ondas. Eu vi tudo claramente."

"Isso não é bobagem." Cooper se acomoda ao meu lado.

Não sinto nenhuma animosidade de sua parte, é como se fôssemos amigos de novo. A não ser pela atração magnética que me faz querer passar as mãos nos seus cabelos.

"Quando eu pego uma madeira de demolição pra trabalhar na minha bancada, não tenho nenhum plano em mente. Simplesmente deixo lá. Esperando para ver como a coisa se desenha. Aí tudo surge praticamente pronto na minha cabeça, e eu só vou lá e faço."

Eu mordo o lábio. "Os meus pais não vão ficar nada contentes com isso."

Ultimamente, não é preciso muita coisa para deixar o meu pai fora de si. Boa parte disso é o estresse do trabalho, mas ele parece estar sempre envolvido em uma batalha constante, cada hora por um motivo. Talvez daí venha o meu lado combativo. A questão é que, quando as disputas terminam mal, a frustração dele tende a se manifestar em uma desaprovação direcionada a mim.

"E que diferença faz?", Cooper ironiza.

"Bom, pra você é fácil falar."

"Sério mesmo. Desde quando você está preocupada com o que os outros falam?"

"Você não imagina como é difícil escapar do controle deles. Os dois querem controlar praticamente tudo na minha vida."

"Porque você deixa."

"Não deixo, mas..."

"Escuta só. Desde que te conheço, você sempre se mostrou uma garota teimosa e cheia de opiniões, uma chata mesmo."

Eu dou risada, admitindo para mim mesma que as nossas conversas sempre acabam em impasses. "Não é culpa minha se você está sempre errado."

"Cuidado com a língua, Cabot", ele diz, fingindo um olhar ameaçador. "Mas é sério. Você sabe o que quer, muito mais do que a maioria das pessoas que eu conheço. Dane-se a aprovação dos seus pais. Você tem mais é que ser o que quer."

"Você não conhece os meus pais."

"E nem preciso. Eu conheço você." Ele se vira para me encarar, voltando o olhar sério para mim. "Mac, você é uma força da natureza. Você não leva desaforo pra casa, devolve na mesma moeda. Não se esqueça disso."

Droga. Puta que pariu.

"Por que você precisa sempre fazer isso?", eu resmungo, ficando de pé. Não consigo controlar os meus músculos. Preciso me mexer, tomar um ar.

"Isso o quê?" Ele fica de pé e começa a me seguir enquanto passeio pelo ambiente.

"Ser assim tão..." Faço um gesto incoerente na sua direção. "Ser assim."

"Não estou entendendo nada."

É mais fácil quando ele está sendo um babaca. Dando em cima de mim, pegando pesado. Discutindo comigo e me chamando de princesa. É mais fácil encará-lo como só mais um gostosão que se acha, alguém que não merece ser levado a sério. Mas então ele começa a ser todo meigo e gentil, e isso bagunça a minha cabeça. E leva o meu coração junto, sempre aos pulos.

"Para de ser bonzinho comigo", eu reclamo, frustrada. "Assim você me confunde."

“Bom, eu também fiquei meio confuso quando você começou a arranhar as minhas costas, mas beleza, deixei rolar.”

“Isso”, eu digo, me virando para apontar para ele. “Faz isso mesmo. Com isso eu sei lidar. Me dou melhor com você quando está sendo um canalha.”

“Então é isso? Você tem medo de se apegar porque aí não vai poder mais continuar mentindo pra si mesma sobre nós?”

“Não existe nada entre nós”, eu retruco. “Rolou um beijo uma vez. Grande coisa.”

“Duas vezes, princesa.”

“E deu tão certo que a gente ficou duas semanas sem se falar.”

“Ei, mas agora você me ligou.” Ele me encara com um olhar desafiador. Querendo ver até onde estou disposta a ir.

Cerrando os dentes, saio pisando duro, com o olhar voltado para a passagem arqueada que leva à saída. Mas isso exige passar por Cooper, que me pega pela cintura antes que eu consiga desviar.

Em um piscar de olhos, estou nos braços dele, imprensada contra seu peito. Sinto cada centímetro do seu corpo sólido e quente contra o meu. O silêncio é total quando ele baixa a cabeça para me olhar. Minha respiração acelera. Eu me esqueço de quem era antes de conhecê-lo. Dentro desta bolha, neste lugar silencioso onde ninguém pode nos encontrar, podemos ser apenas nós mesmos.

“Então...”, eu murmuro, esperando que ele diga, ou faça, alguma coisa. Qualquer coisa. Essa expectativa está me matando, e acho que ele sabe disso.

“Você pode ir embora quando quiser”, ele diz com a voz áspera.

“Eu sei.” Mesmo assim, os meus pés continuam imóveis. Meu coração bate loucamente dentro do peito. Estou sufocando, mas só o que quero é me afundar ainda mais nos braços dele.

Estremeço toda quando o polegar dele acaricia de leve minha pele sobre o tecido fino da minha camiseta branca e larga. Em seguida, o toque se torna mais firme, com seus dedos fortes segurando meu quadril, e meus joelhos amolecem. Eu viro fumaça em seus braços. Não me sinto mais sólida.

“O que a gente está fazendo, Mac?” Seus olhos escuros parecem ver dentro de mim.

"Pensei que você soubesse."

Com um senso de urgência, os lábios dele cobrem os meus. Seus dedos se cravam no meu quadril, meus dedos se enfiam nos seus cabelos e o puxam para mim. É um beijo sedento, desesperado. Quando a língua dele roça os meus lábios entreabertos, tentando entrar, solto um gemido baixinho e cedo ao que ele quer. Nossas línguas se encontram, e eu amoleço toda outra vez.

"Está tudo bem, eu estou aqui com você", Cooper murmura e, antes que eu perceba o que está acontecendo, meus pés não estão mais no chão, e minhas pernas envolvem o corpo dele.

Cooper vai nos conduzindo na direção dos fundos dos prédios até me imprensar contra o concreto exposto de uma parede rachada. Sinto que ele está bem duro. Não consigo resistir à onda persistente de excitação que me obriga a me esfregar nele, em busca do atrito que vai liberar o nó de desejo reprimido que vem comprimindo o meu ventre há semanas. Essa não sou eu. Não sou a garota que perde a cabeça por causa de um cara, que marca encontros semipúblicos de caráter semissexual no meio da tarde. Mesmo assim, aqui estamos nós, com as bocas coladas e os corpos à procura de uma proximidade cada vez maior.

"Caralho", ele geme. Suas mãos estão dentro da minha camiseta, com os dedos calejados se enfiando por baixo do meu sutiã.

Assim que ele toca os meus mamilos, é como se alguém tivesse aberto as cortinas de uma sala totalmente às escuras e deixado entrar a luz ofuscante do sol.

"Eu não posso", digo com a boca colada à dele.

Imediatamente, Cooper recua e me coloca de volta no chão. "Qual é o problema?"

Os lábios dele estão úmidos, inchados. Os cabelos, desalinhados. Dezenas de fantasias passam pela minha cabeça enquanto me esforço para desacelerar a minha respiração. A parede atrás de mim é a única coisa a me manter firme sobre as duas pernas.

"Eu ainda tenho namorado", digo como um pretexto. Porque, apesar de não estar nada feliz com Preston no momento, nós ainda não estamos oficialmente rompidos.

"Está falando sério?" Cooper começa a sair andando, mas então se vira de novo para mim, irritado. "Acorda, Mackenzie." Ele joga as mãos para o alto. "Você é inteligente. Como pode ser tão cega?"

Eu franzo a testa, confusa. "O que você está querendo dizer com isso?"

"O seu namorado te trai", ele retruca.

"Como é?"

"Eu conversei com as pessoas por aí. Nos últimos dois anos, todo mundo na cidade viu aquele babaca comer meio mundo."

Eu contorço a boca de raiva. "É mentira sua."

Se ele pensa que vou acreditar em um artifício tão óbvio, está muito enganado. Cooper só está dizendo isso porque que transar comigo, me deixar furiosa com Preston a ponto de ceder à atração inegável que existe entre nós. Ora, ele nem conhece Preston. Se conhecesse, saberia que ele é o último cara que se envolveria nessa coisa de transas aleatórias.

"Seria bom pra você se fosse." Cooper se aproxima de mim, visivelmente furioso. Não sei qual de nós dois está mais irritado a esta altura. "Cai na real, princesa. O seu príncipe encantado dá mais voltas por aí que a roda-gigante do festival."

Alguma coisa toma conta de mim.

Uma raiva cega.

Dou um tapa na cara dele. Com força. Tanta força que a minha mão até arde.

O estalo ecoa pelo hotel vazio.

De início, ele fica só me olhando. Chocado. Furioso.

Então uma risada grave e zombeteira escapa de sua garganta. "Quer saber de uma coisa, Mac? Se não quiser acreditar em mim, não acredita." Ele dá mais uma risadinha. E uma espécie de aviso sinistro. "Seja como for, quando acordar pra realidade, eu vou estar lá pra ver tudo de camarote."

21

MACKENZIE

A acusação de Cooper contra Preston continua a me atormentar pelas vinte e quatro horas seguintes. Deixa a minha mente anuviada, envenena os meus pensamentos. Não presto a menor atenção nas minhas aulas da segunda-feira. Em vez disso, fico repassando as palavras de Cooper sem parar na minha cabeça, alternando entre sentimentos de raiva, inquietação e dúvida.

Nos últimos dois anos, todo mundo na cidade viu aquele babaca comer meio mundo.

Cai na real, princesa. O seu príncipe encantado dá mais voltas por aí que a roda-gigante do festival.

Ele estaria dizendo a verdade? Não tenho nenhuma razão para acreditar. Cooper pode ter falado isso só para me provocar. Ele é muito bom nisso.

Por outro lado, que motivo ele teria para mentir? Mesmo se eu terminasse com Preston, isso não significa que sairia correndo para os braços de Cooper.

Ou será que sim?

Ontem, quando voltei para o alojamento depois da nossa briga, tive que me segurar para não ligar para Preston e tirar tudo a limpo. Colocá-lo contra a parede e exigir respostas. Ainda estou puta com ele pela reação à minha compra do hotel. Por ter percebido que ele não me leva a sério como empreendedora, e que colocou diante de mim um futuro em que não tenho a menor voz ativa.

Eu já tinha motivos de sobra para questionar o meu relacionamento com Preston antes de Cooper fazer essas acusações. Agora estou ainda mais confusa. Minha mente está em frangalhos, e minhas entranhas, cheias de nós.

Saio da sala de cabeça baixa, sem parar para conversar com ninguém. Do lado de fora, respiro o ar fresco, agora mais seco e um pouco mais frio, com o outono começando a dar as caras depois de um verão prolongado.

Meu celular vibra dentro da minha bolsa de lona. Pego o aparelho e vejo uma mensagem de Bonnie perguntando se quero me encontrar com ela para almoçar. Minha colega de quarto tem uma habilidade inquietante de ler os meus pensamentos, então digo que preciso estudar, encontro um banco vazio no gramado e pego o meu notebook.

Preciso de uma distração, de uma rota de fuga dos meus pensamentos caóticos. Fazer planos para o hotel me ajuda nesse sentido.

Ao longo das horas seguintes, reviro a internet em busca dos recursos de que preciso para dar o pontapé inicial no projeto. Faço uma lista de empreiteiras, entro em contato com todas para solicitar uma visita ao local, para que possam me passar uma estimativa por alto de quanto vai me custar deixar o prédio de acordo com as especificações do código atual de construção. Faço uma pesquisa sobre as exigências e regulamentações para concessão de alvarás no condado. Vejo alguns vídeos sobre encanamento e instalação elétrica em edifícios comerciais. Leio a respeito das mais modernas construções à prova de furacões e pesquiso o preço de apólices de seguro.

O custo é... bem alto.

Minha mãe me liga quando estou fechando o notebook e colocando de volta na mochila para dar uma volta e esticar as pernas. Ficar sentada em um banco de ferro fundido por três horas maltratou a minha musculatura.

"Oi, mãe", eu atendo.

Depois das amenidades de costume, ela vai direto ao ponto. "Mackenzie, seu pai e eu queremos convidar você e Preston para jantar aqui esta noite... que tal às sete?"

Eu cerro os dentes. Esse jeito deles de agir, como se fossem os donos do mundo, é irritante demais. Ela faz as coisas de modo a dar a entender que eu tenho escolha, quando nós duas sabemos que não é esse o caso.

"Não sei se o Preston está livre esta noite", respondo, toda tensa. Estou evitando falar com ele há dois dias, desde que ele jogou meus sonhos no lixo e me chamou de irresponsável e imatura.

A lembrança daquelas palavras duras e condescendentes reacende a minha raiva. Não. Sem chance que vou jantar com ele em casa e me arriscar a uma briga feia na frente dos meus pais. Eu já meti a mão em um cara. É melhor parar por aí.

Mas a minha mãe consegue arruinar essa possibilidade também. "Seu pai já falou com Preston. Ele disse que vem com o maior prazer."

Fico boquiaberta. Sério mesmo? Eles combinaram tudo com o meu namorado antes de ligar para *mim*, a filha deles?

Minha mãe não me dá nem tempo para protestar. "Nós nos vemos às sete, querida."

Assim que ela desliga, eu telefono às pressas para Preston, que atende no primeiro toque.

"Oi, linda."

Oi, linda? Ele está falando sério? Estou ignorando as ligações e mensagens dele desde sábado à tarde. No domingo de manhã, quando ele ameaçou ir até o meu alojamento, respondi que precisava de um tempo e que entraria em contato quando me sentisse pronta.

E agora ele vem com esse papo de *oi, linda?*

Será que não percebe o quanto estou irritada?

"Que bom que você finalmente me ligou." Seu remorso perceptível confirma que ele reconhece a minha insatisfação. "Sei que você ainda está brava por causa do nosso pequeno desentendimento, e estava tentando te dar o espaço que você queria."

"Ah, é mesmo?", eu respondo, incomodada. "Foi por isso que você aceitou o convite pra ir jantar com os meus pais sem nem me consultar?"

"Você teria atendido se eu ligasse?", ele rebate.

É um argumento válido.

"Além disso, eu literalmente acabei de falar com o seu pai. Meu telefone tocou antes que eu tivesse a chance de tentar te ligar."

"Sei. Então tá. Mas eu não quero ir, Preston. Depois do que aconteceu sábado no hotel, eu estou precisando muito desse distanciamento."

"Eu sei." O arrependimento na voz dele parece sincero. "Eu reagi mal, isso não dá pra negar. Mas você precisa entender que despejou uma bomba em cima de mim. A última coisa que eu esperava ouvir era que você comprou um *hotel*. Isso não é pouca coisa, Mac."

"Eu entendo. Mas você me tratou como se eu fosse uma criança desobediente. Você imagina o quanto é humilhante..." Eu me detenho, respirando fundo para me acalmar. "Não. Eu não quero voltar nesse assunto agora. Nós precisamos conversar, mas em outra hora. E eu não posso ir nesse jantar. Simplesmente não dá."

Há uma breve pausa do outro lado da linha.

"Mackenzie. Você sabe que não vai conseguir dizer pros seus pais que não pode ir."

Pois é.

Nisso ele tem razão.

"Me pega aqui às quinze pras sete", eu murmuro.

No Tally Hall, eu passo o vaporizador num vestido apropriado que minha mãe vai aprovar e começo a me arrumar. Escolho um azul-marinho com gola canoa que é um pouco ousado, mas ainda assim bem-comportado. Vai ser meu protesto silencioso por ter tido a noite sequestrada. Assim que Preston aparece para me pegar, ele sugere que eu vista um cardigã.

Fico sentada em silêncio no trajeto até a nova churrascaria elegante perto do campus. Preston é inteligente o bastante para saber que não adianta tentar me forçar a conversar.

No restaurante, somos levados a um ambiente separado, que a assistente do meu pai reservou com antecedência. Enquanto entramos, meu pai faz seu ritual costumeiro de cumprimentar e sorrir para os eleitores e tirar uma foto com o gerente, que vai emoldurá-la e pendurar na parede e publicar no jornal do dia seguinte. Todos os jantares viram um grande evento quando meu pai comparece, porque o ego dele não se contenta em uma refeição feita anonimamente com a família. Enquanto isso, a minha mãe permanece ao lado dele, com as mãos diante do corpo e um sorriso congelado no rosto. Ainda não sei se ela adora isso ou se é o Botox que a impede de mostrar como se sente de verdade.

Do meu lado, os olhos de Preston até brilham.

Em meio aos coquetéis e às entradas, meu pai fica tagarelando sobre um novo projeto orçamentário. Não consigo nem fingir interesse enquanto remexo a salada de beterraba no meu prato. Preston se envolve de bom grado na conversa, o que por algum motivo está me deixando irritada hoje à noite. Sempre admirei a habilidade de Preston de lidar com os meus pais, o que alivia um pouco o meu fardo em ocasiões como esta. Os dois o adoram, então trazê-lo comigo os deixa de bom humor. Só que, neste momento, estou achando tudo isso incrivelmente irritante.

Por um brevíssimo instante, penso em criar coragem e dar a notícia para os meus pais — *Adivinhem só! Comprei um hotel!* Só que, quando a minha mãe me diz que não vê a hora de eu começar a participar mais de seus projetos beneficentes, eu me convenço de que a reação deles vai ser parecida com a de Preston.

"Eu estava torcendo para vocês me deixarem levar Mackenzie para a Europa nas férias de verão", Preston comenta quando chega o prato principal. "Meu pai finalmente cedeu à pressão e concordou em deixar a minha mãe comprar uma nova casa de veraneio. Vamos percorrer o Mediterrâneo de iate da Espanha até a Grécia."

Isso é novidade para mim. Tenho certeza de que não discuti nenhum plano sobre o meu verão recentemente e, mesmo que isso tivesse acontecido, foi antes de eu ter um hotel para reformar. Preston sabe muito bem que vou precisar ficar em Avalon Bay nas férias.

Ou talvez ele esteja certo de que consegue convencer sua namorada imatura, irresponsável e "para casar" a não concluir a aquisição da propriedade.

Sinto um gosto amargo na garganta. Engulo uma garfada do meu linguado com infusão de limão e alho.

"Parece maravilhoso", minha mãe comenta, com uma levíssima irritação na voz.

Um dos seus maiores ressentimentos em relação à carreira do marido — não que não aprecie os privilégios de ser mulher de deputado — é ter que se contentar com apenas duas casas de veraneio, enquanto suas amigas estão sempre perambulando entre seus chalés em Zermatt e suas mansões em Mallorca. Meu pai diz que não pega bem ostentar riqueza enquanto é pago pelo dinheiro do contribuinte, embora a imensa maioria do dinheiro da nossa família venha de heranças e da grande corporação que meu pai deixou de comandar para concorrer ao cargo público, apesar de ainda fazer parte de seu conselho administrativo. Mas esse tipo de atenção levanta questionamentos, coisa que meu pai detesta.

"Ela também aguenta muita coisa da parte dele", Preston brinca, sorrindo para a minha mãe. "E esta aqui também." Ele aponta com o queixo para mim e tenta segurar a minha mão por baixo da mesa.

Eu afasto a mão dele e pego a minha água, em vez disso.

Minha paciência está mais curta do que nunca. Eu costumava ser boa nesse tipo de conversa. Considerava uma coisa inofensiva, para contentar os meus pais. Enquanto Preston os mantivesse entretidos e ninguém se estranhasse, minha vida ficava infinitamente mais fácil. Agora parece que esse estado de coisas já não me satisfaz.

"Quais são seus planos para depois que se formar, no ano que vem?", meu pai pergunta para Preston. Ele mal me dirigiu a palavra a noite toda. Como se eu fosse só um pretexto para eles verem seu verdadeiro filho.

"Meu pai me quer na sede do banco em Atlanta."

"Vai ser uma mudança e tanto", meu pai comenta, cortando um pedaço de seu filé ensanguentado.

"Estou animado com o desafio. Quero aprender tudo sobre o negócio da família, de cima a baixo. Desde a separação da correspondência até as fusões e aquisições."

"E como as regulamentações são aprovadas", acrescenta meu pai. "Nós podemos combinar alguma coisa no próximo mandato. Receber você no Capitólio. Existem legislações importantes indo para as mãos das comissões — seria um aprendizado e tanto assistir a essas sessões. Ver como a salsicha é fabricada, por assim dizer."

"Parece ótimo", Preston responde com um sorriso. "Eu adoraria."

Nunca na vida meu pai me convidou para ir a Washington acompanhá-lo no trabalho. Eu só coloquei os pés no Capitólio para tirar fotos ao lado dele. Quando meu pai foi empossado, fui levada para uma sala junto com as famílias de outros parlamentares novatos, posei para as câmeras e imediatamente fui retirada de lá. Os outros filhos rejeitados e eu acabamos fazendo uma ronda pelos bares e casas noturnas de DC, até que o filho de um senador acabou se estranhando com um diplomata folgado e a coisa virou um enfrentamento entre o serviço secreto americano e as forças de segurança de um país estrangeiro.

“É uma pena que você e Mackenzie só vão passar um ano juntos no Garnet antes de se afastarem de novo. Mas eu sei que vocês vão dar um jeito”, minha mãe comenta.

“Na verdade”, responde Preston, “Mackenzie vai comigo para Atlanta.”

Ah, vou?

“O Garnet College tem um currículo completo de cursos on-line que ela pode fazer para conseguir o diploma sem precisar pedir transferência”, ele continua. “E o voo de Atlanta até aqui é bem curto, caso ela precise vir para o campus por algum motivo.”

Porra, como assim?

Eu olho feio para Preston, mas ele não percebe, ou então não está nem aí. Meus pais também ignoram o meu desconforto cada vez maior.

“É uma excelente solução”, meu pai diz para Preston.

Minha mãe assente em concordância.

O que eu estou fazendo aqui, se a minha participação nessa conversa sobre a minha vida é completamente desnecessária? Eu estou aqui de enfeite, como um móvel que pode ser movido de um lugar para outro. Esses são os meus pais. E o meu namorado. As pessoas que deveriam me amar como mais ninguém no mundo.

Mesmo assim, me sinto totalmente invisível. E não é a primeira vez.

Enquanto eles conversam durante o segundo prato principal, sem sequer notar a minha crise existencial, eu de repente sinto os próximos cinco, dez, vinte anos da minha vida se desenhando na minha frente.

É mais uma ameaça do que um futuro.

Mais uma condenação do que uma oportunidade.

Só que então eu me dou conta. Não sou mais criança. Não tenho por que estar aqui. Na verdade, não existe absolutamente nada que me prenda a esta cadeira. Minha mente se volta àquele almoço com os amigos de Preston, e às garotas que se mostraram tão compreensivas com o hábito de Seb de receber boquetes extracurriculares. E então me lembro da facilidade com que Preston perdoou a minha indiscrição. As pistas se juntam, e a imagem se torna clara.

Porra, mais do que clara.

Afasto o prato, jogo o guardanapo na mesa e arrasto a cadeira.

Minha mãe levanta a cabeça, franzindo a testa de leve.

"Me desculpem", eu anuncio para a mesa. "Preciso ir."

Sem hesitar nem por um instante, saio andando na direção da porta antes que alguém tenha a chance de protestar. Do lado de fora do restaurante, tento me camuflar entre os arbustos perto do balcão dos manobristas quando chamo um táxi às pressas, mas meu esconderijo se revela uma porcaria, e Preston me vê assim que sai pela porta.

"O que é que foi isso?", ele questiona.

Eu respiro fundo. "Não quero discutir com você. Volta lá pra dentro, Pres. Eu não tenho mais nada pra fazer aqui."

"Fala baixo." Ele me pega pelo cotovelo e me puxa para um canto, longe dos ouvidos dos demais, como se eu fosse uma criança precisando de uma bronca. "Que *diabos* deu em você?"

Eu tiro meu braço da mão dele. "Não aguento mais isso. Você, eles... tudo. Estou tão de saco cheio que estou explodindo de apatia. Aquilo, lá dentro, fui eu mostrando que agora estou pouco me fodendo."

"Você enlouqueceu, por acaso?" Preston fica me encarando, irritado. "É esse o motivo pra tudo isso... o chilique, essa bobagem de hotel. É estresse. O estresse da faculdade está começando a te afetar. Você está surtando por causa da pressão." Ele começa a balançar a cabeça. "Eu entendo. A gente pode buscar ajuda, arrumar um spa ou coisa do tipo pra você. Com certeza podemos negociar com o reitor, e você pode terminar o semestre..."

"Um spa?" Não consigo mais me conter. Dou uma gargalhada na cara dele. Nesse momento, considero impossível ele me conhecer menos.

Ele estreita os olhos para mim diante do meu deboche.

"Isso não é estresse. É lucidez." Paro de rir e dou uma encarada nele. "Você está me traindo, Preston."

Ele franze a testa. "Quem foi que te contou isso?"

É *essa* a resposta dele? Se antes eu já duvidava, agora não resta mais dúvida. Ele nem se deu ao trabalho de negar?

"Vai me dizer que não é verdade?", eu desafio. "Que não é como o seu amigo Sebastian, que sai por aí e vai pra cama com garotas que não são 'pra casar' enquanto faz declarações de amor eterno pra Chrissy? Pra alguém que não está nem aí se está sendo traída." Eu balanço a cabeça, incrédula. "Olha bem pra mim e diz que você não é assim."

"Eu não sou assim."

Mas ele não me olha nos olhos.

Solto uma risada áspera. "É por isso que você nem liga para o que o Seb faz, não é mesmo, Preston? Porque você é igualzinho. E quer saber o que é mais engraçado em tudo isso? Eu não estou nem irritada. Deveria estar", eu digo, porque existem razões de sobra para sentir raiva dos vários tipos de desrespeito que ele dirigiu a mim esta noite. "Deveria estar muito puta. Mas hoje percebi que não estou mais nem aí."

"Você não pode terminar comigo", ele fala com um tom bem sério, como se estivesse me dizendo que não posso comer doces porque estraga os dentes.

"Posso, sim. E foi isso o que eu fiz."

"Esquece isso que você pensa que eu fiz. São só umas bobagens extracurriculares..."

E de novo aparece a mesma palavra.

"Isso não tem nada a ver com o nosso relacionamento. Eu te amo, Mackenzie. E você também me ama."

Durante anos, eu confundi o que sentia por ele com amor. Eu de verdade amo Preston. Ou pelo menos amei, em algum momento. Foi assim que tudo começou. Tenho certeza. Mas nunca fui *apaixonada* por ele. Confundi o tédio com conforto, e o conforto com romance. Porque não sabia o que era paixão de verdade. Não sabia o que estava perdendo, como era essa coisa de não conseguir me segurar, de ser consumida por completo pelo desejo por outra pessoa, de ter uma apreciação e um afeto absolutos e incondicionais.

"Para com isso, Mackenzie." Ops. Agora ele está puto. Eu vou ser mandada para o quarto sem sobremesa. "Você está dando chilique, e isso não é nada bonito. Volta lá pra dentro. Pede desculpa pros seus pais. Vamos esquecer tudo isso."

"Você não entendeu. Eu já me decidi. Acabou."

"Nada disso."

Eu não queria ter que recorrer a essa cartada, mas ele não está me dando outra escolha. "Eu conheci outra pessoa."

“Como assim, caralho? Quem?”, ele esbraveja, vermelho de raiva.

“Você não conhece”, respondo com frieza. “E agora estou indo embora. Nem pense em vir atrás de mim.”

Pela primeira vez na noite, ele me escuta.

22

MACKENZIE

Quinze minutos depois, estou diante da porta da casa de Cooper. Acho que eu já sabia, quando saí da mesa do jantar, para onde ia acabar indo. Eu sabia — quando me afastei de Cooper ontem, quando passei horas remoendo suas palavras na minha cabeça, relembrando nossos beijos sedentos — que, se voltasse para cá, seria com um propósito em mente.

Quando ele abre a porta, quase perco a coragem. Ele está de camiseta e calça jeans rasgada. Com o cabelo molhado, como se tivesse acabado de sair do chuveiro. Seu visual, seu corpo, suas tatuagens — tudo é pura tentação. Fico com raiva por ele não precisar fazer nem dizer nada para me deixar toda abalada e confusa. Isso não é justo.

"Oi." Eu engulo em seco, sentindo minha boca secar.

Ele me encara sem dizer uma palavra. Eu esperava uma reação raivosa. Talvez ser colocada para correr, com um aviso para nunca mais aparecer por aqui de novo.

Isso é pior.

"Olha só, eu vim pedir desculpas."

"É mesmo?" Cooper ocupa todo o espaço da porta, com os dois braços apoiados nos batentes.

"Eu exagerei", digo, arrependida. "Nunca deveria ter insinuado que você tem herpes. Perpetuar o estigma contra as DSTs e contra quem tem múltiplos parceiros é errado, e eu lamento muito."

Apesar de fazer de tudo para esconder, Cooper não consegue segurar o sorriso que se insinua no canto de sua boca. Ele abaixa os braços.

"Tudo bem, pode entrar."

Ele me conduz pela casa vazia até o deque dos fundos com vista para a praia. Nenhum de nós sabe ao certo como começar, então nos recostamos no gradil, fingindo ver as ondas arrebentarem na escuridão.

"Eu nunca bati em ninguém antes", confesso, porque é minha responsabilidade quebrar o gelo, o que por algum motivo é mais difícil do que eu esperava.

"Você é boa nisso", ele responde em um tom seco. "Doeu pra cacete."

"Se isso serve de consolo, a minha mão ainda estava dolorida hoje quando acordei. Você tem uma cara dura."

"Isso serve como consolo, sim", ele responde com uma voz sorridente. "Um pouco."

"Desculpa. Eu exagerei, e acabei perdendo a cabeça. Fiquei me sentindo muito mal por isso. Ainda estou."

Cooper encolhe os ombros. "Não esquenta. Já passei por coisas piores."

Uma parte de mim deseja que ele exploda. Que me diga que eu sou uma pirralha mimada. Mas ele está bem calmo e contido. Indecifrável, sem deixar transparecer nada, o que torna tudo isso quase impossível. Apesar de tudo o que sei sobre Cooper, não o conheço nem um pouco. Às vezes sinto que temos uma conexão, quando penso a respeito, mas acabo concluindo que é tudo coisa da minha cabeça. Toda vez que nos encontramos, mais tarde eu me sinto como se tivesse despertado de um sonho e não consigo lembrar o que foi ou não real.

"Quer me perguntar onde eu estava hoje à noite?" Não sei por que disse isso, mas quero que ele saiba, e sair contando tudo de uma vez pode parecer... um tanto presunçoso?

Ele levanta uma sobrancelha.

"Bom, pra começo de conversa, eu larguei os meus pais falando sozinhos."

"E o telhado ainda está de pé?", ele pergunta, sem tentar esconder seu divertimento.

"Isso ainda é incerto. Eu meio que saí andando no meio de um jantar." Faço uma pausa. "E sabe o que mais?"

"O quê?"

"Terminei com o meu namorado."

Isso atrai a atenção dele, que apoia as costas contra o gradil e cruza os braços, com os olhos voltados para mim.

Cooper dá uma risadinha, balançando a cabeça. "Ah, agora faz sentido. Você está fugindo e pensou: existe lugar melhor pra eu me esconder? Sem chance que alguém vai vir te procurar aqui. Não é isso?"

"Mais ou menos", respondo, meio tímida. Não foi esse o pensamento exato que veio à minha cabeça quando passei o endereço de Cooper para o taxista, mas com certeza havia esse impulso inconsciente.

"Então, quanto tempo você pretende passar na clandestinidade? Sem querer ser grosso, mas eu não sou dono de hotel, princesa."

"Touché."

O silêncio recai sobre nós, mais alto do que as ondas que quebram na praia.

Hoje de manhã, acordei suando. Enquanto piscava para me acostumar com o brilho do sol, as últimas imagens da cena de Cooper me prensando contra a parede — com as minhas pernas envolvendo seus quadris, as mãos dele fazendo minha pele se inflamar — evaporaram como o orvalho da manhã na minha janela. O que eu faço com isso? São sentimentos novos para mim. Nunca me senti tão envolvida com um cara. E, sim, ele demonstrou algum interesse por mim, é verdade, mas, se não tomar uma atitude agora, não sei o que significa isso que existe entre nós.

"Uma parte de mim gostaria que a gente nunca tivesse se encontrado", ele diz por fim, com o rosto semiescondido entre as sombras projetadas pela luz do deque.

"E por quê?" Quer dizer, além do motivo mais óbvio, claro. Eu venho sendo um incômodo constante na vida dele, e provavelmente exijo um esforço maior do que a recompensa que tenho a oferecer.

"Porque agora as coisas vão ficar bem complicadas." Com os braços junto às laterais do corpo, ele elimina o espaço entre nós até me fazer me recostar contra o gradil apenas com a força do olhar.

Alguma coisa muda em sua expressão e, como se meu corpo tivesse captado algum sinal subliminar, de repente me sinto alerta.

"O que vai ficar..."

Antes que eu possa terminar a pergunta, os lábios dele estão colados aos meus.

Me encurralando no gradil, Cooper me dá um beijo intenso. Cheio de urgência. Ao longo desse tempo todo, durante semanas, venho esperando ansiosa por esse momento. Então vem o alívio. Quando as mãos dele encontram meus quadris e me prensam contra a madeira rachada, eu esqueço até quem sou, consumida pela luxúria. Retribuo o beijo como uma mulher faminta, soltando um gemido quando ele afasta as minhas pernas com as suas e me faz sentir sua ereção.

"Agora me fala", ele murmura, passando a boca pelo meu pescoço. "Você quer que eu pare?"

Eu deveria parar e pensar a respeito. Nas implicações futuras. No meu despreparo completo para o que vai acontecer quando acordar amanhã e avaliar o estrago provocado hoje à noite.

Mas não faço nada disso.

"Não", eu respondo. "Não para."

Depois de liberado, Cooper não hesita. Puxa a parte da frente do meu vestido só o suficiente para expor os meus seios. Quando abocanha um mamilo enrijecido, a onda de excitação, a injeção de adrenalina no meu peito, é arrasadora. Sou uma pessoa diferente quando estou com ele. Sem freios. Pego sua mão e vou guiando até ele enfiá-la por baixo do vestido. Então seus dedos afastam a minha calcinha, deslizando pelo clitóris e entrando em mim.

"Ai, caralho", ele murmura contra a pele fervente do meu pescoço. "Toda molhadinha."

Com dois dedos se movendo dentro de mim, seu polegar se ocupa da terminação nervosa externa que está pulsando de tesão. Eu me agarro aos seus ombros largos, mordendo o lábio com tanta força que sinto gosto de sangue, até as minhas pernas começarem a tremer em meio a um orgasmo.

"Humm, essa é a minha garota." Um sorriso surge em seu rosto quando se aproxima para beijar a minha boca, engolindo meus suspiros ofegantes.

Suas palavras provocam uma onda de eletricidade em mim. A garota dele. Sei que não foi esse o sentido pretendido, que é só um modo de falar, mas a ideia de ser sua, de ser possuída por completo hoje por ele, renova o meu desejo.

Eu abro às pressas sua calça jeans e o coloco para fora, acariciando seu membro. O grunhido que ele solta em resposta é como música para os meus ouvidos. Suas mãos agarram a minha bunda, e seus olhos escuros brilham de vontade.

"Vamos lá pra dentro", eu peço.

"Tenho uma camisinha aqui no bolso." A voz dele se torna mais áspera comigo segurando seu pau latejante na mão.

"Ah, é, e por quê?"

"Vamos deixar essas perguntas pra lá."

É justo. Até uma hora atrás, eu tinha namorado. O que Cooper estava aprontando, ou prestes a aprontar, não é da minha conta.

Ele abre a embalagem e coloca a camisinha. Em seguida, levanta as minhas pernas em torno dos seus quadris. De repente, estou sentada na beirada do gradil, agarrada a Cooper enquanto ele entra em mim de forma lenta e torturante. Se me soltasse agora, eu cairia lá embaixo. Mas eu confio nele. Me submeto por completo, confiando em suas mãos firmes, recebendo de bom grado toda a sua extensão rígida e grossa dentro de mim.

"Você é tão gostosa, Mac." Ele volta a me beijar. Enfiando fundo, me enlouquecendo de vontade.

Uma brisa morna agita meus cabelos. Não me preocupo nem por um instante com o fato de que podemos ser flagrados. De que nem sei se o irmão dele está em casa. De que alguém no meio das silhuetas que cercam a casa pode estar nos observando. Não me preocupo com nada além das sensações totalmente novas que percorrem o meu corpo, esse sentimento de plenitude, de que está tudo em seu lugar. Quando os dedos de Cooper se enroscam nos meus cabelos e puxam minha cabeça para trás para beijar meu pescoço, nada me distrai de suas estocadas longas e profundas e do desejo selvagem e carnal que toma conta de nós dois.

"Você vai gozar de novo?", ele murmura no meu ouvido.

"Talvez."

"Então tenta."

Ele recua, deixando só a pontinha dentro de mim, depois volta a enfiar tudo. Com força, com um propósito. Me envolvendo com um dos braços fortes, leva a outra mão até o meio das minhas pernas e acaricia o meu clitóris com os dedos. Solto um suspiro de prazer.

“Ai, não para de fazer isso”, eu peço.

Sua risadinha áspera faz cócegas na minha boca quando ele inclina a cabeça para me beijar. Seus quadris continuam a se mover, só que mais devagar, me provocando, me levando de volta ao limiar do orgasmo. Com ele desfrutando do meu corpo com tanta devoção, não demora muito até a onda de prazer se elevar de novo, chegar ao auge e terminar em uma explosão ofuscante.

“Isso mesmo”, ele sussurra, e seu ritmo se acelera. Ele começa a estocar loucamente, grunhindo até chegar ao orgasmo, estremecendo e ofegando.

Eu engulo em seco, tentando inalar profundamente para controlar a minha respiração errática. “Isso foi...” Não consigo encontrar palavras.

Ele solta um ruído ininteligível, também fora de si. “Foi... pois é.”

Com uma risadinha, nós nos soltamos um do outro. Desço do gradil com um gesto desajeitado. Ajeito meu vestido. Cooper me pega pela mão e me leva para dentro.

Depois de tomar um banho, pego algumas roupas dele emprestadas e saímos com Daisy para um passeio na praia iluminada pelo luar. Meus dedos ainda estão meio dormentes, e as pernas, pesadas. Ele foi tudo o que eu esperava e ainda mais. Descarado, mas cuidadoso.

Pensando a respeito, me dou conta de que isso não tem nada de estranho. Eu nunca tinha ficado com ninguém além de Preston, então não sabia o que esperar depois de... eu não sei ao certo o que foi isso. Uma transa? Sexo casual? Uma coisa que não vamos nem mencionar na manhã seguinte? Por algum motivo, não estou nem aí. Por ora, estamos bem.

No caminho de volta para casa, Cooper brinca com Daisy usando um caule comprido de junco.

“Então, quer passar a noite aqui?”, ele me pergunta.

“Tá, pode ser.”

A partir de agora, vou parar de pensar demais. Deixar o que passou para trás. Recomeçar do zero.

Está na hora de eu me divertir.

23

COOPER

Minha cabeça está um caos. Ao acordar com Mac na minha cama, a primeira coisa que passa pela minha cabeça é cometer um certo equívoco de novo. Mas então me lembro de que estou encrencado. Por causa de ontem à noite, quando ela praticamente se jogou em cima do meu pau. Só que depois aconteceu uma coisa bem estranha. Eu não queria que ela fosse embora. Comecei a pensar: porra, e se ela voltar para casa e eu receber outra mensagem dizendo *Desculpa, o que eu fiz foi um erro, e vou reatar com o meu namorado?*

E nesse momento eu percebo o quanto estou fodido.

"Bom dia", ela murmura com os olhos fechados.

Quando se vira para mim e joga a perna sobre a minha coxa, roçando o meu pau duro, eu não me contenho e agarro sua bunda.

"Bom dia", respondo.

Ela dá um beijo no meu peito, e então uma mordidinha.

Essa garota é inacreditável. As boas garotas sempre são assim, né? Arrumadinhas e comportadas, até você ficar entre quatro paredes com elas. Então enfiam a cara no meio das suas pernas e chegam a arrancar o seu sangue com as unhas.

Ficamos agarrados assim por alguns minutos, bem quentinhos e preguiçosos na minha cama. Então Mac levanta a cabeça para me olhar. "Posso te perguntar uma coisa?" Ela está apreensiva.

"Claro."

"É uma pergunta meio invasiva."

"Tudo bem."

"Tipo, não é nem um pouco da minha conta."

"Você vai perguntar logo ou ficar avaliando a pergunta?"

Ela me morde outra vez, de leve, no ombro. "Certo. Você transou com a Sutton?"

"Não. A gente foi andar no píer, e ela vomitou por cima da grade, então eu chamei um táxi."

"Se ela não tivesse vomitado, teria rolado alguma coisa?", Mackenzie continua insistindo. "Um beijo? Uma esticada até aqui?"

"Talvez. É, provavelmente." Quando sinto seu corpo se enrijecer, passo os dedos pelos seus cabelos compridos. Outros caras teriam mentido, mas eu não sou assim. Ela perguntou. Eu respondi. "Foi você que quis saber."

"Pois é, foi mesmo. E fui eu que empurrei a garota pra cima de você. Acho que não tenho direito de sentir ciúmes." Mac solta um grunhido baixinho. "Mas, porra, eu estou, sim."

"Bem-vinda ao clube", resmungo de volta. "Só de pensar em qualquer outro que não seja eu colocando a mão em você, já sinto um instinto homicida vir à tona."

Ela dá risada. "Alguém já te falou que você é meio intenso demais?"

Eu encolho os ombros. "Isso é um problema?"

"Não, nenhum."

Começo a enrolar uma mecha dos cabelos dela com o dedo. "Sabe de uma coisa", eu digo, pensativo, "por mais que eu estivesse puto com você naquela noite, percebi que tinha esquecido como era divertido ser o Evan. Fazia anos que a gente não fazia esse lance de fingir que era o outro."

Ela inclina a cabeça, curiosa. "Vocês dois faziam muito isso?"

"O tempo todo. Ele fazia as minhas provas de geografia no colégio... Juro pra você, o moleque tem uma memória bizarra quando o assunto são as capitais dos estados. E às vezes a gente terminava um namoro um pro outro."

Mackenzie solta um suspiro de susto. "Que horror."

"Não foram os nossos melhores momentos", admito. "A gente também fazia isso pra provocar os amigos, apesar de a maioria saber diferenciar os dois, mesmo quando ficamos iguais da cabeça aos pés. Mas às vezes é bom tirar um tempo de mim mesmo e virar Evan. Viver sem a menor preocupação com as consequências de nada. Fazer o que quiser, transar com quem quiser, sem arrependimentos."

"Não sei, não... eu gosto de você do jeito como é." A palma da mão dela acaricia de leve o meu peito descoberto. "Gosto muito, aliás."

"Espera aí. Quero preparar um café da manhã pra você", eu digo, segurando a mão dela quando começa a se dirigir para a minha cueca boxer.

"A gente não pode cuidar disso primeiro?" Mac olha para mim, passando a língua nos lábios.

Puta merda. Sim, princesa, claro que eu adoraria ver você com o meu pau na boca, mas estou tentando variar um pouco as coisas e ser um cavalheiro aqui, se for possível.

Como eu disse, a minha cabeça está um caos.

"Se você começar", eu aviso, "a gente não sai dessa cama hoje."

"Eu não ligo."

Com um grunhido, eu a afasto de mim e me levanto da cama. "É tentador. E, pode acreditar, eu me esbaldaria aqui, mas Evan e eu vamos receber uma encomenda hoje, de materiais de construção pra reforma da casa. E precisamos começar cedo."

Mac faz beicinho, com a minha camiseta pendurada em um dos ombros bronzeados. Suas pernas expostas estão me chamando de volta pra cama. Para acabar comigo bem ali.

"Tudo bem. Acho que um café da manhã serve. Você tem scones?"

"Vai se foder", eu digo, aos risos, e vou para o banheiro.

Eu entrego para ela uma escova de dente extra, e Mac rasga a embalagem. Escovamos os dentes lado a lado, mas um limite é traçado nesse momento. Ela me expulsa quando vai fazer xixi, e enquanto isso eu respondo uma mensagem de Billy West sobre a entrega de madeira de hoje. Ainda estou digitando quando Mac sai do meu quarto para a cozinha.

Quando termino, o cheiro de café fresco começa a se espalhar pela casa.

"Claro, gracinha, fica à vontade", escuto Evan dizer.

Eu entro na cozinha e vejo Mac ao lado da cafeteira com uma caneca na mão.

"Pensei em fazer um café pra quem quisesse tomar", ela comenta, percebendo o sarcasmo na voz dele, assim como eu. "Espero que não tenha problema."

"Claro que não tem", eu digo, especialmente para Evan. Porque não entendo o motivo para isso agora. "Senta aí. Eu vou preparar os ovos. Quer bacon?"

"Eu peço para a criada pegar a porcelana chinesa na cristaleira ou sua majestade prefere receber a comida diretamente na boca?", Evan pergunta, pegando uma caixa de cereais.

"Ei." Dou um empurrão nele, que tenta me impedir de chegar à geladeira. Criançāo do caralho. "Para com isso, cara."

Mac está visivelmente incomodada. "Bom, na verdade eu preciso voltar lá pro alojamento, então já vou indo."

"Não, fica aqui", eu peço. "Eu te levo depois do café."

Só que já é tarde demais. Evan deu um jeito de tocá-la daqui, sabe-se lá por quê. Mac vai embora às pressas, chamando um táxi do meu quarto enquanto põe o vestido com que estava ontem à noite.

"Me desculpa por ele", eu digo, abraçando-a pela cintura antes que saia pela porta. "Ele fica mal-humorado quando acorda cedo."

"Está tudo bem. Sério mesmo."

Fico olhando para o rosto dela. Está sem a maquiagem de ontem, e o cabelo está preso em um coque improvisado na parte de cima da cabeça. Mais linda do que nunca. E agora me arrependo de não ter topado a ideia dela de passar o dia todo na cama.

"Com certeza, se eu tivesse irmãos, eles iam ser um pé no saco também." Mac fica na ponta dos pés e me beija. Entendo isso como uma demonstração de que ainda está tudo bem entre nós.

Depois que ela vai embora, encontro Evan na garagem.

"Ei, o que foi isso?", pergunto, irritado.

"Melhor perguntar isso pra você mesmo", ele retruca, passando por mim com o cinto de ferramentas apoiado no ombro. "Desde quando você virou o mordomo da princesa? O plano era fazer ela dar um pé na bunda do Kincaid, não brincar de casinha."

"Pois é, e funcionou." Eu vou atrás dele pelo quintal até os fundos da casa, decidindo ignorar o incômodo que o tom de voz raivoso dele me causa. "Ela deu um fora no cara ontem à noite."

"Legal", ele responde, abrindo uma cerveja que tirou do cooler da varanda da frente — às sete da manhã. "Então está na hora de se livrar dela. Só falta juntar os dois no mesmo lugar, o cara ver vocês juntos e depois deixar de lado esses clones. Fim de papo."

Arranco a cerveja da mão dele e despejo no chão. "Quer parar com essa merda? Eu não quero você bêbado usando uma pistola de pregos do meu lado."

"Tá bom, pai", ele diz, me mandando à merda com um gesto.

"Ei." Cravo o dedo no peito dele, porque Evan sabe exatamente o que acabou de fazer. "Se você repetir isso, vamos ter problemas."

Ele bate na minha mão. "Sei, então tá."

Evan está um pé no saco hoje, e estou cansado disso. Mas não posso me preocupar com o motivo para ele estar assim, porque preciso decidir como vou levar adiante esse lance com Mackenzie. Sem chance que meu irmão e nossos amigos vão me deixar em paz com ela. Os quatro estão só observando, à espera do grande momento. Eles querem ver sangue.

Fico pensando nisso o dia todo, mas não encontro nenhuma solução. Mais tarde, quando vamos todos para o Joe's durante o turno de Steph, ainda não consegui pensar em nada melhor do que enrolar e torcer para que eles não mencionem o plano.

Estamos numa boa de novo, Joe e eu. Ainda estou decepcionado com a facilidade com que ele cedeu e me mandou embora, mas consigo entender o motivo. É difícil guardar ressentimentos contra um cara que tem uma hipoteca e o financiamento estudantil do filho para pagar. Não era justo querer que ele se arruinasse por minha causa, em vez de proteger a própria família.

Pegamos uma mesa perto do balcão, com Evan sentado ao meu lado e Heidi e Alana na nossa frente. Steph aparece com o cardápio, que nenhum de nós sequer faz menção de pegar. As meninas pedem shots. Evan e eu escolhemos cervejas. Tiramos o dia de folga hoje para reconstruir a varanda da frente, o que significa que vamos ter que dobrar o turno para o Levi amanhã. Vamos acordar de madrugada, e é melhor não estar de ressaca. Mas Evan com certeza está pouco se fodendo.

E claro que não perde tempo e vai logo dando as últimas notícias sobre Mackenzie para as garotas.

"Estou animada agora", Alana diz, com um sorriso maligno que, sinceramente, é bem perturbador. Essa menina é bem assustadora às vezes. "Olha aqui." Ela estende o braço para nós. "Estou arrepiada."

Com o celular na mão, Heidi está vasculhando o perfil de Kincaid no Instagram. "Agora é só ficar de olho em onde ele vai estar numa noite dessas. Aí você aparece com a ex dele, e nós humilhamos o cara pra valer. Porra, vai dar até pra cobrar ingressos."

"Vê se não demora." Steph solta um resmungo. "Se ele não parar de vir aqui, vou pôr laxante na bebida do cara. Quero que ele fique com medo de aparecer em público."

"Por que não neste fim de semana?", Evan sugere, me cutucando com o cotovelo enquanto me concentro na minha cerveja, tentando ignorar o que eles estão dizendo. "Amanhã. Você chama a princesa pra sair. Steph, você fala pra Maddy ou alguma outra garota convidar o cara, e a gente resolve isso ali mesmo."

Eu finalmente resolvo entrar na conversa. "Não."

Evan franze a testa. "Como é?"

Ouvir de novo o jeito como ele fala sobre Mac me deixa irritado. Estou cansado dessa tramazinha idiota, e ainda mais de fingir que ainda estou dentro. Eu pulei fora desse trem assim que percebi como Mac era de verdade. Inteligente, sexy e intrigante. Diferente de qualquer outra que já conheci.

"Essa história acabou", digo para os meus amigos, com a boca colada à garrafa. "Podem esquecer."

"Como assim, esquecer?" Evan arranca a cerveja da minha mão.

Meus ombros ficam tensos. É melhor ele tomar bastante cuidado com o que vai fazer a seguir.

"A gente tinha um trato", ele esbraveja.

"Não, você tem sede de vingança, e eu não quero mais fazer parte disso. Fui eu quem perdeu o emprego, não você. Então sou eu que tenho a palavra final. E estou colocando um fim nessa história."

Ele balança a cabeça, incrédulo. "Eu sabia. Ela pegou você direitinho, né? Está comendo na palma da mão limpinha daquele clone."

"Já chega." Eu bato com a mão na mesa, fazendo os copos com as bebidas tremerem. "E isso vale pra vocês também", aviso às meninas.

"Ninguém mexe com ela. Pra vocês, ela é só alguém de quem devem manter distância."

"Quando foi que isso aconteceu?" Steph me encara com um olhar confuso. E eu entendo. Até este exato momento, ninguém esperava por essa.

"É por isso que a gente nunca consegue fazer nada legal", Alana comenta.

"Estou falando sério. Escutem só, eu gosto da Mac", digo com um suspiro. "Eu não esperava, mas aconteceu. Estou a fim dela."

Do outro lado da mesa, Heidi faz uma caretas. "Homens", ela murmura baixinho.

Eu ignoro a alfinetada. "Não sei o que vai rolar entre nós, mas queria que vocês fossem legais com ela. Esqueçam esse plano idiota. Não vai mais rolar. E pode parar com os comentários mal-educados", aviso o meu irmão. E, para as meninas: "E nada de tramar pelas minhas costas. Bem ou mal, vocês são a minha família. E eu estou pedindo pra vocês fazerem isso por mim".

No silêncio que se segue, todos respondem com um breve aceno de cabeça.

Em seguida, Evan vai embora pisando duro, claro. Steph dá de ombros quando vai fazer a ronda pelas mesas. Heidi e Alana ficam me olhando como se eu fosse o maior imbecil que já viram na vida. Não é a resposta confiável que eu queria, mas sinceramente é melhor do que eu esperava. Mesmo assim, tenho certeza de que em algum momento a coisa vai se complicar para nós.

Heidi passa a mão pelos cabelos curtos e continua a me encarar. Percebo um olhar de raiva em sua expressão. E um toque de pena. E uma pitada de algo que não consigo identificar. Uma coisa vingativa, alarmante.

"Ninguém vai dizer uma palavra disso pra Mac", eu aviso. "Nem agora, nem nunca."

24

MACKENZIE

Passo a semana seguinte evitando Preston tão bem que considero uma pena que sumir de vergonha não seja um esporte olímpico. Se fosse, Bonnie também seria uma adversária respeitável. Ela ajuda a me proteger no nosso alojamento à noite, atendendo à porta sem blusa quando ele aparece. Apesar de toda a safadeza a que Pres se entrega em seu tempo livre, ainda morre de medo de ser constrangido em público. Então, quando Bonnie começa a gritar a plenos pulmões, e o resto das pessoas no corredor começa a pôr a cabeça para fora para ver o que está acontecendo, ele se manda rapidinho.

Ignorar os telefonemas e as mensagens de celular é fácil. Me esconder dele no campus é mais complicado. Passei a sair pela porta dos fundos nas aulas alguns instantes mais cedo ou vários minutos depois, para me certificar de que ele não estava me esperando. Pedi para as colegas com quem tenho maior proximidade me mandarem uma mensagem de aviso quando ele for visto por perto. Tudo isso exige esforço, mas é bem menos desagradável do que ser encurralada e confrontada.

Parece que tudo na minha vida se reduziu ao ato de me esgueirar por aí. Para me esquivar de Pres. Evitar os meus pais para poder trabalhar nas coisas do hotel. Escapulir para a cidade a fim de me encontrar com Cooper. Não posso arriscar que ninguém do campus o reconheça e conte tudo para Preston, e parece que Cooper está me escondendo de Evan, então nossos encontros precisam ser cada vez mais criativos.

E, apesar de ainda não termos tido A Conversa sobre o que está rolando entre nós, não conseguimos passar muito tempo longe um do outro. Estou entorpecida. Completamente viciada nele. Bonnie diz que é amor de pica. E eu ainda discuto, como se ela não tivesse se revelado certa sobre absolutamente tudo desde que nos conhecemos.

No sábado à noite, encontro Cooper em um dos nossos locais de sempre, na praia, perto da casa dele. Esse lado de Avalon Bay sofreu o maior prejuízo com os dois últimos furacões e está praticamente abandonado há anos. Não tem nada além de casas vazias e restaurantes fechados à beira-mar. O velho píer de pesca está todo arrebentado, e o local que ocupava já foi em sua maior parte retomado pelo mar. Soltamos Daisy da coleira e a deixamos correr um pouco, e ela não demora a começar a atormentar os caranguejinhos e a perseguir os pássaros.

Depois que paramos e nos sentamos em uma tábua largada ali, Cooper me puxa para seu colo, de frente para ele, segurando a minha bunda com as duas mãos. Eu passo as unhas de leve em sua nuca, de um jeito que sei que começa a deixar seu pau duro.

"Se continuar com isso", ele avisa, "eu vou te comer no meio das gaivotas."

"Seu selvagem", digo, mordendo seu lábio.

"Sua provocadora." Ele me beija. Suas mãos fortes deslizam sobre as minhas costelas e brincam de leve com meus seios antes de se acomodarem ao redor da minha cintura. Cooper afasta a boca da minha e me olha. "Eu andei pensando. Tem uma festa hoje à noite. Vem comigo."

Eu levanto uma sobrancelha. "Não sei, não. A gente estaria em público. Tem certeza de que você está disposto a isso?"

"E por que não?"

Nossas escapadas nunca foram discutidas de forma aberta, era mais como um acordo tácito. Alterar esse acordo, apesar de inevitável, criaria uma série de consequências. Isso não significa que eu esteja infeliz por oficializar as coisas. Mas talvez esteja surpresa.

"Então...." Passo as mãos pelo peitoral dele, sentindo cada músculo firme, até a minha mão chegar à cintura de sua calça. "Seria tipo um programa de casal."

"*Tipo* isso, claro." Cooper faz o seu movimento característico de passar a língua nos lábios quando acha que está sendo irresistível. É uma coisa irritantemente estimulante.

"O que significaria que estamos *tipo* namorando."

"Vamos colocar a coisa dessa forma." Cooper afasta o cabelo do meu ombro, segura uma mecha e dá uma puxadinha. Bem de leve. É um gesto sutil e cheio de significado, que se tornou a nossa forma de dizer *quero arrancar sua roupa toda*. Assim como quando eu mordo seu lábio e puxo a cintura de sua calça, ou quando olho para ele, ou quando respiro. "Eu não estou transando com mais ninguém. E nem quero. Se alguém olhar demais pra você, vai levar porrada. Que tal assim?"

Não é exatamente poético, mas talvez seja a coisa mais romântica que um cara já me disse. Cooper pode ser meio grosso e explosivo, mas eu até que gosto disso.

"Por mim, tudo bem."

Com um sorriso, ele me tira do seu colo. "Então vamos levar essa monstrinha pra casa. E eu quero tomar um banho rápido antes de sair. Tem uma camada de serragem cobrindo cada canto do meu corpo, juro pra você."

"Eu curto. É um lance meio másculo."

Ele revira os olhos.

Vamos até a casa dele, entrando pelos fundos. Encho a tigela de Daisy com água enquanto Cooper vai para o quarto tomar banho. Eu iria junto, mas passei o secador no cabelo antes de vir, e não quero bagunçar tudo de novo, principalmente agora que vamos a uma festa.

"E aí", Evan resmunga, com seu corpo largo aparecendo na porta da cozinha. Está descalço, usando uma calça jeans surrada e uma camiseta vermelha. "Não sabia que você estava aqui."

Me acomodo em um banquinho ao lado do balcão e vejo Daisy beber ruidosamente sua água. "Pois é. Eu estou. Cooper está no chuveiro."

Evan abre um armário e pega um pacote de batatas fritas. Em seguida abre e joga algumas na boca. Enquanto mastiga, ele me olha com desconfiança. "O que vocês vão fazer hoje à noite?"

"Cooper disse que tem uma festa... Acho que vamos pra lá."

Ele levanta a sobrancelha. "Ele vai levar você no Chase?"

"Vai." Eu faço uma pausa. "Algum problema?"

"Problema nenhum, princesa."

"Ah, qual é."

"Já era hora de você começar a andar com a gente", Evan acrescenta, encolhendo os ombros. “Se você está com o meu irmão, vai precisar conhecer o nosso grupo de amigos, mais cedo ou mais tarde. Conquistar a simpatia do pessoal.”

Ora essa. Agora estou nervosa. Por que colocar a coisa desse jeito? E se os amigos de Cooper me detestarem?

Minha aflição é momentaneamente esquecida com o som do latido de Daisy. Olho para a cachorrinha e vejo que ela está latindo para a parede.

“Daisy”, eu chamo.

“Não esquenta”, diz Evan. “Deve ser só a assombração.”

Eu reviro os olhos para ele.

“Coop não falou nada sobre a assombração?” Ele inclina a cabeça. “Sério mesmo? Em geral é a primeira coisa que eu conto pros convidados. É tipo uma questão de honra, viver numa casa assombrada.”

“Sua casa é assombrada”, eu repito com ceticismo. Ora, qual é. Eu não sou tão ingênua assim.

“Mais ou menos, né? Ela não incomoda muito a gente, na verdade”, ele explica. “Então não é exatamente uma assombração. Mas ela com certeza está por aí.”

“Ela... Ela quem?”

“Patricia não sei do quê. Uma garotinha que se afogou por aqui tipo uns cem anos atrás. Tinha o quê, seis ou sete anos? Não lembro direito. Mas quando chove forte dá pra ouvir os gritos dela e, de vez em quando, as luzes da casa piscam, em geral quando ela está mais brincalhona...”

Ele para de falar de repente, e as lâmpadas em cima da ilha da cozinha piscam de verdade.

Ah, *não.*

Evan percebe a minha expressão alarmada e abre um sorriso. “Está vendo? Ela está provocando a gente. Mas não esquenta, princesa. Patricia é uma fantasminha camarada. Tipo o Gasparzinho. Se quiser mais detalhes, acho que na biblioteca da cidade tem alguma matéria antiga de jornal sobre ela.” Ele vai até Daisy para fazer um carinho nela, que está mais calma. “Boa menina. Deu uma lição na fantasminha.”

Faço uma anotação mental para visitar a biblioteca de Avalon Bay em breve. Na verdade, não acredito em fantasmas, mas gosto de história.

E, agora que sou dona de um hotel aqui, estou ainda mais curiosa para saber tudo a respeito da cidade.

"Eu vou pegar uma carona com vocês, tudo bem?", Evan avisa, e sai da cozinha antes que eu possa responder. Acho que foi uma pergunta retórica.

Com um suspiro, fico olhando para a passagem vazia da porta. Acho que só preciso "conquistar a simpatia" de uma única pessoa no momento, e é o irmão gêmeo de Cooper.

Chase, o amigo de Cooper, tem um sobrado na cidade com um quintal imenso com uma área verde nos fundos. Assim que chegamos, fico um tanto impressionada com a quantidade de pessoas presentes. É muita gente. Do lado de dentro, jogando beer pong. Do lado de fora, ao redor de uma fogueira. O som no último volume. Risadas escandalosas. Nós circulamos um pouco, e Cooper faz as apresentações. Seria divertido, caso eu não tivesse percebido que está todo mundo me olhando. Distraído, Cooper mantém um braço em torno da minha cintura enquanto conversa com os amigos. Para onde quer que eu me vire, vejo gente me olhando torto, me observando por cima do ombro e cochichando. Em geral não me sinto desconfortável em situações de convívio social, mas é difícil não se constranger quando todo mundo deixa claro na maneira como me olha que eu não sou bem-vinda. É muito desconfortável. Sufocante.

Preciso de mais álcool se quiser sobreviver a esta noite.

"Vou pegar outra bebida", aviso a Cooper. Ele está conversando com um cara tatuado chamado Wyatt, que está reclamando que sua namorada não o aceita de volta. Ali perto, uma pequena multidão está vendo uma partida de Twister com jogadores apenas de sunga e biquíni no quintal.

"Eu pego pra você", ele oferece. "O que vai querer?"

"Não, tudo bem. Pode continuar sua conversa. Eu já volto."

Depois de dizer isso, eu já me afasto, para não dar a ele a possibilidade de discutir. Vou abrindo caminho até a casa e acabo na cozinha, onde acho uma garrafa de vinho tinto abandonada ali e concluo que é a bebida com menos chance de me provocar uma ressaca violenta na manhã seguinte.

"Você é a Mackenzie, né?", pergunta uma garota linda, negra com cabelos compridos. Está usando a parte de cima de um biquíni e um short de cintura alta, preparando um drinque no balcão. "A Mackenzie do Cooper."

"Pois é, eu mesma. A Mackenzie do Cooper." Parece uma coisa saída de um seriado policial dos anos 1970 ou algo assim.

"Desculpa", ela diz com um sorriso simpático, tampando a coqueteleira e sacudindo vigorosamente acima do ombro. "Eu só quis dizer que ouvi falar de você por causa do Coop. Sou a Steph."

"Ah! A menina da cabra?"

Ela contorce os lábios. "Hã... o quê?"

Solto uma risada constrangida. "Desculpa, isso foi meio aleatório. Cooper e Evan contaram uma história sobre terem resgatado uma cabra quando eram mais novos, por causa de uma amiga deles, Steph. Era você?"

Ela cai na gargalhada. "Ai, meu Deus. Era, sim. O roubo da cabra. Foi uma ideia minha." Em seguida, ela balança a cabeça. "Mas eles contaram a parte que soltaram o bichinho no mato? Tipo, como assim?!"

"Né? Foi isso o que eu disse!", exclamo. "A coitadinha deve ter sido devorada pelos leões da montanha ou coisa do tipo."

Ela dá uma risadinha. "Bom, a gente está no litoral, então leões da montanha são difíceis de achar. Mas com certeza foi devorada por algum predador, sim."

Coloco o vinho sobre o balcão e abro uma gaveta à procura de um saca-rolhas.

Steph despeja sua bebida em dois copos plásticos vermelhos e me oferece um. "Deixa esse vinho aí. Essa coisa é um horror. Experimenta isto." Ela me estende o copo. "Confia em mim. É bom. E não é muito forte."

Não tem cabimento fazer uma desfeita para a única pessoa que falou comigo a noite toda. Dou um gole e sou agradavelmente surpreendida pelo sabor docinho de laranja e ervas.

"Que gostoso. Está bom mesmo. Obrigada."

"Sem problemas. Só não conta pra ninguém onde você conseguiu", ela diz, batendo de leve na lateral do nariz, como quem diz: se a polícia invadir a festa e pegar você bebendo sem ter idade para isso, nada de me dedurar. "Eu estava torcendo pro Cooper apresentar você pra gente logo. Está todo mundo ansioso pra te conhecer."

"Todo mundo?"

"Só o nosso grupinho, sabe."

"Certo."

Evan também usou essa mesma expressão. Fico me perguntando quem mais faz parte desse "grupinho". Cooper e eu não nos dedicamos a saber mais um do outro esta semana. Quer dizer, a não ser em termos de anatomia.

E, por falar nisso, um cara absurdamente bonito e anatomicamente perfeito entra na cozinha. Alto, loiro e munido de um par de covinhas, abre um sorriso para Steph. "Quem é a sua amiga?", ele pergunta, pousando os olhos azuis e curiosos em mim.

"Mackenzie", eu respondo, estendendo a mão.

"Tate." Ele aperta a minha mão e a segura por mais tempo do que deveria.

Steph solta um risinho de deboche. "Se controla, garoto. Ela está com o Coop."

"Ah, é?" Tate parece impressionado. Ele me olha lentamente dos pés à cabeça. "Sorte dele." Em seguida, pega algumas long necks na geladeira. "Vocês vão lá pra fogueira?"

"Daqui a pouco", Steph responde.

"Certo." Ele assente com a cabeça e sai da cozinha.

Depois que ele se afasta, Steph logo me dá a ficha de Tate. Ao que parece, ele vai para a cama com meio mundo, mas suas covinhas e seu charme natural impedem que seja visto como um babaca. "Ele é uma graça de pessoa, sabe como é?" Ela solta um suspiro. "Detesto gente assim."

"Esses são os piores", eu concordo, bem séria.

Continuamos batendo papo enquanto bebemos nossos drinques. Quanto mais conversamos, mais eu simpatizo com ela. No fim, descobrimos que temos um gosto em comum por músicas de parque de diversões e hits aleatórios do início dos anos 2000 de gente que nunca mais emplacou nenhum sucesso.

"Eu vi o show deles em Myrtle Beach. Estavam abrindo para..." Steph pensa a respeito, e então ri sozinha. "Ah, não lembro mais. Eles devem ter mais de cinquenta anos hoje."

"Ai, nossa, não acredito que essa banda ainda existe."

"Foi esquisito", ela comenta, servindo outra rodada de coquetéis.

"O que foi esquisito?" Uma garota de cabelo platinado usando uma camiseta curta com as mangas cortadas se aproxima de Steph.

"Nada", Steph responde. Ela está sorrindo, mas então percebe o olhar bem sério no rosto da loira, que acaba com a diversão. "Heidi, essa é a Mackenzie."

Meu nome é pronunciado com uma ênfase exagerada. É impossível não me perguntar o que Cooper pode ter dito a elas. Isso me deixa em uma desvantagem significativa.

"Prazer em te conhecer", eu digo, para aliviar a tensão. Imagino que Heidi também faça parte do "grupinho".

"Legal", ela diz, não disfarçando o tédio ao olhar para mim. "A gente pode conversar um pouco, Steph?"

Ao lado dela, uma ruiva exibe um sorrisinho que revela que, qualquer que seja a piada aqui, eu estou por fora.

Fico com a nítida impressão de que não sou mais bem-vinda.

"Eu vou procurar o Cooper", aviso Steph. "Foi um prazer conhecer vocês."

Não espero por uma resposta antes de me afastar, deixando minha bebida para trás.

Cooper ainda está no quintal, só que agora está perto da fogueira, ao lado de uma garota bonita de cabelos escuros cuja bunda está tentando fugir para fora do short. Quando a mão dela toca o peito de Cooper, sinto vontade de avançar como um touro pra cima dela. Em vez disso, mantenho a calma e me aproximo dele, segurando-o pelo passante de sua calça jeans. Isso chama a atenção dele. Os cantos de sua boca se curvam maliciosamente.

"Vem cá", eu digo, ignorando o olhar hostil da garota. "Eu quero pegar você no escurinho."

Cooper não perde tempo. Coloca a cerveja em um dos blocos de concreto ao redor da fogueira. "Opa."

Abraçados, contornamos a lateral da casa para chegar à rua, onde a picape de Cooper está estacionada. Ele me coloca sentada na caçamba aberta. Com um sorriso malicioso, ele se põe entre as minhas pernas.

"Resolveu marcar território, né?" Ele passa os dedos calejados pelas minhas coxas à mostra. Meu vestido amarelo curto subiu quase até a cintura, mas o corpo de Cooper me esconde dos olhares alheios.

"Não literalmente, mas acho que sim."

"Eu topo", ele responde com um sorriso. "Você sumiu por um tempinho. Está tudo certo?"

"Tudo bem. Só estava falando com as pessoas. Conheci seu amigo Tate." Dou uma piscadinha. "Ele é um gatinho."

Os olhos escuros dele se estreitam para mim. "Ele deu em cima de você?"

"Por um breve instante. Mas desistiu quando ficou sabendo que eu vim com você."

"Ótimo. Assim eu não preciso matar o cara. Conheceu mais alguém?"

"Algumas pessoas", respondo de forma vaga, porque não quero falar sobre isso.

A verdade é que esta noite foi um fracasso, e estou preocupada em saber como Cooper e eu vamos conciliar nossas vidas. Quanto mais penso no assunto, mais as dúvidas se cristalizam na minha mente. Eu não quero pensar sobre isso. Quero que Cooper faça tudo isso sumir. Então enfio as mãos nos seus cabelos e o puxo para junto de mim, beijando-o com vontade até sentir um leve grunhido em sua garganta. Ele me envolve nos braços, aprofundando o beijo.

"Qual é a de vocês dois?" Tenho um sobressalto quando Evan aparece atrás de nós, apontando a lanterna do celular nos nossos olhos. "Acabou o Dom Pérignon da festa?"

"Cai fora, porra", Cooper resmunga, afastando o celular da nossa cara. "Vai procurar outra coisa pra te entreter."

"Eu tô bem. Só vim ver como vocês estão."

Evan abre um sorriso e faz um gesto para mim com a garrafa de cerveja que leva na mão. Na primeira noite em que nos conhecemos, na praia, fiquei com a impressão de que Evan era um cara legal. Desde então, ele vem se mostrando grosseiro e abertamente hostil. Não basta ser babaca comigo; ele quer mostrar que está fazendo isso de *propósito*. É um esforço deliberado para me incomodar.

"Agora já viu." Cooper dá uma encarada no irmão. Há uma comunicação entre eles em andamento, que eu não consigo decifrar. "Tchau."

"Me diz uma coisa, Mac."

"Dá um tempo, cara." Cooper se afasta de mim, tentando fazer seu irmão obviamente bêbado voltar para dentro da casa.

Evan me olha por cima da garrafa. Ele dá mais um gole antes de empurrar o irmão. "Tem uma coisa que estou querendo perguntar. As garotas ricas curtem anal?"

"Já chega, seu babaca. Deixa ela em paz."

"Ou vocês pagam outra pessoa pra fazer isso no seu lugar?"

Tudo acontece num piscar de olhos.

Em um momento, Evan está rindo de sua própria piada sem graça.

No instante seguinte, está caído no chão, com a boca sangrando.

25

COOPER

Eu o derrubo no chão com um único soco. Evan já estava bem chumbado, caso contrário assimilaria melhor o golpe. Sinto uma leve pontada de remorso quando vejo o sangue escorrendo no asfalto, mas tudo isso se esvai quando Evan fica de pé com movimentos cambaleantes e parte para cima de mim.

Ele me ataca com o ombro na altura da minha barriga, me agarrando pela cintura e me jogando contra a minha picape. Escuto Mac gritar com a gente, mas não adianta. Evan está enlouquecido a essa altura. E, quando ele me dá dois socos fortes na costela, não faz mais diferença para mim quem ele é. Eu perco a cabeça, e meu mundo inteiro passa a se resumir à tarefa de dar uma surra no meu irmão. Trocamos socos e começamos a rolar no meio da rua, causando vários ralados na pele. De repente, sinto os meus braços serem travados, e as pessoas começam a separar a gente.

"Vai se foder, cara", Evan grita para mim.

"Foi você que pediu", respondo com um rosnado.

Ele vem para cima de novo.

Eu armo outro soco.

O espaço entre nós é preenchido por outros corpos, e acabamos separados à força.

"Vocês estão *loucos?*", Heidi grita. Ela e Jay West seguram Evan e se colocam entre nós enquanto eu me desvencilho de pelo menos três outros caras que deixaram a festa para apartar a briga.

"Eu estou bem", Evan resmunga. "Me solta." Ele se desvencilha da turma do deixa-disso e sai pisando duro pela rua.

"Eu vou buscar ele", Steph se oferece, com um leve suspiro.

Vendo que a briga acabou, todo mundo volta para a festa, menos os meus amigos mais próximos.

"Não, deixa ele se acalmar", Alana sugere.

Heidi olha feio para mim antes de sair andando, com Jay a seguindo como um cachorrinho obediente. Fico me perguntando se os dois vieram juntos. E torço para que sim. Assim talvez ela deixe de me odiar tanto.

Steph e Alana me olham de cara fechada. Que se dane. Estou pouco me fodendo para a opinião delas. Evan mereceu cada porrada que levou.

Mac segura meu rosto e avalia o estrago. "Está tudo bem?"

Faço uma careta quando seus dedos tocam o inchaço cada vez maior abaixo do meu olho esquerdo. "Está, sim." Dou uma boa olhada nela. "E entre nós, tudo bem?" Eu não me arrependo de ter batido no Evan por causa do que ele disse — ninguém pode falar com Mac desse jeito —, mas lamento que ela tenha presenciado isso.

Porra, se isso for o tipo de coisa que ela não admite...

Ela me dá um beijo no rosto. "É melhor você ir atrás dele."

Eu fico hesitante.

"Ainda vou estar aqui quando você voltar", ela garante, como se estivesse lendo os meus pensamentos.

Não tenho escolha, a não ser acreditar. Além disso, um Evan furioso e bêbado andando pelas ruas à noite sozinho é um convite a confusões. Então saio atrás dele. Olho por cima do ombro uma, duas vezes. E, realmente, Mackenzie fica lá, ao lado da minha picape.

No fim, acabo encontrando Evan sentado num banco de um playground, iluminado apenas pelas luzes fracas da rua.

"Ainda está com todos os dentes?", pergunto, me acomodando ao seu lado.

"Ah, sim." Ele esfrega o queixo. "Você bate como uma criancinha."

"Mesmo assim, te dei um couro."

"Eu peguei você de jeito."

"Pegou porra nenhuma", retruco, encarando-o com um sorrisinho.

Ficamos em silêncio por um tempo, observando os balanços oscilarem de leve com a brisa. Fazia anos que Evan e eu não brigávamos feio desse jeito, chegando a sair na mão. Mas eu estaria mentindo se dissesse que não sabia que era questão de tempo. Não é de hoje que a coisa já vinha degringolando. Talvez eu tenha sido cuzão por não conversar com ele antes de chegar a esse ponto. Por outro lado, descontar a raiva em Mac é coisa de covarde, e eu não estou disposto a tolerar isso.

"Você passou dos limites ali."

"Ah, qual é. Até que foi divertido." Ele se larga no banco, abrindo as pernas como se pudesse se liquefazer e deslizar até o chão.

"É sério. Ela não fez porra nenhuma pra você. Seu problema é comigo, vê se cresce e admite isso. Esses comentários sarcásticos, essas palhaçadas passivo-agressivas param por aqui."

"Pelo jeito você está me dando um ultimato." Evan aponta com o queixo para mim. "É assim que as coisas vão ser?"

"Porra, cara. Você é meu irmão. Sangue do meu sangue. Nada vai mudar isso." Eu balanço negativamente a cabeça, frustrado. "Então por que você está implicando tanto com ela?"

"É por causa do princípio da coisa. Ela é um clone, Coop. Essa gente pisa na nossa cabeça desde sempre. Ou você já esqueceu? Dos babacas circulando por aí em carrinhos de golfe, jogando bebida na gente, empurrando as nossas bicicletas pra fora da estrada."

Evan acabou quebrando o braço uma vez. Foi arremessado por cima do guidão em uma vala quando um deles bateu na roda da sua bicicleta. A gente voltou uma semana depois e rasgou os quatro pneus dele. Foram anos convivendo com essa merda. Brigando. Indo à forra.

"O resto deles", lembro a Evan. "Não ela. Você não pode descontar na Mac tudo o que fizeram com você. Isso é exatamente o que eu estava disposto a fazer com ela se continuasse com o plano. E teria sido um merda se fizesse isso", eu resmungo baixinho. "Por que você não me deixa fazer as coisas do meu jeito?"

Os ombros dele ficam rígidos.

Poxa, todo mundo teve que aguentar o dramalhão mexicano que virou a relação entre Evan e Genevieve. Brigas constantes na frente de todos. As pessoas sendo obrigadas a tomar partido em uma discussão em que preferiam não se envolver. Rompimentos. Transas aleatórias. Reconciliações como se nada tivesse acontecido. Eu nunca dei escândalo por causa disso, e de jeito nenhum comecei a tratá-la mal para fazer com que ela fosse embora. Se Evan era apaixonado pela garota, isso era problema dele.

Então por que agora, quando finalmente encontrei alguém de quem estou gostando, ele está sendo esse grande cuzão?

Evan solta um suspiro. "Eu não consigo me controlar, cara. Isso me tira do sério. Por que precisava ser alguém de lá? Você podia ter a garota que quisesse aos seus pés."

"Sei lá como explicar. Ela é diferente. E, se der uma chance pra ela, você vai entender."

Não existe nenhum motivo evidente para Mac e eu estarmos juntos. Eu, pelo menos, não consigo pensar em um. Ela é teimosa, cheia de opiniões e irritante. Mas também é linda, divertida, espontânea e ambiciosa. Ao que parece, é esse o meu tipo. Ela me deixa louco. Nunca tinha conhecido uma garota que ficasse semanas monopolizando meus pensamentos depois de encontrá-la. Ela me conquistou. E, apesar de sermos tão diferentes em tantos sentidos, ela me entende de um jeito que quase ninguém é capaz.

Se eu estiver me iludindo, se tudo isso acabar se transformando num grande fiasco, que seja. Pelo menos eu tentei.

"Não tem como convencer você a sair dessa, então?", ele pergunta, com sua determinação ruindo pouco a pouco.

"Eu estou pedindo, como irmão, pra você aceitar."

Ele pensa a respeito. Por tempo demais para o meu gosto. Pela primeira vez na nossa vida, estamos em lados opostos, e sou obrigado a me perguntar se não existe muito ressentimento envolvido — muita raiva em relação aos clones — para ele ser capaz de me apoiar.

Então Evan solta um suspiro e se levanta do banco. "Tá, tudo bem. Acho que não tenho como proteger você da sua própria idiotice. Vou ficar na minha."

Aceito o que Evan é capaz de me oferecer e colocamos uma pedra sobre o assunto. De volta à festa, peço para Alana dar uma carona para ele, para ter certeza de que vai chegar inteiro enquanto levo Mac de volta para o alojamento da faculdade.

"Eu sinto muito por isso tudo", digo quando percebo que ela está calada há um bom tempo, olhando pela janela do passageiro, parecendo pensativa, o que me deixa preocupado. "Não tem nada a ver com você. Evan tem um problema sério de raiva mal direcionada."

"Irmãos não deveriam brigar."

Fico em silêncio, sem saber se ela vai falar mais. Minha preocupação se torna ainda maior quando percebo que não.

"Conversa comigo, Mackenzie." Percebo que a minha voz sai um pouco embargada.

"E se isso não for uma boa ideia?"

"Não é mesmo."

"Estou falando sério." Com o canto do olho, percebo que ela está me observando. "Não quero ser o motivo pra você brigar com ele. Isso não seria bom pra ninguém. Você não ia conseguir ser feliz porque ele ia ficar magoado, e eu não ia conseguir ser feliz porque você ia ficar magoado. Todo mundo ia sair perdendo."

É exatamente por isso que Evan precisa superar essa bobagem toda e deixar a gente em paz. Mackenzie não é a pessoa que ele imagina e, caso ele fizesse o mínimo esforço para entendê-la, ia perceber o quanto está sendo injusto.

"Ele vai sair dessa."

"Mas e se não sair? Esse tipo de ressentimento pode virar uma coisa tóxica."

"Não se preocupa com isso, Mac. É sério." Não me interessa se o meu irmão quer dar uma de menino mimado, desde que se comporte perto dela e guarde seus comentários para si. Durante a vida toda, eu vivi para nós dois. Evan e eu. Mas dessa vez é algo de que não posso abrir mão, nem por ele.

Claramente não estou conseguindo aplacar a insatisfação dela, porque Mackenzie solta um gemido de tristeza. "Eu não quero me colocar entre você e o seu irmão, Cooper."

Olho para o lado. Bem sério. "Eu já fiz a minha escolha. Quero ficar com você. Evan que aceite isso."

O incômodo é visível nos olhos dela. "E o que isso significa, ficar comigo? Hoje mais cedo nós concordamos que estamos juntos, e eu achei que estava tudo bem..."

"Você *achou*?", eu protesto.

"Mas aí, lá na festa, você viu como todo mundo ficou olhando pra gente? Na verdade, olhando pra *mim* — como se o meu lugar não fosse ali. E aquela garota, sabe? A Heidi? Ficou me fuzilando com os olhos. E eu ouvi umas meninas me chamarem de riquinha esnobe e comentarem que o meu vestido é ridículo."

"E por que o seu vestido seria ridículo?" Do meu ponto de vista, esse vestidinho curto amarelo é ridiculamente sexy, isso sim.

"Porque é um Givenchy, e acho que ninguém usa um vestido de mil dólares pra ir numa reunião de amigos, né?" O rosto de Mac fica vermelho de vergonha. "Quem compra a maioria das minhas roupas é a assistente da minha mãe. Caso você não tenha percebido, não estou nem aí pra esse lance de moda. Vivo de jeans e camiseta." Ela parece cada vez mais angustiada. "Só usei esse vestido idiota porque é bonitinho, tem tudo a ver com o verão e é curto o bastante pra provocar você."

Eu seguro o riso. E também para não comentar o absurdo do fato de esse pedaço minúsculo de tecido amarelo que mal cobre aquele corpo delicioso custar *mil pratas*.

"Mas será que pensaram que eu estava ostentando? Sei lá. Não era essa a ideia. Só sei que ninguém queria a minha presença por lá hoje."

"Eu queria."

"Você não conta", ela retruca.

Eu me inclino sobre o console central e seguro sua mão. E entrelaço os nossos dedos meio à força. "Eu sou o único que conta", corrijo.

"Eles também contam", ela argumenta. "Você tem um grupo enorme de amigos que se conhece desde sempre. Eu tenho, tipo, duas amigas, e uma é a minha colega de quarto, então ela é meio que obrigada a me aturar."

Não consigo mais segurar o riso.

"Eu queria ter um monte de amigos, que nem você. Sinto inveja disso", ela continua, parecendo bem sincera. "E queria muito que as pessoas tivessem gostado de mim hoje."

Eu solto sua mão e paro a picape no acostamento, ponho no ponto morto e me viro para ela com um olhar determinado. "Linda. *Eu* gosto de você. Entendeu? E os meus amigos vão aprender a gostar também. Prometo."

Ela franze a testa. “Não faça promessas que você não é capaz de cumprir.”

“É sério. Você só precisa esperar mais um tempinho”, eu digo, bem sério. “Não vai querer desistir de mim por isso, só porque a recepção hoje não foi das melhores e algumas meninas falaram merda do seu vestido — que aliás, só pra você saber, é uma delícia, me faz querer arrancar esse tecido de mil dólares do seu corpo com os dentes.”

Mac dá risada, ainda que sem muita convicção.

“Por favor.” Fico até com vergonha do tom de súplica na minha voz. “Não desiste de mim, princesa.”

As sombras dentro da picape dançam sobre seu belo rosto enquanto ela fica em silêncio por alguns instantes. E só responde depois do que parece ser uma eternidade.

Com os olhos verdes brilhando por causa dos faróis de um carro que passar por nós, ela se inclina na minha direção e me beija. Com vontade. E muita língua. Depois se afasta e murmura, ofegante: “Eu não vou desistir de você”.

26

MACKENZIE

Espera mais um tempinho, ele me disse.

Isso vai passar, ele falou.

Bom, eu é que não acredito mais nessa conversa do Cooper. Desde o desastre que foi aquela festa, eu estou em uma espécie de campanha de relações públicas, fazendo o que posso para tentar ser aceita pelo "grupinho" dele. E, apesar de Cooper jamais admitir, sei que ele está incomodado com esse abismo que existe entre mim e seus amigos, e não quero ser o motivo por ele acabar se afastando das pessoas de quem gosta, que fazem parte da sua vida há muito mais tempo que eu. Do meu ponto de vista, não existe motivo nenhum para a gente não se dar bem.

Por isso estou tentando, de verdade. Seja no bar jogando dardos ou na fogueira na praia, estou tentando ficar mais próxima deles nas últimas semanas. A maioria dos amigos homens de Cooper — Tate, Chase, Wyatt — parece ter gostado de mim. Nós inclusive saímos juntos com Chase e o namorado dele uma vez, um cara chamado Alec, que é uma graça, e também estuda no Garnet. Só que eles não contam, porque não são quem eu preciso conquistar. Eu preciso me aproximar do "grupinho", do círculo mais próximo.

Steph continua sendo uma aliada, mas não consegui nem chegar perto de abrir uma fresta na cortina de ferro que é o bloqueio que Alana e Heidi impuseram contra mim. E, se Evan não se mostrou mais abertamente hostil, é porque agora optou pelo silêncio. A velha história do: *Se você não tem nada de bom pra dizer...*

Foi por isso que eu achei que hoje seria a noite perfeita para uma reunião mais íntima. Só o "grupinho". Marshmallows, filmes de terror, talvez alguma brincadeira tipo verdade ou consequência. Essas coisas que aproximam as pessoas e tudo mais.

Só que justo nesse dia, claro, as chuvas esparsas previstas para o início da noite ganham a força de uma tempestade, e um alerta de tornado é emitido para o litoral das Carolinas.

Que maravilha. Até o tempo está contra mim.

Uma hora atrás, Cooper e Evan saíram para ajudar Levi a reforçar as estruturas de um canteiro de obras para conseguirem suportar a tempestade, e eu fiquei na casa deles com cinco quilos de asinhas de frango apimentadas e pão de alho com queijo, enquanto do outro lado da porta de vidro o céu fica cinza e ameaçador por toda a baía. Sem ter muito o que fazer, e também porque adoro tempestades — acho incrível essa expectativa feroz e carregada de eletricidade antes do caos —, abro a porta dos fundos e deixo o ar frio entrar enquanto me acomodo no sofá para fazer algumas coisas da faculdade. A tevê está ligada em volume baixo, sintonizada no noticiário do canal local, com a equipe da meteorologia mostrando imagens de radar em vermelho e laranja e dizendo palavras como "se abrigar".

Termino minha leitura para a aula de antropologia e estou vendo alguns vídeos no notebook para o curso de culturas midiáticas quando um raio estala do lado de fora, e um trovão faz a casa toda tremer. Daisy, que estava aninhada sob um cobertor aos meus pés, sai correndo para seu esconderijo favorito, debaixo da cama de Cooper. A chuva começa a cair do lado de fora, em um dilúvio repentino que oculta o horizonte atrás de uma cortina prateada. Pulo do sofá e fecho a porta de correr, depois enxugo com um pano a água que entrou e molhou o chão.

É então que escuto um gemido à distância.

"Daisy", eu grito, olhando ao redor. Ela teria corrido lá para fora quando eu não estava vendo?

Não. Uma rápida espiada no quarto de Cooper revela que ela está embaixo da cama, com as patas da frente apoiadas no piso de madeira e a carinha escondida entre elas.

"Isso foi você chorando, pequena?", pergunto, mas tenho outro sobressalto quando escuto de novo. É mais um grito que um gemido, e sem dúvida vem do lado de fora.

Quando chove forte dá pra ouvir os gritos dela...

Minha pulsação se acelera, com as palavras de Evan ressoando nos meus ouvidos. Ele estava falando sério sobre a casa ser assombrada? Como era mesmo o nome que ele disse...

"Patricia?", eu digo baixinho, observando os arredores com um olhar cauteloso. "É você?"

A lâmpada acima da minha cabeça começa a piscar.

Um grito assustado escapa da minha garganta e faz Daisy recuar um pouco mais e desaparecer embaixo da cama.

Saio do quarto de Cooper com o coração na boca. Velas. Acho melhor eu encontrar algumas velas antes da queda de energia. Porque não existe nada que me agradaria menos do que ficar no escuro escutando os berros de uma criança de mais de um século.

Justo nesse momento, os ruídos estridentes começam de novo, uma cacofonia sonora que se mistura aos trovões do lado de fora da velha casa de praia.

"Patricia", eu grito, agora com a voz firme. As mãos, nem tanto. "Escuta só, vamos ficar numa boa, certo? Sei que não deve ser nada legal estar morta, mas nem por isso precisa gritar desse jeito. Se usar seu tom de voz normal, eu posso escutar de bom grado o que quer que você..."

Mais um grito atravessa o ar.

"Ou não", eu recuo. "Tudo bem. Você venceu, Patricia. Pode continuar me deixando apavorada, então."

Na cozinha, começo a abrir os armários de baixo em busca de velas ou lanternas. Encontro um pacote de velas réchaud e solto um suspiro de alívio. Ótimo. Agora é só pegar um dos zilhões de isqueiros largados na mesinha de centro e fica tudo certo.

Enquanto estou voltando para a sala, um zumbido chama a minha atenção. Chego a achar que é o meu telefone, mas me dou conta de que o aparelho ainda está no meu bolso. Sigo o ruído até o balcão da cozinha, onde o celular de Cooper acabou de parar de vibrar. Merda. Ele esqueceu o telefone. Com a tela ainda acesa, vejo as várias chamadas perdidas e mensagens de texto. Não olho por tempo suficiente para ler alguma coisa, porque não quero invadir sua privacidade, mas vejo os nomes de Steph e de Alana.

Considerando o número de ligações e mensagens, pode ser alguma coisa urgente. Eu até entraria em contato com Evan para avisar, mas não tenho o número dele, nem como desbloquear o celular de Cooper para pegar. Se for importante, elas mesmas podem tentar falar com Evan, eu presumo. Então resolvo cuidar da minha vida e voltar para os meus estudos.

Mas os zumbidos persistem. Durante meia hora, a cada cinco minutos, o celular de Cooper se sacode no balcão da cozinha. Foda-se. Eu pego o aparelho e, quando chega outra ligação, resolvo atender.

"Alô, Steph?", digo, depois de ler o nome dela na tela.

"Quem é?"

"É a Mackenzie. Cooper saiu com Evan e Levi. Ele esqueceu o celular em casa."

"Droga", ela diz, bufando de frustração. "Estou tentando falar com Evan, mas ele também não atende."

"O que está acontecendo?"

"Está entrando água pelo teto do meu banheiro. A gente escutou um barulho tipo uma árvore caindo em cima do telhado, e de repente começou a escorrer água pela parede."

"Você está bem?"

"Está todo mundo bem, mas precisamos dar um jeito nisso antes que a casa toda seja alagada. Colocamos umas toalhas no chão, mas é muita água, e não vai parar de entrar."

Merda. Se elas não conseguiram falar com Evan, isso significa que os gêmeos ainda estão trabalhando com o tio. A tempestade está mais forte agora, com trovões e raios a cada poucos minutos e o vento sacudindo as janelas. E, de acordo com o radar na tevê, vai demorar para passar. Ou seja, em breve Steph e Alana vão precisar de uma jangada.

Parando um pouco para pensar, lembro que a picape de Cooper ainda está aqui, e que as chaves ficaram na mesinha de centro. Aposto que ele tem todo tipo de coisas na garagem, inclusive uma escada e lonas.

Um plano se forma na minha cabeça.

"Certo. Anota o meu telefone e me passa seu endereço", digo para Steph. "Estou indo pra sua casa."

"Hã..." Escuto uma voz abafada ao fundo, e imagino que seja Alana. "Não sei se isso..."

"Vou pegar umas coisas na garagem do Cooper e levar até aí. Confia em mim, vai dar tudo certo."

"Tudo bem", ela concorda por fim. Talvez até com um certo alívio na voz.

Depois de desligar, pego uma capa de chuva no armário de Cooper, a chave da picape e saio no meio da água e da lama até a garagem. Lá dentro, junto à parede, encontro todo tipo de materiais de construção para as reformas que ele e Evan vêm fazendo. No meio de tudo aquilo, vejo um rolo de uma coisa que parece ser um vinil preto e cordas. Felizmente, Cooper mantém as ferramentas bastante organizadas, e encontro um martelo, pregos e uma pistola de grampos sem precisar procurar muito. Isso já basta.

Dez minutos depois de desligar o telefone, entro de ré na garagem com a picape de Cooper, coloco tudo na caçamba, me viro para carregar uma escada de três metros e meio e tomo o caminho da casa de Steph e Alana.

Tudo parece normal quando eu paro diante da casinha azul. Não há nenhum sinal evidente de estrago na fachada. Assim que toco a campainha, Steph escancara a porta e me puxa para dentro. A chuva entra comigo e forma uma poça em torno dos meus pés.

"É por aqui", ela diz depois de breves cumprimentos. Ela me leva até a varanda telada dos fundos. De lá, consigo ver os galhos de uma árvore caídos sobre um canto da casa. "A gente teve sorte no último furacão, com todas essas árvores grandes ao redor da casa. Mas era só uma questão de tempo."

"Evan vivia dizendo que ia podar." Alana aparece na varanda com várias toalhas. "Mas acabava esquecendo, claro."

Steph olha feio para ela. "Que tal colocar essas na secadora, pra gente ter alguma coisa pra estender no chão quando as outras ensoparem?"

Alana solta um suspiro. "Espero que ninguém queira tomar banho hoje."

"Vou precisar da ajuda de vocês aqui fora", peço a elas. "Em primeiro lugar, precisamos subir no telhado e tirar os galhos de lá. Com o vento e tudo mais, deixar tudo lá em cima pode piorar as coisas."

"Quê?" Steph me dirige um olhar horrorizada. "Você não vai querer subir lá, né?"

"Como não?" Eu solto uma risadinha sarcástica. "Você não ligou pro Cooper pra pedir mais toalhas, certo?"

"Mas é perigoso. Está caindo um monte de raios."

Steph tem razão, claro. Mas a alternativa é deixar a casa toda alagada e acabar com um rombo imenso no telhado. Enfim, eu fiz parte da equipe de contrarregras do colégio durante três anos na época do ensino médio. Sei me virar muito bem com escadas e ferramentas quando preciso.

"Vou subir no telhado, amarrar uma corda nos galhos e jogar pra vocês. Eu trouxe também umas coisas pra cobrir o buraco. Vai ser rapidinho." É mentira. Não vai ser rápido coisa nenhuma. Mas é necessário e, quanto mais tempo ficarmos aqui, só nos preocupando, pior a situação vai ficar.

"Só avisa o que a gente precisa fazer", Alana responde, assentindo com a cabeça. Acho que foi a frase mais longa que ela me disse sem um sorriso sarcástico nos lábios. É um avanço, ao que parece.

Juntas, nós três saímos no meio do temporal para posicionar todas as coisas no quintal e apoiar a escada na lateral da casa. O tapete da sala de estar já não tem mais salvação depois disso. Sei que estou arriscando a vida subindo numa escada de metal no meio de uma tempestade com raios e trovoadas, mas já faz alguns minutos desde que o último relâmpago espocou aqui por perto, então começo a subir, com a corda no ombro.

Usando um par de botas de escalada que Steph me emprestou, vou me deslocando pelo telhado inclinado. Cada passo me lembra de quando patinei no gelo pela primeira vez, só que aqui não existe gradil para me segurar. Tomando cuidado para não fazer nenhum movimento mais brusco, consigo amarrar a corda em torno do enorme galho bifurcado, enrolar a corda e arremessar com toda a força sobre a árvore decepada, para que sirva como apoio e uma espécie de polia. Consigo fazer isso logo na primeira tentativa. Maravilha.

Lá no chão, Steph e Alana fazem a maior força que podem enquanto eu ajudo a empurrar o galho com movimentos nada firmes. Quando elas o derrubam, imediatamente vejo que há algumas telhas faltando, e uma abertura de uns trinta centímetros no telhado que está deixando uma verdadeira cachoeira entrar na casa.

Com passos incertos, volto para o chão, onde as garotas já desamarraram a corda.

"O estrago é muito grave?", Steph pergunta, tentando em vão enxugar a água que escorre pelo rosto. Estamos afundadas em mais de dez centímetros de lama a essa altura. O quintal parece liquefeito enquanto caminho com as botas de Steph.

"Não é grande, mas com certeza abriu um buraco", eu informo.

Estamos praticamente gritando no meio do vento ensurdecedor e da chuva que castiga a cobertura de metal e atinge as árvores como projéteis.

Afasto os cabelos molhados da testa. "O melhor que a gente pode fazer é cobrir e torcer pra chuva parar."

"Do que você precisa?" Alana me encara com um olhar cheio de ansiedade por baixo da aba do boné. Seus cabelos de um tom vivo de ruivo estão grudados na nuca.

"Vou levar a pistola de grampos, o martelo e os pregos comigo. Aí você e Steph amarram a lona, pra eu poder puxar lá de cima."

"Toma cuidado", Steph me avisa pela quinta vez.

Eu entendo a preocupação dela, mas, de verdade, só quero terminar isso logo e me secar. Meus dedos já estão ficando enrugados, minha calcinha encharcada está atolada na bunda, e o frio está me gelando os ossos. Depois que elas erguem a lona para mim e eu corto um pedaço de tamanho suficiente com o canivete de Alana, fixo-a com a pistola de grampos e em seguida reforço com alguns pregos mais robustos. Estou tremendo violentamente, batendo os dentes, e demoro uma eternidade para martelar tudo.

"Está tudo bem?", Steph grita lá do chão.

Consigo cravar um prego até a metade, mas acabo batendo errado com o martelo e entortando a porcaria bem no meio. Ah, que se dane. Isso já basta.

"Já estou indo", grito de volta.

Desço às pressas a escada e nós corremos para dentro, deixando a corda e a lona no quintal. Nesse exato momento, um raio parece cair bem acima de onde nós estamos.

Na lavanderia, tiramos a roupa, ficando só de calcinha e sutiã, e jogamos as peças molhadas na máquina.

"Essa foi por pouco." Alana abre um sorriso largo e entusiasmado, que eu retribuo com sinceridade. Nós duas parecemos cientes de que escapamos por um triz.

"Por muito pouco", Steph diz com um olhar de exaustão. "O que eu ia dizer pro Cooper se você fosse eletrocutada lá em cima?"

"Pois é." Alana pega três cobertores no armário para nos aquecermos. "A gente ia ter que esconder o corpo e dizer pro Cooper que você foi embora da cidade." Quando eu levanto a sobrancelha, ela encolhe os ombros, abrindo um sorrisinho. "Que foi? Você não conhece o temperamento daquele garoto. É uma questão de autopreservação."

Alana e eu vamos para a sala. Steph vai preparar um café. Estou tremendo, enrolada em um casulo que fiz com o cobertor no sofá, quando Alana recebe uma ligação.

"Oi", ela atende. "Ah, sim, a gente deu um jeito. Ela está aqui na verdade. Claro. Até mais." Alana larga o celular e vem se sentar perto de mim. "Eles estão vindo pra cá."

"Será que vocês me emprestam umas roupas pra eu poder voltar pra casa?", pergunto. Como as minhas estão na máquina de lavar, prefiro não ir embora só de lingerie e com a capa de chuva do Cooper.

"Claro."

Steph aparece com o café. Costumo beber com creme e um montão de açúcar, mas no momento não estou muito exigente, e um café preto pelando é exatamente do que preciso para aquecer o corpo.

"Certo, isso foi realmente foda", Steph admite, se espremendo no sofá entre Alana e eu. "Nunca imaginei que você fosse do tipo que fazia trabalhos braçais." Ela me olha com um sorriso meio arrependido quando se dá conta de que posso encarar isso como um insulto.

"No meu segundo ano no ensino médio, tive um professor de química com um fetiche de baixar a média geral dos alunos com provas surpresa dificílimas. A única forma de conseguir créditos extras era fazendo trabalho voluntário, então eu ajudava a construir os cenários das peças de teatro da escola. Era divertido, na verdade. A não ser na vez em que quase perdi o dedo, quando Robbie Fenlowe abriu um rombo nele com a furadeira." Mostro para Steph a cicatriz no meu indicador. "Dilacerou a carne e tudo mais."

"Afe, que horror."

"Mas sério mesmo", continua Alana, com o rosto ficando quase tão vermelho quanto o cabelo. "Obrigada por ter vindo. A gente estaria fodida se você não aparecesse."

"Pois é", diz Steph, aos risos, "Alana é uma cagona. Morre de medo de altura."

Alana olha feio para Steph e mostra o dedo do meio. "Valeu, sua vaca."

"Que foi?" Steph encolhe os ombros. "É verdade."

"Eu estou sendo legal, tá bom? Dá um tempo."

Não conheço Alana muito bem, mas diria que esse foi um ponto de virada entre nós. Só foi preciso que eu arriscasse minha vida em um ato de heroísmo para ganhar alguns pontos com ela. Assim, já são duas de três. Agora, se eu descobrir como me aproximar de Heidi, saio vitoriosa.

Durante os quinze minutos seguintes, as meninas e eu continuamos conversando. Quando conto sobre o hotel que comprei, Steph compartilha vários detalhes sobre o lugar, onde trabalhou por três temporadas de verão. Eu me dou conta de que esse conhecimento é valioso, e faço uma anotação mental para convidá-la a ir até lá quando estiver com a escritura de posse. Sua familiaridade com o hotel pode ser uma grande vantagem.

"A ajuda chegou, meninas!" Evan entra pela porta não muito tempo depois, sem camisa e ensopado. "Onde é o incêndio?"

Muita gente já fantasiou com essa exata visão. O que é estranho, porque, apesar de estar dormindo com o irmão gêmeo idêntico dele, um Evan seminu não me provoca reação nenhuma.

"Você está só umas duas horas atrasado", Alana diz sem se alterar, ignorando a entrada grandiosa.

"Ah, desculpa aí." Evan sacode a água dos cabelos com a elegância de um cachorro vira-lata e lança um olhar sarcástico para Alana. "Acho que não recebi o seu pagamento deste mês do serviço de manutenção residencial."

Cooper precisou praticamente empurrar o irmão do caminho para entrar na casa e sair da tempestade. Parece meio perplexo ao me ver sentada no sofá com suas amigas, enrolada em um cobertor como um burrito amassado.

"Acabei de ver minha picape lá fora", ele comenta com uma sobrancelha levantada. "Resolveu vir ajudar você mesma?"

Eu encolho os ombros ao ver seu sorriso torto. "Roubei um monte de coisas também. Acho que você está sendo uma má influência para mim."

Ele solta uma risada. "É mesmo?"

Alguma coisa no brilho de seus olhos faz parecer que estamos em uma espécie de preliminar. A coisa não demora a acontecer quando ele está de volta. De zero a *me fode* em praticamente dez segundos. Sei que todo mundo deve estar percebendo, mas não estou nem aí. Quando Cooper Hartley aparece num lugar, eu perco a cabeça. Odeio isso. Mas também adoro.

"Sorte nossa que ela veio", Steph diz enquanto os caras pegam café na cozinha.

"Essa louca subiu no telhado e cobriu o buraco sozinha." Alana estende a caneca de café para Evan encher de novo, o que ele faz, revirando os olhos ao ver nós três aninhadas em nossos casulos. "Por falar nisso", ela acrescenta, "ninguém pode usar o banheiro social. Virou um aquário."

"Eu sempre detestei aquele papel de parede mesmo", Steph comenta, e por algum motivo isso faz Alana e eu cairmos na risada.

"Espera aí." Cooper detém o passo, parando no meio da sala. Seu olhar desconfiado se fixa em mim. "Você subiu no telhado?"

"Acho que encontrei uma nova vocação", digo a ele, dando um gole no café. "De repente posso fazer a reforma do hotel eu mesma, que nem aquele pessoal da tevê."

"Ah." Steph dá um tapa no meu braço. "Eu quero ser a apresentadora do seu reality, viu?"

"Ainda não acredito que você comprou o Beacon", Alana comenta, admirada. "Porra, que coisa mais aleatória."

Cooper bate com a caneca no rack da tevê, derramando o café e deixando todo mundo em silêncio por causa do susto. "E nenhuma de vocês tentou impedir?"

"Coop, foi tranquilo." Steph ignora a explosão de temperamento dele. "Era só uma chuvinha."

"Não foi você que se arriscou a subir lá."

O tom da voz dele é assustador. Não sei ao certo de onde veio toda essa raiva. Foi a atitude mais responsável a tomar? Não. Mas ninguém se feriu. A não ser o ego de Cooper, ao que parece.

Franzo a testa de leve para ele. "Ei, está tudo certo. Eu estou bem. Elas precisavam de ajuda, e eu me ofereci pra vir. Foi uma decisão minha."

"Não faz diferença de quem foi essa ideia idiota. Você devia saber que não podia fazer isso", ele me diz com um tom condescendente, não muito diferente daquele que ouvi de Preston quando mostrei o hotel.

E agora estou meio puta. Por que todo cara com quem me envolvo acha que é meu pai? Eu não terminei com Preston para acabar com outro namorado que quer me tratar que nem criança.

"E vocês duas não deveriam ter deixado", ele diz, olhando feio para as meninas.

"Cara, relaxa." Alana joga a cabeça para trás, bufando de tédio. "Ela já é bem crescidinha. E ainda bem que ela estava aqui." Acho que isso é o máximo que alguém vai conseguir arrancar de Alana como um pedido de desculpas. Nossos esforços conjuntos de hoje serviram para quebrar o gelo com que ela me tratava, e acho que agora estamos bem.

"Vai à merda, Alana. Ela só fez isso tudo pra parar de ser maltratada por você e pela Heidi."

"Eu não lembro de ter pedido pra você interceder por mim", esbravejo com ele. Eu estava indo muito bem, e isso não está me ajudando em nada. Babaca.

Cooper se aproxima do sofá e se coloca diante de nós. "Você podia ter morrido", ele retruca. "Caso você não tenha percebido, a gente está praticamente no meio de um furacão."

Fico boquiaberta. "Você não está falando sério, né? *Caso eu não tenha percebido?* E *agora* você vem se preocupar comigo? Foi você que saiu e me deixou na sua casa no meio de um furacão. Eu fiquei sozinha lá! Só eu e a Patricia, gritando feito uma louca!"

Ele pisca algumas vezes, me encarando como se eu fosse uma maluca. "O nome dela é Daisy."

Eu fico de pé com passos inseguros, prendendo o cobertor no corpo como uma toga. "Não estou falando da cachorra! Estou falando da Patricia!"

"Eu nem sei quem é Patricia, sua doida!"

"A menininha morta que se afogou na frente da sua casa há uns cem anos e..."

Eu paro de falar e volto meu olhar indignado para Evan, que está contorcendo os lábios loucamente.

"Seu bosta", eu rosno. "Sério mesmo?"

Evan cruza os braços. "Mackenzie. Minha querida. Eu não vou me desculpar por você ser tão ingênua. Isso é culpa sua."

No sofá, Alana e Steph estão gargalhando. Steph está chorando de tanto rir, resmungando *menininha morta* entre uma risada e outra.

Diante de mim, Cooper está claramente se segurando para não rir.

"Não pense em fazer isso", eu aviso, apontando para ele.

"Bom", Cooper diz, estremecendo para conter o riso, "errado ele não está. A culpa é sua mesmo."

Olho feio para Cooper. "Ele é um sádico! E você é um cretino."

"Eu sou um cretino? Escuta só, quem foi que subiu no telhado e quase levou um raio na cabeça mesmo?"

"Ai, meu Deus, eu não cheguei nem perto de levar um raio na cabeça. Você está sendo ridículo." Indignada, eu coloco as mãos na cintura, me esquecendo do cobertor enrolado em torno do meu corpo, que vai ao chão, me deixando só de top e com uma calcinha vermelha no estilo biquíni.

Evan passa a língua nos lábios. "Agora, sim."

Apesar da excitação que transparece em sua expressão, o tom de voz de Cooper permanece frio. "Vai pegar suas roupas, Mac. A gente já está indo."

"Não", eu digo, teimosa.

Ele estreita os olhos. "Vamos embora."

"Não. Agora eu moro aqui."

Alana dá uma risadinha.

"Mackenzie." Ele dá um passo à frente, ameaçador. "Vamos embora."

"Não." Sinto minha garganta secar. A tensão toma conta do ar. Não sei se Cooper está furioso ou com tesão, mas seus olhos em chamas estão consumindo todo o oxigênio da sala.

Cooper olha para o irmão. "Evan, me dá sua chave. Você pode voltar pra casa com a minha picape."

Com um sorrisinho, Evan enfia a mão no bolso e joga o chaveiro para o irmão.

Levantando o queixo, digo: "Não sei o que você pensa que está acontecendo, mas eu *não* vou...".

Em um piscar de olhos, sou jogada sobre o ombro de Cooper. Só consigo ver suas botas encharcadas enquanto ele nos leva na direção da porta.

"Me larga!", eu berro, mas a chuva que cai sobre nós assim que saímos da casa afoga as minhas palavras.

Sem nenhuma cerimônia, Cooper me coloca no assento do passageiro do jipe de Evan e corre para trás do volante. Quando liga o motor e se vira para mim, consigo minha resposta sobre a questão de estar *furioso* ou com *tesão*.

O olhar dele está em chamas. "Assim que a gente chegar em casa, você vai ver só." É uma ameaça. Uma promessa.

Com tesão.

Sem dúvida nenhuma, com tesão.

27

MACKENZIE

"Pro chuveiro. Agora."

A ordem ríspida de Cooper me deixa toda arrepiada. Acabamos de entrar correndo na casa, ensopados. Ainda estou só de roupa de baixo, e batendo os dentes de novo. Por sorte, não fico gelada por muito mais tempo. No banheiro, Cooper abre a água quente, e em pouco tempo o vapor já está saindo do box.

Tiro o top e a calcinha e entro no chuveiro, soltando um gemido de alegria quando o calor se espalha pelo meu corpo. Um instante depois, a temperatura sobe ainda mais, porque Cooper está sem roupa atrás de mim.

Braços fortes me envolvem, e ele me puxa para si. Minhas costas estão aninhadas em seu peito largo. Sinto a longa extensão de sua ereção contra a minha bunda.

"Você me deixa louco." Suas palavras roucas são abafadas pelo barulho do chuveiro.

"Sério? Pra mim parece que é *você* que me deixa louca." Estremeço de prazer quando suas mãos grandes sobem pelas minhas costelas para apertar os meus peitos. Meus mamilos se enrijecem.

"Você podia ter se machucado subindo naquele telhado."

"Mas não aconteceu nada."

"Você ficou com medo mesmo aqui sozinha?" Ele parece estar se sentindo culpado.

"Um pouco, né? Estava ouvindo uns gritos lá fora, e as luzes ficavam piscando."

Ele dá uma risadinha. "O vento faz um barulhão aqui na praia. E a gente precisa refazer quase toda a fiação da casa. A parte elétrica está um lixo."

"Esse idiota do Evan", resmungo, irritada por ele me fazer questionar minha descrença na existência de fantasmas.

"Que tal não falar no meu irmão quando estamos aqui pelados?", Cooper sugere.

"Boa ideia." Eu me viro, estendendo a mão entre nós para segurá-lo.

Ele estremece. "Ah, sim. Não para."

"Com o quê? Isso?" Eu o envolvo com os dedos e faço uma carícia de leve.

"Humm."

"Ou..." Depois de mais uma alisada, eu fico de joelhos. "Ou é melhor fazer *isso*?"

Antes que ele possa responder, eu o envolvo com os lábios e chupo de leve.

Cooper solta um grunhido e projeta os quadris para a frente.

Uma sensação de poder invade as minhas veias. É uma sensação que eu não me incomodaria de sentir mais vezes. A satisfação de saber que sou eu a responsável por essa expressão necessitada e desesperada no rosto dele. De saber que, neste momento, ele está na palma da minha mão. Ou melhor, na ponta da minha língua. Dou uma lambidinha, e ele solta um grunhido áspero que traz um sorriso ao meu lábio.

"Você está só me provocando", ele sussurra.

"Aham." Dou outra lambida, dessa vez bem lenta e molhada, por toda a extensão dele. "É divertido."

A mão dele se abaixa até mim, com os dedos compridos se enroscando nos meus cabelos ensopados. A água cai sobre nós. As gotas param no peito dele antes de irem descendo, percorrendo músculos e tendões.

Eu me agarro a uma das suas coxas firmes, enquanto com a outra seguro sua ereção e começo a chupar com intensidade. Ele vai me guiando sem dizer nada, me incentivando com a mão na minha nuca. Meu corpo todo está fervendo, rígido de desejo. Quando dou uma espiada em Cooper, vendo seus braços tatuados, a barba por fazer em seu queixo e o sentindo latejar na minha língua, não me arrependo de nada do que fiz para chegar até aqui.

Tem uma chama forte queimando dentro de você, Mac. Ele me falou isso naquela noite do parque de diversões. Disse que eu curto a adrenalina, a *vida*. E é verdade. Desde que terminei com Preston e comecei a sair com Cooper, me sinto mais viva do que nunca.

"Eu não quero gozar assim", ele resmunga, e me coloca de pé, me beijando com uma intensidade que me deixa sem fôlego.

Suas mãos passeiam ávidas pelo meu corpo, enquanto sua língua brinca com a minha. Estou excitada, sentindo o ventre contraído, mais do que pronta para ele. Só que, por mais que eu goste de adrenalina, sexo sem proteção é um risco que não quero correr, e estou com Cooper há pouquíssimo tempo.

"Camisinha", eu sussurro como um lembrete contra seus lábios famintos.

Sem discutir, ele fecha o chuveiro e saímos correndo, ainda molhados, até o quarto, molhando tudo e rindo da nossa própria urgência inadiável.

"Pra cama", ele manda, devorando meu corpo nu com os olhos.

Meus cabelos molhados encharcam o travesseiro assim que me deito, mas estou com tesão demais para me sentir culpada por isso, e Cooper não parece ligar. Em um piscar de olhos, já está de camisinha e em cima de mim. Ele me beija de novo, excitado, sedento, com a língua entrando na minha boca ao mesmo tempo em que penetra fundo em mim.

Solto o ar com força, estremecendo com a onda de prazer que percorre a minha espinha. Esfrego as unhas nas suas costas molhadas e o envolvo com as pernas para puxá-lo ainda mais para dentro.

"Você é uma delícia", ele diz com os lábios colados nos meus.

"Você também." Levanto os quadris para receber suas estocadas apressadas, me esfregando nele. Necessitada a ponto de não pensar em mais nada. "Mais depressa", eu peço.

Ele começa a se mover mais rápido, e não demora muito para eu ver estrelas e estremecer ao chegar ao clímax. Cooper não demora muito mais. Logo começa a entrar em mim com mais força, sem parar de me beijar, e morde o meu lábio quando goza.

Depois, ficamos deitados de barriga para cima para recobrar o fôlego. Uma sensação de puro contentamento me domina. Não me lembro da última vez em que me senti tão satisfeita depois do sexo. E em termos gerais também.

"Ainda estou puto porque você subiu no telhado."

Eu viro a cabeça para olhar para ele. "Sério mesmo?"

"Foi uma tremenda idiotice."

"Eu não me arrependo", respondo, com um ar de superioridade.

"Claro que não." Parece que ele está se esforçando para não rir. Ou então para não me esganar.

Pelo jeito, nós dois somos péssimos em ceder para encerrar uma discussão. Não é da nossa natureza, ao que parece. Mas isso eu consigo aceitar. E, caso contrário, não o respeitaria. A última coisa que eu iria querer é um capacho.

Por outro lado, toda essa discordância não deve fazer bem, né?

Eu solto um suspiro. "A gente discute demais. Isso parece ser um segundo obstáculo entre nós."

"E qual é o primeiro?", ele pergunta, curioso.

"Nós somos opostos completos. E, sim, dizem que os opostos se atraem e que os desentendimentos podem ser uma expressão saudável dos sentimentos passionais e tudo mais, só que nós viemos de mundos bem diferentes." Eu hesito um pouco, antes de confessar: "Às vezes não faço ideia de como vamos conseguir conviver. Isso sem contar que você é cabeça-dura pra caralho, e que passo metade do tempo com vontade de dar um soco na sua cara, e...". Deixo escapar mais um suspiro. "Como eu disse, já são dois obstáculos no nosso relacionamento."

"Mac." O colchão se move quando ele se senta. Seus olhos escuros se cravam em mim. Intensos, sem o menor sinal de divertimento. "Pra começo de conversa, *dizem*? Quem diz o quê, e o que isso interessa? Cada relacionamento é uma história. Algumas pessoas se desentendem, outras não. Algumas querem sossego, outras querem uma coisa mais fervorosa. Quem define nosso relacionamento somos nós. E, em segundo lugar, detesto ter que dar a notícia, mas nós dois somos cabeças-duras pra caralho."

Abro um sorriso para ele.

"A única coisa realmente entre nós é o saldo da conta bancária. Somos muito mais parecidos do que você e aquele seu ex engomadinho."

“É mesmo?”

“Porra, se somos. Sabe o que eu acho?”

“Por favor, me diga”, eu peço, fazendo charme.

“Acho que você só estava com aquele babaca pra se sentir segura. Você mesmo disse: ele te fazia ser mais contida. E você precisava disso porque, no seu mundo, você não pode se soltar, nem ser quem é de verdade, nem fazer nada que atrapalhe a reputação da sua família, né? Bom, comigo você não precisa se preocupar com nada disso. Esses dois obstáculos que você falou podem ser um problema no seu mundo, mas aqui, quando estamos só entre nós, somos exatamente quem e o que precisamos ser.”

Sinto um aperto no coração. Puta merda. Com ele dizendo coisas assim, fica difícil eu não me apaixonar.

BONNIE: *Não vou estar em casa hoje à noite! Tenta não sentir muita saudade, tá? Sei que vai ser difícil mas eu acredito em você!*

Abro um sorriso ao receber a mensagem no celular. Bonnie é a melhor. Me sento na cama e digito uma resposta rápida.

EU: *Ah, é? Saindo à noite em dia de semana, sua sem-vergonha! Me deixa adivinhar, uma festa do pijama com... Edward?*

BONNIE: *Jason, é o que você quis dizer. Ele só é parecido com o Edward. E não, não é ele.*

EU: *Todd?*

BONNIE: *Já está fora do meu rodízio.*

Fico vasculhando meu cérebro para tentar lembrar com quem ela vem saindo nas últimas semanas. Só que ando meio distraída por causa das altas doses de sexo com Cooper.

BONNIE: *Vamos fazer assim, gata. Me fala o nome do seu garoto local que eu conto tudo sobre o meu bonitão.*

Essa garota não desiste nunca. Bonnie fica no meu pé dia e noite para tentar descobrir com quem estou saindo. Fico me sentindo mal por esconder Cooper dela — afinal, Bonnie estava lá quando tudo começou —, mas também sei que esse conhecimento nas mãos erradas pode ser uma arma. E ainda não sei se quero dar munição para esse canhão.

EU: *O meu garoto local é um segredinho meu.*
BONNIE: *TUDO BEM! Então o meu também é.*

Dois segundos depois, ela manda outra mensagem.

BONNIE: *Quem eu estou querendo enganar? Nós duas sabemos que não consigo esconder nada de você. O nome dele é Ben e ele é lindo!*

Em seguida, chega uma captura de tela de uma foto do Instagram mostrando um garoto alto com o rosto de um deus nórdico.

EU: *Oooolha. Divirta-se.*
BONNIE: *Ah, pode deixar. Até amanhã!*

Ponho o celular na mesinha de cabeceira e pego meu livro de antropologia. É segunda-feira à noite e, apesar de não estar nua na cama de Cooper no momento, nós passamos o fim de semana juntos. Então eu estou me obrigando a ficar no alojamento hoje. Não só para pôr os estudos em dia, mas porque o excesso de convivência pode cansar, e a última coisa que eu quero é que Cooper enjoe de mim. Porque eu é que não estou enjoada *dele*. Em uma estimativa conservadora, devo passar umas três horas por dia fantasiando com ele.

Então, como uma boa menina, termino todas as leituras para as aulas de antropologia e biologia, escrevo um esboço para o trabalho de literatura inglesa e vou para a cama às quinze para as onze, um horário bem razoável.

Infelizmente, a boa noite de sono que eu esperava não vem.

Por volta das duas da manhã, sou acordada por três ligações consecutivas de Evan.

Seguidas de uma mensagem de texto dizendo: *Esquece. Não é nada urgente.*

Se fosse outra pessoa me ligando várias vezes no meio da noite e dizendo que não era nada urgente, eu mandaria para a puta que pariu. Mas o fato de ser Evan me deixa preocupada. Faz pouco tempo que ele tem o meu número. Até a noite da tempestade, a gente não tinha nem como se falar. Então com certeza ele não ia querer só jogar conversa fora — ou seja, é uma coisa urgente, sim. Ou pelo menos algum problema sério.

Afasto os cabelos dos olhos e ligo de volta. "Está tudo bem?", pergunto quando ele atende.

"Na verdade, não." É possível perceber que suas palavras saem meio arrastadas.

"Onde você está?"

"Na frente do Sharkey's. Você pode vir aqui me pegar?", ele pergunta. "Sei que já é tarde, e não queria ligar pra você, mas..."

"Evan", eu interrompo. "Tudo bem. Não sai daí. Eu já estou indo."

28

MACKENZIE

Quinze minutos depois, desço do Uber e esquadrinho com os olhos a calçada do Sharkey's Sports Bar. Não demoro muito para encontrá-lo. Evan está sentado no meio-fio, parecendo uma poça de chorume que escorreu do fundo de uma lixeira deixada na chuva.

"O que aconteceu com você?", pergunto, notando a lateral do seu rosto manchada de sangue, a camisa rasgada na altura do ombro e as mãos inchadas e arranhadas. Dá para sentir o cheiro de bebida mesmo a dois passos de distância.

Com os braços apoiados sobre os joelhos dobrados, ele parece exausto. Derrotado, até. Mal levanta a cabeça para me cumprimentar. Quando abre a boca, sua voz sai tensa e fraca. "Você me tira daqui?"

Nesse momento, percebo que sou seu último recurso. Pedir ajuda para mim é mais doloroso do que qualquer coisa que tenha acontecido nesta noite, e ele precisa muito que eu seja magnânima.

"Claro." Eu me abaixo para colocar um dos seus braços sobre o meu ombro para ajudá-lo a sustentar o próprio peso. "Pode deixar."

Quando estamos levantando, três carinhas viram a esquina, usando as letras gregas da fraternidade nas roupas e gritando palavras arrastadas e incoerentes.

"Ah, e aí, gata", um deles diz quando seus olhos embriagados pousam em mim. Um sorriso seboso aparece. "O que você tem aí? Encontrou um vira-lata na sarjeta?"

"Cai fora, seu bosta", Evan xinga, sem muita energia. Mal consegue parar em pé, está se apoiando em mim para se equilibrar, mas isso pelo jeito não basta para impedi-lo de arrumar briga. É admirável sua resistência.

"Esse otário de novo?" O mais alto dos carinhas de fraternidade se aproxima, dando uma olhada em Evan antes de se virar de novo para os amigos. "Olha só quem voltou, galera."

Lanço um olhar hostil para os três. "Deixem a gente em paz."

"Você não desiste, não?" O terceiro se aproxima, se abaixando para olhar nos olhos de Evan, que precisa se esforçar para levantar a cabeça. "Mas devia estar achando tudo muito engraçado quando tentou dar seu golpe na gente, né? E quem está rindo agora, hein? Seu pé-rapado de merda."

Meu olhar se torna violento. Estou cansada, mal-humorada e socorrendo um cara com o dobro do meu tamanho, sem o mínimo de paciência para esses idiotas.

"Ei, eu conheço você", o mais alto diz de repente, estreitando os olhos para mim.

"Duvido", esbravejo.

"Não, conheço, sim. Você é a namorada do Preston Kincaid." Ele dá uma risadinha. "Isso mesmo, a garota do Kincaid. Eu sou da fraternidade dele. Vi vocês numa festa numa sororidade um dia desses."

Um desconforto se instala na minha garganta. Que maravilha. A última coisa que eu preciso é que isso vá parar nos ouvidos de Preston. Seguro Evan com mais firmeza e respondo: "Eu sei lá quem é você, cara. Agora, por favor, sai da frente".

"O Kincaid sabe que você anda traindo ele?" A risada dele assume um aspecto maníaco. "E com um merda que nem esse, ainda por cima? Meu Deus, mulher é tudo lixo mesmo."

"Seu lixo", um dos outros caras repete.

Quando eles tentam chegar mais perto, decido que já chega.

"Fora daqui, seus filhos da puta." Minha voz ricocheteia como uma bala na parede de tijolos do bar.

"Ou então o quê?", ironiza o mais alto.

Com um grunhido furioso e impaciente, enfio a mão na bolsa e saco uma lata de spray de pimenta, mirando bem na cara deles, obrigando-os a recuar. "Eu garanto pra vocês que sou mais louca do que pareço. Se duvidam, é só pagar pra ver."

Em algum lugar à distância, uma sirene toca. Isso basta para assustá-los. "Cara, esquece essa vadia. Vamos cair fora daqui."

Eles se enfiam às pressas num carro do outro lado da rua e vão embora, cantando pneu e fazendo uma conversão proibida.

"De onde foi que veio essa coisa?" Evan consegue dar uma risadinha, ainda apoiando o peso em mim com um dos braços sobre o meu ombro.

"Mulher não brinca em serviço."

"Claramente."

"E eu já viajei sozinha por aí, então sei muito bem que é preciso estar preparada pra o que der e vier." Depois disso, eu praticamente o arrasto até seu jipe e pego a chave no bolso de sua calça. Ele consegue subir no banco do passageiro enquanto eu me acomodo atrás do volante.

"Não posso ir pra casa", ele avisa. Com os olhos fechados, está com a cabeça apoiada na janela. Parece pesada demais para o pescoço aguentar.

Ajusto o assento para as minhas pernas mais curtas. "Certo... pra casa da Alana e da Steph, então?"

"Não. Por favor", ele pede, resfolegando. "Coop não pode saber."

Não sei a qual parte exatamente ele está se referindo, mas entendo sua aflição. Isso não me deixa escolha a não ser levá-lo comigo para o Tally Hall.

Fazê-lo subir até o quarto andar do alojamento é um desafio, mas conseguimos chegar inteiros. Uma vez lá dentro, me sento na beirada da banheira para limpá-lo. Uma sensação de déjà-vu me invade. Qual é a desses irmãos Hartley, hein?

Estou limpando o sangue do rosto dele com uma toalhinha molhada. É impossível ignorar que seu olhar acompanha cada movimento meu. Ele tem alguns hematomas e arranhões, mas nada grave. Só preciso passar um pouco de pomada e fazer uns curativos.

"Maus perdedores", ele diz.

"Hein?"

"Aqueles caras. Perderam de mim na sinuca, e não aceitaram muito bem. Quem não está preparado pra perder não devia apostar dinheiro."

"Você dá o bote nos outros mesmo estando em minoria numérica?"

Ele solta uma risada, mas em seguida faz uma careta e leva a mão às costelas. "Pensei que tinha a vantagem de jogar em casa. Mas no fim tem mais gente ressentida comigo do que eu imaginava."

Levanto a sobrancelha para ele. "Vocês locais não vivem dizendo que não se deve cagar no lugar de onde vem o pão?"

"Pois é, acho que já ouvi falar nisso."

"Você precisa diversificar."

"É se adaptar ou ficar pra trás, né?"

"Mais ou menos isso." Depois que faço os curativos, dou a ele um copo d'água, uma aspirina e um saco com gelo. "Pode dormir no quarto da Bonnie", ofereço. "Ela não está aqui hoje, e sei que não vai achar ruim."

"É melhor não achar mesmo. Eu fiz ela gozar três vezes naquela noite."

Eu seguro o riso. "Quanta gentileza sua." Nossa, parece que faz anos que Evan e Bonnie sumiram juntos naquela praia. No dia seguinte, ela já estava partindo para outra conquista. Com esses dois, não existe complicação.

Acomodo Evan na beirada da cama de Bonnie e começo a tirar sua roupa da forma mais distanciada possível, como se fosse uma profissional de saúde. Tento não ficar olhando para o seu corpo e fazendo comparações com Cooper, mas é difícil. Seu peitoral está todo exposto e, sim, é musculoso como o do irmão. Mas sem tatuagens. Pelo menos até eu virá-lo e ver uma enorme nas costas. Está escuro demais para eu identificar o desenho.

"Obrigado", ele diz depois de deitado.

Apesar de se limitar a dizer apenas isso, sei que ele está sendo sincero. O que quer que esteja acontecendo entre ele e Cooper, é sério o bastante para fazê-lo recorrer a mim, a opção mais complicada. Encaro isso como um sinal de que Evan confia em mim pelo menos para isso, o que é um passo na direção certa. Ainda que um passo de formiguinha.

Dou um tapinha de leve em sua cabeça, como se ele fosse uma criancinha com febre. "De nada."

Na manhã seguinte, eu estou me arrumando para a aula quando Evan sai às pressas do quarto de Bonnie com o celular colado à orelha.

"Sim, eu sei, eu sei. Já estou indo. Eu falei que já ouvi, caralho." Ele está pulando num pé só, tentando vestir a calça jeans enquanto procura alguma coisa no quarto. "Dez minutinhos."

Lanço um olhar questionador para ele, que sacode os dedos como se balançasse suas chaves. As chaves! Eu ainda estou com a chave do jipe dele no meu quarto. Vou correndo pegar, e jogo para ele. Evan a apanha no ar sem dificuldade.

"Não", ele diz ao telefone. "Cara, eu já estou indo. Vê se relaxa, porra."

Cooper?, eu faço com a boca, e Evan confirma com a cabeça. Estendo a mão, pedindo o celular. Ele se mostra cético a princípio, mas acaba cedendo.

"A princesa quer falar com você." Mas, em vez de um sorrisinho sarcástico, o que vejo é um sorriso genuíno. Talvez até um apelo para mim.

"Oi", eu digo, já emendando o assunto para não dar a Cooper a chance de me interromper: "Convidei Evan pra tomar café da manhã comigo, mas o lugar estava lotado, e perdi a noção da hora. E ainda pedi justamente o suflê".

"Café da manhã, é?" Ele está desconfiado, claro. Como deveria.

Mas eu mantenho minha história. "Pois é, achei que seria uma chance pra gente se conhecer melhor, sabe? Um tempinho em família."

Quase consigo ver Cooper revirando os olhos ao telefone.

"Então tá. Fala pra ele vir logo pro trabalho."

"Tá, beijinho, tchau", eu digo toda meiga, porque, quanto mais deixar Cooper desconcertado, maior a probabilidade de ele engolir essa conversa completamente absurda. Finalizando a chamada, devolvo o celular a Evan. "Acho que ele acreditou."

Ele me lança um olhar feliz e confuso ao mesmo tempo. "Você salvou a minha pele."

"Eu sei. E posso saber por que estou tendo que mentir pro seu irmão?"

Passando as mãos pelos cabelos, Evan solta um suspiro. Ele é do tipo que odeia ter que se explicar. Eu entendo. Mas o que é justo é justo.

"Coop já está no meu pé faz um tempo", ele diz com certa relutância.

"Se descobrir sobre ontem à noite, vai inventar de fazer uma intervenção pra mim, ou alguma idiotice dessas."

"E você precisa de uma?" Sei que Cooper está com medo de que Evan esteja se destruindo, mas ele não entrou em maiores detalhes. A julgar pela noite passada, imagino que as bebedeiras e as brigas sejam os motivos mais prováveis.

"De jeito nenhum", Evan me garante.

Na certa ele está tentando soar convincente, mas não engana nenhum de nós.

Eu solto um suspiro. "Então me promete."

Ele revira os olhos. Nesses momentos, eu chego até a esquecer que ele e Cooper são pessoas diferentes.

"Eu te dou cobertura se você for sincero comigo. Se não quer falar com Cooper, pode pelo menos deixar que eu saiba o que está acontecendo."

"Eu não preciso de babá", ele retruca, fechando a cara.

Pois é. Eu entendo por que eles brigam tanto. Cooper é impositivo demais, e Evan é inflexível. Juntos, eles são uma tempestade perfeita.

"Eu não quero ser babá", respondo. "Mas posso ser uma amiga. Combinado?"

Ele passa a língua nos lábios para esconder o sorriso. É uma coisa quase charmosa. "Tudo bem, princesa. Combinado."

Nós selamos o acordo com um aperto de mãos. Existe uma chance de cinquenta por cento de Evan cumprir sua parte. Mesmo assim, é um grande avanço em relação ao nosso ponto de partida, e decido ser esperta e me contentar com o que consegui arrancar dele.

29

COOPER

Mac tem outra inspeção marcada para hoje no hotel, então tiro a tarde de folga para acompanhar. O pretexto é que eu entendo a linguagem técnica da área de construção, mas acho que ela está apreensiva com o tamanho do projeto em que se envolveu. O que é compreensível. Mesmo se eu tivesse uma herança milionária, encarar um empreendimento complexo como reformar um hotel — isso sem falar em colocar a coisa em funcionamento e administrar tudo — me causaria bastante ansiedade também. Então, enquanto o inspetor de obras faz seu trabalho, Mac e eu ficamos no calçadão, esperando o veredito.

"Estou começando a achar que não se deve comprar um hotel interditado", ela comenta, melancólica.

Eu não consigo segurar o sorriso. "Ah, é?"

"É." Ela se curva para fazer um carinho em Daisy, que está sentada aos seus pés. Essa cachorra não me deixa em paz um segundo quando estamos em casa, mas, assim que Mac aparece, é como se não me conhecesse.

"Você ainda pode desistir." Pelo que entendi, a aquisição definitiva ainda depende dessa última inspeção. Para colocar todos os pingos nos *is* e tudo mais.

"Não, eu estou decidida. Mas é assustador, sabe? Pensar em tudo que precisa ser feito. Em tudo o que eu não sei."

"Então você vai dar um jeito de aprender."

Ela morde o lábio. "Certo." Em seguida, assente com a cabeça, convicta. "Você tem razão. Eu vou dar um jeito."

É *disso* que eu gosto nela. Dessa confiança. E dessa coragem. Ela teve uma ideia, uma intuição e partiu para a ação. A maioria das pessoas passa a vida toda tentando se convencer a desistir de seus sonhos. Enumerando os motivos que tornam tudo difícil demais ou inalcançável. Mas não Mac.

"Quando você olha para esse lugar, ainda sente a mesma coisa de quando fez a proposta de compra?", pergunto.

Ela sorri, e um brilho de ambição renovada surge em seus olhos enquanto ela observa o edifício caindo aos pedaços. "Sim."

"Então fecha o negócio. Se você não fizer a aposta, não tem como ganhar."

"Isso vale pra loteria", ela responde, me dando um empurrão no ombro.

"Dá no mesmo."

Para ser sincero, estou feliz que ela tenha me convidado. Mesmo que seja só para dar apoio moral. Não tenho nada a oferecer para uma garota como Mackenzie Cabot. Nada que ela já não tenha ou não possa conseguir sozinha. Mas todo mundo quer se sentir útil. Não sei quando aconteceu, mas, em algum momento, eu comecei a precisar que ela precisasse de mim.

Depois de algumas horas, o inspetor aparece com a prancheta e repassa a lista com Mac. Algumas coisas eram esperadas, outras não. E tudo tem um preço.

"Resumindo?", Mac pergunta, depois de analisar item por item.

"Vai custar uma boa grana", o homem avisa por trás do bigode enorme. "Dito isso, não existe nada que impeça que o prédio volte a funcionar. Boa sorte para a senhorita."

Depois de um aperto de mãos, ele entrega a papelada e vai embora.

"E então?", eu pergunto, pegando a guia da coleira de Daisy da mão dela.

Mac hesita. Só que não por mais que um segundo. Em seguida, abre um sorriso tenso. "Acho que preciso ligar pro banco."

Sou obrigado a admitir que acho excitante ela ser capaz de levantar milhões como quem faz uma simples aposta numa vitória dos Panthers. Ela faz bem esse papel.

Depois que Mac desliga o telefone, fazemos uma caminhada pela praia e deixamos Daisy correr um pouco.

"Então, escuta só." Mac remexe a areia com a ponta dos pés, desencavando as conchinhas que chamam sua atenção. Ela pega uma, admira e então joga de volta no chão. "Eu sei que estou me metendo com uma coisa que não entendo. Sou melhor em preencher cheques do que em refazer a fiação de um prédio."

"Isso não é problema. Eu conheço todo mundo na região que faz esse tipo de serviço."

"É disso que eu estou falando. Você conhece a cidade, as pessoas."

Existe um pedido a caminho, mas não tenho como saber qual é enquanto ela continuar fazendo rodeios.

"Desembucha logo, Cabot."

Ela se vira para mim, arqueando uma sobrancelha. "Quero contratar o seu tio Levi pra esse trabalho."

Eu franzo a testa. "Qual parte?"

"Tudo. O máximo que ele conseguir fazer. E, o que não puder, que repasse pra pessoas de confiança. Os caras que contrataria pra trabalhar na casa da mãe dele. Mantendo tudo em família, por assim dizer."

"Uau. Beleza..." Quer dizer, eu até esperava que ela fosse pedir algumas dicas dele. Pegar algumas indicações. De repente passar um ou outro serviço.

Isso é... uma missão e tanto.

"Você parece meio inseguro", Mac observa.

"Não, não. Eu não estou. É que, hã..."

"É um compromisso grande demais?" Ela está sorrindo. Na verdade, acho que pode até estar rindo de mim.

"Eu não tenho medo de compromisso, se é isso que você está insinuando."

"*Ã-ham*", ela responde.

"Eu vou assumir esse compromisso com todas as minhas forças."

"Que bom." Imaginando que já ganhou, ela se vira e continua andando. "Então está combinado. Marca uma reunião com ele pra gente discutir o trabalho e fazer o orçamento."

"Espera um pouco aí, princesa. Ele já tem outros trabalhos agendados. Não sei se está com todo esse tempo livre. Não se precipite."

"Isso é detalhe." Ela faz um gesto de desdém com a mão. "Tudo é negociável. Basta querer."

"Certo, eu repasso a proposta pra ele, mas só se você parar com essas frases feitas."

Mac pega um pedaço de madeira no chão e joga para Daisy. "Eu não prometo nada."

Eu reviro os olhos. Essa garota é meio que insuportável, mas eu gosto disso. De alguma forma, ela me conquistou. Mesmo quando está sendo irritante, eu continuo curtindo a companhia dela.

"Vamos ser sinceros", eu digo, antes de pensar no que estou falando. "Essa coisa toda faz algum estragozinho que seja no seu fundo de herança?"

Fico hesitante até em tentar arriscar um número. A partir de determinado ponto, os zeros todos começam a se misturar. A diferença entre cem milhões e quinhentos milhões é a diferença entre nadar até a China ou até a Nova Zelândia para alguém que está se afogando.

Ela fica em silêncio por um instante. E continua. Um aparente desconforto faz o bom humor desaparecer do seu rosto. "Na verdade, eu não posso mexer no meu fundo de herança antes dos vinte e cinco anos."

Isso me pega desprevenido. Como foi que ela comprou um hotel, então? Sei que não foram os pais dela que deram o dinheiro. Mac já deixou bem claro que eles não apoiam suas ambições.

"A não ser que você seja uma traficante de drogas fodona, e eu não tenho nada contra se for, como foi que uma garota de vinte anos descolou toda essa grana?"

"Você vai me achar ridícula", ela diz, detendo o passo e olhando para o chão.

Estou ficando meio apreensivo. De repente, começo a me perguntar se vou conseguir aceitar se ela me disser que é *camgirl* ou coisa do tipo. Ou pior, se me pedir para entrar em seu esquema de pirâmide envolvendo uma linha de óleos essenciais.

Felizmente, ela cria coragem para falar antes que minha imaginação comece a correr solta de verdade.

"Lembra de quando você me mostrou uma história engraçada sobre um namorado? Da garota que foi procurar absorventes no banheiro do cara?"

Eu levanto as sobrancelhas. O que isso tem a ver com a nossa conversa?

"Lembro..."

"Esse site é meu. PiorNamorado.com. Que gerou o PiorNamorada.com."

"Sério mesmo?"

Ela encolhe os ombros. "É."

Puta merda. "E você ganhou toda essa grana com isso?"

Mais uma vez ela encolhe os ombros, envergonhada. Isso me deixa confuso. Afinal, por que a vergonha?

"Mackenzie, isso é muito foda", eu digo.

"Você não acha uma idiotice?" Ela me encara com seus olhos verdes, grandes e esperançosos. Não sei se devo me sentir um cuzão por ela achar que eu a julgaria desse jeito.

"Porra, lógico que não. Estou impressionado. Quando eu tinha vinte anos, não sabia nem esquentar um macarrão congelado sem queimar." Na verdade, *ainda* não sei.

"Os meus pais acham péssimo." A voz dela fica amargurada. Como sempre acontece quando fala deles, só que ultimamente ainda mais. "Parece até que eu fiz uma tatuagem na testa ou coisa do tipo. Eles dizem que estão esperando eu 'sair dessa'." Ela faz as aspas no ar com um gesto furioso, chutando a areia. "Eles não me entendem."

"O que tem pra entender? Que a filha deles não tem idade nem pra alugar um carro sozinha, mas já tem um negócio milionário?"

"Eles têm vergonha. Acham uma coisa vulgar, uma bobagem de menina de colégio. E talvez seja mesmo. Mas o que tem de tão absurdo numa coisa que faz as pessoas rirem? Pra eles, o meu negócio é só uma distração passageira. O que querem pra mim é que eu consiga um diploma respeitável e um marido rico, pra eu ser que nem a minha mãe e gerir trabalhos beneficentes. Tudo só pela aparência. Pra eles, é só isso o que importa."

"Isso, sim é uma idiotice." Eu balanço a cabeça, porque realmente não entendo. Gente rica comprando símbolos de status para mais gente rica que comprou o mesmo símbolo de status para impressionar as mesmíssimas pessoas. Um círculo vicioso de desperdício e pretensão. "Pagar centenas de milhares de dólares em uma faculdade só pelas aparências? Vai se foder."

"Eu nem queria vir pro Garnet... esse foi o único jeito de poder tirar um ano sabático e ter tempo pra desenvolver meus aplicativos e expandir o negócio. Mas, desde que cheguei aqui, só penso em arrumar um novo desafio, encontrar outra empreitada que me deixe empolgada como os meus sites na época do lançamento."

"Bom, quer saber o que eu acho? Faz o seu lance, e que se dane o que os outros pensam."

"É mais fácil falar do que fazer", ela responde com aquele tom familiar de apreensão.

Daisy traz na boca um caranguejo-ermitão escondido dentro da concha, que Mac pega e coloca de volta na areia antes de procurar outro graveto para arremessar.

"Sim, mas e daí?" Do ponto de vista de Mac, seus pais sempre foram um grande obstáculo para realizar o que ela realmente deseja. Para alguém com tanto potencial, isso é uma grande besteira. Ela tem força de sobra para superar esse tipo de coisa. "Se você quer de verdade, então vai à luta. E aguenta a bronca. Qual é a pior coisa que pode acontecer, eles te deserdarem? Se você for sincera sobre o quanto isso é importante pra você e eles mesmo assim não apoiarem os seus sonhos, que diferença faz se continuarem fazendo parte da sua vida?"

Ela solta um suspiro baixinho. "Sinceramente, às vezes eu me pergunto se eles me amam de verdade. Na maior parte do tempo, eu sou só um bibelô, ou mais uma peça no joguinho de estratégia deles. Uma bonequinha de plástico."

"Eu conheço tantas histórias sobre famílias de merda que você ia ficar até entediada de ouvir", digo a ela. "Então eu entendo. Não é a mesma coisa, mas, confia em mim, eu sei como é essa sensação de não ter ninguém e não se sentir amado. De sempre tentar preencher esse vazio com alguma outra coisa. Quase consigo perdoar o meu pai por ser um filho da puta, sabe? Quer dizer, ele sofria com um vício. Isso transformava tudo na vida dele em merda. E acabou matando o cara. Não fiquei nem triste quando aconteceu, a não ser com o fato de que a única coisa que ele deixou pra nós dois foi a nossa mãe. Por um tempo, pelo menos, porque depois ela se mandou também. Os dois mal podiam esperar pra se livrar da gente." Sinto minha garganta se fechar. "Já tive muito medo de acabar virando alguém como eles. Com medo de que, não importa o que eu faça, eu continue nadando contra a corrente, e acabe morto ou virando um inútil."

Porra.

Eu nunca disse essas palavras em voz alta antes.

É assustador me dar conta do quanto Mac é capaz de arrancar de mim. Do quanto eu quero que ela saiba a meu respeito. É assustador saber que não estou no controle do meu coração, que bate por ela. Para mantê-la ao meu lado. Temendo o momento que ela caia em si e me dê um pé na bunda.

"Ei." Ela segura a minha mão, e só o que consigo pensar é que eu suportaria qualquer coisa por essa garota. "Vamos fazer um pacto: nós não vamos virar nossos pais, não vamos permitir isso. Esse sistema de apoio mútuo não falha nunca."

"Combinado." É uma coisa tão cafona que eu consigo até rir. "Mas é sério. Não desperdiça esse momento. Se o seu coração está te dizendo para ir atrás de uma coisa, vai fundo. Não deixa ninguém te atrapalhar, porque a vida é curta demais. Construa o seu império. Mate os seus dragões."

"Você devia colocar isso numa camiseta."

Daisy reaparece, se enroscando nos pés de Mac. Acho que finalmente se cansou. Prendo a guia na coleira dela quando Mac e eu nos sentamos na areia. Um silêncio confortável se estabelece entre nós. Não entendo como ela ainda consegue incutir em mim partes iguais de caos e paz. Quando estamos discutindo, às vezes sinto vontade de esganá-la. Ela me deixa louco. Faz umas maluquices do tipo subir em uma escada de metal durante uma tempestade com raios e trovoadas. E então temos momentos como este, em que ficamos lado a lado em silêncio, perdidos nos nossos próprios pensamentos, mas completamente sintonizados um com o outro. Conectados. Não sei o que isso significa. Como podemos estar gritando um com o outro num instante e numa tranquilidade total no outro? Talvez isso signifique que nós dois somos malucos, só isso.

Ou talvez que eu esteja me apaixonando por ela.

30

MACKENZIE

Alguns dias depois da inspeção no hotel, me encontro com Steph e Alana numa lanchonete na cidade. Parece estranho estar conversando quase todos os dias com pessoas que, até algumas semanas atrás, mal falavam comigo. Tudo começou quando Steph me colocou num grupo de mensagens com Alana para compartilhar algumas fotos de Evan no telhado delas arrumando o estrago da tempestade. A calça dele estava caindo, mostrando o cofrinho e até mais, e ela escreveu na legenda das fotos: *Fazendo um trabalho caprichado igual à bunda dele*. Em seguida, Alana mandou uma captura de tela engraçada do PiorNamorado.com, e — apesar do meu medo de soar metida a besta ou parecer que estava só querendo mostrar que tenho dinheiro — confessei para elas que sou a criadora dos dois sites. Por sorte, isso só fez com que elas gostassem mais de mim.

"Esclarece uma coisa pra gente", disse Alana, gesticulando para o outro lado da mesa com um pedaço de picles na mão. "Verdadeiro ou falso: Cooper tem uma tatuagem no pau."

Eu quase engasgo com uma batata frita. "Quê?"

"Alguns anos atrás, rolou uma história de uma garota que transou no telhado da delegacia no fim de semana do Quatro de Julho", Steph conta ao meu lado. "E começou a rodar uma foto de um cara com o pau tatuado, mas a gente nunca descobriu quem era."

"E vocês não perguntaram isso pra Heidi?"

As meninas me lançam olhares apreensivos.

"Que foi, eu não podia saber disso?", pergunto com a maior naturalidade. Para mim parece óbvio que os dois já ficaram em algum momento no passado recente.

Steph e Alana trocam olhares, debatendo silenciosamente como responder.

Eu encolho os ombros. "Tudo bem. Eu entendo, ela é a melhor amiga de vocês."

"Eles não eram namorados nem nada", Steph diz como uma espécie de consolo. "Foi só uma amizade colorida, sabe."

Para Cooper, talvez. Só que, nesse tipo de situação, invariavelmente uma das partes está disposta a algo mais.

"Heidi ainda é a fim dele", Alana vai logo dizendo, pois não é de medir as palavras.

Eu já desconfiava que sentimentos não correspondidos ou talvez um rompimento de relação fosse o motivo do ódio irracional de Heidi por mim. Nesse tipo de coisa, meu instinto quase nunca falha, então a confirmação de Alana é quase redentora para mim.

"Eu imaginei", digo a elas. "Mas de repente ela sai dessa em breve. Cooper me disse que tem um cara interessado nela. Jay alguma coisa?"

As duas soltam grunhidos simultâneos.

"Ai, nem me fala nisso", Alana responde. "Pois é, seria legal ela superar esse lance com o Coop e tudo voltar ao normal — mas logo com o irmão da Genevieve?"

"Quem é Genevieve?"

"A ex do Evan", responde Steph. "Gen está morando em Charleston."

"Eu sinto falta dela", Alana comenta, visivelmente melancólica.

Steph solta um risinho de deboche. "Evan também. Caso contrário, não estaria por aí transando com meio mundo pra tentar esquecê-la." Ela joga o rabo de cavalo sobre o ombro e se vira sorrindo pra mim. "É tudo muito incestuoso por aqui. Evan e Genevieve. Heidi e Cooper — apesar de que, graças a Deus, isso já acabou. Amigos não deveriam transar, isso só dá confusão." Ela lança um olhar para Alana. "E também tem essa cachorra aqui, que vive voltando pra repetir a dose com Tate. Quantas vezes? Três? Quatro?"

"Tate?", eu repito com um sorriso. "Ah, ele é um gato."

Alana faz um gesto de desdém com a mão. "Não, isso já era. Eu também não gosto dessa história de amizade colorida."

"Comigo nunca rolou." Eu encolho os ombros de uma forma um

tanto depreciativa. "O meu histórico sexual se resume a Cooper e um relacionamento de quatro anos com um cara que pelo jeito andava indo pra cama com quem aparecesse pela frente."

Steph faz uma careta. "Sinceramente, não acredito que você namorava aquele cretino."

Sinto a minha testa se enrugar. "Você conhece o Preston?"

O comentário dela me transmitiu uma estranha sensação de familiaridade.

"Quê? Ah, não. Não conheço. Quer dizer, só ouvi *falar*. Cooper contou pra gente que ele te traía. E pra mim todo mundo que trai é um cretino."

Steph pega um café, dá um gole e desvia o olhar por um instante, mas em seguida se vira de novo para mim com um sorriso tranquilizador. "E, olha só, não precisa se preocupar com a Heidi. O Cooper é louco por você."

"E Heidi já recebeu avisos de sobra pra se comportar", Alana complementa, e em seguida franze a testa quando Steph dirige para ela um olhar equivalente a um chute por baixo da mesa. Essas duas têm a sutileza de uma britadeira.

Não é a primeira vez que pego esse tipo de troca de olhares entre as duas, como se estivessem tendo uma conversa silenciosa em que não estou incluída. Minha relação com Steph e Alana melhorou significativamente — e não duvido de forma nenhuma da sinceridade de Cooper em relação a nós —, mas fico com a nítida impressão de que esse grupo de amigos tão unido ainda guarda muitos segredos. Obviamente, não dá para conquistar a confiança total das pessoas assim tão depressa.

Mas por que eu sinto cada vez mais que existem segredos que dizem respeito a mim?

Não tenho a chance de fazer esse questionamento, porque sinto o celular vibrando no bolso. É a minha mãe. De novo. Acordei de manhã com várias mensagens dela no celular, continuando a sequência das outras tantas que enviou ontem à noite. Até silenciei o número dela temporariamente, para ter um pouco de paz sem ter o telefone bombardeado toda hora. Desde que rompi com Preston, recebo uma reprimenda atrás da outra. Não existe mais nada a conversar sobre esse assunto. Pelo menos para mim.

Mas ao que parece minha mãe está determinada a discutir a respeito. Olho para o celular e me dou conta de que ela desistiu das mensagens e agora está me ligando. Deixo o telefonema cair na caixa postal, e uma mensagem desesperada de Bonnie aparece para me avisar que chegou a hora de encarar meu julgamento final.

"O que foi?" Steph se inclina para olhar por cima do meu ombro, aparentemente alarmada com a minha palidez.

"Os meus pais estão aqui."

Bom, não exatamente aqui. No meu alojamento da faculdade. A coitada da Bonnie está presa lá com eles, aguardando as minhas instruções sobre o que fazer.

BONNIE: *O que eu faço com eles?*

EU: *Manda irem me esperar no café. Estou indo pra lá.*

Eu sabia que isso ia acontecer. Venho me esquivando das ligações e das mensagens, tentando desaparecer do radar deles. Mas era só questão de tempo até os dois virem atrás de mim.

Ninguém deixa meu pai falando sozinho.

Peço desculpas por abandonar o almoço pela metade e vou para o campus com a pressão arterial nas alturas. Depois de um breve telefonema, o melhor que consegui foi atraí-los para um lugar público. Os meus pais não teriam coragem de dar um escândalo. Essa é a minha vantagem estratégica — e a minha rota de fuga.

Mesmo assim, quando entro no café e vejo os dois sentados perto da janela, esperando a filha desgarrada, meus pés resistem a continuar caminhando. Não importa a idade que eu tenha, ainda me sinto aquela garotinha de seis anos levando bronca do meu pai na sala de estar por ter derrubado ponche no vestido antes de tirar o retrato do cartão de Natal, depois de ele ter me avisado que era para beber só água, enquanto a minha mãe fica em silêncio, intimidada, perto do carrinho de bebidas.

"Oi", eu cumprimento os dois, pendurando a bolsa na cadeira. "Desculpa ter feito vocês esperarem. Eu estava almoçando com umas amigas na cidade..."

Paro de falar quando vejo a expressão de impaciência na cara do meu pai. Ele está de terno, com uma das mangas do paletó puxadas para cima para mostrar o relógio. Eu entendo o recado. Claramente. Ele está perdendo compromissos por minha causa, deixando de lado assuntos importantes para o destino do mundo para cuidar da filha de comportamento errático. Como eu ouso obrigá-lo a fazer o papel de pai?

E também há a minha querida mãe, batucando com as unhas bem-feitas na bolsa de mão Chanel, como se eu a estivesse fazendo perder tempo também. Sinceramente, não tenho ideia do que ela faz o dia todo. Com certeza deve haver uma reunião com algum serviço de buffet em sua agenda. As semanas dela são uma sequência interminável de decisões envolvendo frango ou peixe.

Por uma fração de segundo, enquanto os dois me olham com irritação e desdém, vejo um padrão de vida deles sobreposto ao meu futuro, e não gosto nada disso. Sinto um nó na garganta. Uma sensação de pânico se espalha pelo meu sistema nervoso. Imagino que deva ser essa a sensação de se afogar.

Eu não posso continuar vivendo assim.

"Fico feliz que vocês tenham vindo", começo, mas o meu pai ergue a mão logo em seguida. *Por favor, cale essa boca*, é o que o gesto dele me diz. Então tá.

"Acho que você deve um pedido de desculpas para nós, mocinha." Às vezes eu chego a me perguntar se o meu pai me chama assim porque às vezes esquece o meu nome.

"Realmente, você foi longe demais desta vez", minha mãe reforça. "Você tem ideia do constrangimento que causou?"

"O que vai acontecer é o seguinte." Meu pai nem olha para mim. Em vez disso, fica mexendo no celular. O que temos aqui não passa de um pronunciamento pré-programado que não inclui a minha participação. "Você vai pedir desculpas para Preston e os pais dele por esse incidente. Depois disso, eles vão aprovar a retomada do relacionamento de vocês. Depois você vai passar o fim de semana em casa, para reavaliarmos como as coisas vão ser. Acho que você anda tendo muita liberdade ultimamente".

Eu me limito a olhar para ele.

Quando me dou conta de que está falando sério, solto uma risadinha incrédula. "Hã, não. Eu não vou fazer isso."

"Como é?" Minha mãe ajeita sua echarpe — uma espécie de tique nervoso que a acomete quando percebe que não pode explodir comigo com tanta gente por perto. "Seu pai está lhe dando uma ordem, Mackenzie."

Bom, pelo menos um dos dois sabe o meu nome. Tento imaginar como foi que o escolheram. Caso tenha havido algum momento em que apreciaram a ideia de ter uma filha, deve ter sido esse, não?

"Eu não vou reatar com o Preston." O meu tom de voz não deixa margem para contestação.

Então sou contestada de imediato, claro.

"Por que não?" Minha mãe não consegue esconder a irritação. "Não seja boba, querida. Esse rapaz vai ser um marido honrado e confiável para você."

"Confiável?" Solto uma risadinha alta o bastante para atrair alguns olhares das mesas vizinhas.

Meu pai fecha a cara para mim. "Fale baixo. As pessoas estão olhando."

"Podem acreditar em mim quando digo que Preston não é *nada* confiável e não está preocupado com ninguém além de si mesmo. Vou poupar vocês dos detalhes." Por exemplo, que ele é um traidor desgraçado, que provavelmente vem se envolvendo com outras desde que começamos a namorar. E que nesse sentido sua atitude foi uma tábua de salvação para nós dois, porque eu também não fui nenhuma santa. "Basta dizer que nós não temos mais nada em comum." Eu fico hesitante. Mas logo em seguida aperto o botão do foda-se. "Além disso, eu já estou saindo com outro."

"Quem?", minha mãe pergunta, incrédula, como se Preston fosse o único homem neste mundo.

"Um local", respondo, porque sei que isso vai deixá-la maluca.

"Já chega."

Tenho um sobressalto quando o meu pai bate com o telefone na mesa. Rá. As pessoas estão olhando para quem agora?

Quando percebe o que fez, ele baixa o tom de voz e fala entre os dentes cerrados: "Essa desobediência acaba aqui. Não vou mais admitir provocações. Você vai se desculpar. Vai reatar com esse rapaz. E vai entrar na linha. Ou pode esquecer sua mesada e seus cartões de crédito".

Os ombros dele estão trêmulos de raiva reprimida, e agora tenho sua atenção total. “Então trate de cooperar, caso contrário vou cortar suas asinhas, e aí vamos ver as coisas ficarem feias de verdade.”

Não duvido dele nem por um instante. Ele sempre foi implacável comigo. Nada de afagos. Nem de tratamento especial. Isso costumava me deixar morrendo de medo.

“Vamos fazer assim, então”, eu digo, pegando a minha bolsa no encosto da cadeira. “Vou apresentar a minha contraproposta: um ‘não’.”

Os olhos dele, do mesmo tom de verde que os meus, brilham de contrariedade. “Mackenzie”, ele avisa.

Eu enfio a mão na bolsa. “Pode fazer o que quiser, mas a verdade é que estou cansada de viver com medo de decepcionar vocês dois. Estou de saco cheio de nunca alcançar os seus parâmetros. Não aguento mais tentar de tudo pra deixar vocês felizes e nunca conseguir. Eu nunca vou ser a filha que vocês querem, então desisti de tentar.”

Encontro o que estou procurando na bolsa. Pela primeira vez na minha vida, meus pais ficam sem fala, quando me veem preencher um cheque, que eu empurro para o outro lado da mesa, na direção do meu pai.

“Toma aqui. Um reembolso do que você gastou no primeiro semestre de faculdade. Decidi que os meus interesses são outros.”

Sem mais nada a dizer — e com a certeza de que esse meu acesso de loucura não vai durar muito tempo — prendo a respiração enquanto levanto da mesa e saio andando, sem nem sequer olhar para trás.

Em um piscar de olhos, virei uma ex-estudante universitária.

31

MACKENZIE

Fico esperando nos degraus da frente da casa de Cooper até que ele chegue do trabalho.

Depois de deixar meus pais falando sozinhos, estou me sentindo energizada, mas sem ter como dar vazão a isso, então dei uma volta no calçadão, caminhei um pouco pela praia e vim para cá. Pouco tempo depois, a picape de Cooper estaciona e os irmãos descem do carro.

"E aí, princesa?" Subindo os degraus até a porta da frente, Evan me dá uma piscadinha antes de entrar. Somos superamigos agora, eu e o Gêmeo Mau.

"Faz quanto tempo que você está aqui?" Cooper parece surpreso por me ver enquanto sobe os degraus da varanda da frente.

Por um momento, esqueço o que ele perguntou, porque estou ocupada demais babando. Fico boquiaberta toda vez que o vejo. Os olhos escuros e os cabelos bagunçados pelo vento. O corpo se insinuando por baixo da camiseta e da calça jeans desbotada, que atiça a minha memória. Ele exala uma masculinidade absurda. Passou o dia no canteiro de obras, e ainda tem poeira na pele e nas roupas. O cheiro de serragem. Tudo isso me deixa totalmente impulsiva. Reduz todo o meu ser a *desejar, desejar e desejar*.

"Mac?", ele me chama, com um sorriso nos lábios de quem percebeu o que está acontecendo.

"Ah. Desculpa. Uma hora, talvez?"

"Algum problema?"

"Nenhum." Pego a mão que ele me estende para me ajudar a ficar de pé. Nós entramos. Quando tiramos os sapatos, eu o conduzo diretamente para o seu quarto.

"Tenho uma notícia pra dar", anuncio.

"Ah, é?"

Fecho a porta e passo a chave porque, ultimamente, Evan anda se divertindo mexendo na maçaneta quando sabe que estamos fazendo alguma coisa, só para me assustar. Esse cara precisa de um hobby.

"Eu abandonei a faculdade." Mal consigo conter a empolgação. E talvez haja um pouco de medo também. Todos os sentimentos parecem misturados, fervilhando dentro de mim.

"Puta merda, é uma notícia e tanto. Como isso foi acontecer?"

"Os meus pais me emboscaram lá no campus e meio que me forçaram a tomar uma atitude."

Cooper tira a camisa e joga no cesto de roupa suja. Quando começa a abrir o cinto, atravesso o quarto e afasto as mãos dele, me encarregando disso eu mesma. Enquanto abro seu zíper, sinto que ele está me olhando, e seu abdômen se contrai todo.

"E como foi a conversa?" Ele parece meio distraído agora.

Deixando a calça ainda no lugar, enfio a mão em sua cueca boxer e começo a acariciá-lo. Ele ainda estava só semiereto. Mas logo fica todo duro, e sua respiração se acelera.

"Eu mandei os dois à merda." Passo o polegar sobre o pontinho úmido na cabeça do pau. Ele solta o ar com força. "Não com essas palavras."

"Está se sentindo toda fodona, hein?" As mãos dele passeiam pelos meus cabelos e agarram minha cabeça.

Eu chego mais perto para beijá-lo no queixo. "Um pouquinho."

Eu o empurro para trás, até suas pernas esbarrarem na cama e ele se sentar na beirada.

Seu olhar se torna sedento. "E o que trouxe isso à tona?"

"Basicamente eu." Pego uma camisinha na mesa de cabeceira e jogo para ele. Em seguida, tiro o meu vestido por cima da cabeça. "E você também, um pouco."

Meu sutiã e minha calcinha vão para o chão.

"Essa independência combina com você", ele comenta com a voz áspera, acariciando o pau enquanto me observa.

Com gestos lentos, eu subo no seu colo. Ele fala um palavrão na minha orelha, segurando minha bunda com as duas mãos. Com as mãos espalmadas no peito dele, começo a cavalgar. Devagar no começo, sendo acometida por uma série de calafrios. Estar com Cooper sempre provoca um choque no meu organismo. Tudo com ele parece certo, mas mesmo assim não consigo me acostumar. E acho que nem quero. Ainda estou curtindo as surpresas. Ainda sinto o baque cada vez que seus lábios passeiam pela minha pele.

Começo a me balançar para a frente e para trás. Sem a menor vergonha. Toda a profundidade nas estocadas ainda é pouco, toda a proximidade ainda é pouco. Deito a cabeça no seu ombro e mordo o lábio para não fazer barulho enquanto me esfrego nele.

"Puta merda, assim eu não vou aguentar muito tempo", ele murmura.

"Ótimo", respondo com um sussurro.

Ele solta um grunhido e projeta os quadris para cima, me envolvendo nos braços.

Abro um sorriso ao ver sua expressão de êxtase, ao ouvir o ruído abafado que ele solta quando goza. Depois de jogar a camisinha fora, ele me deita na cama e me beija dos seios até a barriga, e depois mais embaixo, até se acomodar no meio das minhas pernas e me abrir toda com a língua. Cooper me lambe até eu agarrar seus cabelos e gemer de prazer. Ele é bom demais com a língua. É uma coisa viciante.

Mais tarde, depois de um banho e mais uma rodada de orgasmos, estamos sentados na varanda da frente com Daisy, e uma pizza assando no forno.

"Não sei se eu teria conseguido fazer isso se não tivesse conhecido você", digo para Cooper, que está com a nossa cachorrinha dormindo no colo. "Isso de abandonar a faculdade."

"Teria sim. Em algum momento. Eu só fui o pretexto pra te dar um empurrãozinho."

"Talvez", admito. "Mas você foi a minha inspiração."

Ele revira os olhos.

"Para com isso. É sério." Tem uma coisa que eu aprendi sobre Cooper: ele não sabe receber elogios. É uma das suas qualidades mais admiráveis. "Você não tem medo de nada nem de ninguém. Segue as próprias regras. O resto que se dane."

"Isso é fácil quando você não tem porra nenhuma a perder."

"Você acreditou em mim desde o começo", eu continuo. "Nunca tive alguém assim na minha vida antes. Isso significa muito pra mim. E eu não vou esquecer."

Mas, mesmo curtindo a minha recém-adquirida independência, não sou ingênua o bastante para acreditar que meus pais vão simplesmente aceitar a minha decisão. Eles vão arrumar uma forma de me atingir. Ninguém sai impune depois de irritar o meu pai. Então com certeza vai haver uma retaliação pela minha desobediência. Só resta saber com que *intensidade*.

Não demora muito para as consequências dos meus atos se tornarem conhecidas. Exatamente seis dias depois de largar a faculdade, recebo um e-mail da reitora estudantil. É uma mensagem curta e concisa. Uma forma educada de dizer *Venha já para cá*.

Chego alguns minutos atrasada para a reunião, e a secretária me conduz a um escritório com revestimento em cerejeira nas paredes. A reitora está em outro compromisso e vai chegar daqui a pouco. Eu gostaria de um copo d'água?

Acho que os meus pais fizeram algumas ligações, na esperança de que uma pessoa neutra pudesse me convencer a não largar a faculdade. Mas, para mim, só falta mesmo resolver a papelada. Admito que não avancei muito nas formalidades do meu desligamento do Garnet College. Com o hotel e os meus sites ocupando boa parte da minha atenção, resolvi fazer o que no meu conceito constitui dar uma abandonada nas coisas.

"Eu sinto muito pela espera." A reitora Freitag, uma mulher baixinha e de pele bronzeada e enrugada, entra na sala. Ela contorna a mesa, ofegante, limpando a umidade dos cabelos loiros na altura dos ombros. Em seguida, ajusta o paletó do terninho vermelho e tira a echarpe de seda do pescoço. "Está quente como a cadeira do diabo aqui."

Ela liga o pequeno ventilador sobre a mesa e vira para si, desfrutando por um momento da brisa antes de voltar sua atenção para mim.

"Pois bem, srta. Cabot." O comportamento dela muda. "Fiquei sabendo que você não compareceu a nenhuma aula na semana passada."

"Não, senhora. Eu tomei a decisão de me retirar da faculdade neste semestre."

"Ah, sim? Se eu bem me lembro, você já tinha adiado seu ingresso em doze meses." Uma de suas sobrancelhas finíssimas contornadas a lápis se levanta. "O que é tão urgente que está colocando seus estudos em segundo plano?"

Alguma coisa nessa mistura de desinformação e conversa amigável me incomoda. É como se eu estivesse caindo numa armadilha.

"Na verdade, eu estou abandonando o Garnet de vez. Não vou voltar no próximo semestre."

Ela fica me observando, impassível, por vários instantes. Tanto tempo que quase me sinto obrigada a me explicar, para que ela volte a falar. Quando enfim ela se manifesta, é impossível deixar de notar um tom de desforra em sua voz.

"E imagino que você tenha pensado bastante a respeito, não?"

"Pensei, sim, senhora."

Um breve sorriso de *então tá* surge nos lábios dela enquanto mexe no mouse para reativar o computador. Ela volta sua atenção para a tela enquanto fala.

"Bom, então vamos ajudar você com isso. Vou pedir para a minha secretária imprimir os formulários necessários." Ela me encara com um olhar não muito tranquilizador. "Não se preocupe, só vou precisar de uma assinatura ou duas." E continua clicando o mouse. "Obviamente, você vai precisar desocupar o seu quarto no Tally Hall vinte e quatro horas depois de notificar a Secretaria de Moradia Estudantil." Ela abre um sorriso para mim. "E... prontinho! Já fiz isso para você."

E aqui estamos. Desligamento total.

Um grande *dane-se você* vindo do meu pai.

Ela tem razão, claro. Eu não tenho por que continuar ocupando um quarto se não estudo mais na faculdade. Um pequeno detalhe do qual não tinha me dado conta. Sem dúvida meus pais passaram a última semana esperando que eu voltasse rastejando para casa em busca de um lugar para ficar.

"Mais alguma coisa?" A reitora sorri para mim como se o que eu estivesse fazendo fosse uma afronta pessoal contra ela.

Mas não perco meu tempo me preocupando com isso. Para o bem ou para o mal, nosso relacionamento profissional terminou.

"Não, senhora." Abro um sorriso simpático e fico de pé. "Eu já vou indo."

Uma hora depois, estou no meu quarto, encaixotando minhas coisas. Pouco mais de três meses. Foi isso o que durou a minha carreira acadêmica, mas... eu não estou triste por ter acabado.

Estou tirando as roupas dos cabides quando escuto a vibração de uma mensagem de texto chegando. Pego o celular na escrivaninha. É de Kate, que não vejo há semanas. Eu a convidei para fazer alguma coisa uma ou duas vezes — não queria ser o tipo de garota que deixa de dar bola para as amigas assim que começa a sair com um cara novo —, mas ela está ocupada ensaiando com a banda em que entrou no mês passado. É a baixista, ao que parece.

KATE: *E aí, amiga! Entããão, só pra avisar: falei com a minha irmã pelo telefone agora há pouco e o seu nome surgiu na conversa. Mel contou que o seu ex anda fazendo perguntas por aí, tentando descobrir com quem você está saindo. Parece que você foi vista na cidade com algum local, é isso?*

Eu solto um palavrão. Porra, Evan. Eu sabia que aquela noite ia causar problemas para nós.

EU: *Merda. Que maravilha.*
KATE: *Pois é. Preston está decidido a descobrir. Bom, você está avisada.*
EU: *Obrigada pela informação.*
KATE: *Sem problemas. Aliás, nosso primeiro show é na sexta, um espaço pra bandas novas no Rip Tide, lá na cidade. Vê se aparece!*
EU: *Depois me manda o horário direitinho!*

Antes que eu possa voltar a embalar as minhas coisas, o celular vibra de novo na minha mão. Por falar no diabo... Dessa vez é Preston, e ele não parece nada satisfeito.

PRESTON: *Você saiu do Garnet? Porra, Mackenzie, qual é o seu problema? Por que está jogando a sua vida fora desse jeito?*

Eu cerro o maxilar. Estou cansada dessa arrogância toda. Essa forma como ele me trata, sempre me julgando, e sempre condescendente, como se eu fosse incapaz de viver a minha própria vida.

EU: *Só por curiosidade, você anda me espionando pessoalmente ou está pagando outras pessoas pra ficar de olho em mim?*
PRESTON: *Seu pai me ligou. Ele acha que você está perdida.*
EU: *Estou cagando pro que ele acha.*
EU: *E também estou cagando pro que você acha.*
EU: *Vê se para de me escrever.*

Quando vejo que ele está digitando, coloco o celular no modo Não Perturbe. Não consigo criar coragem para bloquear o número dele ainda. Por respeito à nossa história, acho. Mas sinto que vou precisar fazer isso, mais cedo ou mais tarde.

Na hora em que Bonnie volta ao alojamento, depois das aulas da tarde, já terminei de arrumar minhas coisas. Ela vê as caixas empilhadas junto à parede da sala de estar.

"Está fugindo de alguém?" Ela larga a mochila e pega uma água no frigobar, deixando a porta aberta para refrescar as pernas.

"Fui despejada", respondo, encolhendo os ombros. "Uma hora ia acontecer."

"Ai, merda." Ela fecha o frigobar com o pé. "Você acha que eu vou ficar com o quarto só pra mim agora?"

Eu abro um sorriso. Bonnie não é exatamente uma pessoa sentimental, mas sei que gosta de mim. "Eu também vou sentir sua falta."

"O que você vai fazer com todas as suas coisas?" Ela aponta com o queixo para as caixas. Em seguida, abre um sorriso malicioso. "Será que dá pra pedir pro seu ex traidor emprestar o Porsche dele?"

Dou uma risadinha. "Com certeza daria supercerto." Caminhando até meu antigo quarto, pego o celular do bolso. "Tudo bem, eu conheço alguém que tem uma picape. Vou ver se ele pode vir me buscar."

"Ah, é esse o cara local com o pau de ouro?"

"Talvez." Aos risos, entro no quarto e ligo para ele.

"Oi, linda. Tudo certo?" A voz áspera de Cooper atiça a minha orelha e me provoca um frio na espinha. Até ouvi-lo falar é sexy.

"E aí. Então... Tenho um favorzão pra pedir."

"Manda." O barulho de marteladas e serras elétricas se torna mais distante. Ele está se afastando da obra.

"Preciso desocupar o meu quarto. Fui despejada, basicamente. Pelo jeito não posso morar no alojamento estudantil sem ser estudante."

"Você entende que essa é uma decisão perfeitamente razoável da parte deles, né?"

"Me deram um aviso de vinte e quatro horas", respondo. "Desde quando isso é razoável?"

Ele dá uma risadinha. "Precisa de ajuda pra arrumar suas coisas?"

"Não, mas pensei em pedir pra você me buscar quando sair do trabalho, pra eu levar as caixas com a sua picape, sabe? Vou colocar a maioria das coisas num depósito na cidade até encontrar um apartamento." Eu fico hesitante. "E, hã, eu vou precisar de um lugar pra dormir até lá. Se não for pedir muito."

Claro que é pedir muito. Nós mal começamos a sair juntos. Pedir para ficar na casa dele, mesmo que em caráter temporário, não é um favor qualquer. Sim, Evan e eu nos damos bem agora, o que alivia o potencial de tensão, mas eles não têm por que querer outra pessoa na casa.

"Não, esquece", eu interrompo quando ele começa a responder. "Vou ficar num hotel. Assim é melhor."

Porque, sério mesmo, onde eu estava com a cabeça? Foi uma ideia idiota. Por que fui achar que a minha primeira opção era me convidar para ficar na casa de Cooper, como se já o conhecesse há um bom tempo? Isso é loucura.

"Tem um hotel de beira de estrada na parte norte da praia. Com certeza eles alugam quartos por semana..."

"Mac?"

"Oi?"

"Cala a boca."

Eu seguro o riso. "Que grosseria."

"Você não vai ficar numa merda de hotel de beira de estrada. Vai dormir na minha casa. Fim de papo."

"Tem certeza? Eu não pensei muito bem antes de ligar, então..."

"Eu saio às seis. Passo no campus depois."

Uma emoção sobe pela minha garganta. "Valeu. Eu, hã... porra, Cooper, eu agradeço muito."

"Não esquenta, princesa." Ele desliga quando alguém o chama, me deixando sorrindo ao telefone. Não que eu esperasse que Cooper fosse dar uma de babaca, mas ele se saiu extremamente bem.

"Espera aí, será que eu ouvi direito?", uma voz exaltada diz da porta do quarto. "Ou será que você chamou a pessoa misteriosa do outro lado da linha de *Cooper*?"

Eu olho para ela. Envergonhada.

"Tipo, Cooper Hartley?"

Eu assinto.

Bonnie solta um suspiro de susto, apesar de estar bem na minha frente. "Ai, meu Deus do céu! É *ele* que você está escondendo de mim?" Ela entra no quarto, com os cachos loiros esvoaçando ao redor dos ombros. "Você não vai sair daqui antes de me contar tudo em detalhes. *Tudinho*."

32

COOPER

Essa garota é maluca.

"O que a manteiga de amendoim está fazendo na geladeira?", eu grito da cozinha.

Juro por Deus, a presença de uma terceira pessoa transformou isto aqui num circo. Eu costumava saber onde Evan estava por causa dos rangidos da casa ao seu redor. Agora são dois, e parece que o lugar está assombrado — o barulho chega de todas as direções ao mesmo tempo. Porra, a esta altura, até *eu* provavelmente acreditaria que Patricia existe.

"Ei!" Eu grito para o nada. "Onde é que você está?"

"Bem aqui, idiota." Evan aparece do meu lado, me empurrando do caminho enquanto pega duas embalagens com seis cervejas cada da geladeira e joga no cooler.

"Você, não. A outra."

Ele encolhe os ombros e sai da cozinha com o cooler.

"O que foi?" Mac aparece sabe-se lá de onde usando um biquíni minúsculo. Os peitos dela estão quase escapando pela parte de cima, e o pedacinho de tecido no meio de suas pernas está praticamente implorando para ser arrancando com os dentes. Porra.

"Foi você que fez isso?" Mostro o pote de manteiga de amendoim de uma marca de que nunca ouvi falar. Estava na porta de geladeira o tempo todo, enquanto eu vasculhava os armários da cozinha em busca de um pote de Jif.

Ela franze a testa para mim. "O quê?"

"Quem pôs a manteiga de amendoim na geladeira?"

"Hã..." Ela se aproxima, pega o pote e vira na mão. "É o que diz na embalagem."

"Mas fica dura. Uma porcaria." Abro o pote e vejo uma camada de uns três centímetros de óleo em cima da pasta sólida. "O que é essa merda toda?"

"É um produto orgânico", ela me diz como se eu fosse um imbecil por perguntar. "As partes se separam. Você precisa mexer um pouco."

"Por que diabos alguém iria querer mexer a manteiga de amendoim? Você come mesmo essa coisa?"

"Sim. É uma delícia. E quer saber? Você também poderia diminuir um pouco o consumo de açúcar. Parece estar meio agitadinho."

Será que eu estou tendo um derrame? Acho que estou enlouquecendo. "O que isso tem a ver?"

Mac revira os olhos e me dá um beijo no rosto. "Tem manteiga de amendoim normal na despensa." Em seguida, ela sai para o deque atrás de Evan, rebolando a bunda para mim.

"Que despensa?", grito atrás dela.

Ela me ignora, e eu me viro para examinar os arredores, até que os meus olhos se fixam no armário das vassouras. Sinto até um frio na barriga.

Abro a porta e descubro que ela tirou as ferramentas, os suprimentos de emergência para o caso de furacões e outras coisas que eu deixava muito bem organizadas lá dentro. Tudo foi trocado, além da comida de verdade que desapareceu misteriosamente no dia em que ela chegou e começou a encher nossos armários com biscoitos integrais não transgênicos com semente de linhaça e essa porra toda.

"Vamos nessa", Evan diz, enfiando a cabeça lá dentro.

"Você viu isso?", pergunto, apontando para a despensa.

"Vi, ficou melhor, né?" Ele volta a sair, olhando por cima do ombro. "Estou esperando você lá na frente."

Traidor.

Só faz uma semana que Mac veio para cá, e ela já virou a dinâmica da casa do avesso. Evan anda estranhamente bem-humorado esses dias, o que é mais do que suspeito. Todo o espaço de bancada do meu banheiro foi tomado. A comida é estranha. O papel higiênico está diferente. E, toda vez que eu olho, Mac está mudando alguma coisa na casa.

Mas então sempre me deparo com uma cena desse tipo: quando tranco a porta da frente e saio para a varanda, Mac e Evan estão se matando de rir sabe-se lá do que enquanto me esperam. Eles parecem felizes. Como se fossem amigos desde sempre.

Não sei como nem quando as coisas mudaram. Um dia, Evan parou de se retirar quando ela aparecia e de resmungar sozinho. Ela foi aceita na irmandade. É uma de nós. Praticamente da família. O que é um pensamento assustador, até porque nunca alimentei essa esperança. Para mim, em certo sentido, nós simplesmente daríamos continuidade à eterna rixa entre locais e clones até cansarmos um do outro. Ainda bem que eu estava errado. Mas uma parte de mim não acredita nisso, porque nada na vida pode ser tão tranquilo por tanto tempo.

Evan e eu levamos o cooler até a picape e colocamos na caçamba. Meu irmão pula ali também, usando a mochila como travesseiro para deitar lá como um vagabundo.

"Me acorda quando a gente chegar", ele diz, todo presunçoso, e me comprometo a passar em cima do maior número de buracos possível no trajeto até o calçadão, onde vamos encontrar alguns amigos. Hoje mais cedo, Wyatt chamou todo mundo para jogar vôlei. Quase todos toparam, para aproveitar o máximo possível enquanto o tempo está bom.

"Ei", Mac diz quando eu me acomodo atrás do volante. "Peguei um livro da sua estante caso você queira ler alguma coisa entre um jogo e outro."

Ela está remexendo na bolsa de praia gigantesca que leva aos seus pés. Para minha decepção, vestiu uma regatinha e um short, cobrindo aquele biquíni de enlouquecer.

"Obrigado. Qual?"

Ela mostra a capa: *Da sarjeta à riqueza — 10 bilionários que vieram do nada e conquistaram tudo*. O título pode ser um horror, mas o conteúdo é ouro puro.

"Legal." Eu balanço a cabeça. "Esse é dos bons."

"A sua estante de livros é bem interessante", ela comenta. "Nunca conheci ninguém que lesse tantas biografias."

Eu encolho os ombros. "Eu gosto."

Saio com a picape da entrada da garagem, sempre coberta de areia, e paro diante da placa de "pare" na esquina. Ligo a seta para a esquerda e, quando me viro para ver se o caminho está livre, de repente sinto os dedos de Mac na minha nuca.

Um calor desce para a parte de baixo do meu corpo. É uma reação bem comum ao toque dela.

"Acabei de reparar nisso", ela comenta, surpresa. Seus dedos contornam a minha tatuagem mais recente. "Você sempre teve essa âncora?"

Quando ela tira a mão, o sentimento que me domina é de perda. Se dependesse de mim, as mãos dessa garota ficariam em cima de mim vinte e quatro horas por dia.

"Gostei. É simples e *clean*." Ela sorri para mim. "Você gosta mesmo de temas náuticos, né?"

Eu abro um sorriso. "Bom, eu moro na praia. Mas, pra ser sincero, é só uma coincidência as minhas tatuagens envolverem a água. E a âncora foi uma coisa de momento, quando eu estava de mau humor." Lanço um olhar de rabo de olho para ela. "Foi depois que você decidiu ficar com o seu ex em vez de ficar comigo."

"A maior burrice que eu já fiz na vida."

"Com certeza." Dou uma piscadinha para ela.

"Por sorte, eu dei um jeito de corrigir isso." Ela dá um sorrisinho e põe a mão na minha coxa. "E a âncora representa o quê? Você estar puto comigo?"

"Ser arrastado pra baixo. Eu tinha sido rejeitado pela garota mais inteligente e divertida que conheci. Ela não queria saber de mim." Eu encolho os ombros. "Sempre me senti puxado pra baixo, a vida toda. Por esta cidade. Pelas lembranças que tenho dos meus pais. Meu pai era um fracassado. Minha mãe é outro caso perdido." Encolho os ombros de novo, desta vez com um sorriso sarcástico. "Tenho o péssimo hábito de fazer tatuagens simples e diretas, nem um pouco metafóricas. Não existe nenhum subtexto no meu corpo."

Isso me faz rir. "Eu, pelo menos, gosto muito desse corpo." Ela aperta a minha coxa sem a menor cerimônia. "E você não é um fracassado."

"Estou me esforçando pra não ser." Aponto para o livro em seu colo. "Leio esse tipo de coisa — biografias, memórias de homens e mulheres que saíram da pobreza ou de situações difíceis e chegaram longe — porque me serve de inspiração. Um dos caras desse livro é filho de uma viúva, que ficou sozinha com cinco filhos que não tinha como criar, então ele acabou num orfanato. Além de pobre, estava sozinho no mundo, e foi trabalhar como operário de fábrica logo cedo, fazendo autopeças, armações de óculos. Quando tinha vinte e três anos, abriu sua própria oficina." Aponto com o queixo para Mac. "E foi nessa oficina que surgiu a marca Ray-Ban."

A mão de Mackenzie desliza para o meu joelho, onde ela dá um apertão antes de segurar a minha mão sobre o câmbio. Ela entrelaça os nossos dedos.

"Você é uma inspiração pra mim", ela diz simplesmente. "E, aliás, tenho certeza de que o seu nome também vai parar num livro algum dia."

"Talvez."

Quando chegamos à praia, Wyatt e o resto do pessoal já tomaram conta das redes de vôlei. Ali perto, as garotas estão na areia sob um guarda-sol. Steph está lendo um livro, enquanto Heidi toma sol de bruços e Alana parece entediada como sempre, dando uns goles no drinque que disfarçou numa garrafa d'água.

Evan e eu cumprimentamos os caras batendo os punhos cerrados. Mal terminamos de falar com todo mundo quando Wyatt começa a berrar para montarmos os times.

"Levar um pé na bunda transformou o cara num ditadorzinho, né?", Tate murmura enquanto vemos nosso amigo distribuir ordens como um sargentão.

Dou uma risadinha. "Ela ainda não aceitou o cara de volta?"

"Não. Acho que dessa vez acabou mesmo..." Tate se interrompe, estreitando os olhos.

Quando me viro na direção de seu olhar, vejo Wyatt arrancando Alana da cadeira de praia. Ela solta um suspiro e segura a mão dele. Acho que foi escolhida para o time de Wyatt. Mas o que ele está cochichando na orelha dela?

"O que está rolando ali?", pergunto para Tate.

"Não faço ideia." Ele cerra os dentes.

Então tá.

Os jogos de vôlei começam. E, como aqui em Avalon Bay somos

competitivos até não poder mais, a coisa não demora a ficar intensa. Mac está no meu time e, como uma agradável surpresa, descubro que ela tem um saque mortal. Graças a Mac, abrimos uma boa vantagem logo de cara e ganhamos o primeiro jogo. O time de Wyatt ganha o segundo. No desempate, Mac chama Steph para substituí-la e vai para o mar.

"Depois eu volto pro jogo", ela grita para mim. "Só preciso me refrescar um pouco."

Assinto com a cabeça e volto à tarefa de aniquilar o time de Wyatt e Evan. Só depois de uma hora eu me dou conta de que Steph ainda está jogando no lugar de Mackenzie.

"Cara!", Tate reclama quando erro um ataque.

Só que estou mais concentrado em procurar Mac. Meu olhar percorre a praia algumas vezes até que eu enfim a encontro. Está na beira d'água, conversando com alguém.

Apesar do sol que castiga a minha cabeça e o meu peito descoberto, meu corpo todo fica gelado quando percebo com quem ela está.

Kincaid.

33

COOPER

“Cooper, sua vez de sacar”, Steph avisa, cheia de expectativa.

“Estou fora”, aviso o pessoal, levantando os braços e procurando os olhos do meu irmão do outro lado da rede.

“Evan.” Isso é tudo o que preciso dizer para ele vir correndo para o meu lado. Quando aponto com o queixo na direção de Mac, Evan fica bem sério.

“Caralho”, ele resmunga.

“Pois é.”

Tentando parecer que não estamos com muita pressa, nos afastamos das reclamações dos nossos colegas de time por sairmos do jogo. Dane-se o vôlei. Eu posso me dar muito mal se essa situação sair do controle.

“Como é que a gente vai sair dessa?”, Evan murmura.

“Não sei. Vem comigo.” Quando nos aproximamos da beira d’água, chego a pensar que seria melhor fingir que não vi Kincaid e manter distância, continuar camuflado entre o pessoal que está jogando vôlei. Mas de jeito nenhum eu vou deixar Mac sozinha com esse babaca por perto.

“Algum problema aqui?” Colocando o braço em torno do ombro de Mac, eu encaro Kincaid, que parece estar sozinho.

Uma expressão confusa se desenha em seu rosto quando ele me reconhece. Provavelmente foi muito otimismo da minha parte imaginar que tivesse me esquecido por completo.

Ele estreita os olhos enquanto liga os pontos dentro da cabeça.

“Espera aí, é esse o cara?”, ele questiona, se virando para Mackenzie.

Mac me lança um olhar incomodado. Ela percebe que Evan está por perto e solta um suspiro. "Sim, é ele. E já vamos indo. Aproveite o resto da sua tarde, Pres."

"Espera um pouco aí." Ele parece irritado quando começamos a nos afastar. "Isso é coincidência demais. Eu *conheço* esse palhaço."

Sinto que Mac fica tensa. Ela detém o passo e se vira para o ex-namorado. "Do que você está falando?"

Kincaid me olha com um sorrisinho presunçoso. "Ela não faz ideia, né?"

Tenho uma fração de segundo para decidir o que fazer. Mas, no fundo, sei que não tenho escolha, pelo menos não com Kincaid bem aqui na minha cara.

Então eu digo: "Eu te conheço, por acaso?".

Ninguém aprende a se fazer de desentendido tão bem quanto alguém que usava o irmão para fazer quase todas as suas provas de matemática na época de colégio.

"Ah, sim, bela tentativa, brother." Ele se volta para Mac. "Me deixa adivinhar, esse cara apareceu na sua vida logo depois que você chegou à cidade? Um local gente boa, que você conheceu por acaso numa noite qualquer. Se não for nada disso, pode me interromper."

Ela franze os lábios. "Cooper, do que ele está falando?"

Assim que os olhos verdes preocupados dela se fixam em mim, sinto minha boca ficar seca. A bile começa a subir do meu estômago.

"Não faço ideia", minto.

Fico até assustado ao constatar a facilidade com que consigo mentir para ela. E ao ouvir a convicção nas minhas palavras. Eu nem sequer pisco.

"Mackenzie, querida, me escuta." Kincaid estende a mão para ela, e preciso me segurar para não quebrar o braço dele enquanto me coloco entre os dois. Contorcendo a boca, ele abaixa a mão. "Um fim de semana antes de começarem as aulas, esse cara veio arrumar confusão comigo num bar, e eu fiz ele ser demitido na hora. Lembra? Eu estava com o olho roxo quando ajudei a fazer sua mudança pro alojamento..."

"Você disse que se machucou jogando basquete", ela retruca, com uma boa dose de raiva na voz.

"Tá bom, eu menti", ele admite a contragosto. Quando vê que Mac cruza os braços e desvia o olhar, demonstrando seu desinteresse, ele se apressa em acrescentar: "Mas agora não estou".

"Como é que eu vou saber?" Mac é insuperável nesse tipo de enfrentamento. Ela é capaz de passar o dia todo discutindo o número de nuvens no céu só para mostrar que tem razão.

"Não está na cara?" Ele está perdendo a paciência, jogando as mãos para o alto. "Ele só está te comendo pra se vingar de mim."

"Certo, já chega." Apesar de não poder quebrar a cara desse sujeito e resolver isso agora mesmo, também não vou ficar aqui parado enquanto ele arruína a minha vida. "É melhor você se mandar daqui. Deixa ela em paz."

"Mackenzie, qual é", ele continua. "Você não vai cair no papo-furado dele, né? Sei que você ainda é novinha, mas nem por isso precisa ser tão burra."

Essa foi a gota d'água. O tom condescendente do cara dá nos nervos de Mac, que fecha a cara na hora.

"A maior burrice que eu já fiz foi perder tanto tempo com você", ela retruca. "E, ainda bem, eu não preciso mais conviver com as consequências dessa decisão."

Ela sai andando na direção do nosso grupo de amigos, passando por Evan. Enquanto nós dois vamos atrás dela, eu me lembro vividamente de todas as vezes que fomos mandados para a diretoria na escola. Sinto que Evan está querendo me perguntar se está tudo certo, mas ainda não sei a resposta, pelo menos até Mac chegar à parte da praia onde nós estávamos e se virar para mim.

"Desembucha", ela ordena.

"O quê?"

Mesmo enquanto tento enrolar, fico me perguntando se não é o momento ideal de passar tudo a limpo. Admitir que eu não tinha boas intenções no começo, mas que tudo mudou depois que a gente se conheceu.

Ela entenderia. Talvez até se divertisse com a história. A gente poderia dar boas risadas, e isso viraria uma coisa divertida para contar nas festas.

Ou talvez ela nunca mais tocasse no assunto, até um dia eu chegar em casa e encontrá-la incendiada e uma placa cravada no gramado com as palavras *Acho melhor a gente terminar tudo* escritas com as cinzas.

"Não vem com palhaçada pra cima de mim." Mac crava o dedo no meu peito. "Do que ele estava falando? Vocês se conhecem?"

Mais uma vez, tem uma plateia assistindo e, de novo, sentindo o olhar dos nossos amigos sobre nós, minha coragem se esvai. Se eu contar a verdade em particular, existe uma chance de não a perder. Mas, se falar na frente de mais de uma dezena de pessoas, a minha perda é certa. Isso seria uma humilhação para ela, na frente de todo mundo. Ela jamais me perdoaria.

Dessa vez, a mentira sai com mais dificuldade. "Só o que eu sei sobre ele é o que ouvi por aí, ou de você. Não sabia nem como era a cara dele."

Ela fica imóvel, me encarando quase sem respirar.

O pânico toma conta de mim, mas por fora mantenho uma expressão neutra. Continuo firme com a minha versão. Aprendi muito tempo atrás que quem se abala acaba desmascarado. O segredo para o sucesso de uma mentira é acreditar no que está dizendo. E continuar negando até o fim.

"E essa briga, aconteceu?" Mac inclina a cabeça, como se com essa pergunta tivesse me pegado.

"Mac, dá pra encher um estádio de futebol com os idiotas que enchem a cara e saem comprando briga com a gente. Se rolou alguma coisa com ele, eu sinceramente não lembro."

Visivelmente frustrada, ela se vira para Evan. "É verdade que o Cooper foi demitido?"

Por uma fração de segundo, fico com medo de que a recém-descoberta amizade eterna dos dois seja o meu fim.

"Ele trabalhou no bar da Steph nas férias de verão." Encolhendo os ombros, Evan conseguiu convencer até a mim da sinceridade do que está dizendo. Acho que, no que de fato importa, ele ainda está do meu lado. "Era só um lance temporário."

Ela desvia os olhos para onde está Steph, que voltou a sentar na cadeira de praia e pegar seu livro. "Steph?", Mac pergunta. "Isso é verdade?"

Sem tirar os olhos do livro, Steph assente com a cabeça por trás dos óculos escuros. "Era só um lance temporário."

O alívio toma conta de mim, mas logo desaparece quando vejo Heidi se aproximando. Noto uma indecisão na expressão dela.

Puta que pariu.

Eu conheço esse olhar. Heidi é o tipo de garota que nunca perde a oportunidade de ver o circo pegar fogo. Isso sem contar que anda furiosa comigo nos últimos tempos e não aprova a minha relação com Mac. Mas, quando nossos olhares se cruzam, eu faço um apelo silencioso para ela não estragar tudo, pelo menos desta vez.

"É sério mesmo, pessoal, estou morrendo de fome", ela resmunga. "A gente pode ir embora logo?"

Eu consigo me safar, ainda que por muito pouco.

Depois disso, passo todos os dias no fio da navalha, só esperando tudo ir por água abaixo. Sempre à espera de que Kincaid venha abordar a gente de novo. Ao que parece, Mac esqueceu o assunto, e Evan e eu não abrimos a boca para falar nisso. Mas foi por pouco. Pouco demais. Um lembrete da fragilidade da nossa relação, e da facilidade com que tudo pode acabar. Isso me deixa muito mais abalado do que eu poderia imaginar. Ela está me conquistando cada vez mais.

Na noite do nosso confronto com Kincaid, depois que Mac foi dormir, fiquei na minha oficina fumando um cigarro atrás do outro, torcendo para a nicotina aplacar a culpa, o estresse, o medo. Em geral, eu só fumo quando estou bebendo, e mesmo assim nem sempre. Mas mentir para Mackenzie me deixou abalado.

Evan me encontrou lá à uma da manhã, com o cinzeiro cheio de bitucas que deviam somar quase metade de um maço de cigarros na minha bancada.

"Eu preciso contar a verdade", falei, me sentindo um lixo.

Ele se recusou a me ouvir. "Está louco, porra? O que você ia ganhar com isso? O plano foi abortado. Vocês estão juntos porque se gostam."

"Mas tudo começou como uma vingança contra o Kincaid. O nosso relacionamento começou com más intenções."

No fim, Evan me convenceu a ficar de boca fechada. Não que tenha precisado se esforçar muito pra isso, pra ser sincero. A ideia de perder

Mackenzie acaba comigo. Eu não posso perdê-la. E Evan estava errado — não estamos juntos só porque gosto dela.

Eu estou apaixonado.

Por isso, decido esconder a culpa nas profundezas da minha mente. Me esforço para ser o cara que Mac merece. E então, certa manhã, quando estamos na cama, consigo respirar aliviado pela primeira vez em quase um mês. Ela mal está acordada, e se vira para mim, apoiando a perna no meu quadril. Uma sensação acachapante de paz, como nunca senti antes na vida, me envolve quando ela se aninha no meu peito.

"Bom dia", ela murmura. "Que horas são?"

"Sei lá. Umas dez, talvez?"

"Dez?" Ela se senta na cama de repente. "Droga. Seu tio vai chegar daqui a pouco. A gente precisa arrumar a casa."

Chega a ser bonitinho ela achar que Levi está preocupado com isso.

Ela me deixa sozinho na cama e vai tomar banho, reaparecendo dez minutos depois com o rosto vermelho e o cabelo molhado.

"Afe. Não consigo encontrar o meu vestido azul", ela resmunga de dentro do closet, que está metade ocupado com as suas roupas agora.

Faz semanas desde que Mackenzie veio passar um tempo em casa, e ninguém nem cogitou a possiblidade de ela sair daqui. Eu ignoro o assunto de bom grado. Ter uma outra pessoa na casa exigiu alguns ajustes, claro. E talvez a gente ainda precise aprender a respeitar as manias um do outro. Mas ela trouxe um toque diferente para a casa, que voltou a parecer um lar. Um sopro de vida, depois de anos de lembranças ruins e cômodos vazios.

Ela simplesmente se encaixou.

"Então é só usar outra coisa. Ou não vestir nada e voltar pra cama."

"É o meu vestido de *mulher séria de negócios*", ela grita do meio do que parece ser uma montanha de cabides.

Ela não tem nenhum motivo para ficar nervosa por causa de uma conversa com Levi. Ele pode parecer intimidador, mas é o cara mais gente boa do mundo. E, sim, não se deve misturar negócios e vida pessoal, mas eu estou encarando com otimismo a possibilidade de os dois trabalharem juntos no hotel.

"Que tal assim?" Ela aparece com uma blusa verde que combina com seus olhos e uma calça azul-marinho tão agarrada na bunda que deixa meu pau quase duro.

"Você está ótima."

O sorriso que ela abre em resposta. A maneira como inclina a cabeça e seus olhos brilham. Esses olhares são destinados só para mim. Tudo isso me acerta em cheio no peito.

Estou absolutamente louco por essa garota.

"Que foi?", ela pergunta, parada no pé da cama enquanto faz um coque no cabelo acima da cabeça.

"Nada." Só o que consigo fazer é sorrir e torcer para não acabar estragando tudo. "Acho que eu estou feliz, só isso."

Mac vem até mim e me dá um beijo no rosto. "Eu também."

"Ah, é? Mesmo com os seus pais praticamente deserdando você?"

Ela dá de ombros e vai para o banheiro. Eu me visto e fico observando pelo espelho enquanto Mac se maquia.

"Eu não gosto da ideia de estar rompida com eles", ela admite. "Mas não sou eu quem está sendo cabeça-dura. Levar a vida do jeito que eu quero não é motivo pra ser excomungada."

Fiquei com medo de que, quanto mais tempo durasse esse conflito silencioso com os pais, mais ela se arrependeria de ter largado a faculdade. E de ter comprado o hotel. E de ter vindo ficar comigo. Mas, até agora, não vi nenhum sinal de remorso da parte dela.

"Uma hora eles vão acabar aceitando", ela diz, se virando para mim. "Eu nem estou preocupada, sabia? Não vou dar esse gostinho pra eles."

Observo o rosto dela em busca de algum sinal de fingimento, mas não encontro nenhum. Ao que parece, ela está feliz *mesmo*. E estou tentando não ficar paranoico. Tenho a mania de sempre esperar pelo pior. A minha vida sempre foi assim. Quando começo a pensar que está tudo bem, as coisas vão por água abaixo.

Dessa vez, espero que a presença dela possa quebrar essa maldição.

34

MACKENZIE

Bom, o inverno não é como em Jackson Hole ou em Aspen — a temperatura no fim de semana ficou na casa dos vinte graus, como se o outono se recusasse a ir embora da Carolina do Sul —, mas comprar uma árvore de Natal com Cooper e Evan se revelou uma aventura. Já fomos expulsos de três lugares, porque esses vândalos são incapazes de se comportar direito em público. Entre desafios para ver quem consegue levantar o pinheiro mais alto e lutas com estacas no meio do estacionamento de um mercado, estamos ficando sem opções para encontrar uma árvore dentro de um raio de algumas dezenas de quilômetros.

"E essa aqui?", Evan pergunta de algum lugar no meio de uma floresta artificial.

Para ser justa, em um dos estabelecimentos, fomos expulsos porque Cooper e eu estávamos nos agarrando atrás de uns pinheiros. E, comprovando que não aprendeu a lição, Cooper se aproxima de mim na surdina e me dá um tapa na bunda enquanto eu procuro seu irmão.

"Parece a sua namoradinha da oitava série", Cooper comenta quando vemos Evan ao lado de um pinheiro bem cheio na parte de cima e de baixo, mas quase pelado no meio.

Evan dá uma risadinha. "Invejoso."

"Essa aqui é bonita." Eu aponto para outra árvore. É bem cheia e folhosa, com galhos que deixam bastante espaço para pendurar enfeites, e sem buracos nem manchas marrons aparentes.

Cooper dá uma olhada na árvore. "Você acha que passa pela porta?"

"A gente pode colocar para dentro pelos fundos", Evan responde. "Mas é bem alta. A gente pode ter que fazer um buraco no teto."

Eu abro um sorriso. “Vale a pena.”

Sempre gostei de árvores grandes, mas nunca tive a chance de escolher. Meus pais pagavam outras pessoas para fazer isso. Todo mês de dezembro, um caminhão aparecia e descarregava coisas suficientes para montar uma pequena loja de decorações natalinas. Uma árvore enorme e perfeita para a sala de estar, e outras menores para quase todos os cômodos comuns da casa, além de guirlandas, luzes, velas e tudo mais. Depois uma decoradora profissional e um pequeno exército de ajudantes apareciam para transformar a casa toda. Nem uma única vez a minha família se juntou para decorar as árvores; nunca procuramos pelo galho perfeito para cada ornamento, como as outras pessoas faziam. Nós só tínhamos um monte de coisas caríssimas que eram alugadas de acordo com o tema que minha mãe escolhia para cada ano. Era apenas um cenário para sua vida de festas e recepções para pessoas influentes ou doadores de campanha. A época de festas era totalmente estéril na minha casa.

Mas, apesar disso, ainda fico meio triste porque não vou ver os meus pais neste ano. Continuamos mal nos falando, embora meu pai tenha mandado uma pilha de cartões de Natal para eu assinar embaixo do nome dele e da minha mãe. Ao que parece, vão ser enviados para hospitais e instituições beneficentes no distrito eleitoral do meu pai, uma cortesia da exemplar família Cabot, tão envolvida em causas humanitárias.

Nessa noite, depois do jantar, vasculhamos o sótão em busca de decorações e luzes soterradas pela poeira acumulada de anos.

“Acho que a gente não monta uma árvore de Natal faz o quê?”, Cooper pergunta para o irmão enquanto nós carregamos as caixas para a sala de estar. “Três, quatro anos?”

“Sério?” Coloco a caixa que estou levando sobre o piso de madeira e me sento diante de árvore.

Evan abre uma caixa de luzes, com os fios todos embaraçados. “Mais ou menos isso. Pelo menos desde a época de colégio, no mínimo.”

“Que triste.” Mesmo uma árvore de plástico é melhor do que nada.

“A nossa família nunca foi de comemorar as festas de fim de ano”, Cooper explica, encolhendo os ombros. “Às vezes a gente se junta na casa do Levi. Em geral no Dia de Ação de Graças, porque no Natal às vezes eles vão visitar a família do Tim no Maine.”

“Tim?”, eu pergunto.

“O marido do Levi”, Evan diz.

“Companheiro”, corrige Cooper. “Acho que eles não são casados no papel.”

“Levi é gay? Por que eu só fiquei sabendo disso agora?”

Os gêmeos idênticos encolhem os ombros do mesmo jeitinho, e por um momento eu entendo por que era tão difícil para os professores deles saber quem era quem. “Ele não fala muito sobre isso”, Cooper justifica. “Os dois estão junto há, tipo, uns vinte e poucos anos, mas não saem falando do relacionamento deles por aí. São pessoas bem reservadas.”

“A maioria do pessoal da cidade sabe”, Evan acrescenta. “Ou desconfia. E o resto imagina que são só amigos que moram juntos.”

“A gente deveria marcar um jantar e convidar os dois.” Eu lamento a oportunidade perdida. Se é para viver em Avalon Bay e ficar na casa dos gêmeos, seria legal formar vínculos mais profundos.

Isso é estranho. Apesar de sermos de mundos opostos, Cooper e eu não somos assim tão diferentes. Em vários sentidos, tivemos experiências similares. Quanto mais eu o entendo, mais percebo que a linguagem através da qual nos entendemos é profundamente influenciada pelas negligências que sofremos.

“Cara, acho que esses enfeites são da vovó e do vovô.” Evan arrasta uma caixa para mais perto da árvore. Eles começam a remexer lá dentro, tirando pequenos ornamentos feitos à mão com fotografias dentro. As datas são de 1953, 1961. Suvenires de viagens por todo o país. Evan pega um bercinho que devia ter feito parte de um presépio em algum momento. “Que porra é essa aqui?”

Ele nos mostra um menino Jesus usando um cueiro que parece mais uma batata assada envolvida em papel-alumínio com dois pontinhos pretos no lugar dos olhos e um traço cor-de-rosa no da boca.

Eu fico até pálida. “Que medonho.”

“Eu nem sabia que essas coisas estavam aqui.” Cooper fica admirando uma foto que só posso imaginar que seja do seu pai quando menino. Em seguida, ele a devolve ao fundo da caixa.

Mais uma vez, sinto um nó na garganta. “Eu queria ter caixas como essas lá em casa, cheias de fotos e badulaques antigos, com histórias interessantes por trás, que os meus pais pudessem contar pra mim."

Cooper fica de pé para trazer uma das caixas maiores para a sala. "Sei lá... Ter um monte de empregados pra carregar as coisas mais pesadas não seria tão ruim", ele diz por cima do ombro.

"Ganhar uma montanha de presentes também não", Evan complementa.

"Claro", respondo, pegando os enfeites que ainda estão em bom estado e parecem provocar menos abalo emocional. "Isso *parece* ótimo. Era como acordar na oficina do Papai Noel. Até você ter idade suficiente pra perceber que os cartões nos presentes não foram escritos pelos seus pais. E, em vez de duendes, na verdade o que tem por lá são pessoas que os seus pais pagam pra poder manter a maior distância possível de qualquer coisa que possa ter algum valor sentimental."

"Mas aposto que os presentes eram irados", Evan diz com uma piscadinha. Piadas do tipo *quantos pôneis você ganhava de aniversário* já ficaram no passado, mas ele nunca perde a chance de dar uma alfinetada.

Eu encolho os ombros, meio triste. "Eu devolveria tudo em troca de passar um tempo com os meus pais, nem que fosse só uma vez. Se a gente pudesse ser como uma família, em vez de uma associação empresarial. Meu pai estava sempre trabalhando, e a minha mãe, preocupada com seus compromissos das associações beneficentes... pois é, eu sei que ela não estava matando cachorrinhos pra fazer casacos nem nada do tipo. Existem coisas piores do que levantar dinheiro pra tratar das crianças doentes, mas eu também era uma criança. Não podia ter nem ao menos o espírito natalino em casa?"

"Ah, coitadinha, vem cá." Evan envolve o meu pescoço com os braços e me dá um beijo na testa. "Estou só enchendo o saco. Os pais sempre fazem merda. Inclusive os ricos. Todos nós acabamos ficando traumatizados, de um jeito ou de outro."

"O que estou tentando dizer é que fazer isso com vocês significa muito pra mim", eu explico, ficando surpresa comigo mesma ao sentir os olhos começarem a arder. Se eu chorar na frente desses caras, nunca mais vou ter sossego. "É o meu primeiro Natal de verdade."

Cooper me puxa para o seu colo e me abraça. "A gente está feliz por você estar aqui."

Evan desaparece por um instante e volta com uma caixinha. "Certo. Eu ia colocar na sua meia mais tarde, só que acho melhor dar agora."

Fico olhando para a caixa, que ele embrulhou muito mal, com os cantos todos desalinhados e fechada com muito mais fita adesiva do que era necessário.

"Não se preocupa que não é roubado", ele avisa.

Abro um sorriso quando desembrulho o presente com a elegância de uma criancinha petulante. Dentro da embalagem, encontro uma bonequinha de plástico com um vestido rosa. O cabelo dela foi pintado de preto com caneta permanente, e tinha uma coroa amarela de papel colada na cabeça.

"Eu juro que procurei em seis lojas diferentes um enfeite de princesa. Você não faz ideia do quanto é difícil." Ele sorri. "Então eu mesmo fiz um."

Meus olhos se enchem de lágrimas. Mais um nó se forma na minha garganta.

"Eu queria te dar uma coisa. Pra comemorar."

Minhas mãos estão trêmulas.

"Era pra ser uma coisa engraçada. Não foi uma provocação nem nada do tipo, juro."

Eu começo a rir histericamente, me contorcendo até. Tanto que as minhas costelas doem. Cooper não consegue me segurar, e eu vou ao chão.

"Ela está rindo ou chorando?", Evan pergunta para o irmão.

Sinceramente, é a coisa mais fofa que alguém já fez para mim. E o fato de Evan ter se esforçado para fazer no enfeite todos os detalhes torna tudo ainda mais significativo. O irmão dele vai precisar se esforçar para superar esse presente.

Depois que me recomponho, levanto e dou um abraço em Evan, que parece aliviado por eu não querer bater nele. A chance de o presente acabar sendo um tiro pela culatra existia, mas ao que parece Evan e eu chegamos a um bom termo.

"Se vocês já terminaram, que tal a gente acabar de decorar essa maldita árvore?", esbraveja Cooper atrás de nós, aparentemente se sentindo deixado de lado.

"Se continuar com essa atitude, não vai ter presentinho pra você hoje à noite", eu aviso.

"Ei", Evan protesta, pedindo silêncio com o dedo indicador na frente da boca. "O Menino Jesus Batata está ouvindo tudo."

Alguns dias mais tarde, depois das festas de fim de ano mais tranquilas — e agradáveis — que já tive na vida, estou com Cooper na sua oficina, ajudando a lixar, polir e embalar alguns móveis. Acho que, depois de me ver comandando os trabalhos da restauração do hotel, ele se sentiu motivado a se empenhar mais em seu próprio negócio. Está sondando o terreno e fazendo seus contatos, e nesta semana recebeu ligações de empresas do segmento de móveis interessadas em comercializar algumas peças suas. Hoje de manhã, mandamos fotos novas para os sites das lojas, e agora estamos preparando tudo para o transporte.

"Você não vai vender o que eu separei pra mim, né?", pergunto, ansiosa.

"A encomenda pela qual você nunca pagou?" Ele dá uma piscadinha e se aproxima de mim, coberto pela serragem que parece grudar em tudo por aqui.

"As coisas ficaram meio caóticas. Mas você tem razão, preciso te fazer um cheque."

"Sem chance. Eu não posso aceitar o seu dinheiro." Ele encolhe os ombros, todo fofo. "Essas peças são suas, você comprando ou não. Depois que você pôs as mãos nelas, eu não poderia mandá-las pra nenhum outro lugar."

Meu coração dá piruetas dentro do peito. "Em primeiro lugar, isso foi uma das coisas mais fofas que você já me disse. E, em segundo, claro que você pode aceitar o meu dinheiro. Esse é o grande lance do dinheiro. Pode ser usado pra qualquer coisa."

"Você está falando como um verdadeiro clone agora."

Começo a bater nele com o pano de tirar pó.

"Cuidado aí, Cabot."

"Vou mostrar pra você quem é que precisa ter cuidado, Hartley."

"Ah, é?" Com um sorrisinho, ele me puxa para si, e sua boca cobre a minha em um beijo possessivo.

Quando sua língua encontra a minha, uma voz feminina desconhecida surge na porta da garagem.

"Licencinha!"

35

COOPER

Fico paralisado ao ouvir aquela voz atrás de mim. Meu sangue congela. Quando me viro, bem a contragosto, fico torcendo para que tenha sido uma alucinação.

Mas não tenho essa sorte.

Da entrada da garagem, Shelley Hartley está acenando para mim.

Puta merda.

Nem sei quanto tempo faz que ela não aparece na cidade. Meses. Um ano, talvez. A imagem que guardo dela na minha mente é distorcida e está sempre mudando. Ela parece a mesma de sempre, acho. Cabelo tingido porcamente de loiro. Maquiagem exagerada. Vestida como uma mulher com metade da idade dela que entrou em um show do Jimmy Buffett e nunca mais saiu. Mas é o sorriso, e a naturalidade com que ela entra na oficina, que me incomoda. Ela não tem esse direito.

Minha cabeça está a mil. Alguém puxou o pino de uma granada e entregou na minha mão, e tenho poucos segundos para descobrir como evitar que a coisa exploda na minha cara.

"Oi, amor", ela diz, me abraçando. O odor de gim, cigarro e perfume de lilás faz a bile subir até a minha garganta. Poucos cheiros me remetem de forma tão violenta à minha infância. "A mamãe sentiu saudade."

Ah, é, aposto que sim.

Não demora nem cinco segundos para ela ver Mac e reparar na pulseira de diamantes que ela usa no braço, uma herança de sua bisavó. Shelley só falta me empurrar para longe e agarrar o pulso de Mac, com o pretexto de um aperto de mãos.

"Quem é essa menina bonita?", ela pergunta para mim com um sorriso.

"Mackenzie. Minha namorada", respondo simplesmente. Mac olha para mim, confusa. "Mac, essa é a Shelley. Minha mãe."

"Ah." Mac pisca algumas vezes, se recompondo bem rápido. "Hã, prazer em conhecê-la."

"Ora, venham me ajudar a levar as coisas lá pra dentro", Shelley diz, ainda segurando Mac. "Trouxe comida pra fazer o jantar. Espero que estejam com fome."

Não tem nenhum carro parado na entrada da garagem. Só um monte de sacolas de compras nos degraus da varanda da frente. Nem imagino como ela chegou aqui, e por que diabos está de volta à cidade. Provavelmente levou um pé na bunda de mais um sujeito patético de quem sugou até o último centavo. Ou fugiu no meio da noite antes que ele descobrisse que foi roubado. De uma coisa eu tenho certeza: isso não vai terminar bem. Shelley é uma catástrofe ambulante. Deixa só ruínas por onde passa, e na maioria das vezes espera que os filhos recoloquem tudo de pé. Aprendi muito tempo atrás que nada com ela é o que parece. Se ela abre a boca, está mentindo. Se sorrir para você, é melhor esconder a carteira.

"Evan, meu amor, a mamãe está em casa", ela diz quando entramos.

Ele sai da cozinha ao ouvi-la. E fica pálido ao se dar conta, assim como aconteceu comigo, de que não é só sua imaginação. Evan fica imóvel, quase como se estivesse esperando que ela evaporasse a qualquer momento. A indecisão é evidente em seus olhos, que questionam se ele está seguro ou se vai acabar mordido.

É a história da nossa vida.

"Vem cá", Shelley o chama de braços abertos. "Me dá um abraço."

Hesitante a princípio, mantendo um olho em mim em busca de uma explicação que não tenho, ele a abraça. E, ao contrário de mim, retribui de fato o gesto.

Meu sentimento de desaprovação vem à tona. Evan tem um estoque infinito de perdão para essa mulher. É algo que nunca vou entender. Ele sempre se recusou a admitir a verdade. Todas as vezes, quando ela entra por essa porta, fica torcendo que tenha voltado para ficar, que a gente possa ser uma família, apesar dos anos de decepções e mágoas provocadas por ela.

"O que está rolando?", ele pergunta.

"Vamos jantar." Ela pega algumas sacolas de compras e entrega para ele. "Lasanha. Seu prato favorito."

Mac se oferece para ajudar, porque é muito mais educada do que deveria. Sinto vontade de dizer que não é necessário. Ela não precisa tentar agradar ninguém. Em vez disso, mordo a língua e me mantenho por perto, porque sem chance que vou deixar Mac sozinha com essa mulher. Shelley provavelmente rasparia a cabeça de Mac para vender os cabelos no mercado clandestino para algum fabricante de perucas.

Mais tarde, quando Shelley está com Evan na cozinha, aproveito a oportunidade para puxar Mac de canto, sob o pretexto de irmos arrumar a mesa.

"Me faz um favor", eu peço. "Não fala nada sobre a sua família quando ela perguntar."

Ela franze a testa. "Como assim? Por que não?"

"Por favor." Meu tom de voz é grave. Urgente. "Não fala nada sobre dinheiro, nem sobre o que o seu pai faz. Nada que indique que eles são bem de vida. Ou você também, aliás."

"Eu jamais faria nada pra constranger a sua mãe, se é isso o que você está pensando."

Mac realmente não fica esfregando o fato de ser rica na cara de ninguém, mas não é disso que estou falando.

"Não é isso, linda. Não interessa o que você tenha que dizer. É melhor mentir. Confia em mim." Então, lembrando da pulseira, seguro seu braço, solto o fecho e guardo a joia no bolso da calça dela.

"O que você está fazendo?" Ela parece assustada.

"Por favor. Só até ela ir embora. Não usa na frente dela."

Não tenho ideia de quanto tempo Shelley vai ficar por aqui, nem onde pretende se hospedar. Seu quarto está exatamente do jeito que ela deixou. Ninguém entra lá. Mas, se as experiências passadas servem como indicação, ela deve partir em busca de um novo homem antes da meia-noite.

Todo mundo se esforça para se comportar bem durante o jantar.

Evan, coitado, até parece feliz por Shelley estar em casa. Eles conversam sobre o que ela andou aprontando. Estava morando em Atlanta, com um cara que conheceu num cassino.

"A gente se conheceu brigando por causa de uma máquina caça-níqueis", ela diz com uma risadinha, "e acabou se apaixonando ali mesmo!"

Sei. E eles viveram felizes para sempre. Só que, como ela está aqui, o "para sempre" já deve ter acabado.

"Quando tempo você vai ficar aqui?" Eu interrompo a história de amor, e meu tom brusco faz Mac segurar a minha mão por baixo da mesa e apertar de leve.

Shelley parece ofendida por eu ter ousado fazer essa pergunta.

Evan olha feio para mim. "Cara. Relaxa. Ela acabou de chegar."

Sim, e eu quero saber quando ela vai embora, sinto vontade de retrucar. Preciso fazer um esforço sobre-humano para manter a boca fechada.

"Então, Mackenzie", Shelley diz depois de um silêncio tenso e prolongado que recai sobre a mesa de jantar. "Como foi que você começou a namorar o meu filho? Como vocês se conheceram? Me conta tudo."

Durante os quinze minutos seguintes, Mac se esquiva das perguntas mais intrometidas da melhor maneira que pode, e conta mentiras descaradas sobre o resto.

Percebo um olhar discreto de *que porra é essa?* vindo de Evan, mas ele consegue manter a boca fechada e entrar no jogo. Meu irmão pode ser coração mole no que se refere a Shelley, mas não é idiota. Da minha parte, eu falo o mínimo possível. Com medo de que em algum momento o meu filtro acabe falhando e eu não consiga segurar a hostilidade que inevitavelmente vem à tona. Poucas pessoas conseguem me tirar do sério como Shelley Hartley.

Depois do jantar, estou lavando a louça quando ela me pega sozinho.

"Você está tão quieto", ela comenta, pegando um prato da minha mão e colocando na lava-louças.

"É cansaço", resmungo.

"Ah, meu menino lindo. Você trabalha muito. Precisa descansar mais."

Eu me limito a um rosnado. Sinto calafrios toda vez que ela tenta fazer o papel de mãe. Isso não combina nem um pouco com ela.

"Mackenzie parece ser uma graça." Percebo um tom de eufemismo nessa declaração, o que não é um bom sinal.

Faço o meu melhor para ignorá-la enquanto enxáguo a louça e passo adiante, mantendo a cabeça baixa. "É. Ela é legal."

"Eu vi a pulseira. E a bolsa lá na sala."

Meus ombros ficam tensos.

"Tudo caríssimo. Muito bem, amor."

Sinto gosto de sangue ao morder o interior da boca quando ela abre um sorriso malicioso. Está na cara o que ela está pensando: que eu consegui um bilhete de loteria premiado. Ela vive dessa maneira há tanto tempo que nem sabe mais que existem outras coisas importantes na vida.

"Então, amor, escuta só..."

Lá vem. Porra, é claro. Sempre tem algum pedido. Algum golpe.

"Eu quase não consegui chegar aqui, sabe", ela continua, sem saber da raiva que fervilha dentro de mim. "Aquele meu carrinho velho começou a engasgar no meio da rodovia. Precisei ser guinchada até uma oficina. Parece que alguma caixinha plástica dentro do motor estourou." Ela solta uma risadinha. "Eu consegui pechinchar com o cara, mas ainda não tenho o suficiente pro conserto."

"O que aconteceu?" Evan entra na cozinha a tempo de ouvir o final da historinha. Porra, que maravilha. "Seu carro quebrou?"

"Aquela porcaria sempre dá problema, né?", ela diz, se fazendo de donzela em perigo, porque Evan nunca resiste à tentação de fazer o papel do herói. "Enfim, eu estava num emprego fixo, mas fui demitida depois das festas de fim de ano. Está difícil conseguir outra coisa. Isso vai acabar com as minhas economias."

"A gente está zerado", eu aviso, lançando um olhar para Evan. "Gastamos tudo que temos com a reforma da casa."

"E está ficando uma beleza." Ela não olha para mim. Não quando tem um alvo fácil como Evan por perto. "Eu preciso de uns duzentos e poucos pra tirar o carro da oficina. Aí posso procurar um novo emprego aqui por perto. Vou pagar tudo de volta."

"Você vai ficar por aqui?", Evan pergunta.

Coitado. O tom de esperança da voz dele é de dar pena. Me dá vontade de dar um tapa na nuca dele.

Shelley se aproxima dele e o abraça, aninhando a cabeça abaixo de seu queixo. "Se vocês deixarem. Estou com saudade dos meus meninos."

Evan enfia a mão no bolso, de onde tira algumas notas de vinte. Provavelmente é tudo o que restou do seu salário. "Aqui tem cento e cinquenta." Ele encolhe os ombros. "Eu posso ir até o caixa eletrônico sacar o resto." Ou seja, vai limpar sua poupança.

"Obrigada, amor." Ela dá um beijo no rosto dele e imediatamente se desvencilha do abraço. "Quem quer milk-shake? Os que a gente costumava tomar no calçadão? Vou sair rapidinho pra comprar cigarro e posso trazer pra todo mundo."

Se ela voltar antes de amanhecer, vou ficar muito surpreso.

Mais tarde, na cama, não consigo dormir. Estou tenso, ainda preocupado por causa de Shelley. Não esperei para ver se ela ia aparecer com os milk-shakes. Assim que saiu, Mac e eu viemos nos esconder no meu quarto. Ou melhor, eu vim me esconder, e ela veio me fazer companhia. Ela se vira para acender o abajur da mesinha de cabeceira.

"Quase dá para ouvir você pensando aí", ela murmura quando me vê olhando para o ventilador de teto.

"Pois é. Eu... desculpa ter pedido pra você fazer aquilo. Minha mãe bateu o olho em você, na sua pulseira, na sua bolsa, e já sacou que você tem grana." O ressentimento me provoca um nó na garganta. "Shelley sempre dá um jeito de usar as pessoas. Eu não quero que ela saiba que a sua família tem dinheiro, porque com certeza ela vai querer tirar algum proveito disso."

"Tudo bem, mas isso não tem nada a ver com a gente." Mac passa a mão no meu peito e encosta a cabeça no meu braço. "Eu também não quero que você me julgue por causa dos meus pais."

"Ela acha que eu estou com você por causa do dinheiro."

"Ah, é? Bom, ela está muito enganada. Sei que isso não é verdade. Aliás, você já podia até ter mandado o meu nome pro Serasa por causa da mobília que eu comprei e não paguei."

"Vou incluir os juros na fatura." Dou um beijo na cabeça dela e a puxo mais para perto. Poder abraçá-la assim dissipa um pouco da tensão. "Mas é sério. Eu jamais ia usar você desse jeito. Não sou nem um pouco parecido com aquela mulher."

"Cooper." O tom de voz dela é suave e reconfortante. "Você nem precisa me dizer isso."

Talvez realmente não. Mas pelo jeito preciso sempre repetir para mim mesmo.

Mac se aninha ainda mais junto de mim. "Quanto tempo você acha que ela vai ficar aqui?"

"Eu diria um dia. Dois, no máximo."

"Que triste."

Eu solto uma risadinha. "Na verdade, não. Talvez algum dia tenha sido, mas agora seria melhor se ela sumisse de vez. Toda vez que aparece, vai logo manipulando os sentimentos do Evan. E me deixa estressado, e eu acabo descontando em todo mundo ao meu redor. Fico o tempo todo tenso, só esperando a hora de ela ir embora, rezando que dessa vez seja pra sempre."

"Mas ela sempre volta. Isso deve significar alguma coisa, né?" Mac, coitada, está claramente tentando associar as visitas de Shelley a algum instinto maternal e amoroso de se reunir com os filhos.

"Significa que mais um relacionamento dela foi pro espaço, ou que está sem grana, ou as duas coisas", eu digo sem rodeios. "Acredita em mim, princesa. A gente vem dançando conforme essa mesma música desde que eu tinha catorze anos. Shelley não está aqui por nossa causa, e sim pelos interesses dela."

Sinto a respiração quente de Mac no meu ombro quando ela se apoia nos cotovelos para me beijar no queixo. "Sinto muito, Cooper. Você não merece isso."

"As coisas são o que são."

"Para com isso", Mac diz. "Só aceita os meus pêsames e me deixa ajudar você a esquecer isso por um tempinho." Ela vai beijando meu corpo todo e enfia a mão dentro da minha cueca.

Fecho os olhos, solto um gemido baixinho e me permito esquecer.

Quarenta e oito horas.

Eu teria apostado em vinte e quatro, mas acertei mesmo assim. Exatamente quarenta e oito horas depois de sua chegada repentina, eu surpreendo Shelley saindo pela porta dos fundos com uma bolsa de viagem no ombro.

Não são nem sete da manhã, e fui o primeiro a levantar. Só ia ligar a cafeteira e depois deixar Daisy sair para fazer suas necessidades quando vi Shelley pisando leve na cozinha.

"Já está se mandando?", pergunto do balcão.

Ela se vira com um sobressalto, mas esconde o susto com uma risada. "Amor. Você me assustou. Eu não queria acordar ninguém."

"Não ia nem se despedir?" Por mim, estou cagando pra você. Mas Evan não merece mais essa decepção.

"Que tal eu fazer umas panquecas?" Ela põe a bolsa perto da porta e abre um sorriso falso que é uma de suas marcas registradas. "Podemos tomar o café da manhã juntos."

Tudo bem. Acho que podemos fingir mais um pouco. Eu decido entrar no jogo, desde que depois disso ela vá embora.

Mac e Evan se levantam logo depois e entram na cozinha quando Shelley está servindo o café da manhã. Enfio os pedaços de panqueca na boca e mastigo devagar. Em seguida me recosto na cadeira, esperando as mentiras começarem a rolar. Mas Shelley evita cuidadosamente meu olhar, e prefere distrair Mackenzie com alguma história idiota sobre a nossa infância. Quando estamos quase terminando de comer, fica claro que Shelley precisa de um empurrãozinho.

"Então, pra onde você está indo agora?", pergunto na lata, interrompendo outra história da nossa infância, que com certeza é totalmente inventada, para disfarçar a mãe de merda que ela sempre foi.

Shelley para de falar e mal consegue esconder sua cara de irritação. Ela limpa a boca e termina o suco de laranja. "Que bom rever vocês dois", ela diz para Evan, fazendo uma voz triste. "Eu queria muito ficar mais tempo, mas infelizmente estou indo embora hoje."

Ele franze os lábios. "Por quê?"

"A questão é que não tem empregos por aqui nessa época, sabe. Mas eu sei de um cara. A gente se conheceu lá em Baton Rouge. Ele tem trabalho para mim. Tipo, praticamente me implorou para voltar e cuidar de tudo lá para ele." Ela faz beicinho. "Você sabe que eu não queria deixar os meus meninos, mas preciso ganhar dinheiro. Quero ajudar vocês na reforma da casa."

Ela continua com essa conversa mais um pouco. Papo-furado. Para se convencer de que tem uma intenção nobre por trás dos seus abandonos constantes e de suas promessas não cumpridas. Tudo papo-furado — ontem mesmo vi no mínimo umas cinco placas de CONTRATA-SE pela cidade. E com certeza o tal *cara* é algum ex que se deixou convencer a dar uma segunda chance a ela. Ou então já deu tempo de ele ter esquecido e ela poder voltar e sugar o cara mais um pouquinho. Não importa. Se o pretexto não fosse esse, seria outro. Ela largaria os filhos em troca de um sanduíche de mortadela, se isso significasse a chance de sair daqui.

"Quando eu me instalar direitinho, vocês podiam ir me visitar", Shelley diz quinze minutos mais tarde, quando está dando um abraço de despedida em Evan. "Vou comprar outro celular. O antigo não está mais ativo. Eu ligo assim que tiver o número novo."

Vai nada. Não vai ligar nem mandar mensagem. E as férias em família também não vão rolar. A essa altura, é tudo mera rotina, as despedidas fajutas e as concessões fingidas. Isso já nem me afeta, mas, porra, Evan não precisava passar por tudo isso de novo.

"Ah, sim, passa o seu número novo assim que comprar o celular", Evan diz, balançando a cabeça, bem sério. "A gente precisa manter contato."

Por quê?, eu quase pergunto, mas me seguro. Afinal, se Evan quer viver em um mundo de ilusão em que é amado pela mãe, quem sou eu para julgar.

"Tchau, amor." Shelley vem me abraçar, apesar da minha contrariedade visível. Inclusive dá um beijo no meu rosto. Uau, essa mulher deveria ganhar o prêmio de *Mãe do Ano*. "A gente se vê em breve, eu prometo."

E então, com a mesma rapidez com que apareceu, Shelley se foi. Causando o mínimo estrago desta vez, ainda bem.

Ou pelo menos foi o que eu pensei.

Só uma semana depois, quando chego do trabalho, descubro a verdadeira extensão do prejuízo provocado pela visita da minha mãe. O aniversário de Mac está chegando, e por acaso é um dia antes do meu. Ela deixou claro que não queria nada, mas eu quero comprar um presente incrível. Mac não me dá muitas chances para mimá-la, então tomei a decisão de ignorar seu pedido e fazer o que bem entendesse em vez disso.

No meu quarto, embaixo de uma tábua solta sob a cômoda, pego a velha lata de balas onde escondo meu dinheiro e minha muamba desde os onze anos. Abro a tampa esperando encontrar o dinheiro que tenho guardado lá, tudo o que ganhei com os trabalhos extras que faço, longe do alcance do banco e da mão grande do governo. Doze mil, num maço de notas preso por dois elásticos. Meu fundo de emergência para quando *tudo der errado.*

Mas o dinheiro não está lá.

Sumiu.

Até o último centavo.

36

MACKENZIE

Da sala de estar, escuto uma comoção no quarto de Cooper. Uma pancada na parede e alguma coisa caindo no piso de madeira. De repente, Cooper sai pisando duro pelo corredor.

Daisy, latindo até não mais poder porque fica ranzinza cerca de uma hora antes de ser alimentada, sai correndo atrás dele enquanto ele passa pela sala de estar.

"Ei, está tudo bem?", pergunto, pulando do sofá.

"Tudo", ele diz com um grunhido, com os dentes cerrados e sem ao menos me olhar.

"O que aconteceu?"

Em vez de responder, ele abre a porta deslizante de vidro e vai fumegando lá para fora. Em seguida bate a porta na cara da Daisy, quase a atingindo. A cachorrinha, por sua vez, parece mais chateada com o fato de ele ter saído sem ela do que qualquer outra coisa.

Para apaziguá-la, sirvo sua comida, e depois pego meus sapatos para ir atrás de Cooper. Eu o encontro na praia, a uns trezentos metros da casa, jogando gravetos no mar. Quando o alcanço, me arrependo de não ter pegado uma blusa ou pelo menos ter vestido uma calça, em vez de sair de short e camiseta. Está quase escurecendo, e o vento incessante faz minha pele se arrepiar de frio em questão de minutos.

"O que aconteceu?", pergunto a ele.

"Vai pra casa." O tom de voz dele é sinistramente frio, em um contraste marcante com seus movimentos furiosos e violentos.

"Hã, não. Então, vamos logo pra parte em que você me conta tudo."

"Que droga, Mac. Agora não, tá bom. Deixa isso pra lá." Ele cutuca a areia com o pé, procurando por mais coisas para arremessar e ficando ainda mais frustrado com a falta de opções.

"Eu até quero. E faria isso, se achasse que iria ajudar. Mas acho que não vai, então..."

Ele passa as mãos pelos cabelos. Teria jogado a própria cabeça no mar se conseguisse arrancá-la do pescoço. "Por que você precisa ser tão..." O restante da frase sai em um grunhido.

"Nasci assim mesmo, eu acho." Ignorando sua frustração, eu me sento e o convido para se juntar a mim.

Os vários segundos de silêncio no fim o vencem, e ele se deixa cair na areia.

"O que foi?", pergunto baixinho.

"Ela me roubou."

"O quê?"

Cooper se recusa a me olhar, mantendo os olhos voltados para a água. "Meu fundo de emergência. Até o último centavo."

"Espera, está falando da sua mãe?" Uma decepção toma conta de mim. "Tem certeza?"

Ele solta uma risadinha de irritação. "Absoluta. Nem o Evan sabe onde eu escondo as coisas."

Porra. Isso é terrível.

"Eu devia ter escondido em outro lugar assim que ela apareceu", ele diz com um grunhido. "Ela encontrou meus baseados quando eu tinha treze anos e fumou tudo enquanto eu estava na escola. Tinha esquecido disso até hoje à noite, que ela conhecia o meu esconderijo. Ou então acreditei demais nela, duvidei que fosse roubar dos próprios filhos."

"Eu sinto muito." Não parece uma coisa apropriada para dizer, diante das circunstâncias. Mas o que falar a respeito de uma vida toda de mágoas? "Quanto foi que ela levou?"

"Doze mil", ele murmura.

Nossa. Certo. Meu cérebro entra no modo executivo, porque é assim que eu funciono. Quando aparece um problema nos meus sites, ou um imprevisto na reforma do hotel, eu logo começo a analisar a situação, avaliando a questão e tentando encontrar uma forma de resolver.

"Isso é péssimo, de verdade. Sei que você está muito puto e se sentindo traído, e com toda a razão." Entrelaço o meu braço ao dele e apoio a cabeça no seu ombro. Para dar apoio moral. E porque estou congelando. Cooper está sempre quente, uma eterna fonte de calor. "Mas pelo menos é só dinheiro, né? Eu posso ajudar você. Posso repor."

"Está falando sério?" Ele desvencilha o braço do meu. "Por que você faria..." Cooper não consegue terminar a frase, e fica de pé na hora. "Que porra é essa, Mac? Por que a sua cabeça sempre funciona desse jeito? Achando que o dinheiro resolve o problema?"

"Pensei que o problema fosse o dinheiro", retruco.

O olhar no rosto dele deixa os meus nervos em estado de alerta. Por que toda vez que me ofereço para fazer uma coisa boa para ele recebo esse tipo de reação?

"Quantas vezes eu preciso falar?", ele grita comigo. "Eu não quero a porcaria do seu dinheiro. Você tem ideia do quanto é infantilizante ter sua namorada correndo atrás de você o tempo todo com a bolsa aberta?"

"Eu não faço isso", respondo, cerrando os dentes. Esse cara está testando os limites da minha paciência. Eu entendo que esteja bravo com a mãe. Mas não sou a vilã aqui. "Só estou tentando ajudar. Você precisa de dinheiro, eu tenho mais do que preciso. Qual é o problema? O dinheiro não significa nada pra mim."

"Disso a gente sabe." Essas palavras saem como um longo suspiro de desânimo. "É justamente essa a questão, caralho. Vocês clones distribuem dinheiro como se fosse uma festa, e esperam que todo mundo se sinta agradecido por ter sido convidado. Eu não sou um criado que fica se jogando aos seus pés em busca de uma gorjeta, porra."

Então é isso. Eu voltei a ser um "clone". Ótimo.

"Quer saber de uma coisa, Coop? Que tal você resolver os seus traumas em vez de despejar suas inseguranças em mim? Estou ficando de saco cheio de aguentar essas alfinetadas todas. Sai dessa. Deixa eu te contar uma coisa que eu sei por experiência própria: ricos ou pobres, pais de merda são pais de merda. Sua mãe é péssima. Bem-vindo ao clube. Mesmo se vocês tivessem dinheiro, ela não ia ficar aqui."

Eu me arrependo dessas palavras assim que elas saem da minha boca.

Nós dois ficamos atordoados com o que acabou de acontecer. Com a rapidez com que fomos na jugular um do outro. Todo o sentimento acumulado desde que os meus pais romperam comigo vieram à tona, e despejei tudo em Cooper como se fosse culpa dele — exatamente o que o acusei de ter feito poucos segundos atrás.

Consumida de arrependimento, me apresso em pedir desculpas. Mas ele já está indo embora, gritando por cima do ombro para eu não o seguir, a não ser que eu queira ter a nossa última conversa da vida. Dessa vez, eu prefiro não arriscar.

Horas depois, porém, ele não voltou. Quando Evan me pergunta por que o celular do Cooper só cai na caixa de mensagens, começo a me preocupar. Se ele estivesse irritado só comigo, tudo bem. Mas a maneira como ele saiu... com aquela raiva nos olhos... Existem mil maneiras para alguém como Cooper acabar se encrencando.

E só é preciso uma.

37

COOPER

Tem um bar que fica a mais ou menos uma hora de Avalon Bay. Uma espelunca, por assim dizer, na beira de uma estrada de pista única cercada por nada além de brejos desertos e pequenas propriedades rurais. A quase um quilômetro dali já dá para ouvir o rugido do motor das motocicletas acelerando no estacionamento. Paro minha picape e desligo o motor. Quando entro, encontro o lugar vazio, a não ser por alguns motoqueiros mal-encarados jogando sinuca e alguns velhotes espalhados pelo bar. Me sento num banquinho e peço umas doses de Jack Daniel's. Na segunda, um cara a uns dois assentos de distância começa a tagarelar sozinho. Está falando sobre futebol americano, rebatendo tudo o que os comentaristas da ESPN dizem na tevê acima de nós. Tenho um flashback da minha época de barman, e preciso me segurar para não esbravejar com ele.

"Em quem você aposta?", ele pergunta, com a fala arrastada e um tom de urgência. Quando o ignoro, ele repete, mais alto e mais devagar. "O Super Bowl. Em quem você aposta, garoto?"

Lanço um olhar para ele. "Pago uma bebida pra você me deixar em paz."

"Ahhh." Ele dá risada da minha cara. "Cuidado com esse aqui, hein? Shhh..." Ele põe o dedo sobre a boca e mostra para todo mundo. "Vamos ficar quietos aí. O garoto quer paz e sossego, ouviram bem?"

Vim para cá para sumir do mundo, ter um pouco de paz. Sem chance que Mac me encontraria aqui, e é o único lugar que consigo lembrar que nem Evan conhece. Enquanto ele ainda estava grudado na Shelley depois da morte do nosso pai, meu tio me trazia aqui para dar uma relaxada e jogar dardos. Quero ficar sozinho, mas esse babaca vai ter problemas se ficar me enchendo o saco. Porra, de repente posso até dar uma de Evan e começar uma briga num bar, descontar um pouco a raiva. Afinal, por que não, né?

Quando eu estava começando a me acostumar com a ideia, sinto uma mão bater no meu ombro por trás.

"Me dá duas cervejas", uma voz conhecida diz para o barman.

Quando olho, vejo meu tio se acomodando no banquinho ao meu lado. Puta merda.

"Gary", ele fala para o bêbado que estava enchendo o meu saco. "Por que você não volta pra casa e vai ficar com a patroa?"

"Está passando o Super Bowl", o beligerante Gary fala com a voz arrastada, apontando para a tevê. "Eu não posso ir embora no meio do Super Bowl."

"Essa é a reprise do jogo do ano passado", Levi responde com a paciência de um santo. "O Super Bowl é no mês que vem, Gary. É melhor você ir ficar com a Mimi, não? Ela deve estar soltando os cachorros atrás de você."

"Essa mulher maldita." Resmungando, Gary abre a carteira e deixa algumas notas sobre o balcão. Ele resmunga alguma coisa do tipo *não deixam nem o sujeito tomar uma coisinha*, e então sai cambaleando para fora.

Apesar da vontade de quebrar a cara dele poucos segundos atrás, não consegui evitar a preocupação com o cara naquele estado.

"Não se preocupa. Ele vai andar no máximo uns quinhentos metros a pé, e ela vai encontrá-lo caído no mato", Levi me explica. "Vai dar tudo certo."

Lanço um olhar desconfiado para o meu tio. "Foi Mac que mandou você."

"Evan me mandou uma mensagem. Disse que você saiu sem dizer nada."

Claro. Porque Mac foi direto para o ouvido do novo amiguinho falar merda. Estou de saco cheio desses dois se juntando contra mim.

"Eu não quero conversar sobre isso", resmungo, sem deixar brecha para argumentações.

"Ótimo." Ele dá de ombros. "Eu vim aqui para beber."

Levi bebe toda a sua cerveja e se vira para a tevê, sem nem olhar para mim. É um alívio. No começo. Mas então passa uma hora. E mais outra. Em pouco tempo, estou bêbado como Gary no momento em que foi embora, e a minha mente está me torturando por causa de todas as merdas que aconteceram, desde o roubo das minhas economias até a briga com Mac na praia. Repassando partes da conversa na minha cabeça, não consigo lembrar ao certo o que falei, mas com certeza não foi nada de bom.

"Shelley voltou", digo por fim, sentindo o álcool afrouxar a minha língua. "Por dois dias. Depois se mandou, levando as minhas economias."

Levi se vira quarenta e cinco graus no banquinho para olhar a lateral do meu rosto.

"Doze mil." Desenho círculos na umidade acumulada no balcão com o meu porta-copos. "Puf. Foi tudo embora. E bem debaixo do meu nariz."

"Caramba. Você tem ideia de pra onde foi que ela fugiu?"

"Não. Baton Rouge, talvez. Mas isso provavelmente era papo-furado. E nem faz diferença. Dessa vez ela não volta mais. Sem chance."

"Me desculpa, Coop, mas essa mulher não presta." Levi vira o resto da cerveja e bate no balcão. "Eu já cansei de me desculpar pelo meu irmão muito tempo atrás. Não tenho como justificar nada. Ele deixou vocês em maus lençóis com todas aquelas dívidas. Mas essa maldita Shelley não moveu um dedo pra ajudar em todos esses anos." O tom de voz dele se torna amargo. "Você e Evan tiveram que trabalhar muito pra sair daquela situação. E agora ela aparece e se manda com tudo? Nem a pau. Não se eu puder fazer alguma coisa."

Ele bate com força na madeira rachada do balcão, sacudindo meu copo de uísque.

Nunca vi meu tio tão exaltado. Ele é um cara tranquilo. Calado. Durante anos, se limitou a morder a língua quando Shelley aparecia e sumia conforme queria. Depois que virou nosso tutor legal, nenhuma vez deu a entender que éramos um fardo para ele. Levi falando desse jeito é uma coisa inédita para mim. Por mais que isso possa até fazer bem para nós.

"Fazer o quê?" Eu me sinto tão amargurado quanto as minhas palavras. "Agora já era. Se ela não quiser ser encontrada, não vai ser."

Minhas entranhas se contorcem de raiva. Pelo dinheiro, claro, só que ainda mais pela humilhação. Pela traição. Por causa de tudo o que essa mulher fez para nos enganar durante tanto tempo. E nós engolimos tudo. E Evan sempre acha — apesar de saber que não deve — que dessa vez pode ser pra valer. Maldita Shelley.

"Não precisamos nos dar por vencidos ainda", Levi me diz. "E já chega de tolerar o comportamento dessa mulher, está me ouvindo?"

Antes que eu possa responder, ele faz um sinal para alguém na outra ponta do balcão. "Ei, Steve, me responde uma coisa", Levi grita.

Seguindo o olhar do meu tio, vejo um policial fora de serviço com a camisa do uniforme aberta, exibindo uma camiseta branca manchada de suor.

"Do que você precisa, Levi?", Steve grita de volta, porque, em Avalon Bay, todo mundo se conhece.

"Como a gente faz para prestar queixa contra alguém que fugiu da cidade?"

Quê? Meu olhar assustado se volta para o meu tio, mas ele está concentrado no policial.

Esfregando os olhos embriagados, Steve se ajeita no banquinho. "Do que estamos falando?"

O tom de Levi é bem sério. Ameaçador, até. "Furto qualificado."

38

MACKENZIE

Até Daisy desistiu de mim. De início, ficou se enrodilhando nos meus pés enquanto eu andava de um lado para o outro pela casa, digitando e apagando mensagens para Cooper. Em seguida ela se sentou com seu novo brinquedo ao lado da geladeira enquanto eu limpava a cozinha compulsivamente. O que é uma piração, porque eu nunca fui de fazer faxina quando estou estressada. Como poderia? Cresci numa casa cheia de empregados. Quando ligo o aspirador do pó, Daisy dá no pé. E eu entendo. Sou uma péssima companhia no momento mesmo. Mas, quando os pisos impecáveis não conseguem aplacar a minha mente ansiosa, acabo indo para o quarto de Evan, onde Daisy está encolhida a seus pés enquanto ele joga video game.

"Oi", eu digo, batendo na porta aberta.

Ele pausa o jogo. "E aí?"

"Nada."

Evan responde à pergunta que está pairando no ar. "Ele não me respondeu também."

"É, eu imaginei." Agarrada ao batente, não sei o que vim fazer aqui, mas estava entediada depois de ficar surtando sozinha. Eu sou de agir, não de esperar acontecer. Detesto ficar sem fazer nada. Se Cooper queria me castigar por causa da nossa briga, acertou em cheio.

"Vem cá." Evan balança a cabeça e pega o segundo joystick. Já é bem velho, e está ligado em uma tevê que parece ter ido parar numa loja de penhores depois de ter sido encontrada na lixeira de alguém. Há manchas de queimado na tela e uma rachadura na moldura, remendada com fita preta.

Meu primeiro instinto é pensar que Evan precisa de uma nova. Como se tivesse lido o meu pensamento, ele abre um sorriso que me diz para nem esquentar com isso.

Certo. Limites. Eu preciso aprender a respeitar isso. Nem todo mundo quer a minha ajuda.

"Você vai ser esse cara aqui", ele me avisa, e então explica rapidinho como funciona o jogo quando sentamos na beirada da cama. "Entendeu?"

"Certo." Eu saquei mais ou menos, acho. Quer dizer, sei qual é o objetivo e como mover o personagem. O básico. Ou quase isso.

"Vem atrás de mim", ele me instrui, se inclinando para a frente. A coisa não vai bem. Nós somos emboscados e, em vez de atirar nos vilões, eu explodo uma granada que mata nós dois.

Evan solta uma risadinha.

"Eu gosto mais de jogos de corrida", confesso, encolhendo os ombros. "Nesses eu sou boa."

"Ah, sim, princesa. Eu já vi você dirigindo."

"Para. Eu dirijo muito bem. Só prefiro fazer as coisas com mais senso de urgência."

"Se é assim que você prefere chamar..."

Dou um cutucão nele com o cotovelo enquanto o jogo carrega uma nova tentativa no mesmo nível. Desta vez, tento me concentrar. Conseguimos chegar um pouco mais longe antes de estragar tudo.

"Isso não está ajudando, né?"

Eu mordo o lábio. "Na verdade, não."

Não sei por que pensei que ficar sentada ao lado da imagem cuspida e escarrada de Cooper fosse desviar meus pensamentos dele. É estranho, mas quase nunca vejo Evan e Cooper como pessoas remotamente parecidas, porque suas personalidades são muito diferentes. Mas, sendo bem sincera, às vezes penso como as coisas teriam sido diferentes se a libido indiscriminada de Bonnie não tivesse nos aproximado.

Depois de ver no meu rosto o que quer que seja, Evan sai do jogo e deixa os controles de lado. "Certo, vamos lá. O que está te preocupando?"

Apesar de nossa proximidade ter aumentado nos últimos dois meses,

Evan dificilmente seria a primeira pessoa a quem eu recorreria para abrir meu coração. Na maior parte do tempo, ele demonstra ter a profundidade da tigela de água da Daisy. Mas, nesse momento, ele é o melhor substituto disponível para o irmão.

"E se ele não voltar?", eu pergunto baixinho.

"Ele precisa voltar. Afinal, mora aqui."

Eu solto um suspiro. "Eu quis dizer pra *mim*. E se ele não voltar pra mim?" Minha pulsação acelera por causa dessa ideia horrível. "É que... eu não consigo parar de pensar que dessa vez acabou. Mais uma briga e não tem como voltar atrás. E se Cooper tiver cansado de mim?"

"Certo." Evan parece pensar a respeito por um instante. Mesmo depois de todo esse tempo, ainda estranho como seus trejeitos são iguais ao de Cooper, como se eles fossem uma gravação em que o áudio não está em sincronia perfeita com o vídeo. Tudo está meio segundo fora do prumo. "Então, sem querer ser babaca nem nada, mas isso é bobagem."

"Qual parte?"

"Tudo. Você lembra que o meu irmão quase arrebentou os meus dentes porque eu te tratei mal uma vez, né?"

"Uma vez?", repito com a sobrancelha levantada.

Evan abre um sorriso. "Enfim. A questão é que vai precisar de bem mais do que algumas discussões pra ele desistir de você. Teve um verão em que Cooper e eu ficamos brigando o tempo todo sei lá por quê, saindo na porrada quase todo dia." Ele dá de ombros. "Isso não quer dizer porra nenhuma. Brigar é o nosso jeito de resolver as coisas."

"Mas vocês são irmãos", eu lembro. "Tem uma grande diferença."

"O que eu estou dizendo é que Coop gosta muito de você. Não é por causa da grana do aluguel ou por causa do tempero da sua comida que você está aqui."

Ele tem razão. Eu não cozinho. Nada. Nunca. E, sobre o aluguel, todo mês deixo um cheque com o que considero um valor justo pelo aluguel na cômoda de Cooper, mas ele nunca descontou nenhum. Então sempre faço outro e deixo com Evan.

"Mas..." Os meus dentes se cravam no meu lábio inferior de novo. "Você não viu a cara dele quando ele foi embora."

"Humm. Eu já vi a cara dele em todo tipo de situação." Ele faz uma careta para mim, tentando me fazer rir.

Certo. Isso até que foi engraçado.

"Escuta só", ele diz, "em algum momento, Cooper vai chegar aqui bêbado e cambaleando, implorando o seu perdão quando cair na real. Ele tem o jeito dele de processar as coisas. Você só precisa esperar acontecer."

Eu quero muito acreditar nele. Saber que, apesar de não termos absolutamente nada em comum, Cooper e eu desenvolvemos um vínculo mais forte do que aquilo que nos afasta, mais profundo do que as mágoas que não o deixam dormir à noite. Porque a alternativa é dolorosa demais. E eu não tenho como mudar o meu histórico, assim como ele. Se a distância entre os nossos mundos for uma coisa que o nosso relacionamento não pode superar, não consigo nem pensar em como a minha vida seria sem ele.

Evan envolve o meu braço com o ombro. "Eu conheço Coop melhor do que ninguém. Confia em mim, ele é louco por você. E eu não tenho nenhum motivo pra mentir sobre isso."

A conversa de Evan consegue elevar o meu ânimo da sarjeta, pelo menos um pouco. O suficiente para o sono chegar, e para eu sentir vontade de ir para a cama.

"Promete que me acorda se ele te ligar?", eu peço.

"Prometo." O tom de voz de Evan é surpreendentemente gentil. "Não esquenta, Mac. Daqui a pouco ele aparece, tá bom?"

Eu assinto com a cabeça com um gesto sem convicção. "Tá bem."

Esse "daqui a pouco" acaba sendo mais de meia-noite, e acordo de um sono inquieto quando ele afunda ao meu lado na cama. Sinto quando Cooper se enfia debaixo das cobertas. Ainda está quente do banho, e com cheiro de pasta de dente e xampu.

"Está acordada?", ele pergunta com um sussurro.

Eu me viro de barriga para cima, esfregando os olhos. Está escuro no quarto, a não ser pela luminosidade do lado de fora da casa, que entra filtrada pelas persianas.

"Estou."

Cooper solta o ar com força pelo nariz. "Eu conversei com o Levi."

O que ele está querendo dizer? Não sei o que isso tem a ver com a nossa situação ou a nossa briga, e uma parte de mim deseja que ele pare de enrolar e me diga se estamos bem. Mas contenho minha impaciência. Evan disse que seu irmão tem o processo dele. Talvez isso seja parte do processo.

Então eu me limito a dizer: "Ah, é?".

"É." Há um longa pausa. "Eu vou prestar queixa contra a Shelley. Pelo roubo do dinheiro."

"Uau." Eu nem cogitei essa possibilidade. Mas faz sentido. Sendo a mãe dele ou não, ela roubou mais de dez mil dólares. "E como você se sente a respeito?"

"Sinceramente? Um lixo. Ela é minha mãe, né?" Fico surpresa ao ouvir sua voz embargada. "Não gosto da ideia de mandar ela pra cadeia. Por outro lado, que tipo de pessoa rouba do próprio filho? Se eu não precisasse da grana, não ia ligar. Foda-se. Mas aquelas eram todas as minhas economias. Demorei anos pra juntar esse dinheiro."

Ele está falando comigo. Isso é um bom sinal.

Só que, quando ele se cala, nós ficamos lá deitados, sem encostar um no outro, aparentemente com medo de criar alguma perturbação no ar. Depois de vários instantes de silêncio, percebo que nada me impede de falar primeiro.

"Desculpa", eu digo a ele. "Eu fui longe demais. Fiquei na defensiva e exagerei. Falei o que não devia, e você não merecia isso."

"Bom...", ele diz, e acho que consigo detectar um indício de sorriso em sua voz. "Foi um pouco culpa minha, sim. Shelley me irrita, sabe como é? Eu fico sempre cuspindo marimbondo quando ela aparece. E aí ela ainda rouba o meu dinheiro..." Percebo a tensão crescendo dentro dele, e seu esforço para manter a calma. Então, respirando fundo, ele relaxa de novo. "Muita coisa do que eu falei pra você foi porque estava puto com ela. Você tem razão. Eu tenho problemas que vêm de muito antes de você aparecer."

"Eu entendo." Me virando de lado, encontro a silhueta dele no escuro. "Pensei que oferecer a grana fosse ajudar, mas entendi que toquei num assunto sensível. Eu não estava tentando resolver tudo com dinheiro, nem queria te diminuir, eu juro. É que... é assim que a minha mente funciona. Eu só consigo pensar em como resolver o problema. *Seu dinheiro foi roubado? Eu reponho pra você*. Sabe como é? A ideia não era mostrar a diferença nas nossas contas bancárias nem nada do tipo." Eu engulo em seco, me sentindo culpada. "Quando isso acontecer de novo, coisas de família ou de dinheiro, se precisar da minha ajuda é só pedir. Caso contrário, eu não vou me meter."

"Não estou dizendo que não quero que você se envolva." Ele se vira para mim. "Não quero barreiras nem tabus nem porra nenhuma disso." Cooper encontra a minha mão no escuro e puxa para o seu peito. Está sem camisa, só de cueca. Sua pele está quente ao toque. "A questão do dinheiro sempre vai existir, e eu preciso aprender a lidar com isso. Sei que você não queria fazer eu me sentir mal nem nada."

"Fiquei com medo de que você não fosse voltar." Eu engulo em seco de novo. Com força. "Quer dizer, enquanto eu estivesse aqui."

"Você não vai se livrar de mim assim tão fácil." Ele passa os dedos no meu cabelo, acariciando a minha nuca com o polegar. É um gesto carinhoso e tranquilizador, que praticamente me põe para dormir de novo. "Eu descobri uma coisa hoje."

"O que foi?"

"Eu estava numa birosca com o Levi e tinha um monte de desgraçados se escondendo da mulher ou fazendo de tudo pra não ter que voltar pra casa. Caras que têm no máximo o dobro da minha idade e que já fizeram tudo o que podiam fazer na vida. E eu pensei: porra, eu tenho uma garota gostosíssima em casa, e o nosso maior problema é que ela quer pagar coisas pra mim."

Eu abro um sorriso. Colocando a coisa dessa maneira, nós parecemos dois idiotas mesmo.

"E isso meio que me assustou. Eu pensei: e se ela não estiver lá quando eu voltar? Eu estava me afogando na bebida, sentindo pena de mim mesmo. Mas e se eu tivesse fugido da melhor coisa que já me aconteceu?"

"Isso é muito fofo da sua parte, mas não precisa exagerar."

"É sério." O tom de voz dele é suave, mas convicto. "Mac, as coisas por aqui nunca foram boas. E a morte do meu pai foi uma confirmação de que ainda podiam piorar. Shelley se mandou. A gente segurou a bronca. Sem reclamar. E aí você apareceu e eu comecei a ter ideias. Talvez eu não precise me contentar com pouco. Talvez eu consiga até ser feliz."

Isso é de partir o coração. Viver sem alegria, sem a expectativa de que o futuro pode ser extraordinário, isso acaba com a alma da pessoa. É como viver no meio de uma infinidade sufocante, escura e fria de espaço vazio, onde só existe a desesperança. Nada de bom é capaz de florescer se a gente se resignar a esse torpor. Sem viver de verdade. É o mesmo túnel sem fim de complacência que senti que estava se fechando sobre mim quando pensava no futuro que Preston e os meus pais imaginavam para mim.

Cooper me salvou disso. Não porque me arrancou de lá, mas porque conhecê-lo enfim me fez ver o que estava perdendo. A emoção da incerteza, da paixão, da curiosidade.

Eu vivi quase como uma sonâmbula até conhecê-lo.

"Eu pensava que era feliz", digo a ele, passando os dedos pelas suas costelas. "Por um tempão. Não tinha do que reclamar, né? Tinha tudo o que poderia querer... menos um propósito. Uma escolha. A chance de fracassar, de quebrar a cara. De amar tanto uma coisa que só de pensar em perder essa coisa já me acabo em lágrimas. Hoje, quando pensei que tudo entre nós estava acabado, um monte de coisas passou pela minha cabeça. Eu estava pirando."

Cooper levanta meu queixo e cola de leve seus lábios nos meus. Só o suficiente para me fazer querer mais.

Sinto seu hálito quente contra a minha boca quando ele fala. "Acho que eu estou me apaixonando por você, Cabot."

Meu coração dispara. "Ô-ou."

"Você não faz ideia."

Ele passa os dedos pelas minhas costas, deixando os meus nervos à flor da pele. Eu mordo seu lábio inferior e puxo de leve com os dentes, uma forma de expressar sem palavras o meu desejo. E com urgência. Para espantar essa dor. Mas, com uma paciência metódica e frustrante, ele tira a minha regatinha antes de acariciar um dos meus seios enquanto lambe o outro. Ele abaixa a cueca. Eu tiro a calcinha enquanto ele põe a camisinha. Um tremor de ansiedade percorre meu corpo enquanto ele esfrega toda a extensão quente e dura da sua virilidade sobre o meu ventre.

E me segura firme enquanto se move dentro de mim. Sem pressa. Com estocadas lentas e lânguidas. Eu me agarro a ele, abafando meus gemidos em seu ombro.

"Eu também te amo", eu digo, estremecendo toda enquanto gozo.

39

COOPER

Alguns dias depois de prestar queixa contra Shelley, recebo uma ligação para comparecer à delegacia. Na conversa por telefone com o xerife, descobri que a polícia a prendeu na Louisiana, onde ela acumulou uma porção de multas atrasadas depois que o tal "cara" a colocou na rua. Quando o mandado de busca com o nome de Shelley apareceu no sistema na Carolina do Sul, o xerife de Baton Rouge mandou transferi-la para Avalon Bay.

Mac e meu irmão vão comigo, mas eu peço para Evan esperar do lado de fora da delegacia enquanto converso com o xerife Nixon. Ele também ficou furioso quando soube que Shelley me roubou na cara dura, mas eu conheço meu irmão. Evan tem um fraco por essa mulher.

E no momento preciso manter a mente lúcida, sem deixar que nada atrapalhe o meu juízo.

"Cooper, senta um pouco." O xerife Nixon aperta a minha mão, se acomoda do outro lado da mesa e vai direto ao assunto. "Sua mãe tinha uns dez mil em dinheiro quando foi pega pelo pessoal de Baton Rouge."

O alívio me atinge como uma lufada de ar fresco. Dez paus. Ainda são dois mil a menos do que ela roubou, mas é melhor que nada. Porra, é até mais do que eu esperava. Ela sumiu por quatro dias. Shelley é mais do que capaz de torrar doze mil nesse meio-tempo.

"Mas pode demorar um pouco pra você ter o seu dinheiro de volta", Nixon acrescenta.

Eu franzo a testa. "Por quê?"

Ele começa a tagarelar sobre processamento de provas, enquanto eu tento acompanhar todas as informações que ele me passa. Em primeiro lugar, Shelley precisa comparecer ao tribunal. Mac é quem faz as perguntas, porque eu estou numa espécie de estupor com essa coisa toda. Só consigo pensar em Shelley com um macacão laranja, as mãos algemadas. Sinto raiva de tudo o que essa mulher fez com a gente, mas a ideia de colocá-la atrás das grades não me parece certa. Que tipo de filho manda a mãe para a cadeia?

"Ela está aqui?", pergunto a Nixon.

"Sim, na detenção." Ele passa a mão sobre o bigode grosso, mais do que à vontade no papel de xerife de cidade pequena. Ele é novo na região, então duvido que saiba muita coisa sobre mim e a minha família. O anterior, xerife Stone, detestava a gente. Passava as tardes de verão atrás de mim e de Evan por toda a baía, só procurando um pretexto para nos vigiar de seu carro não identificado.

"E o que acontece se eu mudar de ideia?"

Ao meu lado, Mac tem um sobressalto.

"Você quer retirar a queixa?", ele pergunta, olhando bem para mim.

Eu fico hesitante. "Assim eu consigo meu dinheiro de volta ainda hoje?"

"Não haveria motivo para reter as provas. Então sim."

Era só isso que eu queria, para começo de conversa.

"O que aconteceria com ela nesse caso?"

"Isso é uma prerrogativa sua, como vítima. Se não quiser levar o processo adiante, ela vai ser solta. A sra. Hartley só foi detida na Louisiana a pedido deste departamento. As multas pendentes por lá são uma questão que pode ser resolvida de outra forma. Pelo que sabemos, não existe nenhum outro mandado contra ela."

Olho para Mac, ciente de que não se trata de uma decisão que ela possa tomar por mim, mas preciso de uma confirmação de que estou fazendo a coisa certa. Acho que, nesta situação, não existe uma solução que não seja uma merda.

Ela me olha a assente de leve com a cabeça. "Faz o que você achar certo", ela murmura.

Eu me viro para o xerife. "Então tá, eu quero retirar a queixa. Vamos resolver isso logo."

Leva mais ou menos uma hora para a papelada ficar pronta e um policial aparecer com o meu dinheiro em um saco plástico. Ele conta nota por nota, e me faz assinar alguns papéis. Mais uma onda gigantesca de alívio me atinge quando entrego a grana para Mac guardar na bolsa. Depois de sair daqui vou me conformar e colocar tudo no banco, mesmo que isso signifique ter que declarar o depósito no imposto de renda.

Do lado de fora, Evan está esperando a gente ao lado da picape. "Tudo certo?", ele pergunta.

Eu assinto com a cabeça. "Tudo certo."

Quando estamos prontos para ir embora, Shelley sai da delegacia, esfregando os pulsos.

Merda.

Ela acende um cigarro. Enquanto solta a fumaça, seu olhar se volta para nós e ela percebe nossa tentativa de fuga.

"Eu vou lá me livrar dela", Mac se oferece, apertando minha mão.

"Tudo bem", eu digo. "Pode esperar na picape."

No melhor estilo Shelley, minha mãe se aproxima com um sorriso animado no rosto. "Nossa, que dia, hein? Alguém fez bobagem, né? Não sei de onde veio a confusão. Eu falei pra eles ligarem pros meus meninos que eles iam dizer que não peguei nada que não era meu."

"Caralho, dá um tempo, tá bom?", eu esbravejo.

Ela pisca algumas vezes, confusa. "Amor..."

"Não, nem vem com esse papinho de *amor*." Não aguento mais nem um segundo desse papo-furado, desse sorriso falso. Estou engolindo isso desde os cinco anos, e estou cheio até a tampa. "Você achou minhas economias e roubou tudo, e foi *por isso* que se mandou da cidade. Espero que tenha valido a pena." Dou uma encarada nela. "*Mãe.*"

"Não, amor." Ela tenta segurar o meu braço. Eu dou um passo para trás. "Eu só peguei um pouco emprestado pra me levantar de novo. Ia mandar de volta depois que tivesse me arranjado. Você sabe disso. Não pensei que você fosse se importar, né?"

Uma risada incrédula escapa da minha boca. "Ah, sim, claro. Enfim, eu não quero mais ouvir essa conversa. Essa foi a última vez. Não quero mais ter que olhar na sua cara. No que depender de mim, não precisa mais voltar aqui. Você não tem mais filhos, Shelley."

Ela faz uma careta. "Ora, Cooper, eu entendo que você esteja chateado, mas eu ainda sou sua mãe. Vocês ainda são meus meninos. Não se pode virar as costas pra família." Ela olha para Evan, que permaneceu calado o tempo todo, atrás de mim. "Certo, meu amor?"

"Dessa vez, não", ele diz, desviando os olhos para os carros que passam. Convicto. Firme. "Estou com Coop nessa. Acho melhor você não voltar mais aqui."

Preciso me segurar para não dar um abraço no meu irmão agora mesmo. Mas não é o momento. Não na frente dela. E eu entendo a dor que ele está sentindo. O desamparo. Evan perdeu a mãe hoje.

A minha eu já perdi faz tempo.

Shelley ainda faz mais uma tentativa de reconciliação, mas percebe que não vamos ceder. E então sua máscara cai. Seu sorriso se transforma numa expressão de indiferença. Seus olhos se tornam frios e cruéis. A voz assume um tom amargo. No fim, ela nem mesmo se despede. Só solta a fumaça do cigarro na nossa cara e pega um táxi que a leva para longe, pronta para ser problema de outra pessoa. Para nós, é melhor assim.

Apesar de no momento não parecer.

Mais tarde, enquanto Mac pede uma pizza para o jantar, Evan e eu saímos para dar uma volta com Daisy. Não falamos sobre Shelley. Não conversamos quase nada. Estamos em um estado de espírito sombrio. Cada um mergulhado nos próprios pensamentos, mas pensando exatamente a mesma coisa.

Quando voltamos, encontramos Levi no deque dos fundos, bebendo uma cerveja. "Oi", ele diz quando chegamos. "Vim saber como foram as coisas na delegacia."

Evan entra para pegar cervejas para nós dois, enquanto eu fico apoiado no gradil e conto tudo para o nosso tio. Quando chego à parte em que Shelley pegou um táxi e foi embora sem ao menos se despedir, Levi balança a cabeça em um gesto solene de constatação.

"Acha que ela entendeu o recado dessa vez?", ele pergunta.

"Talvez... A cara dela era de quem estava conformada com a derrota."

"Eu é que não vou dizer que sinto muito por ela." Levi nunca se deu bem com Shelley, nem mesmo quando ela morava aqui. E eu entendo o motivo. A única coisa boa que os nossos pais fizeram pelos filhos foi nos dar um tio que é um sujeito decente.

"Nós somos órfãos agora", Evan comenta, olhando para as ondas.

"Porra, eu sei que isso não é fácil. Mas vocês não estão sozinhos no mundo. Se algum dia precisarem de qualquer coisa..."

Ele se interrompe. Mas sabe que não precisa nem terminar a frase. Levi sempre fez todo o possível pra gente sentir que tinha uma família, apesar de todas as peças faltantes, e fez um ótimo trabalho, considerando as circunstâncias.

"Ei, eu sei que não falamos muito sobre isso", digo para o nosso tio, "mas se estamos aqui hoje foi por causa do seu apoio. Você sempre ficou do nosso lado. Se não fosse você, iam acabar levando nós dois daqui. Provavelmente pra um abrigo. E provavelmente separados."

"A gente te ama", Evan acrescenta, com a voz carregada de sentimento.

Levi fica meio emocionado. Ele tosse para tentar disfarçar. "Vocês são bons meninos", ele responde com a voz embargada. Não é um cara emotivo, nem de muitas palavras. Mas, mesmo assim, sabemos o que ele sente por nós.

Nós nunca tivemos a família que merecemos, mas no fim acabamos exatamente com a que precisamos.

40

MACKENZIE

Ele está me tirando do sério.

"Você falou que ia trazer gelo quando voltasse pra casa", grito do quintal, diante de seis coolers de cerveja e refrigerante quentes.

Junto com fevereiro, chegou um inverno rigoroso e, apesar de eu estar congelando aqui, as bebidas ainda estão quentes, porque Evan deixou as caixas perto demais da fogueira. Agora ele está descansando, e eu sou obrigada a lidar com uma mesa dobrável que se recusa a ceder enquanto tento posicionar as pernas dela. Essas coisas devem ter sido projetadas por um sádico, porque não consigo arrumar um jeito de abri-las.

"O freezer da loja de bebidas estava quebrado", Cooper responde do deque. "Heidi disse que vai passar no Publix no caminho e comprar."

"Mas as bebidas não vão gelar antes de as pessoas chegarem. Foi por isso que eu falei pra você comprar mais cedo!" Estou prestes a arrancar os cabelos. É a terceira vez que tento explicar isso, e ainda é como se eu estivesse falando com as paredes.

"Eu teria ido até lá, mas é fora de mão, e eu queria vir pra casa ajudar a arrumar tudo. Você preferia fazer tudo sozinha?", ele grita de volta, jogando as mãos para o alto.

"Eu estava aqui pra ajudar", Evan diz de sua cadeira. Onde está sentado bebendo a última cerveja gelada, em vez de me ajudar a arrumar tudo. "Ela tem razão, Coop", ele acrescenta, assentindo para mim como quem diz: *Está vendo, estou do seu lado.*

"Fica fora disso", Cooper reclama com ele.

Olho feio para os dois.

Deve haver destinos piores do que fazer aniversário com um dia de diferença de um par de gêmeos que mal são civilizados. Ontem à noite, eles tiveram a brilhante ideia de dar uma festa de última hora em vez do jantar que eu estava planejando, então estávamos fazendo tudo às pressas, só que Evan é preguiçoso e Cooper não tem a menor noção de logística.

"Esquece." Eu nem queria essa festa idiota, mas eles insistiram que, como era meu aniversário de vinte e um anos, ia precisar ser uma comemoração em grande estilo. Então, claro, acabei tendo que fazer a maior parte do trabalho. "Vou comprar a comida em uma parte da cidade, o bolo em outra, e depois pegar o gelo na volta e tentar retornar antes de anoitecer. Me deseja sorte."

Cooper solta um suspiro de irritação. "Eu ligo pra Heidi e peço pra ela chegar mais cedo. Pode ser? Está feliz assim?"

Dou um chute na mesa dobrável, porque, enfim, foda-se, e subo correndo até a porta de vidro, que no momento está bloqueada por Cooper. "Nem se dê ao trabalho. Pro meu aniversário, só o que eu quero é uma folga dos comentários sarcásticos e dos olhares de deboche dela. É pedir muito?"

"Eu conversei com ela, ok? Mas não tenho como controlar como ela age. É só dar tempo ao tempo. Ela vai sair dessa."

"Eu sei, e nem tenho raiva da Heidi, aliás. Se tivesse sido enrolada durante um verão inteiro, também ia ficar muito brava."

"Não foi isso o que aconteceu", ele resmunga.

"Se é como ela se sente, é isso o que importa. Talvez seja essa a conversa que vocês precisam ter."

"Porra, Mac. Que tal largar do meu pé um pouco?"

"Sei, seu imbecil", Evan grita do quintal. "Ela tem razão."

Cooper mostra o dedo do meio para o irmão e vai comigo para dentro da casa enquanto pego às pressas minha bolsa e procuro a chave do carro dele. Como não está na cozinha nem na sala, vou para o quarto. Ele vem atrás de mim, parecendo tão exausto quanto eu.

"Quer saber?" Eu me viro para ele. "Acho que isso não está mais dando certo."

Essas discussões são cansativas. E irritantes, porque em geral são sobre coisas idiotas. Nós nos recusamos a ceder até exaurir todas as nossas energias brigando e chegamos até a esquecer qual era o motivo do desentendimento, para começo de conversa.

"Que diabos você quer dizer com isso?" Ele pega a chave na cômoda antes que eu consiga alcançar.

Eu cerro os dentes e solto o ar com força. "Era pra eu ficar aqui só em caráter temporário. E, pelo jeito como a gente está se desentendendo o tempo todo, está na cara que exagerei no tempo da estadia."

Como se tivesse recebido uma lufada de vento forte, Cooper se encolhe. Ele põe a chave sobre a minha mão. Quando volta a falar, é com um tom de voz suave.

"Não é isso o que eu quero. Se você está a fim de ter um lugar seu, eu entendo. Mas não acho que você tenha que ir embora por minha causa. Gosto de ter você aqui."

"Tem certeza?" Percebi que as reclamações sobre as minhas invasões do seu espaço vêm crescendo exponencialmente desde que me instalei aqui. "Prefiro que você me fale a verdade. Não o que pensa que eu quero ouvir."

"Eu juro."

Seu olhar se fixa no meu. Observo seu rosto, e ele o meu, e alguma coisa acontece. É sempre assim. Quando a raiva e a frustração passam, quando a tempestade acaba e volto a reparar apenas nele. Nas tatuagens acompanhando os músculos dos braços. No peitoral largo e liso. No cheiro de xampu e serragem.

Cooper põe as mãos na minha cintura. Me encarando com os olhos semicerrados, ele me empurra para trás, fecha a porta do quarto e me prensa contra a superfície de madeira.

"Eu gosto de ter você por perto", ele diz com a voz áspera. "Dormir ao seu lado. Acordar com você. Fazer amor."

As mãos dele seguram a bainha do meu vestido e o levantam, subindo até me deixar toda exposta da cintura para baixo. Minha pulsação dispara de tal modo no meu pescoço que consigo sentir o latejar. Estou condicionada a ele. Cooper me toca e o meu corpo se contorce todo de ansiedade.

“Não estou atrapalhando seu esquema?”, provoco. Espalmo as mãos contra a porta, cravando os dedos nas ranhuras da madeira.

A resposta dele vem na forma de um faiscar nos olhos. Ele se aproxima mais, deixando apenas uma leve camada de ar entre nós. Depois, lambendo os lábios, me diz: “Me pede pra eu te beijar”.

Meu cérebro não tem uma resposta para isso, mas meu corpo se enrijece todo, e os meus dedos dos pés se agarram ao piso.

Ele cola a testa à minha, me agarrando pelas costelas. “Se já parou de brigar comigo, me pede pra te beijar.”

Eu detesto brigar com ele. Mas isso... O momento das pazes... Bom, isso é como o achocolatado que ficou sem diluir no fundo do copo. Minha parte favorita.

“Me beija”, eu murmuro.

Seus lábios me tocam em uma carícia bem leve. Em seguida ele recua um pouco. “Isso...”, ele murmura, e seu hálito faz cócegas no meu nariz.

Cooper não termina a frase. Mas não precisa. Sei exatamente o que ele quer dizer. Isso.

Simplesmente... *isso*.

No fim, eu me revelo ótima em brincadeiras de bebedeira em festas. Inclusive, quanto mais bebo, melhor vou ficando. Nunca tinha flipado um copo antes, mas, depois de algumas rodadas, não perco mais. Um desafiante após o outro vai tombando diante de mim. Depois disso, destruí três adversários no beer pong, depois de fazer um cara com tatuagem no pescoço passar a maior vergonha no jogo de dardos. Pelo jeito, depois de virar meia garrafa de vinho, é impossível para mim deixar de acertar o alvo *sempre* na mosca.

Agora estou sentada ao lado da fogueira, ouvindo Tate propor um experimento mental que está dando um nó no meu cérebro embriagado.

“Espera aí. Não entendi. Se tem barcos indo pra ilha, por que eu não posso pegar um e voltar pra casa?”

“Porque a questão não é essa!” Os olhos azuis de Tate transmitem toda a sua irritação.

“Mas na prática estou sendo resgatada”, argumento. “Então por que não pegar um barco? Seria melhor fazer isso do que ter que escolher entre Cooper e um lote de suprimentos sem ter acesso a nenhum barco.”

“Mas o dilema é esse, e não como você vai sair da ilha! Você precisa escolher.”

“Eu escolho os barcos!”

Tate parece estar com vontade de me esganar, o que é estranho, porque eu considero a resposta a esse lance da ilha deserta ridiculamente simples.

“Quer saber de uma coisa?” Ele solta o ar com força e abre um sorriso com covinhas. “Você tem sorte que é bonita, Mac. Porque é péssima em experimentos mentais.”

“Aaah.” Dou um tapinha no seu braço. “Você também é uma graça, Tater-Tot.”

“Eu te odeio”, ele diz com um suspiro.

Odeia nada. Demorou um pouco, mas enfim encontrei o meu espaço na vida do Cooper. Não sou mais a peça que não se encaixa. Agora a vida aqui não é só dele, é nossa.

“Estou com frio”, anuncio.

“Sério mesmo?” Tate aponta para a fogueira acesa à nossa frente.

“Só porque tem uma fogueira não quer dizer que não estamos no inverno”, respondo, insistente.

Eu o deixo perto do fogo e entro para pegar uma blusa. Quando chego aos degraus da porta dos fundos, escuto meu nome e me viro para responder, mas então vejo que é Heidi conversando com alguém na parte superior do deque. Eu levanto a cabeça e, pelas frestas, enxergo a cabeça loira de Heidi e a ruiva de Alana, além do rosto de algumas garotas que não conheço. Estou prestes a começar a subir, mas as palavras de Heidi me detêm.

“Posso até deixar de lado a questão de ser tonta, mas ela é um tédio”, Heidi diz, aos risos. “E Cooper deixou de ser divertido. Só quer saber de brincar dessa vidinha de casado. Quase não sai mais com a gente.”

Pequenas ondas de raiva vão se acumulando dentro de mim. É sempre a mesma merda. Eu nunca impedi Cooper de andar com Heidi, nem pedi para deixar de convidá-la para lugar nenhum, porque resolvi tolerá-la por causa dele. Por que ela não retribui a cortesia, eu não faço ideia. Em vez disso, só o que recebo são olhares atravessados e comentários passivo-agressivos. E, pelo jeito, fofoquinhas pelas minhas costas.

"Ainda não sei como ela acreditou nessa história que Cooper nunca conheceu aquele cara." Heidi dá outra risada, dessa vez mais presunçosa. "Quer dizer, acorda pra vida e vê o que acontece ao redor, né?"

Espera aí, como é?

Ela está falando do Preston?

"Eu até sentiria pena, se ela não fosse tão bobinha."

Dane-se a Heidi. Ela não sabe do que está falando. Mesmo assim, prefiro saber que tipo de papo venenoso ela anda espalhando pelas minhas costas, então vou subindo os degraus nas sombras, mantendo mais pessoas entre mim e Heidi, escondida entre os convidados que conversam na escada.

"Certo, mas isso já durou um bom tempo", comenta outra menina. "Ele deve gostar dela, né?"

"Que diferença isso faz?" Heidi encolhe os ombros daquele jeito desdenhoso dela. "No fim ela vai acabar descobrindo que ele está mentindo desde o início. Que ele só ficou com ela pra se vingar."

"Deixa os dois pra lá", diz Alana. "Você prometeu que ia deixar essa história pra lá."

Eu fico imóvel. Será que ouvi direito? Porque isso pareceu distintamente uma confirmação.

O que mais poderia ser?

"O que foi?" A voz de Heidi exala malícia.

Eu estou a três passos de distância agora. Tão perto que estou até tremendo.

"Eu não estou dizendo que vou contar pra ela. Não de propósito, pelo menos."

Meu coração bate erraticamente dentro do peito. Alana está bem ali, de boca fechada. Sem contestar nada do que Heidi diz.

Então, se entendi direito, Cooper está mentindo para mim desde o momento em que nos conhecemos.

E, pior ainda, mentiu para mim quando eu o questionei. Mentiu na minha cara. E fez todos os seus amigos — que eu imaginei serem *nossos* amigos — encobrirem as mentiras. Evan. Steph. Alana.

Fico me sentindo minúscula, como se a qualquer momento pudesse cair por entre as frestas do deque. E totalmente humilhada. Quem mais sabia disso? Eles todos estavam mentindo pelas minhas costas desde o começo? Me tratando como um clone idiota?

"Então vai em frente", eu digo, avançando na direção do grupo. "Não precisa esperar até a conversa se espalhar, até alguém abrir a boca... por que não fala na minha cara, Heidi?"

Alana ainda tem a decência de parecer arrependida. Heidi, porém, não esconde sequer o sorrisinho presunçoso.

Sério mesmo, que vontade tenho de dar um soco bem no meio dos peitos dessa garota. Eu tentei. De verdade. Puxar conversa. Ser civilizada. Dar tempo ao tempo. Mas, não importa o que eu faça, ela não abre mão da sua postura de absoluto desprezo. Agora entendo por que — ela e eu não estávamos em trégua, e sim no meio de uma guerra fria da qual eu não estava sabendo. E esse foi o meu grande erro.

"Eu entendo, você me odeia", eu digo, irritada. "Mas está na hora de encontrar um novo hobby."

Ela estreita os olhos.

Ignorando seu olhar, eu me viro para Alana. "Isso é verdade? Era tudo um plano de vingança contra o meu ex? O Cooper mentiu?"

Dizer isso em voz alta embrulha o meu estômago. Todo o álcool que consumi esta noite se revira perigosamente no meu estômago enquanto repasso os acontecimentos dos últimos seis meses. Minha memória se volta para dezenas de conversas com Cooper, tentando descobrir os indícios óbvios que deixei passar. Quantas vezes a resposta não esteve bem diante do meu nariz, mas eu estava encantada demais por aqueles olhos insondáveis e aquele sorriso torto?

Sempre enigmática, Alana não revela nada. Apenas hesitação. Pensei que tínhamos nos aproximado, aparado as arestas e virado amigas. Mas aqui está ela, em silêncio, escondendo o jogo, enquanto Heidi me ridiculariza. Acho que sou muito idiota mesmo. Todo mundo aqui me fez de boba.

“Alana”, eu insisto, envergonhada pelo tom desamparado que ouço na minha voz.

Depois de uma pausa interminavelmente longa, a expressão distante dela muda, só o suficiente para eu detectar uma pontada de arrependimento.

“Sim”, ela admite. “É verdade. Cooper mentiu.”

41

COOPER

Vejo Mac através das chamas da fogueira, um vislumbre passageiro, antes de um jato de cerveja me atingir no meio da cara.

"Seu babaca."

Fico totalmente confuso. Me afastando da fogueira, enxugo os olhos com os dedos sujos de areia. Pisco algumas vezes, usando o antebraço para remover a cerveja do rosto. Quando pisco de novo, Mac está bem na minha frente, com um copo de plástico vermelho vazio na mão. Todos os nossos amigos estão ao redor, olhando para nós. Não entendo nada do que está acontecendo.

"Seu babaca mentiroso", ela repete, furiosa.

Evan tenta se aproximar. "Ei, o que foi isso?"

"Não. Vai se foder você também." Ela aponta o dedo para ele, recomendando que ele mantenha distância. "Você mentiu pra mim. Os dois mentiram."

Atrás dos ombros magros dela, vejo Alana se aproximando pelo meio dos convidados, seguida por Heidi. Alana tem uma expressão de culpa no rosto. Heidi é a imagem da apatia.

E a expressão de Mac? É a de alguém que se sente traída.

Agora eu entendo. Vejo no rosto dela a minha ruína. É como quando nosso cérebro se encolhe dentro do crânio e sentimos um instante de terror antes de uma queda, porque sabemos que vai doer. Não existe ao que se agarrar. Ela descobriu tudo.

"Mac, me deixa explicar", digo com a voz embargada.

"Você me *usou*", ela grita.

Seus braços se lançam para a frente, e o copo vazio atinge meu peito.

A plateia atordoada observa em silêncio, recuando para o outro lado da fogueira.

"Era só uma vingancinha, esse tempo todo." Ela balança a cabeça várias vezes, e as emoções nos seus olhos vão da vergonha à exaltação e à decepção.

Lembro da primeira noite em que a abordei, da irritação que senti por ter que fingir interesse por uma garota que era só um clone metida a besta. Da maneira como ela me cativou com seu sorriso e sua inteligência.

Que diabos ela viu em mim para termos chegado até aqui?

"Começou por causa disso", eu admito. Tenho no máximo alguns segundos para esclarecer tudo, antes que ela vá embora e nunca mais fale comigo, então deixo de lado qualquer tentativa de mentir e ponho as cartas na mesa. "Sim, eu fui atrás de você pra me vingar dele. Eu fui um idiota e estava revoltado. Só que então conheci você, e a minha vida mudou, Mac. Eu me apaixonei. Foram os melhores seis meses da minha vida."

E alguns dos mais difíceis também. Tudo o que ela teve que aguentar. Eu fiz essa garota suportar muito mais do que seria razoável, e mesmo assim ela conseguiu me amar. Estava na cara que eu ia estragar tudo. Como pude me iludir pensando que não?

Mas, puta merda, essa dor é muito pior do que eu poderia imaginar, pensar em perder Mackenzie. Meu coração parece estar sendo esmagado por um torno.

"E é verdade que eu deveria ter contado tudo há muito tempo. Mas, porra, eu tive medo." Minha garganta começa a se fechar, impedindo a minha respiração. Eu inspiro profundamente, a duras penas. "Estava com medo deste momento. Cometi um erro terrível, e pensei que, se você não descobrisse, não ia se magoar. Eu queria te proteger."

"Você me humilhou", ela responde, chorando de raiva. Sinto vontade de abraçá-la e aliviar essa dor, mas fui eu que fiz isso com ela, e cada segundo em que Mac me olha com esse sofrimento no rosto só serve para acabar ainda mais comigo. "Você me fez de idiota."

"Por favor, Mac. Eu faço qualquer coisa." Seguro sua mão e aperto quando ela tenta se virar. Porque sei que, depois que der o primeiro passo, ela não vai mais parar de andar. "Eu te amo. Me deixa provar isso. Me dá uma chance."

"Você teve a sua chance." As lágrimas escorrem pelo seu rosto. "Você poderia ter me contado meses atrás. Teve todas as oportunidades, inclusive no dia em que perguntei se você conhecia Preston, se foi demitido por causa dele. Mas você não me contou a verdade. Em vez disso, deixou todo mundo continuar rindo pelas minhas costas." Mac puxa a mão de volta para enxugar os olhos. "Eu até poderia perdoar você, se não tivesse mentido na minha cara. Sou obrigada a admitir que você fez esse seu papel muito bem, Cooper. E também fez as pessoas que eu achava que eram minhas amigas mentirem pra mim. Me colocou em uma redoma de vidro isolada das mentiras só pro seu divertimento."

"Mackenzie." Sinto minha corda de salvação escapando pelos dedos. A cada respiração minha, ela se distancia um pouco mais. "Me dá uma chance de consertar isso."

"Não sobrou mais nada pra ser consertado." A expressão dela se torna vazia. "Eu vou lá pra dentro, juntar as minhas coisas pra ir embora. Porque é só isso que me resta fazer. Nem tente me impedir."

Então ela se vira e se afasta da luminosidade do fogo, deixando no seu rastro apenas o silêncio.

"Não importa o que ela falou", Evan me diz, sacudindo meu ombro. "Vai atrás dela."

Eu fico olhando para o nada. "Ela não quer."

Conheço Mac o suficiente para entender quando ela está decidida. Se eu fizer alguma coisa, só vou afastá-la ainda mais depressa, intensificar sua raiva. Porque ela tem razão. Eu era uma pessoa de merda quando a conheci.

E nada do que eu fiz desde então serviu para provar o contrário.

"Então eu vou", Evan resmunga, ignorando minha tentativa de impedi-lo.

Não faz diferença. Ela não vai mudar de ideia. Está indo embora.

Já era.

Todo mundo começa a se afastar devagar, e eu fico sozinho na praia e despenco na areia. Fico sentado ali não sei nem por quanto tempo — até a fogueira ser reduzida a cinzas. Evan não reaparece. Não adiantaria nada vir me contar o que já sei. O sol está despontando por cima das ondas quando volto para casa em meio aos detritos da festa abortada.

Daisy não vem correndo até a porta para sair quando eu entro. A tigela de água dela não está na cozinha.

Metade do closet do meu quarto está vazia.

Eu me jogo na cama e fico olhando para o teto. Me sinto entorpecido. Vazio.

Queria não saber como vai ser difícil ter que viver sem Mackenzie Cabot.

42

MACKENZIE

Eu vivi a vida toda sem Cooper Hartley. Mas, nos seis meses que passamos juntos, esqueci como eram as coisas antes de conhecê-lo. Seis meses inteiros foram por água abaixo em poucos minutos.

Depois de uma conversa ouvida por acaso.

Depois de uma única confissão devastadora.

Com a rapidez com que um fósforo se apaga, meu coração ficou sem sentir nada.

Depois de ir embora da casa de Cooper envolta em uma névoa de tristeza, entrei num táxi com Daisy e paguei o motorista para dirigir pela cidade por quase duas horas. Em algum momento, ele me deixou diante do Tally Hall. Bati na porta de Bonnie com a mala em uma das mãos e a guia da coleira de Daisy na outra e, com uma expressão de tristeza e compaixão, ela nos recebeu. Para minha sorte, sua nova colega de quarto quase não dorme lá. Mas, para meu azar, quando as pessoas começaram a se levantar para ir à aula e andar pelos corredores pela manhã, Daisy ficou latindo sem parar, desacostumada com tanto movimento. Em um instante, a coordenadora da moradia estudantil nos descobriu e exigiu que fôssemos embora.

Para não prejudicar Bonnie, falei que só tinha passado por lá para dar um oi para a minha amiga, mas não sei se ela acreditou. Naquela tarde, Daisy e eu pegamos outro táxi em busca de um plano B. No fim, descobrimos que não existe nenhum hotel em Avalon Bay que aceite animais de estimação. O motivo é uma exposição canina realizada anos atrás que terminou em desastre.

Então foi assim que fui parar na casa de Steph e Alana. Daisy, a pequena traidora, pula no sofá e se aninha no colo de Steph. Eu me sento ao lado dela com bem menos boa vontade, enquanto Alana se explica. Ela me mandou várias mensagens depois que fui embora da festa. Não foi exatamente o conteúdo, e sim a persistência, o que me convenceu de sua sinceridade.

"Em nossa defesa", diz Alana, ainda de pé, de braços cruzados, "a gente não tinha como saber que você era legal."

Uma coisa eu sou obrigada a admitir: essa garota não é do tipo que se arrepende do que faz. Mesmo depois de confessar que teve uma participação ativa na elaboração do plano, ela nem pensa em pedir desculpas.

"Mas, falando sério", Alana continua. "Quando Cooper falou que o lance entre vocês era sério, contar a verdade me pareceu uma puta maldade."

"Não", eu me limito a dizer. "Mentir é uma maldade ainda maior."

Porque, por mais que a verdade possa magoar, a mentira só degrada a pessoa. Quando me dei conta de que Preston me traía, entendi isso perfeitamente. Durante anos, nossos amigos riram da minha cara, sabendo o tempo todo que eu estava sendo feita de trouxa, ignorando suas "atividades extracurriculares" — sua coleção de transas por aí. Jamais imaginei que Cooper estivesse mentindo para mim também. Ou, de novo, que as pessoas que eu considerava minhas amigas eram cúmplices nesse plano para me manter na ignorância. Para aprender certas lições, uma só vez não basta.

Mesmo assim, eu consigo entender, até certo ponto. Afinal, essa questão de lealdade é complicada. Elas eram amigas de Cooper antes e acima de tudo. Eu preciso levar isso em consideração. Até tenho o direito de sentir raiva do papel que elas tiveram nisso, mas também compreendo que elas acabaram no meio do fogo cruzado. Deveriam ter me contado a verdade, claro. Mas foi Cooper quem pediu segredo. Elas estavam agindo para protegê-lo.

Se alguém merece ser culpado integralmente pela situação, é ele.

"A gente está se sentindo muito mal por causa disso", Steph justifica. "Esse tipo de coisa não se faz com ninguém."

"Pois é", eu concordo.

"A gente sente muito, Mac. *Eu* sinto muito." Com um gesto hesitante, ela estende a mão para apertar o meu braço. "Se precisar de um lugar pra dormir, pode ficar aqui no quarto de hóspedes, certo? Não porque a gente acha que te deve alguma coisa, mas porque você é muito legal, e eu... e nós" — ela lança um olhar para Alana — "te consideramos uma amiga."

Apesar do constrangimento envolvido, ficar aqui é a melhor opção até eu encontrar uma solução mais definitiva. Além disso, Daisy também parece estar se sentindo em casa.

"E a gente não vai tocar no nome do Cooper, a não ser que você queira", Alana promete. "Apesar de que ele está arrasado com tudo isso. Evan contou que ele passou a noite toda na praia, no frio, só olhando pras ondas."

"E eu por acaso tenho que sentir pena dele?", questiono com uma sobrancelha levantada.

Steph dá uma risadinha sem jeito. "Ah, não, e ninguém aqui está dizendo que você não tem o direito de estar revoltada. Eu apoio totalmente se você quiser tocar fogo na picape dele."

"Essa história toda de vingança foi uma puta criancice", Alana acrescenta. "Mas ele não fingiu que gosta de você. A gente avisou que ele não podia fingir que estava apaixonado, então essa parte era verdade."

"E ele está arrependido", Steph complementa. "Sabe que pisou na bola."

Fico esperando por mais um tempo, mas ao que parece elas já terminaram suas justificativas. Ótimo. Agora precisamos colocar tudo em pratos limpos.

"Eu sei que vocês acabaram envolvidas no meio dessa história toda entre nós dois, e que isso é uma merda", digo para as garotas. "Então queria estabelecer umas regras: eu não vou achar ruim quando alguém mencionar o nome dele, nem falar mal dele na frente de vocês. E, em compensação, vocês não vão fazer o papel de defensoras dele. Combinado?"

Steph abre um sorriso tristonho. "Combinado."

Nessa noite, deixo as lágrimas rolarem no escuro. Me permito sentir dor e raiva. Deixo meus sentimentos virem à tona e me rasgarem. E então enterro tudo de volta. Acordo de manhã e lembro a mim mesma que há muitas outras coisas rolando na minha vida além de Cooper Hartley.

Passei quase um ano inteiro reclamando das coisas que me impediam de me concentrar nos meus negócios. Muito bem, agora não tem mais nada me impedindo. Tenho tempo de sobra e trabalho suficiente nos meus sites e no hotel para me manter ocupada. É hora de limpar a maquiagem borrada e mostrar o meu lado implacável.

Foda-se o amor. Eu tenho um império para construir.

43

COOPER

"Ei, Cooper, está aí?"

"Aqui atrás."

Heidi me encontra na oficina, onde estive enfiado pelas últimas seis horas. Novos pedidos de móveis não param de chegar através do site que Mac pôs no ar para mim. Ela pediu para uma pessoa que trabalha com seus aplicativos fazer o design, e para o pessoal do marketing criar anúncios para a página do meu negócio no Facebook. Mais uma mudança para melhor que ela trouxe para a minha vida. Quase não estou conseguindo dar conta das encomendas, então, sempre que não estou trabalhando nas obras, fico aqui ralando para produzir mais peças. Pelo menos a labuta me faz bem. Ou me mantenho ocupado, ou fico me acabando num sofrimento autodestrutivo.

Faço um breve aceno de cabeça. Estou transformando um pedaço de carvalho de uma árvore caída em uma perna de cadeira. Os movimentos repetitivos — longos e constantes — são o que vem mantendo a minha sanidade ultimamente.

"Por que a sua varanda da frente está parecendo uma agência funerária?", Heidi pergunta, sentando-se na minha bancada.

"Mac está mandando os meus presentes de volta."

Já faz duas semanas que estou mandando flores, cestas de café da manhã, todo tipo de coisa. E todos os dias eles acabam na minha varanda.

No início, eu mandava para o hotel, porque sei que ela passa lá todo dia para monitorar o trabalho que uma das equipes do Levi já iniciou. Mas então dei um aperto em Steph, que me contou que Mac está ficando com ela e Alana. Pensei que pelo menos as entregas seriam aceitas. Não tive essa sorte.

A obstinação com que essa garota recusa os meus pedidos de desculpas é uma coisa absurda. Ela levou até a nossa cachorra. Ainda acordo no meio da noite pensando que ouvi Daisy latindo. Eu me viro para perguntar se Mac a levou lá fora, mas então percebo que nenhuma das duas está lá.

Estou com saudade das minhas meninas. Estou pirando.

"Acho que isso responde à pergunta de como estão as coisas entre vocês." Heidi desenha uma carinha triste na serragem que cobre a superfície. "Não é por nada, mas eu avisei que..."

"Juro por Deus, Heidi, se você terminar essa frase, é melhor sumir da minha frente e nunca mais aparecer."

"Ei, como assim, Coop?"

Eu ponho muita força no cinzel e acabo rachando a madeira. Uma fresta enorme se abre bem no meio da perna da cadeira. Merda. O cinzel voa da minha mão e vai parar do outro lado da garagem.

"Você conseguiu exatamente o que queria, né, Heidi? Mac não fala mais comigo. E agora o quê, você veio se gabar? Dá um tempo, porra."

"Você acha que fui eu que fiz isso?"

"Eu sei que foi."

"Nossa, Cooper, como você é babaca." Com o rosto vermelho de raiva, Heidi joga um punhado de serragem na minha cara.

"Puta que pariu", eu xingo. Entrou serragem na minha boca e no meu nariz.

Resmungando comigo mesmo, jogo água na cabeça e cuspo as farpas no chão de cimento. Meu olhar cauteloso acompanha os movimentos de Heidi, que anda de um lado para o outro pela garagem.

"Eu avisei que isso não era uma boa ideia", ela protesta. "Falei que era cruel enganar alguém desse jeito. Mas você não ouviu, porque, *Ah, a Heidi está só com ciúmes*. Né? Não foi isso o que você pensou?"

Sinto uma pontada de culpa no peito, porque foi isso mesmo que pensei quando ela protestou contra o plano de vingança de Evan.

"Bom, eu sinto muito se o tiro saiu pela culatra, exatamente como eu sabia que ia acontecer." Ela aponta o dedo em riste. "Não vem colocar a culpa em mim."

Eu aponto o dedo de volta. "Não, você só transformou a vida da Mac num inferno o tempo todo, até finalmente conseguir a chance de mandar ela embora."

"Ela estava ouvindo a minha conversa. A curiosidade matou o gato."

Estou de saco cheio de Heidi e suas atitudes. Por seis meses, eu me segurei o melhor que pude, mas tudo tem limite.

"Você deixou bem claro que detestava a Mac desde o início. Eu te pedi, como amigo, pra me fazer esse favor. Em vez disso, fui apunhalado pelas costas. Sinceramente, pensei que você fosse uma amiga de verdade."

Heidi avança na minha direção e joga um bloco de lixa na minha cabeça, do qual desvio com a mão antes de me acertar na cara. "Não vem com esse papo de lealdade e amizade. Desde o verão passado você vem agindo como se eu fosse uma louca obcecada pelo seu pau, mas quem foi que apareceu na minha porta bêbado e com tesão um dia? E depois começou a me tratar como se eu estivesse te stalkeando?"

"Que história é essa?"

"É o que você pensa, seu babaca." Heidi continua andando de um lado para o outro ao redor da bancada. Perto demais dos cinzéis e martelos para o meu gosto. "Tudo bem, desculpa, eu cometi o erro imperdoável de gostar de você. Pode me crucificar à vontade. Só que eu não lembro de você ter me dito que o nosso lance estava acabado. Não lembro de uma conversa do tipo *Ei, foi só pelo sexo mesmo, mas agora já deu, beleza?* Um dia você começou a me dar um gelo, e fim de papo."

Eu fico hesitante, tentando me lembrar do verão passado. Minha memória não registrou as coisas direito. Não sei nem como fomos parar na cama juntos pela primeira vez. E não posso dizer que lembro de uma conversa a respeito também. De um papo do tipo *o que está rolando entre nós*. Não rolou nenhuma discussão para estabelecer as bases da coisa. Eu simplesmente... fiz as minhas suposições.

E então percebo, sentindo o meu rosto ficar pálido e a culpa retorcer as minhas entranhas, que talvez o babaca tenha sido eu.

"Eu não sabia que era assim que você estava se sentindo", admito, mantendo distância, porque pode vir outra explosão de violência. "Pensei que a gente estivesse de acordo. E, pois é, acho que fiquei me sentindo meio pressionado e resolvi buscar a saída mais fácil. Não queria que as coisas entre nós ficassem esquisitas."

Heidi detém o passo. Ela solta um suspiro e senta num banquinho. “Você fez eu me sentir uma qualquer. Alguém que não significa nada pra você, nem como amiga. Isso magoa, Cooper. Então, sim, eu fiquei puta com você.”

Merda. Heidi sempre foi uma amiga ponta firme. Eu estava tão preocupado com o meu próprio umbigo que não parei para pensar no que fiz com ela.

“Vem cá”, digo com a voz embargada, abrindo os braços.

Depois de um instante, ela vem até mim e se deixa abraçar. Mas me dá uma porrada nas costelas antes de me envolver com os braços.

“Desculpa”, digo a ela. “Não queria magoar você. Se eu visse alguém te tratar desse jeito, ia acabar com a raça dele. Não foi nem um pouco legal.”

Ela me olha, com lágrimas presas nos cílios, enxuga os olhos às pressas. “Me desculpa também. Eu devia ter sido mais madura e falado com você cara a cara, em vez de descontar tudo na sua namorada.”

Ah, Heidi, puta que pariu. Sempre imprevisível. Nunca dá para saber o que ela vai fazer.

Eu a aperto de novo nos braços antes de soltá-la. “Está tudo bem entre a gente?”

Ela encolhe os ombros. “Ah, vai ficar.”

“Se quiser que eu me humilhe mais um pouco, é só pedir.” Abro um sorriso autodepreciativo. “Eu fiquei muito bom nisso nas últimas semanas.”

Ela contorce os lábios em um sorriso. “Não é essa a imagem que passam as flores na sua varanda. Mas, claro, eu aceito um pouquinho mais de humilhação. Você não pode querer dar uma de conquistador barato pra cima de mim e achar que vai sair impune.”

Faço uma careta. “Nossa, não mesmo. Isso não pode passar batido.” Um grunhido escapa da minha garganta. “Acabei de perceber uma coisa. Eu dei uma de Evan pra cima de você.”

Heidi começa a gargalhar descontroladamente, se dobrando toda, com a mão na barriga. “Ai, meu Deus, foi mesmo”, ela diz, aos risos. Quando recobra a compostura, está com o rosto vermelho e lágrimas de alegria, e não de mágoa, nos olhos. Ela sorri para mim e complementa: “Acho que isso já é castigo suficiente pra você”.

* * *

Conheço Heidi bem o bastante para saber que vamos nos resolver, e que as coisas parecem bem promissoras depois da nossa conversa na garagem. A missão mais complicada agora é Mac, cuja determinação para me ignorar superou até mesmo as minhas estimativas mais pessimistas. Duas semanas se transformam em três, e aquela teimosa continua a agir como se eu não existisse.

Passei a mandar mensagens para ela quando saio do trabalho, como uma recompensa por ter passado mais um dia sem enviar dezenas de mensagens de voz. Não que ela responda, mas ainda estou torcendo para que um dia isso aconteça.

Acabei de apertar o botão de enviar no meu mais recente *Liga pra mim, por favor* quando Levi faz um gesto para mim e para Evan enquanto entramos na picape e avisa para passarmos no escritório do seu advogado, na rua principal. Ele tinha comentado pouco tempo antes que estava modificando seu testamento, então achei que fosse por causa disso. Mas, quando chegamos, uma bomba cai no nosso colo.

Depois de sermos conduzidos até uma pequena sala de reuniões, uma pilha de papéis é colocada sobre a mesa.

"Pra vocês, meninos", ele avisa.

"O que é isso?", pergunto.

"Deem uma lida rapidinho."

Confuso, eu começo a folhear os documentos. Meus olhos se arregalam quando veem as palavras *Hartley & Sons*. "Levi. O que é isso?", eu repito.

Evan puxa o papel mais para perto dele para ver melhor.

"Estou reestruturando a empresa", Levi explica, entregando duas canetas para nós. "E, se estiver interessado, Cooper, podemos incluir a sua marcenaria como uma subsidiária da H & S."

"Espera aí." Evan levanta a cabeça depois de ler com atenção o contrato. "Você quer colocar a gente como donos?"

Levi assente com um sorriso discreto. "Como sócios igualitários."

"Eu..." Na verdade, estou sem palavras. Perplexo. Não esperava por isso de jeito nenhum. "Não estou entendendo nada. De onde veio tudo isso?"

Levi limpa a garganta e lança um olhar para o advogado que o faz se levantar da poltrona de couro para nos dar mais privacidade. "Foi no dia em que Shelley foi embora de vez, quando fui até a casa de vocês ver como estavam", ele começa. Mas então se interrompe, pigarreando outra vez. "O que vocês disseram mexeu comigo. Essa coisa de não terem mais ninguém no mundo. De se sentirem órfãos. E, bom, sendo bem sincero, sempre considerei vocês dois como filhos."

Levi nunca casou nem teve filhos. Só quando estávamos no ensino médio Evan e eu sacamos que Tim, o amigo com quem ele mora, era seu namorado. Eles estão juntos desde que me entendo por gente, apesar de serem bem na deles. A Avalon Bay em que Levi foi criado era bem diferente, então eu entendo. A vida pessoal é um assunto que ele prefere manter só para si, e a gente sempre fez de tudo para respeitar isso.

"E eu pensei, ora, vamos oficializar a coisa." Ele engole em seco, se remexendo na cadeira, constrangido. "Quer dizer, se vocês toparem." Mais uma engolida em seco. "Quero garantir que vocês tenham um legado que seja motivo de orgulho pros dois aqui na cidade."

Só o que consigo fazer é ficar olhando para ele. Porque... uau. Ninguém nunca acreditou em nós antes. Quando éramos mais novos, a maioria das pessoas nos via como um caso perdido. Destinados a acabar como nossos pais. Bêbados. Inúteis. Largados. Estava todo mundo só esperando para poder apontar o dedo e falar *Olha aí, eu sabia*. Mas não Levi. Talvez por ser da família, mas principalmente por ser uma pessoa decente. Ele sentiu que valia a pena investir em nós. Sabia que, com uma chance, um mínimo de ajuda, nós ficaríamos bem. Um pouco escaldados, talvez, mas ainda inteiros.

"Então, o que me dizem?", ele insiste.

Meu irmão não perde tempo e vai logo pegando uma caneta. "Lógico que sim", ele diz, e a sua voz embargada revela que ele está tão comovido quanto eu.

Sempre soube que o meu tio gostava de nós, que nunca ia nos deixar na mão, mas isso é bem mais do que eu esperava. É uma garantia de futuro. Uma coisa para levar adiante e fazer crescer, que não está prestes a desmoronar sobre a nossa cabeça.

Evan deixa sua assinatura no pé da página, fica de pé, aperta a mão de Levi e depois dá uns tapinhas nas costas dele. "Obrigado, tio Levi", ele diz com um tom bem sério, que raramente usa. "A gente não vai te decepcionar. Eu prometo."

Minha mão treme um pouco quando acrescento a minha assinatura no papel. Em seguida, dou um abraço no nosso novo sócio. "Eu nem sei como agradecer", digo ao nosso tio. "Isso significa muito pra gente."

"Não me agradeçam ainda", ele diz com um sorrisinho malicioso. "Agora vocês são donos do negócio. Isso significa serem os primeiros a chegar e os últimos a ir embora. E vocês dois ainda têm muito o que aprender."

"Eu estou ansioso pra começar", respondo, com toda a sinceridade.

"Ótimo. Acho que a primeira coisa a fazer é colocar um de vocês pra chefiar a equipe de demolição no hotel da Mackenzie. Isso me deixa livre pra me concentrar no restaurante Sanderson."

Eu faço uma careta. Só de ouvir esse nome já sinto uma dor me corroer por dentro. "Ah, sim. De repente Evan pode ficar com essa parte. Acho que Mac não vai me querer na obra todo dia."

Levi franze a testa. "Vocês ainda estão sem se falar?"

Eu assinto com a cabeça, amargurado. "Ela não atende às minhas ligações nem aceita os meus presentes."

"Presentes?", ele repete, achando graça.

Meu irmão assume a palavra, descrevendo com prazer para o nosso tio o jardim de flores que mandei, as caixas de chocolate em formato de coração, as cestas fartas de comidinhas. "Várias cestas", Evan enfatiza. "Um absurdo."

"E inútil também", Levi comenta depois que para de rir. "Garoto, você não vai conquistar a menina de volta com doces e flores."

"Ah, não?" A frustração se acumula na minha garganta. "Então o que eu faço? Como vou conseguir convencer ela a falar comigo?"

Meu tio dá um tapinha no meu ombro. "É simples. Você precisa pensar grande."

44

MACKENZIE

No caminho de volta do hotel para a casa de Steph e Alana, paro para comprar comida no restaurante chinês favorito delas. Só faz algumas semanas que a equipe de Levi começou a arrancar os carpetes e o drywall, a descartar os móveis e as decorações danificadas e as coisas que não têm salvação, mas o lugar já está quase irreconhecível por dentro.

Uma tela em branco.

Estou repensando boa parte da estética do design de interiores. Ainda pretendo preservar o máximo possível do visual original, mas com um toque próprio. Quero um prédio mais aberto, mais integrado à cidade. Com mais luz natural e plantas. Que transmita uma sensação de luxo, mas de relaxamento também. O pessoal do escritório de arquitetura que contratei já está de saco cheio de todas as minhas ligações e dos meus e-mails pedindo alterações no projeto. Mas com certeza vou me acalmar quando a etapa da construção começar. Só quero que tudo saia perfeito. Afinal, esse é o meu legado. E, se eu tiver sorte, vai durar mais uns cinquenta anos até precisar de outra reforma geral.

Paro na entrada da garagem com o SUV usado que comprei em uma concessionária local. Finalmente cedi e resolvi ter um carro. Não ia dar para passar o resto da minha vida nesta cidade andando de táxi e Uber.

Quando estou desligando o motor, recebo uma mensagem de texto da minha mãe.

MÃE: *Mackenzie, estou mandando o contato da minha decoradora, como eu prometi. Se você quer mesmo levar esse seu projetinho adiante, então é melhor fazer do jeito certo.*

Minha risada ecoa dentro do carro. Essa é a coisa mais próxima de uma aprovação que ela é capaz de me dar no momento. Depois de meses de afastamento, entrei em contato com os meus pais, uma semana depois de ter saído da casa de Cooper. Atribuo isso ao meu estado emocional fragilizado. Mas, sinceramente, apesar da personalidade impositiva e condescendente dos dois, eles ainda são meus pais. A única família que tenho. Então respirei fundo e fiz a minha oferta de paz. Para minha surpresa, eles aceitaram.

Alguns dias atrás, eles até fizeram uma visita ao hotel — que durou uns dez minutos. Tempo suficiente para meu pai fazer um monte de caretas e minha mãe me falar sem parar sobre estampas de lençóis e colchas. Não sei se eles estão entusiasmados com o projeto, mas pelo menos fizeram um esforço para demonstrar interesse. Por menor que seja, foi um passo na direção de normalizar nossa relação.

EU: *Obrigada, mãe. Vou ligar para ela amanhã.*
MÃE: *Se precisar de uma segunda opinião quando estiver na fase de planejamento da decoração, entre em contato com a Stacey que ela vai colocar você na minha agenda, se eu tiver um tempinho.*

Eu reviro os olhos. É uma resposta típica de Annabeth Cabot. Mas quanto a isso não posso fazer nada.

Minhas colegas de casa ficam de pé num pulo e pegam as sacolas das minhas mãos antes mesmo de eu atravessar a porta. Arrumamos a mesa e vamos comer, enquanto Steph começa sua maratona televisiva noturna de investigações paranormais. Seis horas seguidas de homens adultos com óculos de visão noturna percorrendo um shopping abandonado e gritando sobre um rato arrastando um copo encontrado na praça de alimentação ou coisa do tipo. Mas, enfim, que seja. Ela curte.

"Então, você estava contando sobre alguma coisa que aconteceu no trabalho?", Alana pergunta, pegando toda a carne de porco do *lo mein* antes que uma de nós tenha a chance de pôr as mãos na caixa.

"Ah, é." Steph mexe os hashis como se estivesse conduzindo uma orquestra. "Caitlynn contou pro Manny que ele foi detonado pela ex no PiorNamorado.com. Lá no bar todo mundo lê", ela me diz com um sorriso.

“Como é que as pessoas sabiam que era sobre ele?”, Alana questiona.

“Ah, porque estava todo mundo lá quando a coisa aconteceu. Resumindo: Manny conheceu uma garota no bar no mês passado e foi pra casa com ela. Uns dias depois, eles se viram de novo, e saíram juntos outra vez. Quando fazia umas semanas que eles estavam saindo, a gente foi ao boliche e ele aparentemente chamou a garota pelo nome errado. Não sei como ele tinha conseguido passar todo aquele tempo sem dizer o nome dela, mas na verdade tinha dormido com a irmã mais velha da menina naquela primeira noite, e depois conheceu a mais nova e confundiu uma com a outra.”

“Misericórdia.” Quando penso que já ouvi de tudo, sempre aparece uma nova versão de um tipo de história que é sucesso garantindo.

“Enfim, hoje Caitlynn estava mostrando o post pro Manny quando um garoto entrou no bar e foi direto pro balcão. Foi no meio da correria da hora do almoço, então o movimento estava grande. O garoto gritou alguma coisa pro Manny em espanhol, pegou o copo de um cliente, virou no balcão e acendeu um fósforo.”

Solto um suspiro de susto. “Ai, meu Deus, ele está bem?”

Steph faz um gesto de desdém com a mão. “Ah, sim, está tudo certo. Joe serve bebida aguada já faz décadas.”

É por isso que uma das primeiras coisas que eu fiz depois que o dinheiro começou a entrar foi contratar um escritório de advocacia para escrever um termo de responsabilidade para quem posta coisas no site.

“O balcão não pegou fogo coisa nenhuma, então ele ficou furioso e pulou para o outro lado”, Steph continua. “O menino media pouco mais de um metro e meio, e nem quinze anos. Mas não devia ser a primeira vez que alguém ia atrás do Manny, porque nunca vi ele ser tão ligeiro.”

Alana dá uma risadinha.

“Ele passou por baixo do balcão e se mandou. O garoto saiu pulando por cima das mesas, tentando dar uma cadeirada nele. Mas aí o Daryl conseguiu pegar ele e pôr para fora. Daryl precisou trancar a porta até o garoto finalmente desistir e ir embora. Manny teve que sair pelos fundos.” Steph começa a rir. “No fim, era o irmão mais novo das garotas, que queria bater no Manny. Foi uma gracinha.

"Quer saber", eu digo, tentando não engasgar com a comida. "O garoto fez bem."

"Não é?"

Eu engulo o frango com molho de limão e pego a minha lata de coca diet. "Por falar em ex-namorados amargurados, eu cruzei com Preston hoje quando fui almoçar com a Bonnie no campus."

Steph levanta uma sobrancelha. "E como foi?"

"Até que não foi tão ruim", admito. "Ele estava com a namorada nova. Uma garota bonitinha, bem típica do Garnet. O pai dela administra um fundo de investimentos, e a mãe é herdeira de uma fábrica de ventiladores ou coisa do tipo. Eles já estão juntos há uns dois meses."

Alana faz uma careta. "Coitada."

Eu dou de ombros. "Sei lá, pelo que eu percebi, ela idolatra o Preston. E é isso o que ele quer, acho. Alguém que esteja sempre sorrindo e agradecendo por ele tomar todas as decisões." Enfio outro pedaço de frango na boca e complemento enquanto mastigo: "Se eles estão felizes assim, quem sou eu pra julgar?".

"Ei, vocês viram isso?" Alana enfia o último pedaço de um rolinho-primavera na boca, limpa o molho de pato dos dedos e me passa seu celular. "Saiu hoje."

Olho para a tela e vejo uma nova postagem do PiorNamorado.com. Só que esse começa com um aviso. Não é uma garota detonando anonimamente o ex — é o namorado confessando seus erros para o mundo todo ver.

Eu sou um #PiorNamorado.

É isso mesmo que você leu. Eu fui um idiota como namorado. Pisei feio na bola com a mulher que amo, com o nosso relacionamento e comigo mesmo.

Levanto a cabeça e lanço um olhar desconfiado para Alana. Ela finge estar concentrada apenas na comida.

Eu consegui estragar a melhor coisa que já me aconteceu. Perdi a garota perfeita porque fui um cretino egoísta. Na noite em que a conheci, eu só queria saber de vingança. Tinha uma rixa com o namorado dela. E queria que o cara pagasse por ter me feito perder o emprego, por reforçar as minhas inseguranças e meu medo de ser um fracassado, alguém que está preso em uma cidadezinha sem a menor perspectiva de conseguir alguma coisa melhor. Ou algo assim.

Mas então nós nos conhecemos melhor, e tudo mudou. Ela me inspirou. Me mostrou que existem mais coisas em mim do que uma âncora no meu pescoço me puxando para baixo. Ela me fez acreditar que eu posso ir longe.

Ela estava certa, mas não totalmente. Porque eu não quero nada grandioso, não quero um futuro brilhante — pelo menos não se ela não estiver do meu lado para curtir isso comigo.

Sinto um frio na barriga enquanto leio. É uma mensagem meiga e sincera. Meus dedos adormecem, e meus olhos começam a arder.

Eu não tenho o direito de pedir uma segunda chance, e sei disso. Ela não me deve nada. Mas vou pedir mesmo assim.

Me dá uma segunda chance, princesa. E, se fizer isso, uma coisa eu prometo — nunca mais vou mentir pra você. Nunca mais vou deixar de te valorizar. E nunca, pelo resto da vida, vou deixar de lembrar que você é um puta de um tesouro precioso.

Quase não consigo enxergar depois que termino de ler. Estou com os olhos cheios de lágrimas. O post termina com um pedido para ir encontrá-lo às seis horas no sábado, no lugar onde resgatamos a nossa cachorra.

"Droga", eu murmuro quando coloco o celular em cima da mesa. "Pensei que a gente tivesse feito um acordo."

Alana me passa um guardanapo para eu limpar o rosto. "É verdade. Mas ele está um caco. E você está infeliz. Nenhum dos dois está bem. Me desculpa por ter feito isso desse jeito meio sorrateiro, mas qual é... Por que não ouvir o que ele tem a dizer?"

"Eu não estou infeliz", me defendo. "Estou seguindo em frente com a minha vida."

Steph me lança um olhar de quem não concorda nem um pouco.

"Você está vivendo em negação", Alana me corrige. "Passar dez horas por dia no hotel e outras cinco enfiada no quarto cuidando dos seus sites não é sinal de alguém que seguiu em frente com a vida."

Está sendo difícil. É verdade. Quando tudo está fora de controle, é o trabalho que me equilibra. Funciona como uma distração, e foi a melhor maneira que encontrei de manter os meus pensamentos longe de Cooper.

Está sendo difícil superá-lo. Quase todos os dias, acordo esperando sentir seu braço em torno de mim na cama. Várias vezes por dia, quase escrevo para ele sobre alguma coisa engraçada que aconteceu, ou sobre alguma novidade interessante sobre o hotel — mas então me lembro que ele não é mais meu. Daisy ainda fica à procura dele. Sente o cheiro dele aqui e ali. Deita aos pés do lado dele na cama. Fica esperando na porta por alguém que nunca aparece.

Nada aqui nesta cidade parece fazer sentido sem ele.

Só que nada disso muda o fato de que Cooper mentiu para mim. Várias vezes. E me roubou o direito de tomar as minhas próprias decisões. Ele me enganou, e não consigo deixar isso de lado assim tão facilmente. Se eu não tiver respeito por mim mesma, ninguém mais vai ter.

"Vai lá encontrar com ele", Alana me incentiva. "Escuta o que ele tem pra dizer. Depois faz o que o seu coração mandar. Que mal isso pode fazer?"

Um estrago irreparável. Uma pequena rachadura em uma barragem que cresce até provocar um sofrimento insuportável. Eu não tenho a capacidade de me abrir e me fechar quando quiser. Mais do que tudo, tenho medo de que, se for vê-lo, posso nunca mais deixar de sentir essa dor terrível. Se perdoá-lo, corro o risco de acabar amargurada de novo. E não sei se tenho forças para abandonar Cooper Harley mais uma vez.

Não sei se sou capaz de sobreviver a isso.

45

COOPER

São sete horas.

Estou me sentindo um imbecil. Deveria ter me vestido melhor. Ter trazido flores. Passei a tarde toda ocupado em casa, tentando não pensar nisso, ou acabaria surtando. E saí de bermuda cargo e camiseta, parecendo um desleixado, para pedir perdão a uma mulher maravilhosa por ter sido um filho da puta desde o dia em que a conheci.

Que merda eu estou fazendo aqui?

As minhas pálpebras tremem. Isso já está acontecendo há dois dias. Alana me contou que mostrou para Mac o post que escrevi dois dias atrás, mas não falou muito sobre a reação dela, só disse que pelo menos ela não jogou o celular pela janela. Mas já passou uma hora do horário marcado para o nosso encontro, e a cada segundo a minha esperança se esvai ainda mais. Por algum motivo, coloquei na cabeça que o meu plano era infalível. Que Mac ia ver a minha sinceridade e a consideração que sinto por ela, e que ia me perdoar, claro.

Foi um plano bem idiota. Por que eu pensei que abrir meu coração no site que ela criou para detonar idiotas como eu seria uma coisa romântica? Eu sou uma piada mesmo. Talvez, se tivesse ido atrás dela no dia da festa, não estaria aqui com as gaivotas, que estão me rodeando como se estivessem preparando um ataque. Chuto um punhado de areia para o alto, para mostrar qual é o lugar delas na cadeia alimentar.

Sete e quinze.

Ela não vem.

Sei que eu não deveria pensar que a conquistaria de volta com um gesto grandioso, mas nunca pensei que ela fosse me ignorar por completo.

Isso me deixa sem fôlego, como um soco bem na boca do estômago. As luzes do calçadão começam a se acender quando o sol se põe atrás dos telhados da cidade.

Ela realmente não vem.

Aceitando a minha sina, eu me viro para voltar pelo caminho por onde vim, e é nesse momento que vejo uma figura solitária caminhando na minha direção.

Entro em pânico absoluto ao ver Mac se aproximando. Está a uns dez passos de mim agora. Cinco. Absolutamente linda, com seu corpo alto e magro envolvido por um vestido azul que vai até os pés, com o decote em V bem cavado. Não esqueci de nenhuma sarda de seu corpo, nem das pequenas manchinhas azuis em seus olhos, perdidas em um mar de verde. Nem do formato dos seus lábios quando diz o meu nome. Vê--la de novo é como espanar a poeira da janela e deixar a luz entrar.

"Pensei que você não fosse vir", digo, tentando manter a compostura. Eu consegui atraí-la até aqui. A última coisa que quero é assustá-la, apesar de todas as fibras do meu corpo ansiarem por poder abraçá-la de novo.

"Eu quase não vim."

Ela detém o passo, mantendo algum espaço entre mim e ela. Esses poucos centímetros me parecem insuperáveis. É estranho como me sinto menos capaz de decifrá-la do que na primeira vez em que nos vimos. Ela está impenetrável. Não revela absolutamente nada.

O tempo vai passando, e eu me perco na lembrança dos cabelos dela entre os meus dedos. Mac fica impaciente.

"Então... e aí?", ela questiona.

Durante dias, só o que fiz foi ensaiar como seria esse encontro. Agora estou aqui, e tudo o que planejei parece uma baboseira ridícula. Estou me afundando aqui.

"Olha só, a verdade é que eu não sou bom nesse tipo de coisa, não importa o quanto queira enfeitar o que vou dizer, então vou falar logo de uma vez." Eu respiro fundo. *É agora ou nunca, babaca*. "Eu me arrependo do dia em que fui cagão demais para admitir a verdade. Fui egoísta e idiota, e você tem todo o direito de me odiar. Tive tempo de sobra pra pensar em como te convencer de que sinto muito e de que você devia me aceitar de volta. Só que, sinceramente, não consegui pensar em nenhum motivo."

Mac desvia o olhar, e sinto que a estou perdendo, porque meu discurso saiu todo errado, mas não consigo segurar as palavras que saem da minha boca.

"O que estou tentando dizer é que eu sei que o que fiz foi errado. Sei que destruí a sua confiança em mim. Que te traí. Fui descuidado com uma coisa muito frágil. Mas, porra, Mac, eu sou apaixonado por você, e ter você longe, fora do meu alcance, está me matando. E, do fundo da minha alma, eu sei que posso te fazer feliz de novo se você permitir. Eu fui um merda, e você me amou mesmo assim. Isso não é justo. Eu precisava sofrer pelo que fiz com você. E agora estou sofrendo pra caralho. Mas estou implorando pra você acabar com o meu sofrimento. Eu não sei mais viver sem você."

Estou sem fôlego quando a minha boca se fecha e enfim escuto a mensagem que chega atrasada do meu cérebro, dizendo *Cala essa boca*. Mac esfrega os olhos, e preciso me segurar para não ir abraçá-la. Os segundos se passam, e eu fico à espera de uma resposta. Nesse momento, um silêncio mortificante se instala.

"Quero te mostrar uma coisa", digo às pressas, quando percebo que ela está prestes a ir embora. "Você pode dar uma volta comigo?"

Ela não cede. "O que é?"

"Não é longe daqui. Por favor. É rapidinho."

Ela pensa a respeito por um tempo que leva os meus nervos ao limite. E então balança a cabeça em sinal de concordância.

Caminhamos um pouco pela praia, e eu a conduzo para o calçadão diante do hotel. O prédio ainda é só uma carcaça vazia, mas o entulho já foi retirado. No que restou da varanda do térreo, duas cadeiras de balanço idênticas estão voltadas para o mar. Velas acesas iluminam o gradil.

Mac respira fundo e, com um gesto lento, se vira para mim. "O que é isso?", ela murmura.

"Na primeira vez que você me trouxe aqui, disse que imaginou os hóspedes sentados em cadeiras de balanço, bebendo vinho e olhando as ondas."

Ela levanta a cabeça para mim, e as milhares de luzinhas do calçadão se refletem em seus olhos. "Não acredito que você lembrou disso."

"Eu lembro de tudo que você me fala."

O olhar dela se volta para a varanda. Sinto que ela está cedendo, que a tensão em seu corpo está se desfazendo.

"Mac, quando imagino o meu futuro, eu me vejo velhinho e grisalho, sentado em uma cadeira de balanço numa varanda. Com você do meu lado. Esse é o meu sonho."

Antes de conhecê-la, eu não me preocupava nem com o que ia acontecer em cinco anos. Nunca era uma imagem agradável. Eu achava que ia passar os meus dias ralando para conseguir o mínimo para sobreviver. Nunca contemplei a possibilidade de que alguém pudesse ser louca o bastante para me amar. Só que Mac *fez* isso, e eu estraguei tudo.

"Não sei se posso dizer que nunca mais vou pisar na bola", consigo falar apesar do nó na minha garganta seca. "Não tenho muita experiência com relacionamentos funcionais. Às vezes sou egoísta demais, ou me deixo levar pelos meus pensamentos negativos. Mas posso prometer que vou tentar ser o homem que você merece. Ser alguém de quem você tenha orgulho. E nunca mais vou mentir." Minha voz fica mais embargada a cada segundo. "Por favor, Mac. Volta pra casa. Não sei quem eu sou neste mundo se não puder amar você."

Ela olha para o chão, contorcendo os dedos. Quanto mais tempo ela fica calada, mais eu me preparo para o pior. E então Mac respira fundo.

"Você partiu o meu coração", ela diz, tão baixinho que a mais leve brisa poderia levar suas palavras para longe. "Nunca me senti tão magoada por alguém na vida. Não é assim tão fácil esquecer isso, Cooper."

"Eu entendo." Meu coração está a mil, e só consigo pensar que vou desmoronar aqui mesmo se ela não disser "sim".

"Você precisa prometer outra coisa."

"É só pedir." Eu congelaria um rim meu se ela quisesse.

Um sorrisinho aparece nos lábios dela. "Você vai ter que começar a descontar os meus cheques do aluguel."

Meu cérebro demora a entender. Então o sorriso dela se alarga, e Mac me agarra pela camisa, aproximando os meus lábios dos seus. Dominado pelo alívio, eu a levanto, e ela envolve os meus quadris com as pernas. Nós nos beijamos até ficarmos sem ar. Nunca beijei ninguém antes com tanta convicção, com tanto sentimento. Nunca precisei de nada da mesma forma que precisava senti-la nos meus braços de novo.

"Eu te amo", murmuro com a boca colada à dela. Não parece suficiente para expressar o que eu sinto, mas as palavras saem da minha boca com um senso de urgência. "Demais." Essa foi por muito pouco. Eu quase a perdi, quase perdi o que temos.

Ela se agarra a mim e me beija com vontade. Meu peito se enche do tipo de amor puro, genuíno, que nunca me achei capaz de sentir. De encontrar. Aprendi muita coisa sobre mim mesmo nos últimos meses. E a principal foi cuidar melhor das pessoas que amo.

Mac recua um pouco, com seus lindos olhos procurando os meus. "Eu também te amo", ela diz, ofegante.

E, nesse momento, juro para mim mesmo que, ainda que demore a vida inteira, eu vou fazer por merecer o coração dessa garota.

Agradecimentos

Como todo mundo que me conhece é capaz de confirmar, eu sou obcecada por cidadezinhas litorâneas charmosas desde sempre. Avalon Bay pode ser fictícia, mas é um amálgama de todos os meus lugares favoritos, de diversas cidades costeiras que visitei ao longo dos anos, e foi uma alegria incrível me perder neste mundo. Obviamente, eu não teria conseguido fazer isso sem as seguintes pessoas incríveis: minha agente, Kimberly Brower, minha editora, Eileen Rothschild, que demonstraram um entusiasmo contagiante pela história; Lisa Bonvissuto, Christa Desir e o restante da incrível equipe da St. Martin's, e Jonathan Bush pela capa maravilhosa!

Agradeço às minhas primeiras leitoras e amigas escritoras pelo feedback e pelos comentários sensacionais; a Natasha e Nicole por serem os seres humanos mais eficientes deste planeta; e a cada resenhista, blogueiro, instagrammer, booktuber e leitor que compartilhou, divulgou e amou este livro.

E, como sempre, meu muito obrigada a minha família e a meus amigos por me aguentarem quando eu entro no modo "obcecada por prazos". Amo todos vocês.

TIPOGRAFIA Adriane por Marconi Lima
DIAGRAMAÇÃO Verba Editorial
PAPEL Pólen Natural, Suzano S.A.
IMPRESSÃO Lis Gráfica, novembro de 2022

A marca FSC® é a garantia de que a madeira utilizada na fabricação do papel deste livro provém de florestas que foram gerenciadas de maneira ambientalmente correta, socialmente justa e economicamente viável, além de outras fontes de origem controlada.